tredition®
www.tredition.de

Sabine Huttel

# Ein Anderer

Roman

www.tredition.de



Verlag und Druck: tredition GmbH, Grindelallee 188, 20144 Hamburg
Umschlagsgestaltung: Jan van der Most, Düsseldorf

ISBN
Paperback: 978-3-7439-4824-2
Hardcover: 978-3-7439-4825-9
e-Book: 978-3-7439-4826-6

Sabine Huttel

# Ein Anderer

Roman

# 1

Es war ein klarer Tag, der Himmel wie mit scharfer Klinge aufgeschnitten. Ernst führte seinen Schimmel im Kreis herum, immer am Zaun entlang, unter den kahlen Holunderzweigen, an den Johannisbeersträuchern vorbei, über das Gras, das gestern noch vom Schnee niedergedrückt gewesen war. Der Schimmel schüttelte sich und schnaubte, Ernst ließ seine Peitsche knallen. Hüa!, rief er, hüa!, ein liebes, ein leichtes Wort, ein Wort ohne Zischlaute, ohne F. Und der Schimmel fiel in Trab, die Kettenglieder an seinem Geschirr blitzten in der Sonne. Schneller ging es jetzt im Kreis herum, Ernst drehte sich um die eigene Achse, das Pferd trabte rascher, vorüber flogen hinter dem weißen Schweif das Schulhaus, die Kirche, die Wiesen, die Schotterstraße nach Aschau, die alte Linde, das Pfarrhaus und wieder das Schulhaus, er hörte den Atem des Tieres heftiger gehen (oder war es sein eigener?), hörte das Stampfen der Hufe im feuchten Gras rascher und lauter werden, bis ihm schwindelig wurde. Als er umfiel, musste er die Leine fahren lassen. Da wechselte der Schimmel die Gangart und schritt auf ihn zu, indem er seinen langen Hals niedersenkte. Ernst legte ihm eine Hand auf die Mähne, strich langsam über den zitternden Rist. Die Peitsche, eine Weidenrute, an die der Vater einen alten, ausgefransten Schnürsenkel gebunden hatte, war ins Gras gefallen. Hüa, sagte er leise, wartete darauf, dass die Welt aufhöre sich zu drehen, lehnte den Kopf an den Hals des Pferdes und schloss die Augen. Unter dem Fell fühlte er das Pferdeherz klopfen. Dann rupfte er ein Büschel Klee aus und hielt es dem Tier vor die Nüstern. Dass es aus Holz war, störte ihn nicht. Von fern hörte er ein Huhn gackern. Märzwind streifte sein Gesicht. Die Kirchenglocke schlug zwölf, vier hohe Schläge, zwölf tiefe, eine vertraute Melodie, ein Schlaflied, er hörte es kaum. Halb auf dem Pferd liegend, halb ins feuchte Gras gesunken schlief er ein.

Komm rein! Der Vater rüttelte ihn an der Schulter, packte ihn am Arm und zog ihn auf die Beine, die einknicken wollten. Du bist ja ganz nass! Dummer Junge! Wie lang liegst du schon wieder so da!

Ernst antwortete nicht. Der Anzug des Vaters kratzte. Er griff nach dem Bindfaden, an dem sein Schimmel hing, und stolperte hinter dem Vater her. Das Holzpferd schlitterte über Gras und Steine. An der Treppe bückte er sich und nahm es auf den Arm.

Geh in die Küche, sagte der Vater. Mach! Ich muss noch ins Dorf.

Die Schule war aus, Ernst hatte die Schulkinder nicht gehört, die beim Verlassen des Schulhauses immer Lärm machten, so fest hatte er geschlafen.

In der Küche war es warm und es roch nach Kartoffelsuppe. Auf dem Tisch lagen Kartoffelschalen,

Zwiebelschalen und Rübenreste. Die Mutter rührte im Dampf. Ihr Haar war von einem blau gemusterten Kopftuch fast vollständig verhüllt. Ernst kletterte auf die Bank unterm Fenster. Na, war's schön draußen?, fragte sie, und er nickte. Hast du nasse Hosen? Sie ließ den Löffel los, kam zu ihm und befühlte seine Hosenbeine. Steh auf, sagte sie dann, du bist ja völlig durchnässt. Hast wohl im Gras gesessen. Gib mir deine Hose, die hängen wir an den Herd. Sein Gesicht sah wieder sehr verschwollen aus. Sie schälte ihn selbst aus der nassen Hose. Allein hätte er Stunden dafür gebraucht. Die Suppe kochte zu stark, es spritzte und prasselte, sie griff nach dem Topf- lappen, der am Haken hing, und zog den Topf halb von der Feuerstelle. Jetzt geh rauf, ich komm dann und zieh dir die andere Hose an. Nein, dein Pferd lass hier. Es gibt gleich Essen, wenn der Vater wiederkommt.

Er folgte stumm und nahm die steile Treppe in Angriff. Seine Füße gehorchten ihm mal mehr, mal weniger. Er stolperte, fiel um und blieb dann sitzen. Die Hälfte war immerhin erklommen. Beim Ausruhen betrachtete er eine Spinne, die auf ihren vielen langen, dünnen Beinen über die weiße Wand kroch. So leicht ging das, fast schwebte die Spinne voran. Sie knickte nicht ein, sie stürzte nicht, ihre Beine gehorchten, ohne sich zu verheddern. Dort auf der Treppe fand ihn später die Mutter, wie sie es erwartet hatte. Mit wenigen

Griffen, vorwurfsvollen und nachsichtigen, zog sie ihn ins Obergeschoss, trieb ihn zur Eile an, als er im hölzernen Anbau Wasser lassen wollte, stellte ihn dann auf einen Schemel und wusch ihm die Erdkrusten von den Händen in der Schüssel, die das Waschwasser vom Morgen enthielt, das nun eine bräunliche Farbe annahm und zum Waschen nicht mehr benutzt werden konnte. Sie half ihm in die trockene Hose, führte ihn an der Hand treppab in die Küche, band ihm ein Küchenhandtuch um den Hals und atmete auf, als er beim Eintreten des Vaters ordnungsgemäß auf seinem Stuhl saß.

Der Vater achtete aber gar nicht auf seinen Sohn. Im „Deutschen Haus" sei er gewesen, erzählte er, um den Gemeindevorstand zu treffen. Der alte Spindler habe ihm ein Blatt gezeigt, das er selbst nicht habe lesen können, weil seine Augen so schlecht geworden waren. Von einer Pferdemusterung habe das Blatt gehandelt, die für den kommenden Donnerstag angesetzt sei, absurderweise, wo doch bei der ersten Pferdemusterung im November vor zwei Jahren, als der Krieg losgegangen war, schon alle nur halbwegs kriegstauglichen Pferde gestellungspflichtig geworden waren, so dass jetzt nur noch Fabigs Schindmähre übrig sei, die, wie jeder wisse, so blind sei, dass sie überall Blessuren habe, weil sie sich sogar im Stall den Kopf stoße. Ernst verstand nicht, was der Vater redete. Das Wort *Pferdemusterung* kam immer wieder vor, überhaupt hagelte es Wörter aus dem Mund des Vaters, der auf der Oberlippe, auf den Wangen und auf dem Kinn Bartstoppeln hatte, die sich beim Sprechen seltsam bewegten. Das Pferd von Fabigs kannte er gut. Wenn er mit der Mutter Milch holen ging bei Fabigs, durfte er manchmal in den Pferdestall. Er ging gern zu der braunen Stute hinein, wo es immer etwas wärmer war als draußen. Dort roch es nach Mist, die Hufe der Stute stampften im Stroh, müde blickten ihre blinden Augen. Er durfte dann auf einen Schemel steigen und sein Gesicht an ihre Flanke legen oder ihren Hals tätscheln. Der riesige Pferdekörper hatte etwas Vertraueneinflößendes, Verlässliches, und Ernst mochte es nicht, wie der Vater von der Stute sprach. Einzelne Wörter schlugen an sein Ohr: *Aushebungskommission* und *Vorführungsliste* und *Aushebungspferde* und *kriegstauglich* und immer wieder das Wort *Gestellung* und regelmäßig das Wort *lachhaft* und *Fabigs Schindmähre* und *einziges Schlachtross* und *die nicht vorhandenen Pferde müssen genau in der Reihenfolge der Vorführungsliste vorgeführt werden, und zwar alle!*, was der Vater mehrmals wiederholte und was ihn besonders zum Lachen zu reizen schien. Das Lachen kam stoßweise, wie mit Dampfdruck aus dem Vater heraus, und zu dem *alle!* schlug er mit der Faust auf den Tisch, so dass Ernst zusammenzuckte vom dumpfen Schlag und vom Klirren der Teller und sein Pferd mit beiden Armen umklammerte.

Das sah die Mutter, und mit einer kleinen Wendung ihres Kopfes machte sie den Vater darauf aufmerksam.

Dein Pferd doch nicht!, fuhr der Vater ihn an, das können sie im Feld nicht gebrauchen, es ist ja bloß ein Stück Holz! Und lauter: Holz! Holz! Hast du verstanden?

Ernst sah ihn mit großen Augen an.

Antworte deinem Vater!

Ernst nickte.

Antworte, hab ich gesagt! Du bist doch nicht stumm!

Ernst brachte mit rotem Kopf ein leises „Ja" heraus.

Der Vater zuckte mit der Schulter und wandte sich ab. Dann, mit plötzlich veränderter Stimme, sprach er das Tischgebet. Die Mutter schöpfte die Suppe aus.

Ernst Kroll war damals drei Jahre alt. Seit drei Jahren war Krieg. Außer dem alten Spindler, dem alten Zempel und dem alten Much waren keine Männer mehr im Dorf, die jüngeren waren alle im Feld. Alle, nur der Pfarrer nicht und Ernsts Vater, der im Dorf Lehrer war, und zwar auch für die Aschauer Schulkinder, die jeden Morgen herüber gelaufen kamen. Aschau war unvorstellbar weit weg, fremd und dunkel, noch nicht einmal von der Kirche aus konnte man es sehen, die am Ende des Dorfes stand, nur die lange Schotterstraße, die dorthin führte. Alle diese Kinder musste der Vater unterrichten, deshalb war er nicht im Feld.

Rund um das Dorf, in den Weizen-, Gerste- und Rübenfeldern waren nie Männer zu sehen, nur Frauen. Manchmal wunderte Ernst sich darüber, denn die Männer waren doch angeblich alle im Feld. Aber er fragte nicht danach. Er vermied das Fragen, das Sprechen überhaupt. Es strengte ihn an, und die meisten Laute konnte er auch mit größter Anstrengung nicht herausbringen. Seine Zunge war dick, als ein schwerer Klumpen lag sie im Mund, und die Lippen schlossen nicht ordentlich wie bei anderen Kindern. Sein Unterkiefer stand vor. Wenn er entspannt war, stand ihm der Mund offen, nur mit Mühe erreichte er, dass die Lippen sich trafen. „Mutter“ zu sagen bekam er hin, Ober- und Unterlippe rollte er dabei nach innen ein und brachte nach langem „Mmm“ das „-utter“ mit Nachdruck heraus. „Vater“ dagegen hatte diesen fatalen F-Laut, den er nur mit äußerstem Kraftaufwand und unter krampfhaftem Zittern zustande brachte. Die Mutter sprach mit Ernst in fast normaler Lautstärke, aber der Vater hatte sich angewöhnt, ihn scharf anzufahren, weil Ernst ein wenig schwerhörig war und weil man Dumme immer anfahren musste, damit sie überhaupt reagierten. Geschützdonner hatte Ernst noch nie gehört. Aber die Stimme des Vaters hörte er jeden Tag. Wenn Hilmar Kroll brüllte, donnerten die Wörter wie Kanonenkugeln.

Nun aß der Vater schweigend seine Kartoffelsuppe. Dünne Suppe konnte das verschwollene Kind nicht essen. Einen Löffel mit Flüssigkeit langsam und gleichmäßig anzuheben, ihn dabei waagerecht zu balancieren, mit dem gefüllten Ende auf den Mund zu zielen, diesen rechtzeitig zu öffnen, die heiße Suppe hineinzugießen, ohne sich vor Aufregung zu verschlucken, den leeren Löffel aus dem Mund zu ziehen, ohne dass die Suppe wieder herausschwappte, ihn dann in den Suppenteller wieder einzutauchen, ohne dass es spritzte, das war eine verwickelte, eine unlösbare Aufgabe. Die Mutter hatte deshalb das Brot, das zur Suppe gegessen wurde, für Ernst in kleine Würfel geschnitten und die Würfel in Ernsts Teller gelegt. Dann hatte sie eine halbe Kelle Suppe darüber gegossen, und jetzt nahm sie eine Gabel und zerdrückte die Brotwürfel mit den Kartoffeln und Rüben, die in der Flüssigkeit schwammen, zu einem weichen Brei. Nun war das Ganze etwas abgekühlt, nun galt es. Ernst musste sein Holzpferd loslassen und den Löffel nehmen. Der Vater sah nicht hin. Ernst senkte den Kopf bis über den Tellerrand, nicht aus Scham, sondern weil es anders gar nicht gegangen wäre, umklammerte den Löffelstiel und schaufelte, bebend vor unsinniger Kraftanstrengung und Konzentration, etwas von dem Brei in den weit aufgerissenen Mund hinein, schluckte und schaufelte wieder, schluckte, stöhnte, schmatzte, schlürfte und schaufelte doppelt, weil immer auch etwas wieder herauslief, ihm übers Kinn, und in den Teller heruntertropfte. Der Vater sah weg, die Mutter aber hatte, während sie schweigend aß, das schwer arbeitende Kind im Blick, stets auf dem Sprung dazwischenzufahren, denn wenn Ernsts Löffelhand etwa auf den Tellerrand heruntergeknallt wäre und den Suppenbrei quer über den Tisch katapultiert hätte, wäre es mit dem Frieden der Mahlzeit vorbei gewesen. Es hätte ihm nichts genützt, dass dies nicht aus Mutwillen geschehen wäre, sondern wegen seiner Unfähigkeit, die Bewegungen seines Arms dauerhaft zu kontrollieren. Aber heute ging alles gut. Als er fertig war und schwer atmend den Kopf wieder hob, wischte sie ihm das Kinn ab und schöpfte dem Vater einen kleinen Rest Suppe auf den Teller. Er schwieg und aß.

Das Wasser ist alle, sagte Martha Kroll dann.

Ich gehe schon, sagte Hilmar, stand auf, reckte sich und gähnte, zog die Wolljacke an, die im Hausflur an einem Nagel hing, schnallte sich die alte hölzerne Wasserbütte um, denn die neue blecherne war der letzten Metallsammlung zum Opfer gefallen, und ging in den Pfarrgarten hinüber zum Brunnen. Es war wieder kälter geworden. Die Sonne hatte sich zurückgezogen.

Martha brauchte einen großen Teil des Wassers zum Wäschewaschen. Kernseife gab es schon lange nicht mehr, nur Germania-Pulver. Sie schöpfte das Wasser, das Hilmar brachte, in einen großen

Topf, der auf dem Herd stand, füllte die Wäsche hinein, gab drei Esslöffel Germania-Pulver dazu und wusch, bis das Wasser kochte, die Suppenteller ab. Mit einem langen Holzlöffel rührte sie die Wäsche um. Das Pulver klumpte und war nach dem Kochen, wenn sie mit dem Holzlöffel die brühheißen Teile in eine Emailschüssel gehievt hatte, kaum mehr aus dem Gewebe herauszuspülen.

Ernst, dessen rechter Arm auf dem Holzpferd lag, war in all dem Dunst auf der Küchenbank eingeschlafen. Hilmar, nebenan in der Kirche, übte die Choräle, die er am Sonntag im Gottesdienst zu spielen hatte. Martha holte die Wasserkrüge aus dem Schlafzimmer im oberen Stockwerk, wo es kalt war, und auch den aus dem Hausflur, füllte sie in der Küche, schnallte sich dann die leere Bütte um und ging selbst noch einmal in den Pfarrgarten hinüber zum Brunnen, schöpfte mit dem Eimer, um genügend Wasser für die Wäsche zu haben, und schleppte es zurück ins Schulhaus. Sie spülte die Wäsche erneut und wrang die einzelnen Teile mit den Händen aus. Dann stieg sie mit dem vollen Wäschekorb ins Obergeschoss hinauf, wo in einer kleinen, zugigen Kammer neben dem Taubenschlag Wäsche getrocknet werden konnte. Sie schüttelte die Wäschestücke glatt und hängte sie auf die dicht an dicht gespannten Leinen.

Das Gurren der Tauben, das hier besonders laut zu hören war, erregte ihren Widerwillen. Ihr fiel ein, dass sie die Tauben noch nicht gefüttert und getränkt hatte. Es waren Hilmars Tauben, er hatte den Schlag gebaut und mit der Taubenzucht angefangen, um das karge Lehrergehalt durch den Verkauf von Tauben in den nahe gelegenen Städten aufzubessern. Die wenigen Hühnereier, die sie übrig hatten, reichten dafür nicht und lohnten kaum den weiten Weg nach Königsee oder Schwarzburg. Obwohl das Ganze Hilmars Idee gewesen war, kümmerte er sich so gut wie nicht um die Vögel. Er drehte ihnen nur den Hals um, wenn es so weit war. Mussten ein paar Tauben gerupft werden, stellte er zwei oder drei seiner älteren Schülerinnen zum Rupfen an, die diese Arbeit bereitwillig übernahmen, weil ihre Mütter ihnen eingeschärft hatten, in der Schule gehorsam zu sein und dem Herrn Lehrer niemals eine Bitte abzuschlagen. Ansonsten hatte er die Taubenwirtschaft mehr oder weniger komplett auf seine Frau abgewälzt, die die Tauben hasste. Sie schüttelte sich, wenn die balzenden Täuberiche mit aufgeplustertem Gefieder und geblähtem Kehlsack unter heuchlerischen Verbeugungen vor den Weibchen hin und her stolzierten, und fühlte sich beim Anblick des Klumpens, den man in den Hälsen der gurrenden Vögel auf und nieder kollern sah, an Würgekrämpfe beim Erbrechen erinnert.

Das Kind schlief immer noch fest, als sie in die Küche hinunterging und sich nach dem Eisenring bückte, um die Kellerluke zu öffnen. Sie stieg in die Vorratskammer hinab und holte eine Tasse voll Weizenkörner aus dem Sack, der dort in der Ecke stand. Beim Heraufkommen redete sie ihren Sohn an. Ernst, wach auf! Der Vater wird gleich hier sein!

Als Ernst die schweren Lider hob und ziellos darunter hervorschaute, war sie schon wieder aus der Küche heraus und oben bei den Tauben.

Später ging sie mit ihm auf den Friedhof und Milch holen. Die Kindergräber lagen gleich links hinter dem Eingang am Zaun. Es waren acht, und am hintersten, kleinsten, blieb die Mutter jeden Tag ein paar Augenblicke lang stehen. Sie zupfte Grashalme aus dem Immergrün oder stand einfach nur schweigend dort. Nur einmal hatte sie die eingebrannte Inschrift auf dem Holzkreuz mit dem Finger abgefahren und Ernst vorgelesen: Karl Anton Kroll, geboren am 17. März 1911, gestorben am 17. April 1911. Dann ging es an der Hand der Mutter die steinige Dorfstraße hinunter zu Fabigs. Auf dem Rückweg fror er. Es roch nach Rauch.

Als es dunkel geworden war, fegte Martha, schon im Nachthemd, den Küchenboden. Ernst schlief oben, Hilmar war nebenan im Herrenzimmer. Sie stellte einen kleinen Schemel in die Mitte und setzte sich darauf, eine schmale weiße

Gestalt. Das Feuer war erloschen, aber der Ofen war noch warm. Sie zog die Nadeln aus den Flechten an ihrem Hinterkopf und legte sie, eine nach der anderen, in ihren Schoß. Ein schwerer Zopf fiel ihr auf den Rücken, der bis zur Taille reichte. Sie holte ihn nach vorn, den Blick auf den Herd gerichtet, löste das dünne Band an seinem Ende und bürstete ihr Haar, das sich glänzend und fast schwarz um ihre Schultern legte. Die Katze war hereingekommen und stieß, sofort schnurrend, den Kopf an ihre Beine, strich schnell daran entlang, rundherum, wieder und wieder, und malte mit ihrem Schwanz hellgraue Zeichen in die Luft. Martha legte sich alles Haar auf die rechte Seite. Sie zupfte an den Haarspitzen, um einzelne lose Haare herauszulösen, und flocht einen neuen Zopf. Dann stand sie auf, rückte den Schemel beiseite und fegte mit einem Handbesen die heruntergefallenen Haare zusammen.

In diesem Moment kam Hilmar aus dem Herrenzimmer herüber, einen Brief in der Hand. Auf seine am Boden hockende Frau warf er einen spöttischen Blick. So so, du also auch. Da hätte der Kaiser aber seine Freude an dir.

Ich muss doch, sagte sie. Alle müssen. Zempels Agnes sammelt sie jeden Monat ein und nimmt sie mit nach Schwarzburg. Da kann ich nicht mit leeren Händen ankommen. Sie hob das Häufchen Haare auf und steckte es in eine Papiertüte, die mit Haaren schon halb gefüllt war.

Und? Wieviel kriegt ihr zusammen in einem Monat?

Letztes Mal war's fast ein halbes Pfund, sagte sie.

Ausgezeichnet, sagte er und lachte. Treibriemen machen sie daraus für unsere U-Boote. Stell dir vor, unsere U-Boote würden stillliegen, wo doch die U-Boote die Lieblinge des Kaisers sind! Nein, für die U-Boote ist das Allerfeinste gerade gut genug.

Ich kann doch schlecht sagen, ich verlier keine Haare, sagte sie.

Nein, sagte er, wahrscheinlich nicht. Er seufzte. Der Hermann schreibt mir auch so schöne Sachen: In Augsburg zwingt man die Schulkinder, Quekken auszugraben. Angeblich weil die Queckenwurzeln wertvolles Viehfutter sind.

Aber, sagte Martha, Queckenwurzeln gehen doch einen Meter tief in die Erde –

Da müssen die Kinder eben etwas tiefer graben und den Rücken etwas krummer machen.

Das ist eine sinnlose Viecherei, sagte Martha.

Hilmar lachte. Im Gegenteil! Man schlägt zwei Fliegen mit einer Klappe. Das Unkraut ist weg aus dem Acker und man gewinnt ein gutes Futter. Wer weiß, vielleicht ernähren wir uns nächstes Jahr auch nur noch von Queckenwurzeln. Das ist Fortschritt: Die Kinder schickt man verquecktes Land urbar machen und die Mütter pflügen, während die Väter sich totschießen lassen, so dass es zu Hause weniger Esser gibt. Da greift eins ins andere.

Er griff nach ihrem Zopf. Lass mich mal deinen Kriegsrohstoff wiegen, sagte er. Das wiegt schwer, das gäb' so einen schönen Treibriemen, willst du sie nicht gleich ganz abschneiden und dem Kaiser schicken?

Sie wandte das Gesicht weg und versuchte ihren Zopf seinem Griff zu entziehen.

Wie gut so ein Kriegsrohstoff riechen kann, sagte er. Nun komm nach oben.

Sie löschte die Kerze und folgte ihm.

## 2

Sieben Frauen und vier Kinder saßen oben auf dem Heuwagen. Sie kniffen die Augen zusammen unter dem Biss der Mittagssonne und blickten nach unten, auf die knöcherigen Hinterteile der Ochsen, die den Wagen zogen, auf die verwackelten blauen Leuchtpunkte der Wegwarte am Straßenrand, auf das Schotterband, das schwankend hinter ihnen zurückblieb, bewölkt von Staub. Die Kinder wühlten im Heu nach den Schoten der wilden Erbsen, die man ganz in den Mund steckte und die süß und saftig waren. Sie kauten darauf herum, bis nur noch Fasern übrigblieben, die sie dann auf die Straße spuckten. Mit dem Geräusch der Rinderhufe und einem gleichmäßigen Quietschen des rechten Vorderrads mischte sich der Redestrom einer Frau, deren Oberarme bräunlich in der Sonne glänzten. Die anderen Frauen saßen schlapp und schweigend, ab und zu griffen sie nach ihren Kindern, wenn sie sich beim Spucken zu weit über den Rand des Wagens beugten, und nur Martha Kroll hörte der sprechenden Frau zu, mehr aus Höflichkeit als aus Interesse. Die Sätze, die diese Frau, eine Frau Bunzel, Ilse Bunzel, aus sich herausrollen ließ, ganz ohne Kraftaufwand, wie es schien, bildeten eine Girlande, an der die Unglücksfälle ihres Daseins aufgereiht waren, vom angebrannten Grießbrei am vergangenen Morgen über den Tod ihres Ehemanns, der im Krieg *geblieben* war und der sich infolgedessen nicht um die Reparatur der Treppe am Hauseingang kümmern konnte, was nun an ihr hängen blieb, über die hohen Preise für Maurer- und andere Handwerkerarbeiten, ihren Sturz die Kellertreppe hinunter, vor drei Wochen, beim Gang nach dem Kirschkompott, bis hin zu ihrem einzigen Kind, Marion, Schreikind von Anfang an, das es auch jetzt noch, da es vier Jahre alt war, darauf anlegte, sie mit Widersetzlichkeit und Zanklust verrückt zu machen, und auf das zum Glück die alte Frau Fabig ein Auge hatte, während Ilse aufs Feld musste.

Martha Kroll schwieg.

Na, jeder hat seine Last zu tragen, jelle, Frau Kantor, seufzte Ilse Bunzel mit Seitenblick auf Ernst, aber Ihrer ist so ein Guter, so ruhig, so ruhig…!

Martha lächelte und band sich das Kopftuch fester.

Ernst hatte eine Schote entdeckt. Er bohrte seinen Zeigefinger tief in das Heu, krümmte ihn mit aller Kraft und zog ihn wieder heraus. Aber er hatte nur Gräser erwischt, und als er sie losließ und verwundert seine Hand besah, hatte die gleichaltrige Hedwig Schöps mit schnellen Fingern die Schote schon gefunden und in den Mund gesteckt. Dieses Spiel wiederholte sich ein paarmal, zu Hedwigs großer Belustigung, bis Ernst aufgab.

Die Ochsen zogen den Wagen langsam ins Dorf, an der Kirche und am Schulhaus vorbei, ließen Fabigs Hof links und Lüdenstedts Hof rechts liegen, erreichten den Dorfplatz, die Schmiede, den Anger. Der Teich schimmerte grüngrau. Endlich hielt der Wagen im Hof vor dem Gutshaus. Die Frauen stiegen aus dem Heu herunter und halfen den Kindern. Ihre Kittelschürzen klebten an ihren Körpern. Sie klopften sich das Heu ab, bekamen ihren Lohn von der Frau des Gutsbesitzers und machten sich auf den Heimweg.

Über dem Schulhaus brütete die Hitze. Der Himmel war fast weiß. Von Aschau her kam ein schwacher Wind, aber im Dorf stand die Luft, und man roch den Abtritt im Vorübergehen. Die

Hühner hatten sich in den Sand eingebuddelt und gakten leise. Drinnen war es kühler. Der Vater lief im Hausflur auf und ab. Wegen der Hitze hatte er den Unterricht eine Viertelstunde vor der Zeit beendet. Nun war er hungrig.

Kommt ihr auch noch mal nach Hause!, sagte er barsch. Ruf mich, wenn das Essen fertig ist.

Martha beeilte sich. Ernst stieg auf einen Schemel und wusch sich die Hände, langsam wie immer. Als er damit fertig war, hatte die Mutter Feuer unter dem Suppentopf gemacht und den Tisch gedeckt. Sie rief den Vater, der mit finsterer Miene aus dem Herrenzimmer kam, ein dickes Buch unterm Arm. Ernst saß schon auf seinem Platz am Tisch, aber der Vater zitierte ihn zur Tür. Heute ist Messtag, sagte er.

Ernst musste sich barfuß im Türrahmen aufstellen.

Der Vater ging in die Hocke und war plötzlich ganz nah. Ernst konnte das Weiße in den Augen des Vaters sehen und den hungrigen Atem des Vaters riechen.

Füße zusammen! Steh gerade!, befahl er. Ernst erstarrte. Mit der rechten Hand griff der Vater ihm an die Stirn und drückte seinen Hinterkopf gegen den Türrahmen. Mit der linken legte er dem Kind das schwere Buch auf den Scheitel, *Die Pflanzen Europas. Neunte Auflage,* und drückte es gegen den Türsturz. Dann musste Ernst unter dem Buch hervorkommen, ohne daran zu wakkeln und ohne an den Arm des Vaters zu stoßen, der nun mit einem Bleistift an der Unterkante des Buchs entlang eine Linie zog, das Buch fortnahm und stirnrunzelnd die Linie betrachtete, die genau bei der Marke lag, die der Vater vor drei Monaten dort angezeichnet hatte. Am Ersten jedes Quartals war Messtag.

Der Vater brachte Buch und Bleistift ins Herrenzimmer zurück und setzte sich dann zum Essen.

Demnächst kommt der neue Doktor von Schwarzburg herüber, sagte er, während er die Suppe löffelte. Ein intelligenter junger Mensch, auf der Höhe der Wissenschaft, nicht so ein alter Trottel, der alles bloß so macht, weil man es immer schon so gemacht hat.

Sprich nicht so von Doktor Agemar, sagte Martha, mir hat er oft geholfen.

Hilmar verdrehte nur die Augen. Wenn er vormittags kommt, lass ihn herein. Er heißt Stauch. Ich habe ihm davon erzählt. Mit einer kurzen Kopfbewegung deutete er auf Ernst, blickte aber in seinen Suppenteller. Er will sich das mal ansehen.

Martha nickte.

Gegen Abend, als es kühler wurde, ging sie mit Ernst an der Hand ins Freie, rechts ab von der Straße, ins *Jesmich,* wie sie die Wiesen dort nannte, die noch nicht geschnitten waren und so hoch standen, dass sie den Eingang der seit Kriegsbeginn verwaisten Schwerspatgrube überwucherten, dorthin ging sie mit ihm, wo tausend Insekten summten, zirpten und sirrten, wo Bremsen stachen und die Halme Ernsts Gesicht streiften. Hier blühte der Erdrauch, den die Mutter während des Sommers sammelte, so oft und so lange es ging. Er blühte zwischen Gräsern, zwischen Bilsenkraut, Hirtentäschel und Pfefferminze. Ernst rupfte hier und da wahllos einen Stängel ab, weil er helfen wollte. Die Mutter zeigte ihm den Erdrauch mit seinen violetten Blütenständen und erklärte ihm den Unterschied zum gelben Hahnenfuß und zur blauen Flockenblume. Er strengte sich an, die Gewächse zu unterscheiden, sah sie sich lange an, bevor er eine Blume pflückte, und wenn er ihr endlich voll Stolz einen Stängel Lerchensporn hinhielt, der dem Erdrauch ähnlich war, lächelte sie, bedankte sich und legte die Blume zu den anderen in ihren Korb. Zu Hause, am Abend, warf sie die falschen Kinderhalme weg, streifte die graugrünen, krautigen Blätter von den Stielen des Erdrauchs und breitete sie auf einem Bord im Schuppen zum Trocknen aus.

## 3

Das erste Mal kam der neue Doktor an einem Sommermorgen, während Hilmar Unterricht hielt. An einem Mittwoch mit trockener Luft war es, und da die Fenster des Schulzimmers weit geöffnet waren, konnte man Hilmar bis ins Dorf hinunter fiedeln und singen hören mit den Kindern. Jeden Mittwoch nahm er seine Violine mit nach oben und brachte den Kindern ein neues Kirchenlied bei. Martha war gerade am Brunnen gewesen zum Wasserschöpfen, hatte sich über die Frau des Pfarrers geärgert, die im Vorbeigehen und ohne Martha überhaupt ins Gesicht zu sehen fallen gelassen hatte, das Altartuch müsse wieder einmal gewaschen werden, und kam nun zurück mit der vollen Holzbütte auf dem Rücken, stieg die drei Stufen am Eingang des Schulhauses hinauf und öffnete die Tür, blind in der Schwärze des Hausflurs nach all dem gleißenden Sonnenlicht. Oben sangen die Schulkinder *All' Morgen ist ganz frisch und neu.* Da wurde sie aus dem Dunkel heraus von einer fremden Stimme angeredet, einer Stimme ohne Gesicht. Sie blieb stehen. Als ihre Augen sich an die Dunkelheit gewöhnten, sah sie einen jungen Mann mit einer Ledertasche, der den Kopf schief hielt und den Schrecken, den er hervorgerufen hatte, mit einem etwas süßlichen Lächeln abzuschwächen versuchte. Er deutete eine Verbeugung an, stellte sich als Doktor Stauch vor und folgte Martha in die Küche. Dort half er ihr, die Wasserbütte abzusetzen. Nach einigen belanglosen Worten über die Hitze fragte er, ihr näher kommend, im Ton der Anteilnahme, wo sich denn ihr Kreuz befinde. Verwundert antwortete sie, im Schulhaus gebe es keins, die Kirche sei ja gleich gegenüber, worauf er wiederum süßlich lächelte über ihr Missverständnis und ihr erklärte, nein, er meine die größte Sorge und Last ihres Lebens, ihren Sohn.

Er heißt Ernst, sagte sie. Draußen ist er, bei den Hühnern.

Sie öffnete das Fenster, sah Ernst zwischen den Hühnern sitzen, das Holzpferd auf dem Schoß, und rief ihn herein. Der Arzt setzte sich an den Küchentisch. Aus seiner Ledertasche, die nach Schuhwichse roch und zwei blankpolierte Messingschlösser hatte, holte er einen Zollstock und ein Maßband, ein Stethoskop, einen Teelöffel, einen Füllfederhalter und ein Notizbuch, schlug darin eine neue Seite auf und schrieb das Datum in die erste Zeile, daneben *Ernst Kroll.* Dann nach den Angaben der Mutter das Geburtsdatum des Jungen. Als Ernst hereinkam, das Holzpferd unter dem Arm, musste er dem Doktor die Hand geben, sagte etwas, das entfernt so klang wie *Guten Tag* und wollte sich dann bei der Mutter verstecken, aber der Arzt griff nach seiner Schulter und drehte ihn wieder zu sich herum. Nun wurde er der Länge nach mit dem Zollstock gemessen. Der Arzt zog die Augenbrauen hoch und trug die Zahl in sein Notizbuch ein. Dann betastete er mit den Fingerspitzen beider Hände Kinn, Stirn und Wangen des Kindes und notierte wieder etwas.

Der Gesang im Schulzimmer war inzwischen verstummt. Sanft und unablässig gurrten oben die Tauben.

Ist er oft so verschwollen?, fragte der Arzt Martha Kroll.

Ja, meistens, antwortete sie.

Er notierte *Facies oedematosa* und forderte sie auf, dem Jungen das Hemd auszuziehen. Nun setzte er ihm das Stethoskop an verschiedenen Stellen auf die Brust und horchte. Dann legte er es weg. Seine Feder kratzte über das Papier.

Dreh dich mal mit dem Rücken zu mir, sagte der Arzt zu Ernst.

Der rührte sich nicht.

Sie müssen etwas lauter sprechen, sagte Martha, er hört schwer.

Aha! Dr. Stauch notierte *Hypakusis,* nahm Ernst bei den Schultern und drehte ihn, so dass er mit dem Rücken zu ihm stand. Mit einem beidhändig festen Griff an die Schläfen verhinderte er, dass das Kind sich umdrehte. Dann fragte er Martha leise, ob Ernst sagen könne, wie er heiße. Als sie nickte, fragte er leise: Wie heißt du?, und als keine Antwort kam, fragte er dasselbe etwas lauter, und so weiter mit stufenweise gesteigerter Lautstärke, bis er schließlich sehr laut rief: Wie heißt du? und von Ernst eine Antwort bekam, die Ä und O enthielt, auch eine Andeutung von L.

*3. Grades,* notierte der Doktor.

Man hörte Hilmar oben mit den Schulkindern schimpfen.

Er spricht schlecht, sagte Martha, aber er macht Fortschritte. Der Arzt ignorierte diese Äußerung.

Er drehte den Jungen zu sich herum und brachte seinen Teelöffel in Anschlag.

Mund auf!, befahl er. Zeig deine Zunge!

Ernst verstand nicht.

Mach so!, rief der Doktor und streckte selbst die Zunge weit heraus. Sag A!

Ernst folgte gehorsam, der Doktor nickte, drückte die Zunge mit dem Teelöffel nach unten, um weiter hinten in den Rachen sehen zu können, und wandte sich wieder seinem Notizbuch zu.

*Lingua oedematosa,* notierte er.

Ernst sah voll Angst die Mutter an.

Da kamen die großen Hände des Arztes von hinten und griffen ihm an die Kehle. Ernst erschrak und wollte weinen, aber von hinten oben kam der Befehl: Halt still! Es tut nicht weh!, während die fremden Finger an seinem Hals herumdrückten.

*Struma,* notierte der Arzt, nahm sein Maßband zur Hand, legte es Ernst straff um den Hals, der nun in Tränen ausbrach und sich, als das Band wieder gelöst wurde, zur Mutter flüchtete und seinen Kopf in ihrem Schoß vergrub.

2. *Grades,* notierte der Arzt zufrieden.

Wie geschickt ist der Junge mit seinen Händen?, fragte er dann, mit der Feder *Feinmotorik* übers Papier kratzend, denn er wusste die Antwort schon.

Nicht sehr, sagte sie und strich Ernst, der leise schluchzte, schnaufte und sabberte, mit der Hand übers Haar. Die Finger des Arztes, die den Füller hielten, waren lang und breit, Haut und Nägel von rosiger Farbe, die Nagelränder schneeweiß.

Doktor Stauch nickte und notierte *unterentwikkelt.*

Er schläft wohl viel?

Ja, sagte Martha.

Und ist in allem etwas langsam?

Ja, vielleicht ... Aber ich weiß nicht, sagte sie, er ist ja mein erstes Kind, oder nein, eigentlich das zweite, aber ich –

Eigentlich?, fragte der Arzt mit einem frivolen Unterton, während er schrieb, ohne aufzusehen. So so, Frau ... Kantor, das müssen Sie mir aber erklären! Ist er nun Ihr erstes oder Ihr zweites Kind?

In diesem Augenblick hörte man von oben das Stampfen und Scharren vieler Kinderfüße, dazu ein Gewirr heller Stimmen.

Das zweite, sagte Martha Kroll. Ihre Augen begegneten dem forschenden Blick des Arztes.

Die Unruhe im Schulzimmer hielt an.

Mein erstes ist an Lungenentzündung gestorben, mit vier Wochen.

Aha, sagte der Arzt. War das auch ein Junge?

Ja, sagte sie.

Die Schulkinder polterten die Treppe herunter. Man hörte Hilmar kommandieren. Dann fiel die Tür ins Schloss und es war still im Haus.

Ernst weinte nun nicht mehr. Der Arzt ergänzte seine Notizen.

Herr Doktor, sagte die Mutter, können Sie ihm nicht etwas verschreiben, damit er besser wächst? Dr. Agemar hat immer gesagt, das würde schon noch kommen. Aber im letzten Jahr ist er fast gar nicht gewachsen.

Der Arzt lächelte mitleidig. Ja, wenn das so einfach wäre!, sagte er und fing an, seine Sachen einzupacken. Ist denn etwas Ähnliches, fragte er dann, in der Familie des Herrn Kantors schon bekannt?

Sie schüttelte den Kopf und sah auf Ernst hinunter. Nein, ich glaube nicht.

Dr. Stauch ließ die Messingschlösser zuschnappen. Ich werd's im Auge behalten. Vielleicht gibt es auch ein Mittel ... in Kriegszeiten allerdings schwer zu bekommen ... fast unmöglich ... versprechen kann ich nichts. Aber lassen Sie den Kopf nicht hängen, sagte er dann, berührte mit der freien Hand ihren Arm und lächelte wie eingangs, eine hübsche, junge Frau wie Sie kann noch viele gesunde Kinder kriegen, und dann – er warf einen kurzen Seitenblick auf Ernst – fällt das hier gar nicht mehr auf.

Sie sah ihn nicht an und erwiderte nichts. Eine heftige Röte war in ihr Gesicht getreten.

Ernst musste dem fremden Mann noch einmal die Hand geben. Dann brachte Martha den Arzt hinaus.

Es wird schon noch alles gut werden, sagte sie mit bebender Stimme drinnen zu Ernst und wischte ihm das Gesicht ab. Vielleicht findet der Doktor ein Mittel für dich. Wenn nur der Krieg bald aus wäre! Sie hielt ihn fest in ihren Armen und wiegte ihn hin und her. Dann, als seine Augen sie anblickten, leer und doch mit einer unbestimmten Erwartung, seufzte sie und tippte ihn auf die Nase. Na komm, sagte sie, wir gehen Löwenzahn holen für die Hühner!

Wolken waren aufgezogen, die Blätter der Linde raschelten. Hinter dem Pfarrhof bogen sie links ab und fingen an zu pflücken. Ernst riss die gelben Blüten ab, die leicht zu packen waren, die Mutter rupfte die Pflanzen mit Blättern. Bitter war der Löwenzahn im Sommer. Im Frühling hatte sie noch Salat gemacht aus Löwenzahn, Scharbockskraut, Brennnessel und Sauerampfer. Sie war mager geworden während des dritten Kriegsjahrs. Auch Ernst war dünn. Nur der Vater hatte seine kräftige Statur behalten.

## 4

Einige Tage später wurde das Dorf von einem Ungetüm heimgesucht. Die Sonne war noch nicht aufgegangen, da kam es von Schwarzburg herunter, an der „Traube“ und am „Deutschen Haus“ vorbei rumpelte und ratterte es, stieß einen Qualm aus, der die Luft verpestete, arbeitete sich zwischen den Höfen der Fabigs und Hetzels durch, wälzte sich links herum auf den Schotterweg und kam vor der Kirche mit einem durchdringenden Quietschen zum Stehen.

Es folgte eine Stille, als hielte alles den Atem an. Kein Hund bellte, kein Huhn gackerte, die Frösche am Teich waren verstummt. Aufgewirbelter Staub wallte über der Schotterstraße bis ins Dorf hinunter.

Ernst hatte den Lärm nicht gehört. Aus tiefem Schlaf weckte ihn die Mutter, steckte seine lahmen Beine in eine Hose und die Arme in eine Jakke, über das Schlafhemd, weil es schnell gehen sollte.

Ein Lastwagen!, sagte sie, komm, wir wollen sehen, was er bringt!, und zog ihn die Treppe hinunter.

Dunkelheit umhüllte die aus dem Dorf Herankommenden, die Kirche und das Ungetüm, das riesenhaft war. Die ganze Straße zwischen dem Schulhaus und der Kirche füllte es aus, jetzt nicht mehr schwarz, sondern schwarzgrünlich glänzend, denn der erste fahle Schimmer tastete sich über die Höhe von Bechstedt-Trippstein. Vier Männer in Uniform stiegen aus dem Führerhaus, grüßten knapp die Dorfbewohner, betrachteten den Kirchturm und berieten sich untereinander.

Ernst, zwischen Frauenbeinen und Kittelschürzen, konnte weder den Lastwagen noch die Männer sehen. Als er im Nacken gezwickt wurde, drehte er sich um und erkannte Marion Bunzel, deren Mutter jetzt mit seiner Mutter sprach. Marion war einen Kopf größer als er, und sie lachte viel, besonders, wenn sie ihn zwicken konnte.

Haben Sie schon gehört, Frau Kantor, sagte Ilse Bunzel, die Gerda hat die Ruhr!

Martha war mit ihren Blicken bei den Soldaten, die an der Kirchentür rüttelten.

Ein Feldgrauer war's, der hat's nach Unterköditz eingeschleppt, in Unterköditz sind schon fünfe angesteckt, sagte Ilse Bunzel, ließ Marion los und zählte an ihren Fingern ab: Die alte Macheleid, die Herta von Kochs, dann Schillings Jüngste, und Pfeiffers Christa, die liegt schon im Sterben angeblich, auch die Greta Unbehaun und der ihr Sohn - sechse sind's, nicht fünfe ... und jetzt bei uns Fabigs Gerda.

Marion zwickte Ernst in den Nacken und, wenn er sich dann nach ihr umdrehte, vorn in den Bauch, dann wieder in den Nacken und so fort. Er wollte sich wehren, aber er hatte nur eine Hand frei, an der anderen hielt ihn die Mutter fest, und Marion hampelte so flink um ihn herum, dass er sie nicht zu fassen bekam und sich fühlte, als habe man ihn eine Peinigungsmaschine gesteckt.

Die Glocke begann zu läuten, die tiefe, die sonst immer mit abgezählten Schlägen die vollen Stunden angab, dreimal am Tag, um sechs Uhr früh, mittags um zwölf und abends um sechs, vorausgesetzt, die Konfirmanden, die zum Läuten eingeteilt waren, taten ihre Pflicht.

Schluss jetzt, Marion, zischte Frau Bunzel, schäm dich!, und zerrte sie von Ernst weg. Marion lachte und zeigte auf Ernst, dessen Augen aus den Höhlen traten vor Wut und Hilflosigkeit.

Untersteh' dich!, drohte Frau Bunzel ihrer Tochter.

Komm, hörte Ernst die Mutter sagen, wir gehen den Vater suchen.

Es kann doch höchstens fünf Uhr sein, so dunkel, wie es noch ist, dachte Martha, aber es läutete zehn-, fünfzehnmal und immer weiter. Die Soldaten blickten zum Turm hinauf, wo man die Glokke hin- und herschwingen sah, stellten fest, dass die Tür zum Glockenturm sich öffnen ließ, und gingen hinein. Als das Läuten schwächer und langsamer wurde, setzte die Orgel ein, mit dem Choral, der am kommenden Sonntag im Gottesdienst gesungen werden sollte: *Jesus, meine Zuversicht*.

Martha zögerte, dann folgte sie den Männern. Im Glockenturm war es finster. Die Akkorde der Orgel durchtosten das Gebäude mit einer Gewalt, die Angst machte, die Wände könnten einstürzen. Jemand musste mit voller Kraft die Bälge treten. Sie nahm Ernst fest an die Hand, bestieg mit ihm die Treppe, die zur Orgelempore hinüber führte, hielt sich am rauen Gemäuer, half dem Kind, das über die eigenen Füße stolperte, und erreichte endlich die Orgel.

Hilmar, fragte sie, was soll das? Hilmar?

Hilmar antwortete nicht. Angestrengt blickte er in die Noten, die von einer flackernden Kerze schwach beleuchtet waren, und spielte mit Händen und Füßen den Choral zu Ende. Dann schob er das Prinzipal und die Koppeln wieder hinein, zog blitzschnell zwei andere Register und begann die zweite Strophe, die nun zarter und leiser klang.

Ernsts Lippe blutete.

Hilmar, antworte mir doch!, sagte Martha und drückte ihren Ärmel gegen Ernsts Mund, um das Blut zu stillen.

Hilmar Kroll drehte kurz den Kopf und blickte an ihr vorbei, mit weiten Augen, wie ein Nachttier, das vom Lichtkegel einer Lampe überrascht wird. Dumpf polterten die Tritte der Soldaten die Turmtreppe hinunter. Die Tür schlug.

Ernsts Lippe blutete noch immer. In der kurzen Pause zwischen der zweiten und dritten Strophe hörte Martha den unsichtbaren Kalkanten die Bälge treten. Hilmar verwendete jetzt das Rohrflötenregister. Nebenan waren wieder schwere Schritte zu hören, offenbar schleppten die Soldaten sperriges Gerät ins Turmgebälk hinauf, das gegen die Mauern krachte.

Martha verstand nicht, warum ihr Mann die Orgel spielte, während Ungeheures in der Kirche vor sich ging. Sie beschloss, der Sache auf den Grund zu gehen, griff nach Ernsts Hand und stieg mit ihm die Treppe hinunter und dann in den Turm hinauf, am alten Spindler vorbei, der mit starrem Blick die Bälge trat. Kommandorufe der Soldaten mischten sich in die Orgelklänge. Schließlich war sie mit Ernst oben angelangt, wo die Glokken hingen, eine große und eine kleine. Weit geöffnet standen die hölzernen Flügel der Luke nach Aschau hinaus. Die Soldaten waren eben dabei, zwei Bretter, die sie hier heraufgeschleppt hatten, auf den Fenstersims zu legen. Am anderen Ende, unter der großen Glocke, lagen sie auf einem Balken auf und bildeten eine schiefe Ebene, eine Rutschbahn ins Freie. Einer der beiden, der größere, war damit beschäftigt, das Brett an zwei seitlichen Balken zu vertäuen. Auf seinem rechten Handrücken hatte er einen großen braunen Leberfleck.

Martha packte Ernsts Arm und zog ihn die Treppe hinunter und ins Freie.

Sie holen die Glocken!, rief sie.

Der Pfarrer, sonderbarerweise in seinem schwarzen Talar, den er sonst nur während des Gottesdienstes trug, war inzwischen eingetroffen und stand ein paar Schritte vom Kirchturm entfernt, im Gespräch mit den Frauen.

Herr Pfarrer, rief Martha, sie holen die Glocken!

Pfarrer Fuchs hob die Hände wie zum Segnen der Gemeinde am Ende des Gottesdienstes. Ich weiß, Frau Kroll, sagte er. Aber es ist nicht zu ändern. Die Männer haben mir den Befehl gezeigt – ein Schriftstück, unterzeichnet von allerhöchster Stelle ... Er legte die Hände vor der Brust ineinander, und seine Stimme tönte dunkel vor Zufriedenheit darüber, dass er einen schriftlichen Befehl *von allerhöchster Stelle* in der Hand gehalten hatte. Unsere Glocke wird anderweitig benötigt.

Martha widersprach, aber er schnitt ihr das Wort ab, indem er sich begütigend an alle wendete. Die kleine Glocke bleibt uns ja, sagte er, sie nehmen uns nicht beide. Auch die große wird mit Gottes Hilfe zurückkommen, wenn der Krieg aus ist. Und wenn nicht, dann hat eben auch unser Dorf seinen Beitrag leisten müssen.

Die Leute hatten sich inzwischen an der Aschauer Seite des Turms aufgestellt. Gegen die Sonne, die jetzt von der Bechstedter Höhe her blendete, beschatteten sie ihre Augen mit den Händen und schauten nach oben, wo das Brett aus der Luke ragte. Hilmar schlug die Orgel. Die Männer im Turm arbeiteten rhythmisch, unter lauten Zurufen. Man hörte sie eine gewaltige Last bewegen. Schließlich war der dunkle Rand der großen Glocke auf dem Brett zu sehen, das aus der Luke ragte. Einer der Soldaten streckte seinen Kopf heraus, brüllte: Obacht!, die Dorfbewohner wichen einige Schritte zurück, dann wurde langsam das Brett geneigt, die schwarze Bronze wölbte sich aus der Luke heraus, das Brett senkte sich weiter, bis der Glockenkörper, träge zuerst, dann schneller, ins Rutschen kam, in die Tiefe stürzte und stumpf aufschlug. Niemand sprach ein Wort. Nur Ernst lachte hell auf, verblüfft über eine solche Dreistigkeit: Jemand wagte es, die Kirchenglocke aus dem Turm zu werfen, einfach so, huiiii!

Zerbrochen war sie nicht. Sie hatte sich schief ins Erdreich hineingebohrt, stumm lag der Klöppel.

Die meisten Dorfbewohner sahen sie zum ersten Mal aus der Nähe. Erstaunt über ihre Größe gingen sie hin und betasteten das Metall, befühlten die Akanthusblätter, die sich um den oberen schlanken Teil des Glockenkörpers rankten, und lasen den sichtbaren Teil der Inschrift: IN AETERNUM, wurden aber dann vom Pfarrer aufgefordert zurückzutreten. Die Soldaten warfen die Bretter und das Tau durch die Luke wieder hinaus, kamen herunter, schaufelten die Glocke aus dem Erdreich frei und hievten sie auf den Lastwagen.

Währenddessen spielte die Orgel noch immer. Frau Kroll, sagte der Pfarrer und blickte seitlich zu Boden, sagen Sie Ihrem Mann, er soll aufhören und nach Hause gehen. Es hat doch keinen Sinn.

Martha blickte finster. Ernst stand neben ihr, den vorstehenden Unterkiefer trotzig erhoben.

Der Herr Pfarrer hat recht, sagte Frau Bunzel. Was sein muss, muss sein.

Martha schwieg, ging ein letztes Mal mit Ernst zur Orgel hinauf und redete Hilmar an, der so tat, als höre er sie nicht. Er starrte in die Noten und traktierte das Instrument mit Händen und Füßen.

Hilmar, komm, sagte sie und rüttelte an seiner Schulter. Er kam aus dem Takt, aber er machte sich steif.

Ich bleibe hier! Er grub die Finger in die Tasten und verspielte sich. Freiwillig gehe ich nicht! Sollen sie kommen und mich wegtragen!

Später stand sie im Schulzimmer am Fenster mit Ernst, den sie auf einen Stuhl gestellt hatte, und sah, wie die Soldaten die Prinzipalpfeifen aus der Kirche schleppten. Frau Bunzel sprach mit dem Pfarrer, während Marion hinter seinem Rücken Grimassen schnitt. Einer der Soldaten, auf der Ladefläche des Lastwagens stehend, Martha gegenüber und nur wenige Meter entfernt, nahm die Pfeifen entgegen. Klirrend fielen sie aufeinander, keine Töne mehr, nur Geräusche machten sie, achtlos hingeworfen, bloß noch Zinn. Der dieses grobe Geschäft verrichtete war ein schlanker, junger Mann. Sie sah den Leberfleck auf seiner Hand und verfolgte, wie er sich, mit beiden Beinen fest stehend, in der Körpermitte drehte, um eine Pfeife abzuwerfen, sich wieder zurückdrehte, um nach der nächsten Pfeife zu greifen, die ihm angereicht wurde, mit kraftvollen und geschmeidigen Bewegungen, und als er in einer Pause von zwei oder drei Sekunden, weil er offenbar spürte, dass er beobachtet wurde, den Blick zu ihrem Fenster hob, sie entdeckte und ihr zulächelte, wurde sie rot und trat einen Schritt zurück.

## 5

In den folgenden Tagen sprach der Vater nicht. Betrat er die Küche, lud die Luft sich auf, man wartete auf ein Gewitter. Das aber nicht kam. Schweigend löffelte er seine Suppe, schweigend verschwand er anschließend im Herrenzimmer. Kaum jemals sah er seinen Sohn an, und auch Martha fing allenfalls einen düsteren Blick auf, wenn sie ihn etwas fragte und keine Antwort bekam. Ernst fürchtete sich.

Der Vater ist böse, weil die Soldaten die Kirche geplündert haben, sagte sie zu Ernst. Wir müssen ihn in Ruhe lassen.

Aber der Zustand hielt an, obwohl Hilmar nicht mehr unterrichten musste, weil die Schule wegen der Ruhr schon vor dem Beginn der Sommerferien geschlossen worden war. Martha war allein gelassen mit den Nöten der Nahrungsbeschaffung, mit all der Plackerei wegen des langsamen, unverständigen Kindes und neuerdings mit der Angst vor der Ansteckung. Viele Male am Tag reinigte sie jetzt die Hände des Kindes mit einer Wurzelbürste. Ernst, der sich meist länger auf dem Abtritt aufhielt als nötig und der sich beim Abputzen mit Kot mehr beschmutzte als säuberte, weil ihm das Gefühl, dass es sich um Schmutz handle, immer noch fremd war, musste, wenn er auf dem Abtritt gewesen oder draußen umhergestreunt war, vollständig ausgezogen und von Kopf bis Fuß abgeschrubbt werden, zusätzlich zu aller anderen Mühe, die das Kind ihr bereitete. Trinkwasser musste abgekocht, das Waschwasser ständig gewechselt werden. Sie ging dreimal so oft Wasser holen wie sonst.

Die Johannisbeeren waren reif. Aber Marmelade konnte sie nicht kochen, weil der Zucker fehlte. Und seit dem Frühjahr war es verboten, statt Zucker Kohlrüben zum Einkochen zu verwenden. Also pflückte sie die Beeren, zupfte sie von den Stielen ab und stellte sie auf den Tisch.

Hilmar aß einen Löffel voll davon und schüttelte sich. Bah, die sauren Dinger, die haben wohl die Hühner nicht gewollt! Das war das einzige, was sie von ihm zu hören bekam.

An diesen Tagen trank Martha nicht nur die eine Tasse Erdrauchtee vor dem Zubettgehen, die Dr. Agemar verordnet hatte, sondern schon nach dem Mittagessen, wenn sie Hilmars Schweigen zu ertragen gehabt hatte und daran zu ersticken glaubte, am Nachmittag, und abends, wenn sie es kaum noch aushielt vor Groll und ohnmächtiger Wut, eine ganze Kanne. Der Erdrauch beruhigt und befreit, hatte Dr. Agemar gesagt. Und sie fand, dass es stimmte. Vielleicht bildete sie es sich nur ein. Aber ohne den Erdrauch wäre es gar nicht mehr gegangen.

Ein paarmal sah sie den jungen Doktor mit seinem rosigen Gesicht und seiner glänzenden Ledertasche, wie er zu Fabigs Gerda ging und neuerdings auch zur alten Frau Schöps, die beide die Ruhr hatten, wo er immer bloß strikte Hygiene predigte, ohne zu helfen, wie man hörte. Auch der ließ sie im Stich, obwohl er doch ein Mittel für Ernst in Aussicht gestellt hatte.

So gut sie konnte, mühte sie sich ab, Ernsts Entwicklung voranzubringen. Aber Fortschritte gab es kaum. Wenn sie daran dachte, dass er in zweieinhalb Jahren das Schulalter erreicht haben würde, wurde ihr angst und bang. Immerhin, die Farben hatte sie ihm beigebracht. Kurz nach seinem vierten Geburtstag, im April, war er so weit gewesen, dass er rot und gelb, blau und grün unterscheiden konnte. Aber er war so träge, so schläfrig, so unbeholfen mit Händen und Füßen, von der plumpen Zunge ganz zu schweigen, dass sie oft in Versuchung geriet, ihn zu rütteln und zu schütteln. Wenn sie ihn draußen bei den Hühnern neben dem Abtritt antraf und sah, wie Fliegen über sein Gesicht und seine Arme liefen, die er nicht verscheuchte, sondern ungehindert auf sich herumlaufen ließ, überkam sie ein Grauen, und wenn sie durchs Küchenfenster beobachtete, wie er am Rand der Schotterstraße hockte und langsam Steine umdrehte, um nachzusehen, ob ein Käfer darunter war, wenn sie sah, wie er mit seinen täppischen Fingern einen Stein nach dem anderen aufhob und wieder fallen ließ, stundenlang, und wie er sich kindisch freute, wenn endlich einmal ein aufgestörtes Krabbeltier erschrocken weglief, biss sie sich auf die Lippen, denn das war nun schon seit beinahe zwei Jahren sein liebster Zeitvertreib. Hilmar aber nahm keine Notiz davon. Hilmar sprach nicht. Er verschanzte sich im Herrenzimmer, blätterte, wie sie wusste, in Pamphleten der Unabhängigen Sozialdemokratie, die man besser nicht im Haus gehabt hätte, und brütete über Möglichkeiten der Weltverbesserung.

An manchen Tagen ging er zu Fuß nach Schwarzburg. Vom Taubenschlag aus konnte sie ihn als schwarzen Punkt sehen, der sich über die Höhe zwischen dem Himmelreich und dem Röderberg davonschlich. Da er nicht mit ihr sprach, fragte sie gar nicht, was er in Schwarzburg machte, mit wem er sich traf und zu welchem Zweck. Sie hatte so ihre Vermutungen, und es brachte sie gegen ihn auf wie alles andere.

Als sie an einem Nachmittag hörte, wie er wieder aus Schwarzburg zurückkam, im Hausflur seine Mütze an den Nagel hängte und im Herrenzimmer verschwinden wollte, stieß sie die Küchentür auf und schleuderte ihm ihre gesammelte Wut entgegen. Wenn du schon den ganzen Tag weg bist, könntest du den Jungen ruhig mal mitnehmen, dass er was sieht von der Welt!, rief sie hitzig.

Ernst klammerte sich an sein Holzpferd und schaute zu Boden. Martha erwartete eine bösartige Erwiderung, aber sonderbarerweise blieb sie aus. Hilmar kam in die Küche, bückte sich, nahm dem Jungen das Holzpferd ab, stellte es auf den Fußboden, griff nach Ernsts Hand und zog ihn hinter sich her zur Küchentür und hinaus auf den Flur.

Vom Fenster aus, das offen stand, sah Martha die beiden das Haus verlassen und ins Dorf hinuntergehen.

Sie wartete. Was war jetzt in ihn gefahren?

Nach einer Weile kamen sie wieder herauf, Ernst an Hilmars Hand, Hilmar, notgedrungen langsam gehend und in freundlichem Gespräch mit dem Jüngsten von Zempels, der ab dem Herbst in die Oberklasse gehen und zu den Konfirmanden gehören würde. Hilmar lachte sogar mit dem Jungen. Ja, mit anderen konnte er lachen! Zu dritt gingen sie auf die Kirche zu, sie sah Hilmar aufschließen, sah, wie sich die Tür hinter den dreien schloss, und hörte lange nichts. Dann setzte die Orgel ein, aber in der Schule war sie nur schwach zu hören. Die Töne hatten ihre Schärfe eingebüßt, ihren Glanz. Dumpf und mulmig flossen sie dahin.

Es war wohl der Zempels-Junge, der die Bälge trat ... Sie ließ das Fenster offen stehen, hackte das gesammelte Grünfutter für die Hühner und entsteinte die Pflaumen, die sie von ihrer Nachbarin Hilde Bogenschnitzer bekommen hatte. Die Kerne kamen in einen Eimer, der am Abend im „Deutschen Haus“ abgeliefert werden musste. Von dort wurden sie nach Schwarzburg gebracht, zusammen mit Kirschkernen und Menschenhaaren. Anscheinend übte Hilmar für den Gottesdienst am Sonntag oder für die Beerdigung der Gerda Fabig, um die es schlecht stand, wie Martha wusste. Sie erkannte den Choral *Wer nur den lieben Gott lässt walten* und ein Vorspiel dazu, das offenbar schwierig war, denn sie hörte Hilmar häufig stokken, abbrechen und Passagen wiederholen.

Es war das erste Mal, dass Ernst neben dem Vater auf der schmalen Orgelbank sitzen durfte. Mit klopfendem Herzen sah er aus nächster Nähe, wie die Finger des Vaters die weißen und schwarzen Tasten niederdrückten, und hörte auf die sanften Töne, die aus den Holzpfeifen kamen. Der Körper des Vaters geriet in Bewegung, wenn er die Pedale trat und sich mit Fußspitze und Ferse abwechselnd eine Reihe von Pedalen hinauf und hinunter arbeitete. Kam das rechte Bein des Vaters zum Einsatz, musste er sein Gewicht nach links verlagern und drückte Ernst ein wenig zur Seite. Wenn er abwechselnd den linken und den rechten Fuß benutzte, wurde eine Schaukelbewegung daraus, die Ernst genoss. Dabei war der Blick des Vaters strikt in die Noten gerichtet. Manchmal nahm er blitzschnell eine Hand von den Tasten, um eine Seite umzublättern. Ernst bewunderte seine Geschicklichkeit und Schnelligkeit. Meist traf der Vater die Töne, auch ohne auf das Manual zu blicken, aber nicht immer. Einmal, nach einem falschen Akkord, brach er ab, sank seufzend ein wenig in sich zusammen und horchte auf den Missklang, der im Kirchenschiff nachhallte. Dann griff er mit beiden Händen nach seinem Sohn und stellte ihn neben sich auf die Orgelbank. Mit dem linken Arm zog er das Kind dicht an sich heran, bis ihre Wangen sich berührten, den rechten streckte er aus und zeigte schräg nach oben. Ernst war sehr aufgeregt. Die Bartstoppeln des Vaters piekten.

Sieh mal!, sagte er und schaute der zahnlosen Orgel tief in den Rachen, in den Wald der hölzernen Pfeifen hinein, die verschieden hoch waren und rhythmisch versetzt standen und zwischen denen nur ganz hinten im Dunkeln noch einige kleine Zinnpfeifen schimmerten, die die Soldaten übersehen hatten oder die ihnen nicht der Mühe wert gewesen waren. Dann sagte er dem Kind etwas ins Ohr, mit einer leisen Stimme, in der etwas zitterte wie Angst oder Ingrimm, so dass Ernst, der den warmen Atem des Vaters an seinem Ohr spürte, nicht sicher sein konnte, ob er richtig verstand: Wer weiß, was sie uns noch alles wegnehmen werden ..., Ernst ...!

## 6

Herbert Bogenschnitzer war bei den ersten, die wiederkamen, lange bevor der Krieg zu Ende ging, rechtzeitig zur Kartoffelernte. Er hinkte. Der Splitter einer Granate hatte seinen rechten Knöchel zerfetzt. Das Sprunggelenk war steif geblieben. Martha und Hilmar Kroll erzählte er, Hauptgesprächsstoff unter den Frontsoldaten schon seit einem halben Jahr sei der begehrte Heimatschuss gewesen. Jeder habe eine andere Vorstellung gehabt, welches der perfekte Heimatschuss sei, der eine habe lieber ein Stück Fuß opfern wollen, der andere ein Stück Hand, was aber knifflig war, da es darauf ankam, nicht zu viele und jedenfalls die richtigen Finger zu opfern, und vor allem an der richtigen Hand, um kriegsuntauglich, aber nicht arbeitsuntauglich zu werden. Ausgeklügelte Berechnungen seien angestellt worden, welche Hand die richtige sei, ob die rechte oder die linke, und immer wieder sei man zu dem Ergebnis gekommen, dass ein Linkshänder, dessen rechte Hand getroffen würde, am besten dran wäre, jedenfalls wenn er niemandem verraten hatte, dass er Linkshänder war - was in den meisten Fällen zutraf, denn Linkshändigkeit war ein Makel, den man ungern eingestand.

Hilmar Kroll fand zu seiner Zufriedenheit bestätigt, was er bei seinen Schwarzburger Zusammenkünften gerüchteweise über die sinkende Moral der Truppen gehört hatte.

Einige habe er gekannt, sagte Herbert Bogenschnitzer, die vorhatten, sich ganz ohne Heimatschuss auf und davon zu machen, vor allem, als nach dem Frieden von Brest-Litowsk die Truppentransporte von der Ost- an die Westfront begannen. Sie malten sich aus, wie sie bei Nacht, wenn der Zug langsam fuhr, einfach aus dem Waggon springen würden, mitten in die Freiheit hinein. Er habe über solche Pläne nur den Kopf geschüttelt, denn als *Drückeberger* konnte man nicht ohne Umschweife zu seiner Familie zurück, sondern musste untertauchen und irgendwo im Verborgenen ein kümmerliches Leben fristen. Das sei aber doch das Wichtigste: wieder zu Hause und bei der Familie zu sein. Jeden Morgen müsse er sich zwicken, um das Glück zu begreifen, dass ausgerechnet er, Herbert Bogenschnitzer, sozusagen das große Los gezogen hatte mit seinem Granatsplitter, der den Fuß getroffen hatte, nicht die Hände, die er als Tischler zum Arbeiten so notwendig brauchte, und dass er nach vier Monaten Lazarett ganz rechtmäßig nach Hause gekommen war. Nichts geht über meinen Granatsplitter!, sagte er und lachte.

Ernst ließ sich von der Fröhlichkeit des Nachbarn anstecken. In der Stube des Schulhauses, über dem Nähtisch der Mutter, hing ein kleines

Bild an der Wand, eine holzgerahmte Zeichnung zweier Granatäpfel, die die Mutter ihm oft gezeigt hatte. Er wusste nichts von Waffen und machte sich bei den Erzählungen des Heimkehrers falsche Vorstellungen, aber er mochte den Mann, der ihn freundlich am Ohr zupfte, ihn zum Spaß in die Luft hob und ihn auf seinem Schoß hüpfen ließ.

Auch die Eltern waren froh, ihren Nachbarn wiederzuhaben. Man half sich gegenseitig, wenn etwas aus der Stadt zu besorgen oder ein Zaun zu reparieren war, man borgte einander Werkzeuge und teilte sich einen Handwagen. Als die Kartoffeln geerntet und vorschriftsmäßig abgeliefert waren – denn bis auf Weiteres durften nur eineinhalb Pfund pro Kopf und Tag behalten werden, alles Übrige war kraft einer Verordnung enteignet – und als die ersten Fröste kamen, gingen die beiden Männer zusammen auf den Röderberg, Brennholz machen.

Eines Abends brachte Herbert Bogenschnitzer ein großes, längliches Etui mit. Sieh mal, Ernst, was ich hier habe, sagte er. Er öffnete die Schnallen und klappte den Deckel hoch. Dann wickelte er ein mattbraun schimmerndes Instrument aus einem samtenen Tuch. Es bestand aus mehreren Rohren und einem Trichter, und als er es ansetzte und hineinblies, kamen großartige laute und tiefe Töne heraus. Ernst tropfte die Spucke aus dem Mundwinkel vor Staunen.

Herbert erzählte, er habe, als er einrücken musste, die Posaune in der Scheune versteckt. Über die Jahre war die Oberfläche braun angelaufen und stumpf geworden. Er spielte *Der Mond ist aufgegangen.* Martha wartete, bis er mit Blasen fertig war, dann holte sie ein weiches Tuch und fing an, den Trichter zu polieren. Hell glänzendes Messing kam unter ihren Händen zum Vorschein. Ernst lachte. Die Mutter gab ihm das Tuch, und er rieb damit auf dem Trichter herum, schob seinen Unterkiefer noch weiter vor als gewöhnlich, bis die Unterlippe beinahe die Nasenspitze berührte, und rieb wie ein Besessener, bis das Tuch schwarz war und der Trichter schon zur Hälfte blitzte und blinkte.

Meist kam Herbert Bogenschnitzer mit der Posaune an einem Samstagnachmittag herüber und ging mit dem Vater in die Kirche, um ein oder zwei Choräle zu üben, die er am Sonntag im Gottesdienst zur Orgel spielen wollte. Anschließend durfte Ernst noch ein Stück von der Posaune putzen. Wohlweislich tat Herbert Bogenschnitzer das nicht selbst.

Wenn du so weiter machst, sieht sie zu Weihnachten wieder aus wie neu, sagte er.

Einmal hielt er Ernst das Instrument hin und ließ ihn hineinblasen. Es kam aber nur Luft. Herbert zeigte ihm, wie er die Lippen ans Mundstück pressen musste. Ernst strengte sich an und streckte die Oberlippe vor, so weit es ging. Dann stieß er mit dicken Backen und aufgerissenen Augen alle Luft, die in seinen Lungen war, in das Rohr. Es kam ein Geräusch heraus, das klang wie ein Furz. Das machte großen Eindruck. Am lautesten lachte er selbst, und auch die Mutter und Herbert lachten, sogar der Vater schmunzelte. Als Herbert dann aber sagte, der Junge habe offensichtlich Talent, verdrehte Hilmar nur die Augen.

Der Nachbar kam oft, blieb aber nie lang. Er hatte die Tischlerei wieder aufgenommen, und er ließ seine Frau nicht gern allein. Hilde Bogenschnitzer, eine Sattlerstochter aus Sitzendorf, hatte, kurz nachdem Herbert Soldat geworden war, im vierten Monat der Schwangerschaft ihr erstes Kind verloren. Danach hatte sie viel geweint, und als Martha, die damals mit Ernst schwanger war und sich um Hilde kümmerte, so gut es ging, mit ihr über die Umstände dieser Fehlgeburt sprach, hatte Hilde gesagt, das viele Bücken und schwere Heben beim Rübenrausmachen sei schuld gewesen. Sie habe geschwollene Beine gehabt und das Gehen sei schmerzhaft gewesen, deshalb habe sie immer zwölf oder sogar vierzehn Runkelrüben in ihren Korb geladen, um nicht so oft hin und her laufen zu müssen, zum Wagen und zurück aufs Feld, dabei wären zehn schon viel zu viel gewesen, acht seien eigentlich für eine Frau das Äußerste und für eine Schwangere höchstens sechs, habe die Hebamme ihr damals gesagt, nachdem sie das Kind verloren hatte, deshalb habe sie, die einen Tag lang immer zwölf oder vierzehn getragen habe, das Kind nicht halten können. Hilde Bogenschnitzer hatte sich mit Vorwürfen zermürbt, die Martha ihr auszureden versuchte, weil sie helfen wollte und weil sie ahnte, dass Hilde, zaghaft und ängstlich, wie sie nun einmal war, sich das Kind und die kleine Landwirtschaft ohne Herbert im Grunde nicht zutraute, schon die Landwirtschaft nicht, aber erst recht nicht das Kind, und dass sie es vielleicht auch deshalb verloren hatte.

Martha war anders. Als Wirtstochter hatte sie von klein auf erst zur Hand gehen, dann unter dem eisernen Regiment, das die Mutter in der Küche führte, bald regelrecht arbeiten müssen, hatte im „Gasthof zur Linde“ in Unterweißbach schon als Mädchen gelernt, ihrer eigenen Stimmung ungeachtet, die oft wild und finster war, mit Fremden und Bekannten höflich umzugehen, sich vor Frechheiten und Zudringlichkeiten der Gäste in Acht zu nehmen, und hatte bei der Arbeit im Schankraum mehr als einen Blick in die dunklen Schächte der menschlichen Seele geworfen. Sie brauchte eine solche Fürsorge nicht, wie Herbert sie seiner Frau gegenüber an den Tag legte, und doch beneidete sie Hilde manchmal um ihren gutmütigen, nachsichtigen und meist fröhlichen Mann. Während sie mit dem üblichen Brechreiz die Tauben fütterte, dachte sie, dass Hilmar recht gehabt hatte, die Tauben anzuschaffen, die ihnen das Auskommen während der Kriegszeit erträglicher machten. Und sie dachte, dass Herbert Bogenschnitzer seiner Frau niemals eine Arbeit zumuten würde, die ihr regelmäßig den Magen umdrehte.

## 7

Unangekündigt, mitten im Januar, die Küchenfenster waren vereist und das graugelbe Vormittagslicht zu schwach, um die Krusten zu schmelzen, kam der junge Doktor. Martha war gerade beschäftigt, Garn für den Handarbeitsunterricht herauszusuchen, den sie jeden Donnerstagnachmittag für die Schulmädchen zu halten hatte. Die Stube war ungeheizt, deshalb hatte sie ihren Nähkasten in die Küche geholt. Schon mit dem Klopfen trat der Doktor ein, ohne eine Aufforderung abzuwarten. Die Katze sprang von der Küchenbank, als er kam, stellte den Schwanz und verschwand im Flur. Ernst, der neben ihr eingenickt war, streckte Arme und Beine, setzte sich auf und gähnte. Mütze und Mantel von blitzenden Eiskristallen bedeckt, stand der Arzt in der Küche, ganz Mittelpunkt, die Augen blau, die Wangen tiefrot von der Kälte. In bedeutungsvollem Ton eröffnete er Martha, er habe, unter hohem persönlichen Einsatz und mit einigem auch finanziellen Aufwand, die Medizin für ihren Sohn beschafft. Nun wolle er darangehen, deren Wirksamkeit systematisch zu erproben und die Entwicklung des Kindes wissenschaftlich zu dokumentieren.

Martha klappte ihren Nähkasten zu.

Nachdem er abgelegt hatte, holte der Arzt aus seiner Ledertasche eine mit Zeitungspapier mehrfach umwickelte Blechbüchse heraus und legte sie auf den Tisch, blätterte in seinem Notizheft und schlug eine neue Seite auf, die er mit Namen und Datum versah. Dann wurde Ernst herangenommen: Körperlänge und Halsumfang des Kindes wurden gemessen, die Zahlen eingetragen. Ernst, von der Hand der Mutter gelenkt, muckste nicht, stand stramm, wie gefordert, und ertrug auch die Halsfessel. Eine kurze Befragung der Mutter zu Ernsts Verhalten schloss sich an, aber der Arzt notierte dazu nichts. Neu war, dass er eine Uhr aus der Hosentasche holte, die dort mit einer silbernen Kette befestigt war, um Ernst den Puls zu messen und die ermittelte Zahl niederzuschreiben.

Wissen Sie denn jetzt, was dem Jungen fehlt?, fragte Martha.

Der Doktor nickte. Es fehlt ihm ein Stoff, der hier drin ist, sagte er und tippte mit dem weißen Rand seines Zeigefingernagels auf die Blechbüchse.

Und was ist da drin?, fragte Martha.

Bevor er ihr antwortete, notierte der Arzt noch etwas in seinem Heft, etwas Wichtiges offenbar. Er holte ein Lineal aus seiner Ledertasche, um es anzulegen und etwas doppelt zu unterstreichen.

Eine Schild ... drüse vom Schaf, sagte er dann, ohne aufzusehen, indem er weiterschrieb.

Wie, sagte sie, und das soll ihm fehlen?

Exakt, sagte der Arzt und öffnete die Blechbüchse. Etwas Besseres gibt es nicht für ihn.

Martha beugte sich vor und sah ein zerklüftetes, rosigbraun glänzendes Stück Gewebe, so groß wie die Hand eines Kleinkindes, in der Büchse liegen. Als sie die Büchse in die Hand nahm, wackelte es. Was sollen wir denn damit machen?, fragte sie und stellte die Büchse wieder hin.

Zunächst brauchen wir eine Küchenwaage, sagte Doktor Stauch. Und einen Teller.

Martha fragte sich, ob das glibberige Ding, das sie gesehen hatte, überhaupt eine Medizin sein könne, und fürchtete, einen Fehler zu machen, ihrem Kind etwas anzutun. Man aß doch Drüsen nicht ... Sie dachte daran, Hilmar aus dem Unterricht zu holen, einen Aufschub zu erreichen.

Also bitte, Frau Kantor – eine Waage, einen Teller, und Messer und Gabel!, insistierte der Arzt.

Hilmar wird auch nicht wissen, was von Schafsdrüsen zu halten ist, dachte sie, und Hilmar setzt alle Hoffnung auf diesen Arzt. Wahrscheinlich wäre er nur ungehalten über die Störung und über ihr Zaudern.

Sie stand auf, nahm die Waage vom Küchenschrank und stellte sie auf den Tisch, holte dann einen Teller, eine Gabel und ein Küchenmesser.

Doktor Stauch griff nach der Blechbüchse und hielt sie schräg. Das rosigbraune Gebilde löste sich mit einem leise schmatzenden Geräusch vom Blech und platschte auf die Waagschale. Er hielt die Schale an, wartete, bis die Wiegebewegung vollständig zur Ruhe gekommen war, und trug in sein Notizbuch ein, was der Zeiger ihm sagte. Dann kippte er den Gewebeklumpen auf den Teller und schob ihn Ernst hin.

So, mein Junge, sagte er, nun iss mal schön deine Medizin!

Ernst sah den Arzt an, dann die Mutter.

Aber Herr Doktor, fragte sie leise, roh?

Unbedingt roh! Kochen dürfen Sie das nicht, sonst gehen die wertvollen Wirkstoffe verloren. Doktor Stauch blickte streng auf den Jungen hi-nunter.

Martha schluckte, biss die Lippen zusammen und schnitt einige kleine Stücke von dem rosabraunen Klumpen ab. Iss, sagte sie zu Ernst, der Doktor sagt, das wird gut für dich sein.

Gehorsam nahm Ernst die Gabel, spießte eins der Stückchen auf und steckte es in den Mund. Er kaute einen Moment und schluckte. Tränen schossen ihm in die Augen.

Nun mach, sagte der Arzt, ich habe nicht vor, bis Ostern zu warten.

Ernst schluckte, weinte, würgte, spuckte. Das glibberige Zeug lief ihm das Kinn herunter. Angewidert erhob sich der Arzt. Sehen Sie zu, dass er alles aufisst, sagte er zu Martha. Und beobachten Sie ihn sehr aufmerksam! Alle Veränderungen, die Sie an ihm bemerken, aufschreiben! Wir wollen sehen, ob es wirkt. Er zog seinen Mantel an und setzte sich die Mütze auf.

An der Tür fragte Martha ihn leise, ob sie die Medizin nicht wenigstens unter ein paar gekochte Kartoffeln mischen dürfe.

Wenn Sie Ihren Jungen unbedingt verpippeln wollen ...! Der Doktor zuckte verächtlich mit seinen Mundwinkeln, dann sagte er: Die Hauptsache ist, er kriegt es rein. Und zwar vollständig. Und lassen Sie die Kartoffeln gut abkühlen, bevor Sie's drunter mischen. Es darf auf keinen Fall erhitzt werden, hören Sie. Heute in einer Woche komme ich wieder.

Martha sah ihm nach, als er die Dorfstraße hinunterging. Dann wischte sie Ernst das Gesicht ab.

Ich kann das nicht, sagte er undeutlich und leise und schob den Teller weg.

Es fing wieder an zu schneien. Garben weißer Flocken wurden von einem Wind gegen die Fensterscheiben geworfen. Sie hafteten auf dem Eis. Bald war das Fenster weiß und undurchsichtig. Ernst stellte sich auf einen Stuhl und versuchte durchzusehen. Wenn er seine Nase an die Scheibe drückte, gab es einen Fleck. Aber zum Durchsehen reichte das nicht.

Als Hilmar mittags herunterkam, waren die Kartoffeln fertig gekocht. Für die Eltern gab es Weißkohl dazu. Ernsts Kartoffeln waren zerdrückt und sahen rosabräunlich aus. Die Mutter mischte außer Salz noch einen Teelöffel Kümmel darunter. Der Vater sprach das Tischgebet und alle aßen ihre Teller leer.

## 8

Durch den vielen Schnee, der in diesem Winter fiel, war das Dorf von Schwarzburg her mehrere Wochen lang beinahe unzugänglich, die Straße voller Schneewehen, in die man tief einsank, die Luft von schneidender Kälte. Kaum jemand machte sich auf diesen Weg, auch Hilmar verzichtete auf die Schwarzburger Zusammenkünfte. Manchmal schneite es so dicht, dass die Straße nicht mehr zu erkennen war. Dazu wehte ein eisiger Wind über die Höhe. Die Tannen ächzten, Äste krachten herunter. Aber Doktor Stauch kam, wie er gesagt hatte, in der folgenden Woche wieder, rotwangig, voller Erwartung und mit frisch gefüllter Blechbüchse.

Ernst saß am Küchentisch und versuchte Haselnüsse zu knacken. Dabei biss er die Zähne zusammen und seine Augen quollen hervor. Martha sorgte dafür, dass er den Gewebeklumpen nicht zu Gesicht bekam. Gemessen wurde an diesem Tag nicht, der Junge wurde auch nicht begrüßt. Der Arzt warf ihm einen kurzen, forschenden Blick zu, setzte sich, schlug sein Heft auf und fragte Martha, ob Ernst am vergangenen Donnerstag die ganze Medizin ordnungsgemäß eingenommen und bei sich behalten habe. Als sie nickte, machte er einen entsprechenden Vermerk. Dann fragte er, ob ihr an Ernst eine Besserung aufgefallen sei.

Martha berichtete, verändert sei er gewesen, sogar sehr. Sie finde aber nicht, dass man von einer Besserung sprechen könne. Tagsüber habe er gar nicht mehr geschlafen, nachts nur wenig. Schon am Abend des ersten Tages sei er in der Küche auf und ab gelaufen, immerzu laut brabbelnd, oft weinend, habe aber, wenn man ihn gefragt habe, was er wolle, nur das Gesicht verzogen, die Augen gerollt und den Kopf geschüttelt, sie auch einmal regelrecht weggestoßen; er habe sich nicht festhalten lassen, sondern sei wie ein Tier im Käfig auf und ab gehetzt, mehrmals sei er – da er zwei linke Füße habe und an ein solches Hetzen nicht gewöhnt sei – der Länge nach hingeschlagen und habe sich blaue Flecken geholt, manchmal habe er mit den Armen gefuchtelt und gebrüllt, als wolle er gleich aus seiner Haut fahren. Trotz alldem sei er auch zur Nacht nicht müde gewesen und habe, wenn sie ihn zu Bett bringen wollte, sich wie rasend auf den Boden geworfen und sich widersetzt auf eine Weise, die seinem Wesen ganz fremd sei. Der Vater habe ihn schließlich mit Gewalt packen und ins Bett stekken müssen. Mitten in der Nacht habe er sie dann geweckt und über Leibschmerzen geklagt. Sie sei mit ihm zum Abtritt gegangen. Einen üblen Durchfall habe er gehabt und bei schneidender Kälte eine lange Zeit auf dem Abtritt zugebracht. Der Durchfall habe an den folgenden Tagen angehalten und erst am Anfang der Woche wieder nachgelassen. Insgesamt habe der Junge auf sie einen wilden Eindruck gemacht, als stecke ein Drache in ihm, der heraus wolle, es aber nicht schaffe, sich nach draußen durchzufressen.

Der Doktor hörte aufmerksam zu. Er lächelte und nickte, während er in sein Heft schrieb. Dieses Nicken, dieses Lächeln brachten Martha auf. Ungefragt fügte sie hinzu, sie habe in den ersten Tagen ihr Kind nicht wiedererkannt, das sonst sanft, still und freundlich sei, und für sie liege es auf der Hand, dass diese Medizin dem Jungen mehr schade als nütze. Glücklicherweise sei er seit ein, zwei Tagen wieder fast so wie vorher.

Der Doktor machte weitere Notizen, lächelte aber nicht mehr.

Dennoch werden wir fortfahren müssen mit der Behandlung, sagte er, trocken, mit amtlicher Miene.

Martha widersprach.

Da legte der Arzt seinen Federhalter mit Nachdruck auf dem Notizheft ab, verschränkte die Arme und unterbrach sie. Soll er also doch klein bleiben? So klein, wie er jetzt ist, und alle Tage verschlafen und sein Lebtag nichts leisten? Soll er für immer an Ihrem Rockzipfel hängen und durchgefüttert werden?, fragte er, und es war ihm anzusehen, dass jeder Einwand ihm auf die Nerven gehen würde.

Nein, sagte sie, freilich soll er wachsen. Aber ... – sie hob eine Haarnadel auf, die ihr aus dem Zopf gefallen war, und steckte sie wieder hinein – es soll ihm doch auch gut gehen dabei.

Er zog die Augenbrauen hoch und sah sie durchdringend an. Ich muss mich wundern, Frau Kantor, sagte er. Mir scheint, etwas Dankbarkeit wäre angebracht ... Was denken Sie sich denn? Meinen Sie, ich mache das zum Vergnügen? Zwei Stunden sind es von Schwarzburg bei diesem Wetter! Die Medizin nicht einnehmen! Wenn er wachsen soll, gibt es keinen anderen Weg. Das ist wissenschaftlich erwiesen. Sie können von Glück sagen, dass ich seinen Fall studiert habe und dass ich ihm die Medizin besorge. Jede Woche wird's nicht gehen, und wenn der Sommer kommt, hört das Schlachten sowieso auf, aber bis es warm wird, werde ich alles daransetzen, um sie aufzutreiben, so regelmäßig wie möglich. Glauben Sie mir, einfach ist das nicht in unseren Zeiten ... Finden Sie so leicht jede Woche einen Schafbauern, der schlachtet? Das möchte ich sehen. Da muss man mit den Leuten bekannt sein, mit ihnen reden, ihnen hier und da ein Geschäft vermitteln und selber Hammelfleisch abkaufen, damit sie überhaupt zugänglich werden. Wäre es nicht für die Wissenschaft, mich brächten keine zehn Pferde dazu.

Martha blickte zu Boden. Ansehen konnte sie ihn nicht. Aber sie widersprach nicht mehr.

Also, sagte der Arzt plötzlich sehr laut, stand auf, bückte sich, streckte eine Hand vor und kniff Ernst ins Ohr, der die Nussschalen mit beiden Händen zu einem Häufchen zusammengeschoben hatte, also, Junge, immer fein die Medizin genommen! Du willst doch groß und stark werden?

Ernst nickte.

Na also! In drei Wochen wirst du wieder gemessen, dann wollen wir doch mal sehen, wer recht behält. Er griff nach Mantel und Mütze und verabschiedete sich, indem er seinen Besuch für den nächsten Donnerstag ankündigte.

Hilmar, dem Martha später vom Besuch des Arztes berichtete, entschied gegen ihren Willen, es müsse ein Versuch gemacht werden. Da die Verordnung wissenschaftlich abgesichert sei und da man weder eine andere Behandlungsmöglichkeit in Aussicht habe noch sich mit dem Status quo abfinden könne, müsse man die Anweisungen des Arztes wenigstens drei Monate lang gewissenhaft ausführen, um absehen zu können, ob die Behandlung Aussicht auf Erfolg habe. Tränen liefen Martha übers Gesicht, als sie den Drüsenklumpen, der glatt wie ein Aal, aber weich wie Kutteln zwischen ihren Fingern wegschlüpfte, mit dem Messer erst zerschnitt und dann zerhackte und den entstandenen Brei unter Ernsts Kartoffeln mischte.

## 9

Wenn im Oktober der Sturm durch die Krone der alten Linde auf dem Pfarrhof fegte, welke Blätter und morsche Äste herunterriss, sammelten sich dort die kleinen Kinder und spielten ein einfaches, waghalsiges Spiel. Um den Stamm der Linde rannten sie herum, vom Gesang des Windes in den Zweigen wild gemacht, schnell und schneller, sie stampften in die Pfützen, dass es spritzte, schrien, wenn ein Ast herunterkrachte, lachten, wenn er sie verfehlte, und noch lauter, wenn einer sie traf, weil sie ihren Mut und ihre Kraft gerade dann bewiesen fanden, wenn es wehtat. Legte sich der Wind, drückten sie sich bäuchlings an die Rinde, streckten die Arme aus, versuchten einander an den Händen zu fassen, maßen mit ihren Körpern den Umfang des Baumstamms, der wie immer dem Sturm getrotzt hatte, und glaubten tief atmend seine Kraft in sich aufzunehmen.

Dieses Spiel reizte Ernst zum Mitmachen, der sonst immer abseits stand, wenn die anderen Kinder auf Stelzen liefen, hickelten oder mit Murmeln spielten. Sein Gleichgewichtssinn war zu schwach ausgeprägt und es fehlte ihm an Geschicklichkeit. In den beiden Monaten, in denen der Arzt regelmäßig gekommen war, um frische Schafsschilddrüsen zu bringen, hatte er tatsächlich einen Schuss getan. Nicht das Maß eines Fünfjährigen, aber immerhin das eines durchschnittlichen Vierjährigen hatte er erreicht. Hedwig Schöps war jetzt nur noch einen halben Kopf größer als er. Der Preis dafür war hoch gewesen. Die Behandlung hatte viel Geld gekostet, die Tauben und Eier nicht gerechnet, die die Mutter auf Anweisung des Vaters dem Doktor mitgab, vor allem aber viel Nervenkraft, denn in dem rosabraunen Kartoffelbrei, den Ernst widerstandslos aß, lauerte der Drache, der sich jedes Mal fast eine ganze Woche lang in ihm wand, der ihn auf den Abtritt hetzte, ihn um den Schlaf brachte, ihn zu unsinnigen Taten und zu grundloser Raserei anstachelte.

Seit der Doktor nicht mehr kam, weil er in Leipzig eine, wie er gesagt hatte, *bessere Stelle mit Verbindung zur Universität* gefunden hatte, war auch der Drache nicht mehr gekommen. Etwas weniger verschwollen sah der Junge aus, etwas wacher schien er, aber die frühere sanfte Langsamkeit war zurückgekehrt.

Er war der letzte, der zu den Kindern stieß, die um die Linde rannten, während oben in den Blättern der Wind wütete. Ganz außen hielt er sich, denn die anderen fetzten innen so schnell an ihm vorbei, dass er fürchtete, ihnen ins Gehege zu kommen, und versuchte seine Beine auf Trab zu bringen. Der Hofgrund war uneben und steinig. Das holperte. Er sah bunte Flecken und schräge Striche, die wie Blitze seinen Weg kreuzten, seine Füße schleppten und verhakten sich, die Kreise, die er um die Linde zog, eierten, und mehrmals flog der steinige Lehmboden auf ihn zu und schlug ihn ins Gesicht. Dann rappelte er sich wieder auf und strauchelte weiter auf seiner Außenbahn um die Linde herum, wie im Rausch. Die anderen Kinder fanden es drollig, wie er sich bemühte mitzuhalten. Sie lachten über seine Stürze, aber nicht boshaft oder schadenfroh. Stürze gehörten zu diesem Spiel wie die Schläge der herabfallenden Äste, das Heulen des Sturms und die Schrammen, die sie sich hinterher zeigten. Und wenn der Wind nachließ, wenn die Kinder sich an den dicken Stamm drückten und die Hände ineinander hakten, dann war auch für Ernst Platz genug. Er streckte seine Arme aus und hielt die aufgeschundenen Hände hin, jemand griff danach, links und rechts, und für einige Sekunden war er wie die anderen, gehörte zu ihnen und schloss die Augen vor Glück.

Dr. Agemar, der alte Arzt aus Königsee, betreute jetzt wieder die Familie. Er kam ins Dorf, weil Hilde Bogenschnitzer schwer an Mumps erkrankt war, und besuchte auch die Krolls, um nach dem Rechten zu sehen, wie er sagte. Martha erzählte ihm von der Behandlung, die Dr. Stauch bei Ernst begonnen und nach zwei Monaten wieder abgebrochen hatte. Der alte Doktor wiegte bedenklich den Kopf. Er kannte sich mit der Problematik nicht aus und sagte, er habe noch nie davon gehört, dass Schafsschilddrüsen etwas Gutes bewirken könnten; er wolle den jungen Kollegen keineswegs herabsetzen, aber von solchen Experimenten mit unerprobten Methoden halte er nicht viel. Für Ernst empfahl er viel Bewegung an frischer Luft. Der Junge muss noch lange genug drinnen sitzen, wenn er erst in der Schule ist, sagte er zu Martha, die dazu nickte. Ernst nickte, weil die Mutter nickte, und schaute schläfrig und ausdruckslos den Arzt an.

## 10

Nach und nach kehrten Männer in das Dorf zurück, als der Krieg zu Ende war. Manche Kinder hatten jetzt wieder Väter. Dem Vater von Hedwig Schöps fehlte ein Bein, der Sohn des alten Much litt an den Folgen einer Kopfverletzung, der

Gastwirt der „Traube“, Erich Oberwasser, hatte eine Hand verloren. Auch mit Werner Zempel, der sechs Kinder hatte, war es nach einem Bauchschuss nichts Rechtes mehr. Ungefähr die Hälfte der Familien blieb vaterlos. Herta Lüdenstedt, deren Mann als vermisst galt, musste sich von den Frauen, deren Männer tot waren, sagen lassen, sie habe es gut, vermisst sei besser als tot, sie könne immerhin noch Hoffnung haben. Dabei war sie tagaus, tagein damit beschäftigt, die Hoffnung niederzuringen, zu ersticken, in sich abzutöten, diese Hoffnung, die mit jedem neuen Tag haltloser wurde und die bei der Schinderei im Stall und auf dem Acker, wie sie schon früh geahnt hatte, ihr schlimmster Feind war, immer wieder hell aufflackernd zwischen den Saatfurchen, aufschäumend in den Melkeimern. Ihren Hof, einen der größten und stattlichsten des Dorfes, musste sie mit ihrer Mutter, ihrer Schwester und ihrem Schwager allein bewirtschaften, ihre Kinder waren noch zu klein für schwere Arbeit.

Gefeiert wurde der Frieden nicht, nur die kleine Glocke wurde geläutet, was armselig genug klang. Die allgemeine Stimmung war trübe. Abgesehen von der Enttäuschung über die deutsche Niederlage, die einige im Dorf empfanden – im Gegensatz zu Hilmar Kroll, den das Ende der Monarchie mit Genugtuung erfüllte – war die Armut nach wie vor erdrückend. Aber es gab ein paar Arbeitskräfte mehr und die Felder wurden besser bestellt als in den Kriegsjahren, das Dach des „Deutschen Hauses" konnte neu gedeckt und die Scheune des Gutshauses repariert werden. Im Frühling wurde die Arbeit in der Schwerspatgrube wieder aufgenommen. Die 56 Schulkinder, die Hilmar zu unterrichten hatte, trugen großenteils geflickte, abgewetzte Kleider, aber alle fanden jetzt einen Sitzplatz im Schulzimmer, denn Herbert Bogenschnitzer hatte drei neue Bänke gezimmert. Und nachdem Friedrich Ebert in Schwarzburg die Weimarer Verfassung unterzeichnet hatte, was dort in aller Schlichtheit begangen worden war, änderte sich noch etwas: Hilmar hatte als Lehrer keine Kantorenpflichten mehr, Martha musste das Altartuch nicht mehr waschen, denn Kirche und Staat waren nun getrennt. Das reguläre Kantorenamt übernahm Heinz Wengler, der Gastwirt des „Deutschen Hauses", der ein wenig Klavier spielen konnte und sich nach und nach mit der Orgel vertraut machte, vorerst ohne deren Pedale zu benutzen. Seine Künste reichten an Hilmars nicht heran, aber das störte niemanden, schon gar nicht den neuen Kantor selbst. Er freute sich über den kleinen Zuverdienst. Während Hilmar samstags immer geübt hatte, weniger aus Rücksicht auf die Gemeinde als aus Respekt vor der Musik, hatte Heinz Wengler die Gewohnheit, an den Samstagabenden mit seinen Gästen zu trinken. Sonntagsmorgens im Gottesdienst befand er sich dann meist noch in einer Art mittelschweren Betäubungszustands. Oft schlief er ein und musste von einem der Konfirmanden angestoßen werden, damit die Liturgie nicht ins Stocken geriet. Hilmar war nicht unzufrieden, den Kantorendienst los zu sein. Es war nur die Verpflichtung, die entfiel, an die Orgel durfte er weiterhin, so oft er wollte. Manchmal spielte er mit Herbert Bogenschnitzer zusammen einen Choral im Gottesdienst, manchmal strich er die Geige zur Orgel. Und er gründete einen Bläserchor, den er dirigierte. Anfangs waren es nur vier Bläser, darunter Herbert Bogenschnitzer mit seiner blankpolierten Posaune, aber nach und nach kamen einige jüngere Männer dazu, auch von Aschau und sogar von Sitzendorf. Die Sitzendorfer benutzten den Leichenweg, auf dem ihre Vorfahren, als Sitzendorf noch keinen eigenen Friedhof hatte, ihre Toten ins Nachbardorf gebracht hatten, um sie dort zu beerdigen. Der Weg war noch weiter als der von Aschau, aber sie machten ihn jeden Mittwochabend, wenn im „Deutschen Haus“ geprobt wurde. Der orgelspielende Gastwirt war damit einverstanden, weil er anschließend noch ein paar Gläser Bier verkaufen konnte. Für die Dorfbewohner blieb Hilmar der Herr Kantor, Martha die Frau Kantor, und Ernst blieb „Kantors Ernst“.

Er, der oft genug zu hören bekommen hatte, dass er bald in die Schule kommen würde und sich deshalb anstrengen müsse, strengte sich an. Als erstes lernte er vom Vater, dass er ihn in der Schule nur mit *Herr Lehrer* anzusprechen habe, nicht mit *Vater*. Obwohl die Einschulung noch ein ganzes Jahr entfernt war, sprach er sich diese Anrede häufig leise vor, wenn er meinte, niemand außer den Hühnern könne ihn hören. Er liebte diese Anrede, weil sie den vermaledeiten F-Laut nicht enthielt und ihm leicht über die Lippen ging. Einmal bei Tisch, als der Vater ihn fragte, ob er nach dem Essen mit ihm Reisig sammeln gehen wolle, nickte er eifrig. Ja, Herr Lehrer, sagte er, und die Eltern lachten. Der Mutter half er, wo es ging, zeigte sich weniger ungeschickt beim Füttern der Hühner und der Tauben, polierte mit Ausdauer den Kupferkessel, den der Vater zu Weihnachten als Geschenk für Martha gekauft hatte, scheuerte den Spülstein mit der Wurzelbürste und bemühte sich, deutlicher zu sprechen.

## 11

Als die Süßkirschen abgeerntet und die Sauerkirschen schon reif waren, kam Doktor Agemar vorbei, um bei Martha nach dem Rechten zu sehen. Sie sprachen eine Weile über die Frostspanner, die die Kirschen in Massen befallen hatten, und über den Stand des Getreides rings um das Dorf. Zögernd berichtete Martha ihm dann, sie werde neuerdings von morgendlicher Übelkeit geplagt. Da lächelte er, zwinkerte ihr zu und bestärkte sie darin, ihren Erdrauchtee regelmäßig zu trinken. Die Schatten um ihre dunklen Augen, die Falten auf ihrer Stirn, die von Besorgnis, von Unruhe, vielleicht sogar von Angst zeugten, überging er, denn er ahnte, welcher Art ihre Befürchtungen waren, und er wusste, dass es ihm an überzeugenden Gründen fehlen würde, um sie zu zerstreuen. Stattdessen strahlte er Zuversicht aus und gab seiner Stimme einen väterlich beruhigenden Ton – dies war ohnehin jene therapeutische Maßnahme, die in seiner Praxis am häufigsten zum Einsatz kam.

In einer der folgenden Nächte träumte Martha, sie sei mit Hilmar in einen fürchterlichen Streit geraten. Ernst hatte irgendetwas beschmutzt oder beschädigt, das Hilmar wichtig war – eine Schulmappe, einen Federhalter oder etwas dergleichen. Der Anlass war schnell vergessen, schon ging es ins Grundsätzliche. Sie befanden sich mit einem Mal auf einem Acker, um Rüben zu hacken (tatsächlich geschah es niemals, dass Hilmar auf dem Feld arbeitete), und sie kam nicht dazu, sich zu bücken und ihren Schuh zuzubinden, dessen Schnürsenkel sich gelöst hatte, denn Hilmar, maschinenmäßig die Hacke schwingend und immerzu in gerader Linie vorrückend, überhäufte sie mit Sarkasmus, als sie Ernst, und mit heftigen Anklagen, als sie sich selbst verteidigen wollte. Er warf ihr vor, den einzig vernünftigen Menschen weit und breit, nämlich Dr. Stauch, jenen Leuchtturm der Heilkunst, mit ihrer Krittelei vertrieben und dessen wissenschaftlich fundierte Behandlung, die der einzige Hoffnungsschimmer gewesen sei, mit ihrem Misstrauen torpediert zu haben, nur wegen ihrer durch und durch weiblichen Neigung, das dumme Kind zu verpippeln, über dessen Blödigkeit sich das ganze Dorf das Maul zerreiße, so dass er, der Lehrer, früher eine Respektsperson, mehr und mehr zur lächerlichen Figur werde, wo es doch auf der Hand liege, dass sie die Schuldige sei, die diese Missgeburt zur Welt gebracht habe, und er holte mit der Hacke aus und hieb sie in die Erde wie ein Wahnsinniger. Martha, die ihm in heller Empörung Widerworte hinschleudern wollte, fand sich außerstande zu sprechen, den Mund machte sie auf, aber heraus kam nichts. Da fiel ihr ein, dass sie auf dem Herd einen Topf Milch aufgesetzt hatte, und sie wollte schnell ins Schulhaus laufen, um zu sehen, ob die Milch übergekocht und verbrannt wäre, denn ihre Mutter, die Gastwirtin, hatte ihr eingeschärft, man dürfe einen aufgesetzten Topf Milch niemals aus den Augen lassen. Aber ihre Füße sanken ein in den Ackerboden, nur mit äußerster Anstrengung kam sie voran. Hinter sich hörte sie Hilmars Hacke niedergehen, hörte ihn *verpippeln* rufen, *torpedieren* und *Missgeburt,* und sie kämpfte sich mühsam vorwärts, um seine

Stimme abzuschütteln, voller Verzweiflung an das dritte Kind denkend, das sie im nächsten Frühjahr zur Welt bringen sollte und von dem Hilmar noch nichts ahnte. Als sie sich einmal umdrehte, war sie überrascht, wie weit sie doch schon gekommen war: Hilmar mit seiner schwingenden Hacke war nur noch ein kurzer Bleistiftstrich, durchkreuzt von einem zweiten Strich, ein winziger Galgen am Horizont. Heftig atmend stieß sie die Tür zum Schulhaus auf und rannte in die Küche. Ihr Blick fiel auf den schweren, gusseisernen Herd. Auf diesen Herd starrte sie, weil der Schatten einer Erinnerung ihr sagte, sie suche dort etwas, und während sie die schwarze Platte ansah, das weiße Email, die eisernen Füße und den massigen Aschekasten, erschien ihr mit einem Mal der Herd als die Lösung, als herrlicher Ausweg aus ihrer Lage. Mehr, viel mehr als vierzehn Runkelrüben, dachte sie, mindestens zweihundert Runkelrüben! Mit beiden Händen packte sie die eiserne Handtuchstange, die vorn angeschraubt war, und versuchte den Herd anzuheben. Sie brachte ihn keinen Millimeter vom Boden hoch, wegen seines Riesengewichts, aber die Stange hatte genau die richtige Höhe, war wie in kluger Voraussicht geradezu wunderbar passend für sie geschmiedet, schoss es ihr jetzt durch den Kopf, wie um alle Kraft, deren ihr Körper fähig war, aus ihr herauszuholen, und kerzengerade stehend, die Füße hüftbreit auseinander, zog sie an der Stange, bis der Schweiß ihr über die Wangen lief, zog und zog und ließ nicht nach, sondern wartete darauf, dass etwas in ihrem Inneren zerrisse, bis sie zwei kleine Hände neben den ihren die Stange umklammern sah, denn Ernst war unbemerkt von hinten gekommen, hatte gesehen, dass die Mutter den Herd anheben wollte, und war zu ihr gelaufen, um ihr zu helfen wie immer, er stemmte sich mit gestreckten Armen von unten gegen die Stange – sie musste loslassen und aufwachen.

Hilmar drehte ihr den Rücken zu. Regelmäßig atmete er ein und aus. Martha fürchtete ihn zu wecken. Lautlos stand sie auf und lief in den Gang hinaus. Sie öffnete die Tür zu der Kammer, in der Ernst schlief, und trat an sein Bett. Er lag auf der Seite, atmete durch den offen stehenden Mund und rührte sich nicht. Du Guter, du Lieber!, flüsterte sie und strich ihm übers Haar. Dann ging sie in den Hausflur, wusch sich das heiße Gesicht, lief eine Weile auf und ab und versuchte sich zu beruhigen. Ihre Beine schmerzten, sie frös-telte. Im Schlafzimmer fand sie Hilmar, wie sie ihn verlassen hatte. Lange lag sie neben ihm, beide Hände auf dem Bauch, die Augen offen. Den Beinen tat das Liegen gut. Gegen vier Uhr morgens dachte sie an die Sauerkirschen, die reif waren und gepflückt werden mussten. Dann schlief sie ein.

# 12

Die Hebamme Emmeline Mohr kam von Sitzendorf. Sie kam zu Fuß über den Leichenweg und schleppte in ihrer Tasche alles mit, was sie brauchte, um Kindern den Weg zu bahnen, heraus aus den Körpern ihrer Mütter, auch solchen, die quer lagen oder sich weigern wollten auf die Welt zu kommen. Die Tasche war mit einem Lederriemen auf den Rücken geschnallt, denn sie hatte die Hände lieber frei. Den Frauen half sie, ohne viel zu reden, indem sie mit ihren Händen hier oder da drückte oder massierte, ein Kissen an die passende Stelle steckte, um den Rücken zu stützen, ein kühlendes nasses Tuch auf die Stirn oder eine Wärmflasche an die Füße legte, vor allem aber indem sie Männer, Kinder und Verwandte fernhielt, die nur gestört hätten, durch ihre Angst oder ihre Gleichgültigkeit. Viel hätte sie zu erzählen gehabt, vor allem von den Männern. Aber reden war nicht ihre Sache.

Martha atmete auf, sobald sie hörte, dass die Hebamme im Haus war und unten mit Hilmar sprach. Gleich kam er mit ihr nach oben. Emmeline Mohr machte sich ein Bild von der Stärke und den Abständen der Wehen, dann verbannte sie Hilmar aus der Schlafkammer, schloss die Tür und packte in aller Ruhe ihre Sachen aus. Es war Abend, ein Abend im März, draußen war es noch kalt, und von Hilmar verlangte sie nichts weiter, als dass er eine zusätzliche Wolldecke bringen, für genügend frisches Wasser sorgen, das Feuer im Küchenherd unterhalten, für sich und Ernst ein Abendbrot und am nächsten Morgen ein Frühstück für alle bereiten solle. Sie selbst setzte sich auf einen Stuhl neben Marthas Bett und holte ein Strickzeug aus der Tasche. Als der Abend kam, vergewisserte sie sich, wo die Kerze stand, machte aber kein Licht, damit Martha während der Intervalle zwischen den Wehen eine Weile dösen und sich ein wenig erholen konnte. Die Stricknadeln klapperten leise in der Dämmerung, und als es dunkel wurde, nickte auch die Hebamme auf ihrem Stuhl ein.

Es war das dritte Mal, dass Emmeline Mohr hier war, um bei einer Geburt zu helfen, und Martha wusste, dass sie sich auf sie verlassen konnte. Vor ihr brauchte sie sich keinen Zwang anzutun. Sie stöhnte, wenn die Wehen sehr schmerzhaft waren. Na, sagte die Hebamme dann, wischte ihr die Schweißtropfen von der Stirn und legte eine Hand auf ihren Bauch oder streichelte langsam ihren Arm, und dieses *Na* hieß: So ist es recht, Frau Kantor, stöhnen und ausatmen ...

Gegen drei Uhr morgens setzten die Wehen mit Macht ein. Die Hebamme ging in die Küche hinunter, um Wasser zu kochen, brachte es in einer Schüssel in die Kammer hinauf, half Martha, die jetzt schrie, beim Schieben, Atmen und Kraftschöpfen, und eine halbe Stunde später war das Kind da, wurde von Emmeline Mohr abgetrocknet, Martha auf den Bauch gelegt und abgenabelt. Dann nahm sie das dunkelrote, schrumpelige Wesen an den Füßen, hielt es mit dem Kopf nach unten, wartete ein, zwei Sekunden, klopfte auf den winzigen Rücken, bis es schrie, während Martha, die bleich in den Kissen lag, Tränen der Erschöpfung vergoss, als sie diese Stimme zum ersten Mal hörte, die heiser klang, ungehalten, beinahe empört. Die Hebamme drehte das Kind wieder um, legte es Martha an die Brust und kümmerte sich um die Nachgeburt. Martha weinte. Sie spürte jetzt keine Schmerzen mehr, sondern das kleine Gewicht, das auf ihr lag, das zarte, warme Köpfchen, bedeckt von einem Flaum feuchter dunkler Haare, das sich in ihren Arm schmiegte.

Die Hebamme war währenddessen beschäftigt. Sie versorgte eine Wunde, die Martha nicht spürte, weil die Schmerzen vorher tausendmal heftiger gewesen waren, deckte den Eimer, der die Nachgeburt enthielt, mit einem Lappen ab, sammelte ihre Scheren und alle benutzten Leintücher und Stofftupfer in einem zweiten Eimer, bezog das Bett, in dem Martha lag, fast ohne sie zu stören, mit einem frischen Leintuch. Dann öffnete sie für ein paar Minuten das Fenster, um die Morgenluft hereinzulassen, schloss es wieder, nahm das Kind und half mit der freien Hand Martha in ein sauberes Nachthemd.

Nachdem alles Schreien verhallt, alles Blut weggewischt und alle anderen Spuren der schweren Arbeit so gut wie beseitigt waren, fragte sie Martha, ob sie den Herrn Kantor jetzt holen dürfe. Martha lächelte schlaftrunken und nickte.

Emmeline nahm den abgedeckten Eimer, klemmte sich die schmutzige Wäsche unter den Arm und verließ das Zimmer. Nach einer halben Stunde kam sie wieder herauf. Er wird gleich hier sein, sagte sie und setzte sich.

Martha, das Kind auf der Brust, schlief sofort wieder ein.

Dann klopfte es. Die Hebamme rief ihn herein, und er, gewaschen und angezogen, rasiert und die kurzen Haare nass gekämmt, mit rotem Kopf und voller Erwartung, blieb an der Tür stehen. Eine Diele knarrte unter seinem Fuß. Die Hebamme beugte sich zu Martha hinunter, nahm ihr das Kind aus den Armen und hielt es ihm entgegen. Martha lächelte.

Hilmar sah das Tuch, in das das Kind gehüllt war, auseinanderfallen, sah die krummen Beinchen strampeln und die kleine Spalte dazwischen, wurde weiß um die Mundwinkel, blickte zu Boden, presste die Lippen aufeinander, drehte sich um, ging hinaus und zog die Tür hinter sich zu. Seine schnellen Schritte polterten auf der Treppe und hallten wider, als er den Hausflur durchquerte. Dann fiel die Tür des Schulhauses krachend ins Schloss.

## 13

Ernst liebte seine winzige Schwester von Anfang an. Als er sie zum ersten Mal halten durfte, ein warmes, feuchtes Bündel, das sich in seinen Armen anfühlte wie ein kleiner Sack voll gekochter Kartoffeln, hätte er sie beinahe zerquetscht. Sie schrie sofort. Ernst erschrak, als die Mutter sie ihm wegnahm, denn nur aus Liebe hatte er so fest gedrückt. Er konnte nicht glauben, dass er etwas falsch machte, musste aber immer wieder erleben, dass seine Annäherungen Geschrei auslösten. Die zarten Finger, die feinen Ohren, die winzige Nase entfesselten in ihm eine ungestüme Zärtlichkeit. Häufig kam es vor, dass die Kleine sich erschreckte, wenn Ernsts verschwollenes Gesicht urplötzlich an ihrer Wiege erschien und sein dicker Finger auf ihr Auge zukam. Killekille, posaunte er in ihr Bettchen hinein, killekille - schon schrie sie und ließ sich nur mit Mühe beruhigen. Nach und nach brachte Martha ihm bei, dass er mit seiner Schwester behutsamer umgehen und leiser sprechen müsse als mit seinem Holzpferd. Niemals wagte sie es, ihn mit ihr allein zu lassen, immer behielt sie ihn im Blick, wenn er sich der Wiege näherte. Es konnte ja böse Folgen haben ...

Und er lernte seinen Liebesdrang zu zähmen, einen Abstand zu halten. Fing sie in ihrer Wiege an zu schreien, lief er hin und schaukelte sie, murmelte dazu etwas Sanftes, Sinnloses ohne F und ohne Zischlaute und griff nur ganz vorsichtig nach einem ihrer Füßchen. An seinen Augen, die dabei aus den Höhlen hervorquollen, konnte man ablesen, wie sehr er sich zu dieser Zurückhaltung zwingen musste.

Wenige Tage nach der Geburt der Tochter war Doktor Agemar gekommen und hatte sie gründlich untersucht. Nach allem, was ich sehen kann, hatte er dann zu Martha gesagt, ist die Kleine kerngesund, und Martha, der schon aufgefallen war, dass ihr Nabel gut verheilte und dass sie viel weniger schlief als Ernst nach seiner Geburt, war darüber erleichtert. Erst als sie dem Arzt ihre eigenen Beine zeigte, runzelte er die Stirn. In den letzten Wochen der Schwangerschaft waren ihre Krampfadern angeschwollen und schließlich aufgebrochen. Die offenen Stellen hatten sich entzündet. Der Arzt schüttelte den Kopf. Bei einer jungen Frau, wie Sie eine sind, habe ich das noch nie gesehen, sagte er. Zinksalbe, Frau Kantor, zweimal täglich auf die Wundränder, und die Binden täglich wechseln und nach Gebrauch immer gut durchkochen. Vor allem aber die Beine entlasten. Stehen ist das Schlechteste! Hochlegen, die Beine, so oft es geht!

Es ging nicht oft. Sie hatte jetzt zwei Kinder zu versorgen, die Wäsche nahm überhand. Windeln und Binden, Binden und Windeln. Sie scheuerte sich die Knöchel wund, um die Flecken halbwegs aus dem Mull herauszukriegen, bevor sie die Binden ins kochende Wasser warf. Oft war sie so erschöpft, dass sie sich in einer kurzen Ruhepause auf einen Stuhl fallen ließ und die geringe Kraft nicht mehr aufbrachte, die nötig gewesen wäre, um die Beine hochzulegen. Nur beim Stillen gelang es ihr manchmal. Sie schlief wenig. Das Kind beanspruchte sie viele Male in der Nacht.

Herbert Bogenschnitzer hatte ein neues Kinderbett gezimmert. Er hatte dabei an das Kind gedacht, das er sich selbst wünschte, aber Hilde wurde und wurde nicht schwanger. Das Kinderbett duftete nach Tischlerei und war Martha ein Trost. Es stand im elterlichen Schlafzimmer an ihrer Seite.

Immerhin, die Kleine trank gut und nahm zu. Wenn sie nach der Mahlzeit zufriedene Geräusche machte und lächelte, musste auch Martha lächeln. Die Freude über ihre Tochter war groß. Aber die Wunden an den Beinen heilten nicht.

Knapp vier Wochen nach ihrer Geburt taufte Pfarrer Fuchs Krolls Jüngste auf den Namen Helene. Zur Feier der Taufe kamen die Verwandten aus Unterweißbach, Marthas Schwester und deren Mann. Hilmars Brüder schickten Glückwünsche, aus Rudolstadt, aus Berlin, aus Wien. Herbert Bogenschnitzer wurde Pate. So sehr sich auch ringsum alle an Helene freuten, Hilmar blieb ungerührt. Mürrisch ließ er den Festtag über sich ergehen.

Am Abend nach der Taufe ging Martha ans Buffet in die Stube. In einem kleinen, silberfarbenen Halter aus Metall stand dort ihr Hochzeitsbild. Sie zog es heraus und legte es in die Schublade ihres Nähtischs, ganz hinten unter die Häkelnadeln. Den leeren Halter stellte sie aufs Buffet zurück.

Mit Hilmar sprach sie in diesen Tagen nur, wenn es sich nicht vermeiden ließ. Es war ein starkes Gift, das er ihr am Morgen der Geburt ihres dritten Kindes verabreicht hatte, ein Gift, dessen Wirkung anhielt und das sich langsam, aber stetig ausbreitete, in alle Bereiche ihres täglichen Ehelebens hinein. Nach und nach verfärbte sich alles ins Ungute, Üble, der Klang seiner Stimme, das Geräusch seiner Schritte auf dem Flur, seiner Atemzüge in der Nacht, das Waschen seiner Hemden, seiner Unterhosen, sogar das Hinstellen eines Suppentellers an seinen Platz am Küchentisch. Wenn eins der Schulmädchen in ihrem Handarbeitsunterricht respektvoll den „Herrn Lehrer" erwähnte, blickte Martha auf den Strumpf, den sie gerade stopfte, und sagte nichts dazu. Mit Sorge sah sie ihren Vorrat an Erdrauch-Tee zur Neige gehen. Sie verbrauchte ihn in großen Mengen, und bis zur nächsten Ernte waren es noch mindestens vier Monate.

Hilmar ging wie immer seiner Arbeit nach, außerdem dirigierte er den Bläserchor, vor allem aber besuchte er die Schwarzburger Zusammenkünfte, die im März, in den Wochen nach Helenes

Geburt, besonders häufig stattfanden. Tief in der Nacht kam er dann zurück. Martha, die seinen Schritt auf der Treppe hörte, wenn nicht schon viel früher beim Öffnen der Haustür, drehte der Mitte des ehelichen Betts ihren Rücken zu und stellte sich schlafend, wenn er, einen säuerlichen Schankhausgeruch verbreitend, der ihr aus ihrer Kindheit nur allzu vertraut war, ungeniert ächzend seine Stiefel auszog, Jacke, Hose und Hemd auf einen Stuhl warf und sich ins Bett fallen ließ, ohne die geringste Rücksicht auf sie und das Kind zu nehmen, als wären sie gar nicht da.

An den Nachmittagen verzog er sich oft in die Kirche, um Orgel zu üben. Neuerdings nahm er Ernst dazu mit. Ernst begleitete den Vater gern. Es waren immer nur ein paar Schritte, die er dann an der Hand des Vaters ging, aber diese Schritte hatten für ihn mehr Gewicht als andere. Wenn ihnen jemand aus dem Dorf über den Weg lief und ein paar Worte gewechselt wurden, spürte Ernst, mit welcher Achtung die Menschen seinem Vater begegneten, und stand sehr aufrecht daneben.

Vor der Kirche wartete meist schon der Kalkant, den Hilmar am Vormittag in der Schule gebeten hatte zu kommen. Drinnen kannte Ernst sich inzwischen aus. Er horchte auf den Widerhall, wenn die Tür zugefallen war, auf das Knacken der langen Tannenholzdielen, wenn der Vater über die Empore zur Orgel ging, er liebte die kühle Luft des Raums, das durch hohe Fenster einfallende Licht, den Geruch nach Staub und Holz, und es war schon eingespielt, dass der Vater sich als erster auf die Orgelbank setzte und *Das Graue!* sagte oder *Das Rote!*, worauf Ernst von einem Bord in einer Nische das entsprechende Notenbuch holte, denn die Farben konnte er. Das graue enthielt eine Choralsammlung und hatte einen zerfledderten Einband aus dünner Pappe, aber das rote war stabil in Leinen gebunden. Vorne war in großen Goldlettern der Name des Komponisten eingeprägt, die Initialen der beiden Vornamen und die vier Buchstaben des Nachnamens, der in Ernsts Ohren einen zauberischen Klang hatte und dessen Aussprache er heimlich übte, wenn er bei den Hühnern saß, unermüdlich, indem er mit starrem Blick die Lippen aufeinander presste, um dann mit einem Luftstoß ein *B* herauszubringen. Das war schwierig. Statt eines weichen *B* kam ein *P*, je mehr er sich anstrengte, desto zuverlässiger kam *P*, und er brauchte lange, um herauszufinden, dass es nur gelingen konnte, wenn er die Unterlippe, die er wegen der Fehlstellung seines Unterkiefers von vorn gegen die Oberlippe legte, ganz locker ließ und fast ohne Druck einen sanften Luftstrom hinausblies, auf dem das *ACH* wie zufällig mitfliegen konnte. Wenn das Notenbuch übergeben war, kletterte er neben den Vater auf die schmale Orgelbank, der Vater rief dem Kalkanten zu, er solle die Bälge treten, und fing an zu spielen, wenn der Wind kam. Meist übte er etwas aus dem roten Buch, denn er brauchte sich um den liturgischen Dienst nun nicht mehr zu kümmern.

Andächtig hörte und sah Ernst zu. Der orgelspielende Vater war ihm der liebste Vater. Und neuerdings kam dann noch etwas, das Ernst mit besonderer Erregung erwartete. Der Vater, wenn er fertig geübt hatte, rückte nämlich ein Stück zur Seite und ließ Ernst in der Mitte der Orgelbank sitzen. Ernst rutschte dann bis an die vordere Kante, um mit seinen kurzen Armen die Tasten zu erreichen. Der Vater nahm seine rechte Hand, legte sie auf die Tasten und führte ihm die Finger. Eine Melodie entstand, die die von *O Haupt voll Blut und Wunden* sein sollte und die auch für Ernst zu erkennen war. Das Geheimnis der Orgelmechanik durchschaute er nicht. Aber dass er mit seinen eigenen Fingern aus dem großen Instrument Töne herauslösen konnte, die durch den Kirchenraum schwebten, machte ihn stolz und glücklich.

Dadurch fand Martha am Nachmittag etwas Ruhe. Und es fiel ihr auf, dass nicht nur Ernst immer besonders zufrieden schien, wenn er mit dem Vater an der Orgel gewesen war, sondern dass auch Hilmar anschließend beim Abendessen etwas freundlicher mit Ernst umging als sonst.

## 14

Dicke weiße Wolken wurden über den blauen Himmel getrieben, in der Linde auf dem Pfarrhof rauschte der Wind. Vierzehn Kinder hatten sich in ihren besten Kleidern vor der Tür zum Schulhaus aufgestellt, einige Mütter und Väter standen auf der Schotterstraße und sahen zu, wie Lehrer Kroll sie nach der Größe ordnete, erst die Jungen, dann die Mädchen. Der Bläserchor, in kleiner Besetzung vertreten durch Zempels und Wenglers Älteste, die gerade aus der Schule heraus waren, durch Herbert Bogenschnitzer und Hedwigs Vater, Heinrich Schöps, für den man einen Klappstuhl gebracht hatte, damit er im Sitzen blasen konnte, denn seine Beinprothese - längst beantragt - ließ noch immer auf sich warten, spielte *Wie schön leucht' uns der Morgenstern.* Lehrer Kroll verlas die Namen der ABC-Schützen und hielt eine kurze Ansprache, in der er ihnen klar machte, dass das Lernen ganz allein ihre Sache sei, eine Arbeit, die sie mit Fleiß und Eifer zu verrichten hätten, und dass seine Aufgabe darin bestehe, ihnen zu zeigen, was sich zu lernen lohne, und ihnen fünf Jahre lang bei dieser Arbeit zu helfen, die ihnen niemand abnehmen könne, ihre Eltern nicht und er auch nicht. Dann spielte der Bläserchor *Geh' aus, mein Herz, und suche Freud'*, ungeachtet dessen, dass die Kinder anschließend keineswegs aus-, sondern ins Schulhaus hineingehen und mit der Arbeit beginnen sollten, und Zempels Ältester, der die Trompete blies, traf besonders die hohen Töne nicht, was einen komischen Effekt hatte, außerdem verhunzte er regelmäßig einen der tieferen Töne, der immer wiederkehrte, so dass Martha, die diesen Tag aus verschiedenen Gründen gefürchtet und in der Nacht in kaltem Schweiß wach gelegen hatte, nun lachen musste und dem jungen Trompeter für seine Patzer dankbar war.

Ernst stand in schnurgerader Linie mit den anderen siebenjährigen Kindern, als kleinster der acht Jungen, neben Hedwig Schöps, dem größten der sechs Mädchen. Die Linie der Kinderköpfe hatte dadurch eine Zacke. Er stand wie ein Soldat, das Kinn mit dem gewaltigen Unterkiefer erhoben, in kurzen Hosen, mit Kniestrümpfen, kariertem Hemd und Hosenträgern. Stolz blitzte aus seinen Augen.

Kurz darauf saß er in Reih und Glied mit den anderen im Schulzimmer. Endlich wollte er nun zum Vater „Herr Lehrer" sagen, denn das hatte er längst gelernt und konnte es wie geschmiert, er brannte darauf, es nun sagen zu dürfen, und war glücklich, als er es zum ersten Mal vor allen Schulkindern tun durfte. Was es aber bedeutete, dämmerte ihm erst nach und nach. In den letzten Monaten war es ihm zu einer lieben Gewohnheit geworden, an der Hand des Vaters in die Kirche oder durchs Dorf zu gehen. Jetzt hatte der Vater ihn abgeschüttelt. Undenkbar war es nun, dass er etwa an der Hand des Vaters das Schulzimmer betrat. Auch nach dem Ende des Unterrichts durfte er nicht auf den Vater warten. Ganz allein hatte er wieder hinunterzugehen. Überhaupt wurde er behandelt wie alle anderen Kinder auch. Als er am dritten oder vierten Schultag seinen Griffel unten vergessen hatte und aufstand, um in die Küche hinunterzugehen und ihn zu holen, fuhr der Vater ihn an: Was ihm einfalle! Er solle sich setzen! Nun konnte er die ganze Stunde über nicht schreiben. Während die anderen Kinder ihre Tafeln mit langen Reihen des kleinen Buchstabens b vollkratzten, saß Ernst, der, auch wenn er sich vollkommen aufrecht hielt, nur knapp über die schräge Schreibplatte seiner Bank blicken konnte, vor Scham verkrümmt wie eine Krampe und starrte in seinen Schoß, so dass der Vater nur seinen Scheitel sah. Am Ende, beim Vorzeigen der Ergebnisse, musste er seine leere Tafel hinhalten und erntete sein erstes „Ungenügend“, begleitet von einem kalten Blick des „Herrn Lehrers“.

Dies war das erste und letzte Mal in seiner gesamten Schulzeit, dass Ernst etwas im Erdgeschoss vergaß. Schritt für Schritt begriff er, dass der Vater im Schulzimmer nicht nur mit „Herr Lehrer“ angeredet werden musste, sondern dass er hier oben der Herr Lehrer *war*, ein ihm fremder Mann, der mit dem Vater nichts gemein hatte. Der Vater, der früher entweder gar nicht von ihm Notiz genommen oder ihn jäh mit heftigem Zorn überfallen hatte, der sich in letzter Zeit - ohne dass Ernst hätte sagen können, warum - ein wenig öfter und nachsichtiger mit ihm abgegeben, ihn insbesondere ab und zu an die Orgel mitgenommen hatte, behandelte ihn jetzt strikt und gesetzmäßig, wie er alle behandelte, nach Regeln, die Ausnahmen nicht duldeten, unerbittlich. Bei genauem Hinsehen sogar mit einer besonderen, steinernen Unerbittlichkeit. Es kam nämlich vor, in seltenen Fällen, dass der Vater einem der anderen Kinder ausnahmsweise eine Pflicht erließ oder dass er eine Regel lockerte, wenn er wusste, dass das Kind aus irgendeinem Grund eine Schonung nötig hatte. Ernst bemerkte das nicht. Er war vollauf damit beschäftigt, für sich selbst zu sorgen.

Auch er musste jetzt ein anderer werden. Bisher war er von den Kinderspielen ausgeschlossen gewesen, abgesehen vom Rennen um die Linde. Immer schon hatten alle gewusst, dass er klein geblieben war und auf sonderbare Weise zum Lachen aussah, dass er nicht auf Bäume klettern und nicht Ball spielen, nicht einmal vernünftig und ohne Stolpern laufen konnte, dass er zwei linke Hände hatte, unverständliches Zeug brabbelte, dass er in allem langsam, außerdem schwerhörig und wahrscheinlich vollkommen blöde war. Er war sonderbar, also hatten sie ihn abgesondert. Sie hatten sich so viel um ihn gekümmert wie etwa um einen Baumstumpf, der am Rand ihrer Spielplätze stand. Eine selige Freiheit hatte er genossen. Jetzt sollte er sich mit ihnen messen. Für die anderen Kinder war das, als hätte sich ein schläfriger, winterlahmer Dachs mit ins Schulzimmer hineingemogelt. Es beruhigte sie, dass es da einen gab, der alles viel schlechter konnte. Für ihn war es die schwerste aller Prüfungen. Er musste seine Sachen parat haben, er musste aufpassen, er wurde drangenommen und sollte verständlich sprechen wie alle andern. Es dauerte einige Wochen, bis er anfing, sich dieser Herausforderung bewusst zu werden. Zu Beginn war er im Schulzimmer fröhlich und unbekümmert gewesen. Er hatte eine Art Aufstieg erwartet und gehofft, die Luft im Obergeschoss mit Stolz atmen zu können. Nach und nach merkte er, dass schon die Vorbereitungen für das Aufpassen und Lernen seine Kräfte fast erschöpften. Endlos lang dauerte es, bis er seine Sachen ausgepackt und zurechtgelegt hatte. Wurde er drangenommen, lag seine Zunge wie ein lebloser Klumpen im Mund, und wenn der Lehrer, der schnell die Geduld verlor, ihn anherrschte: Sprich!, vergaß er vor Angst, was er hätte sagen können, und schon kam der nächste dran. Es war, als blende ihn ein Lichtkegel, der in strengem Takt von einem zum andern wanderte. Da er nicht schnell genug abschießen konnte, was er wusste, peinigte ihn das Licht und er fiel in schmachvolle Dunkelheit zurück, ehe er sich besinnen konnte. Er hörte dem Lehrer, der meist langsam, klar und deutlich sprach, durchaus zu und gab sich Mühe zu folgen, aber sein Denkapparat befand sich in einem anderen Land als der Sprechapparat und jeder kleinste Gedanke musste die größten Entfernungen zurücklegen. Waren dann endlich einmal die Sprechwerkzeuge in Betrieb, forderte das seine ganze Konzentration und verhinderte jegliches Denken. Wehe aber, er achtete einmal nicht ganz genau auf seine Lippen, seine Zunge und die Zähne, wenn er redete! Der Lehrer hatte zum Beispiel eine Feile mitgebracht und hielt sie hoch, um zu fragen, wie das Werkzeug heiße und wofür man es benutzen könne. Ernst, immer voller Eifer, wenn er etwas wusste und drangenommen wurde, verschluckte sich fast bei der Antwort und nuschelte etwas, das ähnlich wie *Eile* oder *Elle* klang. Falsch, schoss der Lehrer dann zurück, mit einem scharfen, überdeutlichen F, und ließ den Lichtkegel weiterwandern.

Das Schwerste von allem war das Schreiben. Ernsts Finger waren dick und ungelenk, wenn sie nicht taten, was verlangt war, strengte er sich doppelt an. Er gab sich Mühe, wollte es unbedingt können und versuchte mit Willenskraft und Anspannung aller Muskeln die fehlende Geschicklichkeit wettzumachen. Die Mutter, mit diesem Problem vertraut, hatte ihm immer Arbeiten gegeben, bei denen er mit bloßem Krafteinsatz zum Ziel kam: Schuhe putzen, den Kessel oder die Messingstange am Herd polieren. Aber jetzt sollte er schreiben lernen, wie alle anderen Kinder ... Er nahm den Griffel in die Faust und setzte die Spitze auf die Tafel. Dann riss er die Augen auf und drückte, so fest er konnte. Wenn er nun einen Strich ziehen wollte, brach die Mine ab. Bei den ersten derartigen Versuchen in der Schule war er im Nu schweißbedeckt, die kleine Schiefertafel eine halbe Stunde später ein Monument heillos vergeblicher Anstrengung, übersät von weißen Kalkpickeln und Minentrümmern. Hätte er doch eine Mistgabel in die Hand nehmen und den Hühnerstall ausmisten dürfen! Nicht einen einzigen Strich hatte er zustande gebracht.

Der Lehrer schüttelte nur den Kopf, als er es sah.

Später, am Mittagstisch, als er wieder der Vater war, fragte Martha, wie Ernst sich in der Schule mache.

Mit dem Schreiben wird's wohl nichts werden, sagte der Vater gerade so laut, dass Ernst es hören konnte.

Das erbitterte ihn. Am Nachmittag, zwischen zwei Mahlzeiten der kleinen Helene und während die Wäsche auf dem Herd kochte, zeigte Martha dem finster Entschlossenen, wie man den Griffel richtig hielt. Sie führte ihm die Hand, damit er spüre, welch ein geringer Druck nötig war, um den Griffel über den Schiefer zu ziehen. Er staunte. Diese Leichtigkeit war ihm nicht geheuer. Dann übte er allein, stundenlang, zunächst nur kurze Striche. Er stöhnte und ächzte dabei. Immer wieder brach die Mine ab, Tränen flossen. Aber nach einigen Tagen war ein kleiner Fortschritt zu sehen. Die Mutter zeigte ihm Zickzacklinien, wie sie in der deutschen Kurrentschrift viel gebraucht wurden, und schließlich sogar Schwünge, erst große einzelne, dann Wellenlinien, dann kleinere runde Kreise. Das komplizierte Zusammenspiel vieler kleiner Muskeln an den Fingern, die sich stufenlos und fein aufeinander abgestimmt spannen und entspannen mussten, um solche geschwungenen Linien zu zeichnen, war Ernsts Hand zunächst ganz unmöglich. Mit offenem Mund starrte er auf die Hände der Mutter, die die schönsten Schwünge hinbekam, und glaubte, im Innern ihrer Finger müsse ein geheimnisvoller Mechanismus versteckt sein. Er befühlte ihren Daumen, ihren Zeigefinger, um hinter das Geheimnis zu kommen. Aber es half nichts. Bei ihm kam nach jedem Kringel ein Krampf, er musste absetzen, die Hand lockern, von neuem ansetzen. Abends kroch der Schmerz in den Schreibfingern umher und hinderte ihn am Einschlafen.

Nach siebenundzwanzig qualvollen Tagen kratzte er den ersten Buchstaben auf die Tafel, ein kleines a. Dann lernte er auch die übrigen Buchstaben schreiben.

Dabei brauchte er für alles zehnmal so viel Zeit wie die anderen Kinder. Oft hörte man den Lehrer ungeduldig seinen Namen rufen, wenn er etwa seine Tafel, seinen Griffel immer noch nicht aus dem Ranzen geholt und auf die Bank gelegt hatte oder wenn er mit einer Aufgabe nicht vorankam: Ernst, mach! Mach!

Immer wurde er angetrieben, immer gehetzt. Aber seine geringe Auffassungsgabe, seine Unfähigkeit, sich zu beschleunigen, geschweige denn auf mehr als eine Sache gleichzeitig zu achten, schützten ihn auf der anderen Seite vor den vielfältigen Ablenkungen, denen die anderen Kinder ausgesetzt waren und die sie am Aufpassen hinderten. Er bemerkte es nicht einmal, wenn Bernhard Hetzels Haare hochstanden oder wenn Ingeborg Fuchs, die Tochter des Pfarrers, ein Loch im Strumpf hatte, worüber manche Mädchen stundenlang gickeln konnten, oder wenn eine Wespe, die sich ins Schulzimmer verirrt hatte, an den Fensterscheiben auf und ab lief und brummte, ohne einen Ausweg zu finden. Die Unruhe, die in einem mit 58 Schulkindern vollgestopften kleinen Raum oft herrschte und die den Lehrer veranlasste, mit seiner machtvollen Bassstimme dazwischenzufahren und mit dem Rohrstock auf das Katheder zu schlagen, berührte Ernst nur wie aus der Ferne, als ein Brodeln, ein Rauschen oder Rascheln. Seine Schwerhörigkeit, die ihn einhüllte wie Watte, bewahrte ihn, auch wenn es leise war, davor, all die gemurmelten Spötteleien, unterdrücktes Gelächter, geflüsterte Frechheiten, die Streiche und Ränke, die unter der

Bank ausgeheckt und heimlich ins Werk gesetzt wurden, überhaupt wahrzunehmen. Er nahm an ihnen nicht teil. Spott war ihm fremd, daher bemerkte er es nicht einmal, wenn er selbst zur Zielscheibe heimlichen Spotts wurde. Offen über ihn zu spotten wagte in der Schule niemand. So blieb er vorderhand unangetastet, ohne zu ahnen, dass letztlich die Autorität des Lehrers, seines Vaters, der Grund seiner Unantastbarkeit war.

## 15

Hilmar Kroll saß auf der hölzernen Bank in einem Waggon zweiter Klasse von Rudolstadt nach Rottenbach. Er hatte den Mantelkragen hochgeschlagen und die Mütze tief in die Stirn gezogen. Seit Tagen plagten ihn anfallsartig Hitze- und Kälteschauer und ein trockener Husten. Er nahm dergleichen aber nicht ernst, es gab Schlimmeres. Der Zug schwankte und schaukelte ihn hin und her, Dampf schlug gegen die Scheibe, es ging bergan.

Die Reise war kurz gewesen, und doch hatte Hilmar den Kopf voller Eindrücke, die ihn beschäftigten. Er kam aus Leipzig, wo er sich Klaviere angesehen und sich für ein Feurich-Klavier entschieden hatte. Das Frieren in der Kirche während der Herbst- und Wintermonate war er leid, er wollte sich auch im Schulhaus an die Tasten setzen können. In Rudolstadt hatte er zwei Stunden Aufenthalt gehabt, bevor der Zug nach Rottenbach weiterfuhr. Lange war er nicht mehr in der Kreisstadt gewesen, die Schwarzburger Zusammenkünfte hatten ihn davon abgehalten. Nachdem die Unabhängige Sozialdemokratie nun aber auseinandergebrochen war – ihm war das vorgekommen wie ein ein Unglück, wie ein dramatisches, höchst persönliches Scheitern, obwohl er seine Annäherung nicht einmal bis zur Mitgliedschaft vorangetrieben hatte – , nach diesem Bruch also war an den Abenden eine Leere in ihm hochgekrochen, die er nicht zu füllen gewusst hatte. Während der letzten Kriegsjahre hatte er beschlossen, es müsse etwas getan werden, er selbst müsse etwas tun gegen die Monarchie, gegen Kriegstreiberei und gegen haarsträubende soziale Missstände. Nach der Gründung der Republik hatte er die Illusion gehabt, nun selbst etwas bewirken zu können, und der wachsende Erfolg der Unabhängigen Sozialdemokraten hatte ihn darin bestärkt. Im vergangenen September war er fast entschlossen gewesen, Mitglied zu werden. Mit Leidenschaft hatte er an den Versammlungen der kleinen Schwarzburger Ortsgruppe teilgenommen, sich besonders gegen eine Spaltung ausgesprochen, die mit einem Mal in aller Munde war, und mit seinen Argumenten und der Klarheit seiner Rede hatte er mehr als einmal überzeugt. Man hatte ihn geschätzt und bereits auf ihn gezählt. Da war aus Berlin die Nachricht von der Spaltung gekommen. Sie hatte ihm den Boden unter den Füßen weggezogen. Den Plänen der Kommunisten misstraute er, es schien ihm zu gefährlich, die Grundlagen der bürgerlichen Ordnung zu zerstören, Privateigentum und Parlamentarismus abzuschaffen. Gerade eben war man die Monarchie losgeworden, nun sollte die lang ersehnte neue Ordnung schon über Bord geworfen werden, noch bevor man sie recht auf die Probe gestellt hatte? Ihm schien das voreilig und kopflos. Die Mehrheits-Sozialdemokraten hingegen verachtete er, schon seit den letzten Kriegsjahren, seit sie die Kriegsgegner aus ihren eigenen Reihen verbannt hatten. Als nun die Nachricht kam, dass die Unabhängigen Sozialdemokraten massenhaft zu den Kommunisten überliefen, während der sogenannte rechte Flügel der Partei zur Mehrheitssozialdemokratie abwanderte, verflüchtigten sich seine gerade erst ins Auge gefassten politischen Perspektiven, und er empfand seine Rückbildung zum einflusslosen Privatmann, der vor sich hin wurstelte, seine Familie ernährte und alle paar Jahre seine Stimme nur abgeben würde, statt sie zu erheben, als persönliches Versagen. Er hatte dann an den Nachmittagen Holz gemacht, Holz gehackt, sich an schwierigen Orgelstücken aufgerieben und sich abends – denn mit Martha allein hielt er es nicht aus – im „Deutschen Haus“ mit Bier betäubt. Er hatte es vermieden, die Zeitungen zu lesen, hatte überhaupt beschlossen, seine Lektüre auf Naturkundliches, vor allem Botanisches, zu beschränken. Auch in seinem Schulunterricht vermied er politische Themen. Lieber trug er den Kindern auf, Pflanzen in die Schule mitzubringen, die dann untersucht wurden. Oder er ging selbst mit ihnen ins Freie, bestimmte Hirtentäschel und Schlangenlauch und zeigte ihnen die Unterschiede zwischen lanzettlichen, rundlichen und schuppenförmigen Blattspreiten.

Ursprünglich hatte er vorgehabt, die Wartezeit in Rudolstadt für einen Spaziergang auf die Heidecksburg zu nutzen. Er erinnerte sich eines lustigen Ausflugs mit seinen drei Brüdern an einem Maisonntag. Zehn Jahre alt war er damals gewesen. Sie hatten Waldmeisterbrause getrunken, die an einem kleinen Verkaufsstand vor der Heidecksburg ausgeschenkt wurde. Heute jedoch, als schon beim Aussteigen aus dem Zug ein nasser Schneeregen ihn ärgerte, als er hustend den Saaldamm entlang ging und dann in die Bahnhofsgasse einbog, die bis zum Markt führte, verließ ihn alle Unternehmungslust. Die Heidecksburg hockte grau verhangen oben auf dem Berg und eine feuchte Kälte kroch ihm in die Ärmel und Hosenbeine, so dass er, einem plötzlichen Impuls folgend, die Wirtsstube des Gasthauses „Adler“ betrat, sich die Nässe vom Mantel klopfte und sich auf eine der Bänke fallen ließ, in der Nähe des Ofens.

Einige Tische weiter saß noch eine verspätete Mittagsgesellschaft dreier Herren, die vielleicht etwas zu feiern gehabt hatten, ihre Heiterkeit war nicht zu überhören. Sonst war es leer. Ein mageres Mädchen kam, in blau-weiß gestreifter Schürze, um ihn zu fragen, was er wünsche. Er bestellte einen Kaffee, später einen Teller Erbsensuppe, den er schnell auslöffelte, dann ein Bier, und als ihm warm wurde und er den ersten Schluck Bier getrunken hatte, griff er in der aufkommenden Behaglichkeit, ohne nachzudenken, nur aus Gewohnheit, nun doch nach der „Leipziger Volkszeitung“, die neben anderen Zeitungen, zwischen zwei Holzleisten eingespannt, an der Wand hing. Seit acht Wochen war dies die erste Zeitung, die er in die Hand nahm, wie ihm jetzt bewusst wurde, und trotz eines immer noch lebhaften Widerwillens las er sie genau und gründlich, während ihm der vertraute Geruch der Druckerschwärze in die Nase stieg, erst den politischen, dann den Wirtschafts- und den lokalen Teil, zuletzt die Nachrichten aus Kultur und Wissenschaft.

Ein kurzer Bericht war es, der ihm den Puls in die Höhe trieb, auf Seite 14, rechts unten.

Darf ich Ihnen noch etwas bringen?, fragte das Mädchen in der blau-weißen Schürze. Plötzlich kam es ihm vor, als ob sie schiele und als ob dieses Schielen auf eine Geistesschwäche hindeute, aber vielleicht bildete er sich das nur ein. Er schüttelte den Kopf und verlangte die Rechnung.

Die anderen Gäste waren schon gegangen, und mit einem Blick auf seine Taschenuhr stellte er fest, dass es höchste Zeit war, sich auf den Weg zum Bahnhof zu machen.

Während der Minuten, bis sie zurückkam, las er den Bericht nochmals mit größter Aufmerksamkeit und fühlte, wie die Sätze, die beim ersten Lesen vor seinem Auge zu flimmern und zu flackern begonnen hatten, jetzt schwerer wurden, fühlte die Schwere jedes einzelnen im Innern seines Leibes und wusste, er würde sie mitschleppen müssen. Er zahlte, gab dem Mädchen ein reichliches Trinkgeld, nahm Mütze und Mantel vom Haken und verließ schnell atmend das Lokal.

Die Kälte schlug ihm ins Gesicht, die doch, wie er wusste, nur eine läppische Stadtkälte war, eine Vorweihnachts- und beinahe noch Spätherbstkälte, nur der Anfang jener anderen, grimmigen Kälte im Dorf, die er vor sich hatte, einen ganzen Winter hindurch ... Er beeilte sich. Die eisige Luft brannte in seinen Bronchien. Als er den Bahnsteig erreichte, den Zug schon einfahren sah, der ihn nach Rottenbach bringen sollte, kam ein Hustenanfall, einer von der Sorte, die sein Inneres nach außen zu stülpen schien und ihn zwang, in der Körpermitte einzuknicken und beide Arme vor die Brust zu pressen, ein Husten, der vom Pfiff der Lokomotive und vom Kreischen der Bremsen übertönt wurde und der im Übrigen nur die Schleimhäute beschädigte, ohne irgendetwas zutage zu fördern.

Nun saß er auf der hölzernen Bank. Kurz schien es, als lichte sich der Nebel draußen. Er repetierte die Sätze, die ihm in die Knochen gefahren waren, er hörte sie, Wort für Wort, gesprochen mit erhobener Stimme in einem Auditorium, dessen Klappstühle leise knarrten und dessen Luft mit Bohnerwachsgeruch und gespannter Aufmerksamkeit angefüllt war:

*Welch ein greller Missklang! Auf der einen Seite unsere Jugend, teuerstes Gut, zu Tausenden hingeopfert auf dem Schlachtfeld – auf der anderen unheilbar Blödsinnige, jahraus, jahrein von unseren Idiotenanstalten mit größter Sorgfalt gepflegt und gehätschelt. Diese Existenzen sind nicht nur wertlos. Sie sind negativ, eine unerträgliche Belastung für ihre Angehörigen, für die Gesellschaft. Hoche und Binding kommen deshalb zu der Schlussfolgerung –*

Hilmar schluckte und zwang sich durchs Fenster zu sehen. Seine Blicke suchten in der grauen, nun schon dämmrigen Landschaft nach Halt. Sie folgten allem, was aus dem Nebel herausragte, einem Zaun, einem Baum, glitten zur Seite weg und schnellten wieder nach vorn, bis sich der nächste Haltepunkt fand. Ungeheuerlich, dachte er, hier von einer *Schlussfolgerung* zu sprechen, wo doch der Gedanke selbst bereits das Urteil war, mehr noch: der Ruf nach Vollstreckung! Der Zug fuhr ihm nicht schnell genug. Er machte sich Vorwürfe. Er reiste hier in der Weltgeschichte herum, anstatt zu Hause ein Auge auf seinen Sohn zu haben –

und das wegen eines Klaviers, wegen einer durch und durch luxuriösen Anschaffung! Wie quälend langsam der Zug sich vorarbeitete! Felder, Weiden, Triften, starr vom Raureif und weißlich, wurden am Fenster vorbeigeschoben. *Jahraus, jahrein, gepflegt und gehätschelt,* hörte er, skandiert im Rhythmus der Gleisgeräusche, *Hoche und Binding, gepflegt und gehätschelt.* Er lehnte sich nach vorn, als könne er so die Fahrt beschleunigen. Seine Haare wurden feucht und kalt unter der Mütze, denn es war keine fremde Stimme, die in seinem Kopf deklamierte, sondern die Stimme eines Bekannten, die Stimme desjenigen, der hier zitiert worden war, weil er nämlich am 16. Dezember einen Gastvortrag gehalten hatte an der medizinischen Fakultät der Leipziger Universität, es war die Stimme des Dr. Stauch.

In Rottenbach musste er umsteigen. Der Zug nach Bechstedt-Trippstein stand auf dem Gleis, der Schaffner, die Trillerpfeife schon zwischen den Zähnen, trieb ihn zur Eile an und öffnete ihm eine Tür. Dankbar für den fliegenden Wechsel stieg er ein und hörte das Signal zur Abfahrt. Der Wagen war voll. Es lohnte nicht, für die kurze Strecke nach einem Sitzplatz zu suchen. Er blieb im Gang stehen, griff nach einer der Lederschlaufen, die vor ihm hin und her schwankten, und versuchte den Hustenreiz zu unterdrücken. Junge Leute schwatzten und lachten. Schwaden von Knoblauch und Bier hingen in der Luft.

Als einziger Fahrgast verließ er den Zug in Bechstedt-Trippstein. Auf der Höhe lag Schnee. Schläfrig blinzelten unten im Dorf, zwischen den dunklen Hügeln, einige Lichter. Er hörte den Zug sich Richtung Katzhütte entfernen, dann aus dem Bechstedter Tal herauf schwaches Hundegebell, dann nur noch das Knirschen seiner eigenen Schritte im Schnee, als er abwärts ging.

Martha würde er natürlich nichts davon erzählen. Sie hatte immer ihre Vorbehalte gegen den jungen Doktor gehabt, es wäre Wasser auf ihre Mühlen gewesen. Aber er nahm sich vor, der Sache nachzugehen. Es schien sich da etwas zusammenzubrauen, das ihm eine neuartige Angst einflößte. Er brauchte diesen Traktat von Hoche und Binding. Dafür würde er noch einmal nach Leipzig fahren müssen. Oder nach Erfurt. Es war doch riskant, sich im Dorf zu vergraben und die Zeitungen nicht zu lesen. Man musste wachsam sein.

## 16

Der Weg vom Schulhaus zu Fabigs hinunter war abschüssig. Links der Zaun des Schulgartens, rechts die Mauern des Pfarrhauses, dazwischen festgestampfte Erde, jetzt vom Regen aufgeweicht und glitschig, mit Löchern darin und Schotter, auf dem man Halt finden konnte, wenn man wollte.

Ernst wollte nicht. Er ließ sich nach unten mehr fallen als dass er ging, beugte den Oberkörper vor und ließ die Schwerkraft machen. Er gab sich keine Mühe, die Beine zu beherrschen, ließ die Füße in die Tiefe stolpern, immer schneller, dachte: Sie werden schon sehen, was sie davon haben, wenn ich stürze, wenn ich mir den Hals breche, wenn ich tot bin!, und der Griff der Milchkanne, die er in der Hand hielt, juckelte und quietschte nebendran. Ewig hetzten sie ihn, morgens der Vater und die anderen Kinder in der Schule, am Nachmittag die Mutter, von früh bis spät schallte es in seinen Ohren: Ernst, beeil dich! Wirst du denn nie fertig! Ernst, mach hin! Mach! Neuerdings auch die Schwester. Kaum konnte sie ein paar Wörter sprechen, äffte sie es schon den Eltern nach, das *Ernst, mach!*, und trieb ihn zur Eile an, obwohl sie noch gar nicht verstand, worum es ging. Die Eltern, anstatt ihr den Mund zu verbieten, lachten auch noch darüber, weil sie eine so große Freude hatten an dem flinken Kind.

Jedes neue Wort, das die Schwester sprach, versetzte Vater und Mutter in Entzücken, und geredet wurde jetzt so viel hin und her wie noch nie, besonders bei den Mahlzeiten. Wörterhagel, Lachen, blitzende Zähne, dreierlei Augen, Nasen, Lippen, die Bartstoppeln des Vaters, das Kopftuch, die Punkte auf der Schürze der Mutter, die beim Lachen hüpften und wackelten, die Fäuste und Finger der Schwester, die ununterbrochen in

Bewegung waren, ihr Geträller und Gelalle und Geschrei – ein ungeheures Durcheinander, wie erfunden, um ihn zu verstören. Am schlimmsten war es beim Mittagessen, wenn er nach den Aufregungen des Schultags, nach den Anstrengungen des Aufpassens und den Mühen des Schreibens ein wenig Ruhe nötig gehabt hätte. Es blieb ihm nichts anderes übrig als vor sich hin zu starren oder ganz die Augen zu schließen gegen das neuartige Familiengehampel. Er summte dann einen möglichst tiefen Ton vor sich hin, sehr leise, aber doch so, dass in seinem Bauch etwas vibrierte. Das beruhigte ihn. Oft merkten sie nicht einmal, dass er summte und sich abschloss von ihrer Welt. Sobald der Vater es hörte, rüttelte er ihn am Arm und hielt ihn zum Essen an. Aber nach und nach gewöhnten sie sich daran, dass er, wenn sie ihre Teller leer gegessen hatten und vom Tisch aufstanden, eigentlich erst anfing, seine inzwischen kalte Speise zu löffeln, und noch am Tisch saß, wenn die Mutter mit dem Abwasch fast fertig war. Dann drehte sie sich zu ihm herum mit tropfenden Händen, und schon kam es wieder, das ungehaltene *Mach, mach! Bist du noch nicht fertig! Könnt'st schon längst Milch geholt haben!*

Statt Milch zu holen hätte er sich lieber ans Klavier gesetzt. Der Vater war nachmittags meist unterwegs oder im Herrenzimmer, die Mutter mit Helene in der Küche oder im Garten. Die

Stube wurde selten gebraucht. So konnte er ab und zu ein wenig für sich sein und üben. Der Vater unterrichtete ihn nicht, dazu fehlte es ihm an Geduld. Aber er hatte ihn ans Klavier gelassen, hatte ihm gezeigt, auf welchem Stuhl er am besten saß, wie man Noten las und die Hände hielt. Einige Choralmelodien hatte er für ihn aufgeschrieben. Ernst liebte diese Lieder, die er vom Hören kannte, und übte eins nach dem anderen unermüdlich, vorerst nur mit der rechten Hand. Falsche Töne hörte er sofort und schimpfte mit dem schuldigen Finger, anschließend schlug er umso lauter viele Male den richtigen Ton an, damit der Finger sich ihn besser merke. Er ließ nicht nach, bis alle Töne an ihrem Platz waren. Wie schön klang so ein Lied, wenn das einmal gelang!

Trotz seines mutwilligen Gestolpers fiel er beim Milchholen nicht. Unten im Dorf angekommen, hatte er sich beinahe schon wieder beruhigt. Er stieß die hölzerne Tür zum Kuhstall von Fabigs auf, ging im Halbdunkel über die großen Steinplatten zwischen den Verschlägen hindurch, die mit frischem Stroh angefüllt waren, stieg drei Stufen hinauf und klopfte an die Tür.

Na, Ernst, wie geht's zu Haus?, fragte die junge Frau Fabig, deren Hände in einer großen Schüssel einen Brotteig kneteten. Es roch nach Hefe und süßer Milch. Zwei Kinder saßen breitbeinig in der

Küche auf dem Boden, beide jeweils mit einem Zipfel Wurst in der Hand, an dem sie nuckelten.

Danke, gut, sagte Ernst mit einem tiefen Diener und hielt ihr die Milchkanne hin, ließ dann die Arme herunterhängen und stand auf der Schwelle wie festgewachsen.

Na, sagte sie beifällig, wusch sich die Hände und schöpfte dann die Milch aus einem Blecheimer in die Kanne. Komm rein und mach die Tür zu.

Ernst trat näher und beugte sich zu den Kindern hinunter, einem etwa zweijährigen Mädchen und einem etwas größeren Jungen, er lächelte sie an und kniff das Mädchen in die Wange. Na, Anni, schmeckt's?, fragte er. Es klang wie *meckt's*. Das Mädchen zog mit einem schmatzenden Geräusch die Wurst aus dem Mund und schaute ihn entgeistert an. Langsam öffneten sich ihre Lippen. Aufessen!, sagte der Junge und stopfte ihr die Wurst wieder hinein.

Frau Fabig hielt Ernst die Kanne hin. Die Milch war noch warm. Er holte die Münzen aus seiner Hosentasche, die die Mutter ihm mitgegeben hatte, und legte sie in Frau Fabigs Hand, mühte sich dann mit dem F-Laut ab, nickte dabei schon und brachte das *Vielen Dank!* ganz verständlich heraus.

Sag deiner Mutter, wir schlachten am Montag, wenn sie was will. Und die Woche drauf gibt's wieder Quark und Butter.

Ja, sagte er, nickte und ging.

Langsam trug er die Milchkanne durch den Stall, den Blick nach unten gerichtet. Er genoss es, für sich zu sein, und machte noch einen kleinen Abstecher in den schmalen Hohlweg, der hinter dem Fabigschen Gehöft zum Pfarrhaus hinaufführte. Hier war es still, und die Mutter konnte ihn von der Schule aus nicht sehen. Oberhalb der Böschung lagen die Gärten von Hetzels und Bogenschnitzers. Als die Katze von Bogenschnitzers mit einem Satz von der Böschung sprang, blieb er stehen und bückte sich nach ihr. Er hatte inzwischen gelernt, Katzen beim Streicheln nicht zu Boden zu drücken, sondern ihr Fell sanfter zu berühren, so dass sie dablieben. Diese hier war braun-weiß gefleckt, nicht grau getigert wie die eigene. Miez, Miez, sagte er leise, während er sie streichelte. Sie ließ es sich eine Weile gefallen und schnurrte, dann horchte sie auf ein Geräusch, das für seine Ohren nicht laut genug war, und lief fort. Er trat dicht an die Böschung heran, um die Frühlingserde zu riechen, stellte die Milchkanne ab und betrachtete die oberhalb liegende Welt durch die Grashalme hindurch, die dort wuchsen. Das war eins seiner Lieblingsspiele: Er ging ganz nah heran, bis es ihn an der Stirn kitzelte, und konnte dann die einzelnen Grashalme sehen, die gezackten, behaarten Blätter der jungen Brennnesseln, die gefiederten der Wildkräuter, sah sie ganz genau, ihr helles und dunkles Grün, ihre Adern, sah die Käfer, Spinnen, Raupen und

Ameisen, die dazwischen herumkrabbelten, die Wassertropfen, die daran glitzerten, während die Gebäude dahinter, die Wolken am Himmel nur große verschwommene Farbflächen waren. Oder er betrachtete den Himmel, die Schindeln auf dem Dach des Bogenschnitzerschen Schuppens, das Mauerwerk des Hauses, die Löcher, in denen ab und zu Spatzen verschwanden, das neben der Tür ins Mauerwerk eingelassene Eisen, an dem man sich den Dreck von den Schuhen kratzen konnte, dann verschwammen die Halme und bewegten sich vor all dem hin und her wie unscharfe Segel von gläsernem Grün. Es war, als schaute er abwechselnd in zwei verschiedene Guckkästen, dabei waren es seine Augen, die die beiden verschiedenen Bilder malten, ganz wie er es wollte.

Wo bleibst du nur immer so lang?, fragte die Mutter, als er nach Hause kam und die Milchkanne auf den Tisch stellte.

Sie schlachten am Montag, murmelte Ernst, statt zu antworten. Sollst sagen, wenn du was willst. Und nächste Woche gäb's Butter und Quark.

Er wandte sich ab. Was wusste sie schon von ihm? Er konnte ihr nicht von seinem Augenspiel erzählen oder von den anderen Freuden seines Lebens. Sie ahnte nicht, wie sehr er auf dem Abtritt die Spinnen bewunderte, die ihm so geschickt und schwerelos über die Arme liefen, und sie hätte nicht verstanden, warum er so gern unter den

Hühnern saß, auf ihr behagliches Gaken hörte und ihnen beim Schreiten, Scharren und Picken zusah, nicht, welches Glücksgefühl ihn durchströmte, wenn er einem Huhn, das sich ohne Angst von ihm halten ließ, unter die Flügel griff, in den warmen, weichen Flaum, oder welchen Frieden er genoss, wenn er im Sommer die Enten an den Dorfteich trieb und zusah, wie sie dunkle Bahnen zogen durch die Wasserlinsen, wie sie fraßen und schnatterten, tauchten und hinterher das Wasser abschüttelten, indem sie ihre Schnäbel hin- und her schlenkerten, wie er sich, wenn sie sich putzten, an den leuchtenden Farben ihres Gefieders freute, dem Weiß, dem Blau und dem schimmernden Grün ...

Seufzend wie ein alter Mann stieg er hinauf ins Schulzimmer, wo er an den Nachmittagen ungestört war, und machte sich an seine Abschreib-Übungen und Rechenpäckchen. Danach erst, in der Stunde, die ihm bis zum Abendessen noch blieb, durfte er ans Klavier.

## 17

Waltraud Oberwasser, die Schwester des Gastwirts der „Traube“, trug im Dorf die Post aus. Sie war um die dreißig, hatte kurze, stämmige Beine und trabte alle Tage, wenn der Postbus aus

Schwarzburg eingetroffen war, mit ihrer braunen Umhängetasche durchs Dorf. Oft brachte der Postbus gar keine Briefe und Pakete, dann hatte sie nichts zu tun als dem Lehrer die „Leipziger Volkszeitung" zu bringen, auf die er seit einigen Jahren abonniert war.

Auch im Schulhaus waren Briefe eine Seltenheit. Zu Weihnachten kam es vor, dass Briefe eintrafen, oder zu Geburtstagen, manchmal schrieb Hilmars Vetter Hermann aus Augsburg. Marthas Verwandte schrieben nicht, weil sie im nahen Unterweißbach lebten. Man sah sich kaum jemals, aber weil man sich ohne größeren Aufwand hätte sehen können, hielt man das Schreiben für überflüssig. Eine Cousine von Martha, die in der Sitzendorfer Porzellanmanufaktur arbeitete, schickte jedes Jahr zu Weihnachten ein Päckchen mit einer Porzellantänzerin. Martha mochte die Tänzerinnen nicht aufstellen, sie kamen ihr unpassend vor. Andererseits waren sie zum Wegwerfen zu wertvoll, und es steckte so viel Arbeit darin. Also hob sie sie in einem Korb in der Abstellkammer auf. Vielleicht würde sich irgendwann jemand finden, dem man damit eine Freude machen konnte. Die einzigen, die regelmäßig Briefe schrieben, waren Hilmars Brüder, die alle eine gute Ausbildung genossen hatten und die der Beruf zum Teil weit fort getrieben hatte. Der älteste Bruder, Walter, Lehrer wie Hilmar, lebte mit seiner Familie in Volkstedt bei Rudolstadt, der zweitälteste, Carl, war Bauunternehmer in Berlin, und der jüngste der drei, Oskar, war in Wien verheiratet und handelte mit Stoffen. Dieser Oskar war es, dem Hilmar sich am meisten verbunden fühlte, obwohl er am weitesten fort war oder vielleicht gerade deswegen. Seine Frau Maja war elegant und hübsch, der einzigen Fotografie nach zu urteilen, die Hilmar von dem Paar besaß: Maja, rücklings in den Arm ihres Mannes gelehnt und entspannt lächelnd, in einem weich fließenden, den schlanken Körper nirgends einengenden Seidengewand mit einer Federboa. Sie war die einzige Tochter eines Wiener Rechtsanwalts, spielte ein in Deutschland noch fast unbekanntes Instrument, das Saxophon genannt wurde, und sie rauchte! Oskars Briefe erzählten von Einladungen bei Wiener Geschäftsleuten und Professoren, von Theaterbesuchen und Konzerten. Sein Leben schien abwechslungsreich, glücklich und sorgenfrei zu sein. Nur Kinder hatten die beiden bisher nicht bekommen. Vielleicht ein Segen, dachte Hilmar manchmal. Oskar streifte diesen Umstand in beinahe jedem seiner Briefe, meist nur obenhin und ohne sich zu beklagen, aber mit auffallender Regelmäßigkeit. Immer erkundigte er sich auch eingehend nach Martha und ihren Kindern, und in seinem letzten Brief, der kurz vor dem Weihnachtsfest eingetroffen war, hatte er Ernsts für das kommende Frühjahr bevorstehenden zwölften Geburtstag erwähnt, hatte seine Absicht bekundet, dem Jungen aus diesem Anlass ein größeres Geschenk zu machen, und Hilmar gebeten, ihm mit Ratschlägen bei der Auswahl zu helfen.

*Das ist keine leichte Frage,* schrieb ihm Hilmar. *Der Junge ist in allem langsam und zurückgeblieben, wie Du weißt. Die Jahre gehen ins Land, aber er wächst so gut wie nicht. Auch von einer geistigen oder persönlichen Reifung ist bei ihm nicht viel zu erkennen, nach wie vor stolpert er durchs Leben, arglos und unbeholfen wie ein kleines Kind. Mit dem schönen Anker-Steinbaukasten, den Du unseren Kindern vor einigen Jahren zu Weihnachten geschickt hast, baut seither vor allem Helene. Ernst stößt mit seinen täppischen Händen doch immer nur alles um. In der Schule tut er sich schwer und hat mit großer Mühe das Schreiben erlernt. Fehler macht er zwar kaum noch beim Schreiben, aber wo andere in fünf Minuten fertig sind, braucht er eine Stunde. Seltsamerweise hat er jedoch viel Freude an der Musik. Er hat Noten lesen gelernt und übt mit eisernem Willen und einer Zähigkeit, die unsere Nerven oft auf eine harte Probe stellt. Tatsächlich kann er inzwischen einige Choralmelodien auf dem Klavier ganz leidlich spielen. Die Begleitakkorde sind für ihn naturgemäß noch zu kompliziert, und mit dem Rhythmus hapert es erst recht, weil die Finger nicht behend genug sind. Wenn man bedenkt, wie die Händchen unserer kleinen Helene schon die Tasten auf und ab flitzen – und sie wird erst sechs Jahre alt im März! Vielleicht könntest Du ihm mit Noten eine Freude machen. Aber es muß etwas ganz Einfaches sein, sonst hat es keinen Sinn, und nötig ist es freilich nicht.*

Als Anfang April der Geburtstag näher rückte, brachte Frau Oberwasser ein großes Paket aus Wien, das an Ernst Kroll adressiert war. Die Mutter versteckte es im Schlafzimmer, und erst am Geburtstag, der auf einen Sonntag fiel, überreichte sie es ihm. Zur Feier des Tages hatte man sich in der Stube versammelt. Ein duftender Mohnkuchen stand auf dem Tisch, ein Krug mit Holunderblütenbrause. Ernst staunte über den Zoll-Stempel und die Briefmarken, die Geschichten aus einer anderen Welt erzählten. Eine zeigte ein Schiff mit geblähten Segeln auf einem wild bewegten Meer, eine andere den Augenblick, in dem ein Ritter mit einem Hieb seines Schwerts im Zweikampf einen anderen zur Strecke brachte, ohne eine Miene zu verziehen. Beide Eltern und Helene saßen gespannt dabei, als Ernst sich umständlich daran machte, die Knoten zu lösen, mit denen das Paket verschnürt war. Während er daran herumzupfte, holte Helene, die keine Geduld hatte, ihm dabei zuzusehen, schnell eine Schere aus dem Nähkasten ihrer Mutter und schnitt die Kordel durch. Vorsichtig, um die Briefmarken nicht zu beschädigen, entfernte Ernst das Packpapier. Zur großen Überraschung aller kam ein schwarzes Etui zum Vorschein, und als Ernst die beiden Messinghaken an der Vorderseite löste und den Deckel hochklappte, lag dort eine glänzende Trompete in einem Futteral aus grünem Samt. Ernst zitterte vor Begeisterung. Der Vater half ihm, das Mundstück aufzusetzen, und zeigte ihm, wie er das Instrument halten müsse. Es schien ein wenig zu groß und zu schwer für Ernst. Aber gerade die Größe und Pracht des blitzenden Messingkörpers waren es, die ihn in eine nie gefühlte Hochstimmung versetzten. Er hob die Trompete an, setzte sie an die Lippen, wobei ihm die Augen aus den Höhlen traten, blies die Backen auf und brachte auf Anhieb einen lauten Ton heraus. Helene wollte es unbedingt auch versuchen, und Ernst überließ ihr etwas widerstrebend das Instrument. Die Eltern lachten über ihre drolligen Anstrengungen beim Hineinblasen. Sie versuchte es viele Male, aber als trotz aller Mühen nur Luft herauskam, verlor sie die Lust. Ernst produzierte noch ein paar Töne, dann legte er das Instrument mit feierlicher Sorgfalt wieder in das Etui hinein und entzifferte das Stoffschild, das im Deckel auf den grünen Samt aufgenäht war:

Anton Dehmal,
Musikinstrumenten-Erzeuger,
Kammerlieferant Sr. k. & k. Hoheit des Erzherzogs
Eugen von Österreich,
Wien, VII. Bezirk, Breitegasse 11.

Ein Schauer rieselte ihm den Rücken hinunter.

Herbert Bogenschnitzer, der kam, um zu gratulieren, hatte seinen Sohn Arno dabei, der gerade laufen gelernt hatte und sich von Helene in der Stube herumführen ließ. Herbert bewunderte das

Geschenk aus Wien und klopfte Ernst auf die Schulter. Na, Junge, da bist du aber stolz, was?

Ernst nickte.

Einen Grund, stolz zu sein, gibt es erst, wenn er darauf spielen kann, vorher nicht!, sagte Hilmar.

Martha schüttelte den Kopf und tauschte mit Herbert einen Blick. Dann schnitt sie den Kuchen an.

Am Abend saß Ernst am Küchentisch und betrachtete lange das Packpapier mit den Briefmarken, dem Wiener Poststempel und dem Zollstempel von der Grenze. Was für einen unvorstellbar weiten Weg das Paket zurückgelegt haben musste, um zu ihm ins Dorf zu gelangen! Wien stellte er sich länglich vor und zartgrün, eine Stadt wie mit einem Schwung entworfen, wie ein lanzettliches Blatt mit hübsch gezackten Rändern, dessen Hauptader die Breitegasse war und dessen Mittelpunkt das Haus Nr. 11. Wien ... Wien, murmelte er vor sich hin.

Dann schrieb er zum ersten Mal in seinem Leben einen Brief. Er brauchte dafür eineinhalb Stunden, schrieb den Text zunächst mit Bleistift vor, strich und verbesserte vor Anstrengung schnaufend lange darin herum, öffnete dann das Tintenfass, griff zur Feder und übertrug schließlich mit sehr großer Schrift alles noch einmal ins Reine:

*Lieber, sehr geehrter Onkel Oskar!*

*Über das Paket mit den schönen Briefmarken habe ich*

*mich sehr gefreut. Vielen Dank für die Trompete. Ich will recht fleißig hineinblasen, um mich ihrer würdig zu erweisen.*
*Viele Grüße,*
*der Ernst.*

## 18

Ein Jahr lang ging „Kantors Lenchen“ zusammen mit Ernst zur Schule. Ernst war inzwischen turnusgemäß weiter nach hinten aufgerückt und saß nun trotz seiner geringen Körpergröße bei den Ältesten ganz hinten im Schulzimmer, wo er besonders schlecht sehen und hören konnte, auf der linken Seite, wie alle Jungen. Helene dagegen saß rechts bei den Mädchen und wie die anderen Erstklässler ganz vorn in der ersten Reihe. Hätten es nicht alle gewusst, niemand hätte die beiden für Geschwister gehalten, so verschieden waren sie, von der dunklen Haarfarbe und den blaugrauen Augen abgesehen, die eine gewisse abstrakte Familien-Ähnlichkeit bezeugten. Helenes Gesicht, das im Unterschied zu dem ihres Bruders keine Spuren einer Krankheit trug, war nicht ganz symmetrisch. Es schien, als sei es der Länge nach aus einer mütterlichen und einer väterlichen Hälfte zusammengesetzt, die sich besonders in den Linien von Kinn und Mund, aber auch in

Schwung und Wölbung der Augenbrauen ein wenig unterschieden. Je nachdem, von welcher Seite man das Kind betrachtete, sah es zart und melancholisch oder entschlossen und unternehmungslustig aus, und obwohl es nicht im landläufigen Sinn hübsch war, hatte das Gesicht, von vorn betrachtet und zusammen mit dem dichten, dunklen Haar, das meist zu zwei Zöpfen geflochten war, einen lebhaften, etwas irritierenden Reiz. Ernst war sehr stolz auf seine Schwester, die immer alles schnell begriff und sofort konnte. Aufgeweckt und flink, wie Helene in allem war, zeigte sie sich auch in der Schule. Lehrer Kroll behandelte sie jedoch keineswegs mit besonderem Wohlwollen. Ganz im Gegenteil. Er nahm sie selten dran, obwohl sie sich ständig meldete, beurteilte ihre Leistungen mit unbestechlicher Strenge und lobte sie niemals. Hatte sie in einem fehlerfreien Diktat einen Buchstaben etwas undeutlich geschrieben, strich er ihn ihr als falsch an. Als sie, weil sie schnell schrieb, es sich einmal angewöhnt hatte, den Schluss-Aufstrich beim kleinen „e" mit Schwung etwas nach oben zu verlängern, wertete er im nächsten Diktat jeden dieser kleinen Aufstriche als halben Fehler und zählte sie zusammen, so dass sie statt eines „sehr gut" nur ein „ausreichend" bekam. *Sperenzien!,* schrieb er mit roter Tinte darunter, wohl wissend, dass dieses Wort ihr unbekannt war, dass sie die Mutter danach fragen musste und dass dadurch die Herabsetzung, die schon in der schlechten Zensur lag, noch verlängert und vertieft wurde. Helene, die bis zu ihrem Eintritt in die Schule vom Vater verhältnismäßig liebevoll behandelt, um nicht zu sagen verhätschelt worden war, weil er sich, nach der anfänglichen Enttäuschung, mit ihrem Geschlecht nach und nach abgefunden und weil ihre schnelle Auffassungsgabe ihm Vergnügen bereitet hatte, verstand nicht, warum der Vater im Schulzimmer so vollkommen anders war, suchte zunächst die Schuld bei sich selbst und lebte trotz ihrer Anstrengungen, alles richtig zu machen, über längere Zeit in dem Glauben, eine schlechte Schülerin zu sein. Nach dem Unterricht flüchtete sie sich zur Mutter, die trotz aller gewohnten Strenge stets bereit war ihr zu glauben, dass der Vater sie ungerecht und unverdientermaßen hart behandele.

Als an einem grau verhangenen, drückend heißen Tag im Juni die Schulkinder besonders unruhig waren, so dass Hilmar besonders die älteren, hinten sitzenden Jungen, die schon die Witterung von Sommerferien und Freiheit in der Nase kitzelte, mehrfach mit erhobener Stimme und zuletzt brüllend zur Ordnung gerufen hatte, kam es zu einem Zwischenfall. Gerade war, nach diesem Donnerwetter, eine Totenstille im Schulzimmer eingetreten, die niemand mehr mit Kichern oder anderen Ungebührlichkeiten zu durchbrechen wagte, gerade hatte der Lehrer

Kroll, dessen finsterer Blick noch auf die hinteren Reihen gerichtet war, sich mit dem Taschentuch über die Stirn gewischt und Anstalten gemacht sich ans Katheder zu setzen, als vorn rechts Helene versehentlich ihren Griffel losließ, der nun von der schrägen Platte ihres Pults herunterrollte und auf den Boden fiel – ein Missgeschick, das vor allem den Erstklässlern häufiger unterlief, die im Umgang mit der schiefen Ebene noch ungeübt waren, und von dem sonst niemand Notiz nahm, weil es in der allgemeinen Geräuschkulisse unterging. Jetzt aber war das Rollen des Bleistifts wie eine knisternde Zündschnur in aufgeladener Atmosphäre. Die Kinder erstarrten und duckten sich in Erwartung des Ausbruchs, der unweigerlich folgen musste. Der Lehrer brüllte jedoch nicht. Er fuhr herum, holte aus und schlug mit dem Rohrstock auf die Finger seiner Tochter, einmal nur, aber mit einer solchen Gewalt, dass Helene, statt vor Schmerz aufzuschreien, seitlich wegkippte und – kreidebleich im Gesicht – wie leblos in die Arme ihrer Nachbarin sank, die sie erschrocken auffing und stützte. Lehrer Kroll, nun seinerseits bleich geworden, griff mit beiden Händen in die an der Wand bereitstehende Schüssel mit Wasser und besprengte Helenes Gesicht damit, bis sie wieder zu sich kam. Dann wickelte er ein Taschentuch um ihre blutenden Finger, befahl Ernst, die Schwester hinunter zur Mutter zu bringen, setzte sich und fuhr mit dem Unterricht fort.

Es war das erste Mal seit langem, dass Hilmar von seinem Rohrstock einen solchen Gebrauch machte, und überhaupt hatte er es während seiner ganzen Laufbahn nur zweimal getan, aus Anlass weit schwerer wiegender Verfehlungen zweier Schüler, die inzwischen längst erwachsen waren. Die eigenen Kinder hatte er noch niemals geschlagen. Sobald sich die Tür des Schulzimmers hinter Ernst und Helene schloss, schämte er sich seiner jähzornigen Tat. Die Angst in den Augen der wenigen Kinder, die ihn jetzt noch anzublikken wagten, schnitt wie eine schwere Beschuldigung in sein Gewissen, und als der Unterricht endlich vorüber war und das Schulzimmer leer, räumte er dort noch eine Zeitlang herum und ging auf und ab, weil er nicht wusste, wie er ein Stockwerk tiefer den Faden wieder aufnehmen, wie er, nach diesem Hieb, der ihn mit sich selbst entzweit hatte, wieder anknüpfen könnte an seinem bisherigen Leben.

Und in der Tat, es wurde ihm nicht leicht gemacht. Man hatte mit dem Essen nicht auf ihn gewartet. Helene saß mit blau geschwollener Hand, deren Mittel- und Ringfinger verbunden waren, am Tisch, biss sich auf die Lippen und würdigte ihn keines Blickes. Ernst war eben dabei, einen Rest erkalteter Linsensuppe aus seinem Teller zu löffeln. In Marthas Augen funkelte Empörung, als sie Hilmar einen Teller mit Suppe hinschob. Schweigend aß er. Alles war mit einem Mal aus dem Lot geraten, er hatte den Boden unter den Füßen verloren und kam sich vor, als zappele er hilflos herum, unfähig, einen Ausweg aus dieser ihm ganz ungewohnten, verstörenden Lage zu finden. Als er seinen Teller geleert hatte, stand er auf, murmelte etwas Unverständliches und ging hinüber ins Herrenzimmer. Kaum war er fort, kamen Helene wieder die Tränen, und Ernst, der es nicht mit ansehen konnte, wenn seine Schwester weinte, lief um den Tisch herum, um sie zu trösten, streichelte ihr Haar, murmelte immer wieder: Na, na, Lene, drückte ihre unverletzte Hand, bis sie ihr wehtat, schniefte und bekam selbst rote Augen.

Von diesem Tag an ließ Hilmar Helene in der Schule mehr Gerechtigkeit widerfahren. Zwar zeigte er den anderen Kindern niemals, dass er an seiner Tochter mit besonderer Zuneigung hing, und wenn sie etwas gut gemacht hatte, lobte er sie nicht, aber hin und wieder nickte er zustimmend, und er hörte auf, sie herabzusetzen und doppelt so streng zu beurteilen wie die anderen. Als die Sommerferien kamen, war für ihn die Sache ausgestanden. Er hatte nicht die Kraft, seine Tat längere Zeit zu bereuen, und erst recht nicht den Mut, sich zu entschuldigen. Schon bei der Vorstellung hatte er einen ganz unausstehlichen Druck im Magen gehabt.

Der schwarze Groll aber, den Helene seit jenem Tag gegen ihn hegte, hielt lange vor, länger noch als ihre Hand brauchte, um zu heilen.

## 19

Mit vierzehn Jahren wurde Ernst konfirmiert. Sein Onkel Walter reiste aus Volkstedt an. Dieser Onkel, der schon graues Haar und einen grauen Schnurrbart hatte, gefiel Ernst sehr. Er kam am Samstagnachmittag vor der Konfirmation mit staubigen Schuhen und einem kleinen, abgewetzten Koffer an, gekleidet in einen nicht mehr neuen, aber eleganten grauen Sonntagsanzug. Ernst, der sich in dem Konfirmationsanzug, den er am kommenden Tag tragen sollte, sehr unbehaglich fühlte und der es zunächst mit einigem Starrsinn abgelehnt hatte, das steife Kleidungsstück anzuziehen, das ihm unpassend vorkam, bewunderte die Ungezwungenheit, mit der der Onkel sich in seinem Sonntagsanzug bewegte. Dass dieser Mann ein Lehrer war wie sein Vater konnte er kaum glauben. Ihm fehlte die Strenge, die Ernst sich von einem Lehrer nicht wegdenken konnte, jene ständige Bereitschaft, andere zu richten und zu strafen. Während des Festgottesdienstes sah der Vater, wie üblich, mit gerunzelter Stirn scharf hin, ob Ernst auch nichts falsch mache, das Gesicht des Onkels dagegen zeigte eine feierliche Freude, als die kleine Glocke läutete und die Orgel erklang, deren fehlende Zinnpfeifen vor kurzem ersetzt worden waren. Er war liebenswürdig zu allen, die bei der Konfirmation anwesend waren, dabei munter und zum Lachen aufgelegt. Besonders fiel auf, wie er mit der Mutter umging. Er lächelte sie an, machte ihr Komplimente wegen ihres glänzenden Haars, ihres Sonntagskleids, wegen ihrer wohlgeratenen Kinder und ihrer Kartoffelklöße. In allem blieb er schlicht und unaufdringlich, man glaubte ihm jedes Lob. Mit seinen Aufmerksamkeiten schien er nichts anderes im Sinn zu haben als dafür zu sorgen, dass die ihn umgebenden Menschen sich wohlfühlten. Und es gelang! Der ungewohnte Glanz auf allen Gesichtern, das Lachen, das Leuchten der Augen teilten sich Ernst mit. Aufmerksam hörte er zu, als der Onkel ihm beim Mittagessen – zur Feier des Tages gab es Gänsebraten – von Musikstücken erzählte, in denen die Trompete eine besondere Rolle spiele, vor allem von den Kantaten Johann Sebastian Bachs. Er äußerte sogar den Wunsch, Ernst spielen zu hören und ihn, wenn möglich, auf dem Klavier zu begleiten. Es war ein erhebendes Gefühl für Ernst, einmal nicht übersehen, nicht gehetzt, nicht examiniert zu werden. Die schönste Überraschung war aber Onkel Walters Konfirmationsgeschenk. Er schlug vor, Ernst solle in den anschließenden Pfingstferien mit ihm nach Volkstedt reisen und eine Woche bei seiner Familie verbringen. Nach kurzem Überlegen stimmten die Eltern dieser Reise zu. Ernst strahlte vor Freude.

Als der Pfarrer, der beim Mittagessen mehr Wein getrunken hatte als er vertrug und dessen Serviette, die er sich um den Hals gebunden hatte, nach dem Verzehr eines Stücks Brust und einer halben Gänsekeule mit Bratensoße bekleckert war, sich mit der etwas einfältigen Bemerkung an seinen Konfirmanden wandte: Na, Ernst, du hast ja gar keine Serviette um!, entgegnete Ernst, ohne zu zögern, in rein erklärender Absicht: Nein, Herr Pfarrer, ich esse ja auch nicht so schweinshaftig wie Sie!, worauf der Pfarrer sich über dieses Wort *schweinshaftig* vor Lachen gar nicht beruhigen konnte. Gleich gab er zum besten, wie Ernst einmal, als er seine Hausaufgaben im Konfirmandenunterricht nicht habe vorweisen können und von ihm deshalb zur Rede gestellt worden sei, gesagt habe: *Meine Zeit hat es mir nicht gestattet, Herr Pfarrer.* Ist das nicht köstlich, sagte der Pfarrer, sein Glas erhebend, in die Runde, *Meine Zeit hat es mir nicht gestattet!,* und weil er nun in Fahrt war und überdies die Mutter, die dem Pfarrer Fuchs gewöhnlich reserviert begegnete, ihn aus Belustigung über den Ausspruch ihres Sohnes ausnahmsweise freundlich anblickte und ihm wie allen anderen eine Schale mit Zitronencreme reichte, erhob er beide Hände und rief mit glänzenden Augen und in feierlichem Ton: Gesegnet sei die Köchin! Kurz darauf geleitete Hilmar den leicht Schwankenden hinaus.

Ernst, als Hauptperson des Tages, musste nicht in der Küche helfen. Während Helene der Mutter zur Hand ging, wurde nun in der Stube musiziert. Ernst blies die zwei Choräle, die er gelernt hatte, auf der Trompete, und nachdem der Onkel sie sich angehört hatte, setzte er sich ans Klavier und spielte eine Begleitung dazu. Es war nicht einfach, Ernst zu begleiten. Eine Zeit lang ging es immer flüssig voran, aber wenn seine Finger nicht flink genug waren, stockte er und verlangsamte, oder er dehnte eine Pause, wenn ihm die Luft ausgegangen war, so dass der Takt durcheinander kam. Ging ein Ton daneben, setzte er neu an und wiederholte ihn so oft, bis er richtig saß. Dem Onkel waren diese Eigenarten gleich aufgefallen, er wusste, worauf er sich einließ, als er sich ans Klavier setzte, hörte beim Spielen auf die Trompete und folgte geduldig ihrem Schleppen oder Hängenbleiben. Hilmar saß unruhig dabei und kratzte sich die Bartstoppeln am Kinn. Er hätte sich nicht überwinden können, die arhythmischen Melodien seines Sohnes zu begleiten. Ein einziger derartiger Versuch war, nachdem auch das hartnäckigste Zählen und Taktschlagen auf den Resonanzkörper des Klaviers nicht gefruchtet hatte, von ihm unter Verwünschungen abgebrochen worden. Dass sein Bruder sich nun dem Stocken und

Stammeln der Trompete, das doch bekämpft werden musste, widerstandslos ergab, konnte er kaum mit anhören, und als Herbert Bogenschnitzer nach dem Schlussakkord zu Ernsts großer Freude Beifall klatschte und Bravo rief, schüttelte Hilmar nur den Kopf und sah weg.

Der Onkel lobte Ernst und spielte dann noch einige unterhaltsame Stücke auf dem Klavier, Ecossaisen und Barkarolen. Schließlich überredete er seinen Bruder zum vierhändigen Spiel, legte Brahms-Walzer auf, und dem vollen Klang des Feurich-Instruments, dessen Bass immer schlank genug blieb, um die Mittelstimmen nicht zu überdecken, dem unwiderstehlich sanften Sog dieser Walzermusik konnte schließlich auch Hilmar sich nicht entziehen. Ernst bewunderte die beiden Pianisten, und Martha, die ausnahmsweise auch etwas Wein getrunken hatte, sah lächelnd zu, wie Herbert Bogenschnitzer mit Helene auf dem Arm Walzer tanzte, bis ihr plötzlich Tränen in den Augen standen, weil sie erschöpft war, weil ihr einfiel, wie gern sie früher selbst getanzt hatte, weil mit den Wunden an ihren Beinen kein Tanzen mehr möglich war und weil es ihr zum ersten Mal heiß durch den Kopf schoss, dass sie nie mehr eine junge Frau sein würde.

Als der Nachbar sich verabschiedet hatte und Martha und die Kinder zu Bett gingen, nahm Hilmar seinen Bruder auf einen Nachtspaziergang mit hinaus. Sie liefen am Jesmich vorbei

Richtung Aschau. Ein halber Mond schien. Hilmar sagte dem Bruder, was ihm im Hinblick auf die bevorstehende Reise seines Sohnes wichtig war. Nach einer halben Stunde kehrten sie um. Sie waren sich einig und gingen schweigend auf das Dorf zu. Der Himmel war übersät mit Sternen.

## 20

Bei der Ankunft in Volkstedt schien die Sonne, es ging ein leichter Wind, und Ernst ließ sich auf dem Fußweg vom Bahnhof bis in die Schwarzburger Chaussee an der Hand führen. Von Gefahr hat er keinerlei Begriff, hatte Hilmar seinem Bruder eingeschärft. Als ein Automobil herannahte, blieb Ernst abrupt stehen und verfolgte es mit den Augen, bis es vorüber war. Es fuhr aufwärts, machte Lärm und roch interessant. Ernst schüttelte den Kopf und murmelte etwas.

Der Onkel beugte sich zu ihm hinunter. Du fragst dich wohl, wie eine Kutsche ohne Pferde bergauf fahren kann, sagte er und lachte. Ich weiß es auch nicht genau. Benzin wird verbrannt, dadurch wird eine Kraft frei, die die Maschine in Gang setzt und die Räder antreibt. Man muss sich vor den Biestern in Acht nehmen. Sie können einen Menschen zermalmen.

Tante Hermine, genannt Minchen, war eine kleine, schmächtige Frau. Die Hand, die sie Ernst gab, fühlte sich weich an wie Kloßteig, nur weniger klebrig. Er machte einen tiefen Diener, wie die Mutter es ihm beigebracht hatte. Tante Minchen kicherte und hielt sich dabei ein Taschentuch vor den Mund. Der Onkel zeigte ihm seinen Schlafplatz und ein Becken mit fließendem Wasser in der Küche. Dort durfte er sich die Hände waschen. Auch morgens wusch man sich dort. Einen solchen Komfort hatte Ernst noch nie erlebt. Dann brachte der Onkel ihn in die Stube, wo die Tante eine Grießsuppe ausschöpfte, denn hier aß man alle Tage in der Stube. Ernst wäre lieber vor dem Essen noch auf den Abtritt gegangen, wusste aber nicht, wo der Abtritt war, genierte sich zu fragen und löffelte deshalb mit tief über den Teller geneigtem Kopf die Suppe. Er gab sich große Mühe, nichts zu verschütten. Tante Minchen saß ihm gegenüber, unruhig wie ein Sittich auf der Stange und ein wenig abgewandt, indem sie den seltsamen Gast mit verdrehtem Hals über die Schulter hinweg anblinzelte. Während des Essens erzählte der Onkel von der Konfirmation und lobte Ernsts Trompetenspiel. Als die Tante wissen wollte, ob er die Trompete mitgebracht habe, ging es nicht länger. Er erstarrte und antwortete nicht, die Augen quollen hervor und er rutschte auf seinem Stuhl hin und her. Tante Minchen kicherte mit vorgehaltenem Taschentuch. Schließlich begriff der Onkel und brachte Ernst hinaus in den Garten, wo sich in einem kleinen Anbau der Abtritt befand.

Rudolf, sein Cousin, war zwei Jahre älter als Ernst und ging aufs Gymnasium. Er trug eine nudelfarbene Hose, was Ernst erstaunte. Auf dem Dorf trug man dunkle Hosen, nicht derart empfindliche helle Farben. Rudolf, schlank, blass und sehr länglich, sprach ihn von oben her leise und mit schneller Zunge an, so dass Ernst nichts verstand und nichts antworten, nur verlegen nicken und lächeln konnte, was wiederum Rudolf ganz recht war, der sich meist eilig in sein Zimmer verzog.

Der Onkel aber widmete seinem Neffen viel Zeit. Wenn Ernst morgens endlich mit Waschen fertig war – die Tante rang die Hände, weil er so lange die Küche blockierte, und hüpfte ungeduldig vor der geschlossenen Tür auf und ab – , zog er sich in gewohnter Langsamkeit an und konnte sich dann an einen schön gedeckten Frühstückstisch setzen. Vormittags ging der Onkel mit ihm aus. Er stieg mit ihm den Schlossberg hinauf und zeigte ihm die dort gelegenen stattlichen Villen und die Heidecksburg. Er besuchte mit ihm die Porzellanmanufaktur und die Kartoffeltrocknungsanlage in Kirchhasel. Einmal nahm er ihn mit zu einem Orgelkonzert in die St. Andreaskirche, deren Höhe Ernst ebenso beeindruckte wie die Musikstücke von Rheinberger und César Franck, die er noch nie gehört hatte und deren kühne Harmonik ihn ergriff.

Obwohl Ernst selten Fragen stellte und überhaupt wenig Wissbegier an den Tag legte, blieb der Onkel geduldig und gütig. Er stellte sich auf die Langsamkeit des Jungen ebenso ein wie auf seine Schwerhörigkeit, und er hatte es sich in den Kopf gesetzt herauszufinden, ob Ernst – anders als Hilmar es einschätzte – nicht vielleicht doch fähig sei, ein Handwerk zu lernen. Dass eine Tischler-Lehre bei Herbert Bogenschnitzer, was das Nächstliegende gewesen wäre, wegen der Verletzungsgefahr beim Hantieren mit der Säge nicht in Frage kam, leuchtete ihm ein. Aber warum sollte es nicht möglich sein, den Jungen an ungefährlichere Arbeiten heranzuführen?

Walter Kroll hatte, bevor er Lehrer wurde, einige Zeit bei einem Schachtelmacher gelernt, und weil ihm das Schachtelmachen nach dem Unterricht, vor allem wegen des Lärms, der in der Schule oft herrschte, als Zerstreuung und Erholung angenehm war, in einem Verschlag auf dem Dachboden des Mietshauses eine kleine Werkstatt eingerichtet. Dort waren neben einem geeigneten Tisch und Stuhl die nötigen Materialien – Pappen, Papiere, Leim – und Werkzeuge vorhanden, unter anderem eine gusseiserne Presse, eine Schneidemaschine, verschiedene Metall-Leisten, Ritz- und Schneidemesser, Falzhölzer, Pinsel usf. Tatsächlich schaffte Ernst es unter der Obhut des Onkels, im Lauf der Woche zwei Schachteln herzustellen, eine größere für die Eltern und eine kleine für Helene. Aber obwohl das Ergebnis sich sehen lassen konnte – beide Schachteln waren akkurat gearbeitet, stabil wie Holz und mit verschiedenen marmorierten Papieren der haltbarsten Sorte beklebt – ging das Experiment, das Walter Kroll insgeheim mit seinem Neffen veranstaltete, nicht gut aus. Schon den Eimer voll Wasser die Treppen hinaufzutragen, der zum Befeuchten des Papiers und zum Anrühren des Leims benötigt wurde, war Ernst kaum möglich. Er verschüttete immer etwas. Bei der Fertigung selbst gelang es ihm zwar, die einfacheren Verarbeitungsschritte nach genauer Anweisung und mit viel Hilfe ganz ordentlich auszuführen. Aber das räumliche Vorstellungsvermögen, das nötig ist, um ein dreidimensionales Gebilde zunächst in der Fläche zu entwerfen, fehlte ihm vollständig. Auch umgekehrt konnte er sich nicht vorstellen, wie aus einem flächig gezeichneten Faltplan eine Schachtel werden sollte. Am Ende der Woche fragte sich der Onkel, ob Ernst diese fehlende Gabe durch Erfahrung und Übung würde erwerben können, und, Pädagoge genug, um die Frage nicht rundweg zu verneinen, zweifelte er doch stark daran und dachte sich, dass wahrscheinlich Jahre der allergeduldigsten Anleitung dazu nötig wären, wie sie ein gewöhnlicher Lehrmeister, der Aufwand und Ertrag streng kalkulieren musste, kaum würde aufbringen können, zumal der Lehrling nicht nur begriffsstutzig, sondern in allem übermäßig langsam war.

Ernst, der sich beim Schachtelmachen vollkommen behaglich fühlte, ahnte von solchen Überlegungen des Onkels nichts. Er genoss diese Nachmittage, an denen er etwas zustande brachte, ohne gehetzt zu werden, und träumte davon, einmal eine Schachtel zu machen, die groß genug wäre, um selbst hineinzupassen, eine Schachtel, die ihm allein gehörte und die ihn von allem abschloss, wann immer er wollte.

Abends wurde musiziert. Meist war dann auch die Cousine anwesend, die 17jährige Regine, die auf dem Gemeindeamt im Büro arbeitete. Anders als Rudolf befasste Regine sich gern mit Ernst, den sie nach den Verhältnissen im Dorf genauestens ausfragte. Besonders gut erinnerte sie sich an ihre Tante Martha, denn sie war in ihrer Kindheit, kaum vierjährig und also noch vor Ernsts Geburt, mit ihren Eltern und Rudolf im Dorf zur Kirmes gewesen, wollte nun alles über Helene wissen und äußerte den Wunsch, demnächst einmal allein ins Dorf zu reisen. Regine war, wie ihr Bruder, groß und schlank, aber im Gegensatz zu ihm munter und gesellig. Rudolf, der sich meist in seinem Zimmer verkroch, überhaupt nur zu den Mahlzeiten anwesend war und sich in Scherzen gefiel, über die niemand lachen konnte, griff mehrmals in Ernsts Gegenwart nach Regines Zopf, den sie auf die linke Seite geflochten und nach vorn gelegt trug, warf ihn ihr auf den Rükken und rief dabei: Jede Gans hat ihren Schwanz hinten!, was Ernst ungehörig fand. Als Regine eines Abends von einer Geburtstagseinladung bei einer Freundin nach Hause kam, fragte Rudolf mehrmals in spöttischem Ton und mit nach oben verdrehten Augen, ob *er* auch da gewesen sei. Regine errötete, zuckte aber nur die Achseln und antwortete nicht.

Wenn sie ihrer Mutter nach dem Abendessen in der Küche geholfen hatte, setzte sie sich ans Klavier und spielte. Zwischendurch sprach sie mit Ernst über die Stücke oder erzählte ihm, was sie wusste, über die Komponisten, bewunderte auch seine Trompete und war begeistert zu erfahren, dass sie aus Wien stammte. Die Wiener Verwandten beflügelten seit jeher ihre Phantasie. Aufs genaueste beschrieb sie Ernst, wie sie sich die Wohnung von Onkel Oskar und Tante Maja vorstellte, in allen Einzelheiten unbedingt luxuriös und ein wenig exotisch. Ernst hörte ihr aufmerksam zu und war hinterher überzeugt, dass es die Samtportieren, die Regine so plastisch beschrieb, die kristallenen Kronleuchter und den ausgestopften Leoparden dort tatsächlich gab. Besonders von Tante Maja schwärmte Regine, die *extrem elegant* sei. Im Winter, behauptete sie, esse Tante Maja jedes Jahr eine ganze Woche lang nichts als Apfelsinen, um schlank zu bleiben. Schon an dieser Apfelsinenkur, die natürlich sehr kostspielig sei, könne man Tante Majas *extreme Eleganz* erkennen. Ernst schüttelte den Kopf. Er fand es widersinnig zu essen, um Gewicht zu verlieren – und dann auch noch etwas besonders Teures! Währenddessen saß Onkel Walter im Sessel und las die Zeitung, und Tante Minchen, die sich selten entschließen konnte still zu sitzen, huschte im Zimmer hin und her, um irgendetwas neu zu ordnen, zu verrücken oder abzustauben. Zum Abschluss legte der Onkel dann meist noch einige Salonstückchen auf, das „Gebet einer Jungfrau" und Ole Bulls „Sehnsucht der Sennerin" zum Beispiel oder Vierhändiges, und wenn man wegen der vorgerückten Abendstunde nicht mehr spielen durfte, ging man schlafen.

Als sein Aufenthalt in Volkstedt dem Ende zuging, begleitete Ernst an einem Vormittag, weil der Onkel etwas in der Stadt zu erledigen hatte, Tante Minchen beim Einkaufen. Sie gingen zunächst zum Bäcker. Tante Minchen lief hastig und mit Abstand neben ihm her, da sie sich scheute, ihn bei der Hand zu nehmen. Auch war sie schneller als er, denn sie hatte nicht die Ruhe, sich auf seinen schleppenden Gang einzustellen, lieber blieb sie ab und zu stehen, wartete und blinzelte ihm, immerfort lächelnd, über die Schulter hinweg zu, bis er wieder aufgeschlossen hatte. Ernst wunderte sich, dass man Brot hier einfach im Laden kaufte, anstatt es selbst zu backen. Anschließend gingen sie auf den Markt, der auf einem Platz unter blühenden Kastanien abgehalten wurde. Dort war viel Betrieb. Ein Mann mit Blindenbinde am Arm saß auf einem umgedrehten Eimer und spielte Akkordeon.

Am besten wartest du hier, bis ich fertig bin, lang wird's nicht dauern, sagte Tante Minchen, als sie die Kastanien erreicht hatten, und verschwand im bunten Gewühl der Menschen, die sich zwischen Kartoffel- und Gemüseständen, dem Geflügel- und dem Gemischtwarenhändler drängten. Ernst stand unter einer Kastanie und wartete. Ein leichter Wind wehte weiße Blüten über den Platz. Wie meist, wenn seine Aufmerksamkeit nicht unmittelbar beansprucht wurde, kam eine Müdigkeit über Ernst, die Farben ringsumher verblassten, und beinahe war er schon im Stehen eingeschlafen, als zwei junge Männer sich feixend ihm näherten.

Guck mal, ein Pavian, sagte der eine.

Rauf auf den Baum, Affe, rief der andere, sonst fällt dir am Ende noch 'ne Kokosnuss auf den Kopf!

Sie lachten ihm laut ins Gesicht, rempelten ihn an, so dass er gegen den Stamm der Kastanie fiel, und waren schon vorüber. Erschrocken, obwohl er den Sinn ihrer Worte nicht verstanden hatte, fand Ernst sein Gleichgewicht wieder und drehte sich langsam nach den Männern um. In diesem Augenblick flog etwas Dunkles auf ihn zu und traf ihn an der Schläfe. Orangerot loderte es in den Baumkronen, er knickte in den Knien ein und fiel um.

Als er zu sich kam, setzte er sich auf. Ihm war schwindelig. Er lehnte sich mit dem Rücken an die Kastanie, griff sich an die Stirn und betrachtete verwundert das Blut an seiner Hand. Einige Frauen mit vollen Einkaufstaschen waren stehen geblieben, blickten zu ihm hinunter und sprachen wirr durcheinander. Ein Korb schaukelte dicht vor seiner Nase, das Akkordeon spielte *Ich küsse Ihre Hand, Madame,* ein kleines Mädchen im gelben Kleid starrte ihn an.

Tante Minchens Gesicht war schwer zu erkennen, es schien seltsam verändert, ihr Mund zuckte, aufgeregt flatterte sie um ihn herum. Du lieber Gott, was ist bloß passiert, fragte sie und drückte ihm ein Taschentuch auf die Wunde. Ach Gott, ach Gott, sagte sie, und als er versuchte aufzustehen: Geht's wieder?, und kopfschüttelnd: Kaum lässt man ihn eine Minute aus den Augen ...!, und als er aufstand und ein wenig schwankte: O je, o je, nun komm, schnell nach Haus, komm! Wird's denn gehen?, und er sagte: Schwindelig ... ja, es geht schon wieder, und versuchte zu laufen. Als er strauchelte, streckte sie ihm ihre Hand hin, die sich weich anfühlte wie Kloßteig, und er machte ein paar Schritte an dieser weichen Hand, stolperte, hörte ihr *O Gott o Gott,* hatte Mühe, seinen Tritt neben ihren Vogelschrittchen zu finden, schaffte es, immer wieder stolpernd, bis in die Schwarzburger Chaussee, schaffte es auch die Treppen hinauf, ließ sich in der Küche auf einen Stuhl drücken, die Wunde an der Schläfe mit einem feuchten Tuch sauber wischen und verbinden. Das Blut war ihm in den Kragen hineingelaufen. Es war viel Blut. Tante Minchen sorgte sich um das Hemd. Sie weichte es in kaltem Wasser ein, um die Blutflecken hinterher leichter herauswaschen zu können. O je, was wird deine Mutter davon halten, sagte sie.

Er hatte Kopfschmerzen. Was eigentlich geschehen war, konnte er nicht sagen. Einen zum Lachen aufgerissenen Mund sah er vor sich, wenn er sich zu erinnern versuchte, ein gelbes Kinderkleid, er hörte das Wort *Pavian*, das Wort *Kokosnuss*, auch das Akkordeon, konnte sich aber keinen Reim darauf machen. Der Onkel sagte, das Wurfgeschoss könne, nach der Wunde zu urteilen, ein Pflasterstein gewesen sein. Ernst wusste nicht, was ihn getroffen hatte. Alles war eine Wirrnis von Worten, Farben, Klängen, aus der immer wieder das dunkle Geschoss auf ihn zuflog, dem er immer wieder nicht schnell genug ausweichen konnte, so dass es ihn immer wieder unfehlbar an der Schläfe traf. Eine Angst blieb in ihm zurück, die mit dem Wort *Markt* verschmolz, ein Misstrauen gegenüber dem lauten Übermut fremder Menschen, und gern kehrte er am übernächsten Tag ins Dorf zurück, wo er jeden Stein kannte und in Sicherheit war.

Die Kopfschmerzen dauerten nach seiner Rückkehr noch einige Tage an, und an der linken Schläfe behielt er eine Narbe.

## 21

Als Pfarrer Fuchs fortging, weil er in den Ruhestand versetzt worden war, reagierten die meisten Dorfbewohner gleichgültig. Er hatte es mit niemandem verdorben, sich aber auch um niemanden besonders gekümmert. Er hatte Gottesdienst gehalten, Taufen, Hochzeiten und Beerdigungen, hatte gepredigt und den Anwesenden das Gefühl gegeben, dass alles in der Ordnung sei und alles wie gewohnt weitergehe. Nicht wenige blieben den Gottesdiensten fern. Die Frau des Pfarrers hatte mit ihrer Weigerung, mehr als den unerlässlichen Kontakt zu den Dorfbewohnern zu pflegen, es sei denn, er wäre mit einem schwer wiegenden Vorteil verbunden gewesen, etwa in Gestalt einer Gans, mehr Misstrauen erregt als Sympathie gewonnen. Sie wurde *die Füchsin* genannt.

Der neue Pfarrer, ein junger Vikar, war anders. Seine Predigten zeugten von Leidenschaft für die biblischen Geschichten ebenso wie von einer Art Menschenhunger, einem unersättlichen Interesse an den Menschen, denen er sie erzählte und an deren Lebensläufen er Anteil nahm. Sie ließen niemanden kalt, weil jeder sich in ihnen wiederfand. Jedem boten sie eine Möglichkeit, sich wichtig zu fühlen, sich geistig auszudehnen, Neues, Anderes zu denken, Vertrautes aus einem ungewohnten Blickwinkel zu sehen und neu zu bewerten, und auf diese Weise fühlten Gebildete und Ungebildete sich gleichermaßen angesprochen. Sein Name, Stürzlinger, hatte zunächst Heiterkeit erregt. Aber sehr schnell wurde klar, dass er ernst genommen werden musste. Wo er auftrat, lenkte er die Aufmerksamkeit aller Anwesenden auf sich. Die Stattlichkeit seiner Erscheinung trug dazu bei. Das Entscheidende war jedoch sein Gespür für Menschen. Kaum zwei Monate vergingen, schon kannte er jedes Haus im Dorf und war dank seiner Offenheit und seines Geschicks, den jeweils passenden Ton zu treffen, mit den Problemen der meisten Familien vertraut.

Dabei war er vor allem in der ersten Zeit keineswegs unumstritten. Es gefiel den Leuten, dass er zu ihnen kam, dass er auch ihre alltäglichen Probleme wichtig nahm und hier und da sogar mit zufasste, wenn er sie bei der Arbeit antraf. Aber seine Art, sich über Konventionen hinwegzusetzen, fand nicht überall Zustimmung. Manche nahmen Anstoß daran, dass er keinen schwarzen Anzug trug, wenn er im Dorf unterwegs war, sondern derbe Stiefel, Arbeitshosen und Jacken, wie sie die Bauern trugen, dazu eine abgewetzte rote Kappe, die bei den einen Belustigung, bei anderen Empörung auslöste, weil sie in ihren Augen mit der Würde und Autorität eines Kirchenmannes vollkommen unvereinbar war. Diese rote Kappe war Gesprächsgegenstand im Dorf, manche nannten ihn heimlich *Rotkäppchen*, und noch lange, nachdem der neue Pfarrer eine große Anhängerschaft gefunden und mit seinen Predigten die Kirche wieder gefüllt hatte, schieden sich an ihr die Geister.

Er war es, der Herta Lüdenstedt fand.

Ihr Gesicht war ihm aufgefallen, als er den ersten Besuch bei Lüdenstedts gemacht hatte, ihr leerer Blick, ihre vom Schmerz schon verlassenen, verhärmten Mundwinkel. Schwester und Schwager hatten mit ihm gesprochen, Herta war im Hintergrund mit Wäsche beschäftigt gewesen. Als sie hinausging, um die Wäsche aufzuhängen, hatte die Schwester ihm erzählt, dass Hertas Mann seit Kriegsende zu den Vermissten gehörte. Meine Schwester tut ihre Pflicht, sagte die Schwester über Herta, Leben kann man das nicht nennen. Seitdem hatte er Herta nach jedem Gottesdienst besonders freundlich die Hand gedrückt. Während einer Sonntagspredigt, als er wie immer den Augenkontakt mit den Zuhörern suchte, sah er, dass Herta fehlte, zum ersten Mal seit vielen Wochen. Deshalb ging er am Montagmorgen ins Dorf hinunter, um bei Lüdenstedts einen Besuch zu machen.

Er überquerte den Hof, in dem ein Fahrrad mit Anhänger an der Wand lehnte, und klopfte an die Küchentür. Er rief, bekam keine Antwort, öffnete die Tür einen Spalt und rief noch einmal in die Küche hinein. Man hörte drin eine Uhr ticken, sonst blieb alles still. Herta Lüdenstedts Älteste machte eine Lehre in Sitzendorf, der Sohn ging in die letzte Dorfschulklasse und zählte zu Stürzlingers Konfirmanden. Die Erwachsenen werden auf dem Feld sein, dachte er, zog die Tür wieder zu und ging, um trotzdem im Stall nachzusehen. Das Vieh war auf der Weide. Als er den dunklen Raum betrat, flog ein Huhn auf, das hier im Stroh gesessen hatte. Es blickte ihn von einer Luke aus an, dann ließ es sich nach draußen fallen. Fliegen summten.

Ganz hinten im Stall fand er sie, an einem Balken hängend. Sie hatte die Wäscheleine benutzt. Der Melkschemel war umgestoßen.

Für andere Geistliche wäre es undenkbar gewesen, eine Selbstmörderin zu beerdigen, für Stürzlinger war es keine Frage. In der Traueransprache erzählte er von einem Kommilitonen in Tübingen, einem Studenten der Altphilologie, den er in einem Griechisch-Seminar kennengelernt und mit dem er sich angefreundet hatte. Der Kommilitone hatte immer eine rote Schirmmütze aufgehabt. Kurz vor Stürzlingers theologischem Examen hatte der Freund zweimal hintereinander das Seminar versäumt, und Stürzlinger habe sich gesagt, er sei wahrscheinlich krank. Sobald sein Examen hinter ihm läge, so habe er sich vorgenommen, würde er ihn zu Hause aufsuchen, um zu erfahren, ob er Hilfe brauche. Dann habe er nach vielem Lernen die Prüfung bestanden und am Tag danach – seinem Vorsatz gemäß – den Freund aufsuchen wollen, habe jedoch nur dessen Schwester angetroffen, die eben dabei war, die persönlichen Sachen ihres Bruders aus der kleinen Wohnung herauszuräumen. Dieser hatte sich, wie Stürzlinger von der Schwester, nachdem er sich als Freund ihres Bruders zu erkennen gegeben hatte, erfuhr, schon zehn Tage zuvor im eiskalten Neckar ertränkt. Ein paar Kleidungsstücke und Schreib-Utensilien des Freundes waren die letzten Überbleibsel, die an ihn erinnerten, seine Bücher und sonstigen Habseligkeiten waren schon verpackt und in einem Wagen verstaut, der vor dem Haus wartete. Auf seine Frage, ob sie etwas über die Gründe seiner Tat wisse, schüttelte die Schwester nur den Kopf. Er, Stürzlinger, habe in Tränen noch eine Weile stumm und unschlüssig in der entleerten Wohnung gestanden. Da habe die Schwester ihn gefragt, ob er von dem wenigen, was noch vorhanden sei, etwas haben wolle, zum Andenken, und er habe gesagt, er wolle gern die rote Schirmmütze mitnehmen, die er als einen verschwommenen roten Fleck über einem Nagel noch hängen sah, an der Innenseite der Eingangstür. Er habe die Mütze gleich aufgesetzt, die ihm bis heute eine Mahnung sei, niemals wieder etwas aufzuschieben, das er für einen Menschen tun könne.

Habe man es einmal versäumt, so Stürzlinger zu der Trauergemeinde, rechtzeitig seine Hilfe anzubieten, fühle man sich mitschuldig am geschehenen Unglück. Angesichts der Verstorbenen die Frage nach der Schuld zu stellen, liege nahe, führe aber aus dem Unglück nicht heraus. Man könne nie sicher sein, ob man ein solches Unglück hätte verhindern können, wäre man früher für den Verstorbenen da gewesen. Dies stehe nicht in menschlicher, sondern allein in Gottes Macht. Man solle aber hier und jetzt sein Herz öffnen für die, die eine besondere Last zu tragen haben, man solle ihnen entgegen kommen wie Jesus Christus es getan habe, man solle ihnen zeigen, dass sie mit ihrem Kummer willkommen seien. *Kommet her zu mir alle, die ihr mühselig und beladen seid,* habe Jesus gesagt, *ich will euch erquikken. Nehmet auf euch mein Joch und lernet von mir; denn ich bin sanftmütig und von Herzen demütig; so werdet ihr Ruhe finden für eure Seelen. Denn mein Joch ist sanft, und meine Last ist leicht.* Er breitete die Arme aus und sprach einen Segen.

Der Junihimmel, wie mit Weißblech beschlagen, blendete die Augen der Trauernden, während man Herta Lüdenstedt neben ihren Eltern auf dem Kirchhof begrub.

## 22

Ernst hatte mit dem Lappen, den er zum Schuheputzen benutzte, den letzten Rest Schuhcreme aus der Dose herausgeholt und auf dem linken Stiefel des Vaters so sparsam wie möglich verrieben, für den rechten reichte es nicht mehr. Er fand die Mutter im Garten bei den Mohrrüben.

Wann kommst du wieder mal nach Königsee?, fragte er. Die Schuhcreme ist alle.

Dafür brauchen wir nicht mehr nach Königsee, sagte die Mutter. Sie wischte sich mit dem Ärmel die Stirn ab. Wir haben doch jetzt den neuen Laden unten, hinterm Anger, neben Muchs, du weißt schon, Zempels Cousine von Sitzendorf und ihr Mann. Die haben sicher auch Schuhcreme. Geh mal fragen. Mein Geldbeutel liegt in der Küche auf dem Tisch.

Er ging.

Bringst auch gleich Zahnpaste mit!, rief sie ihm nach.

Der Sohn von Fabigs kam gerade aus dem Laden, Ernst blieb stehen und grüßte. Der Junge sprang die drei Stufen mit einem Satz hinunter und war schon an ihm vorbei auf dem Weg nach Hause. Zum ersten Mal betrat Ernst das neue Geschäft. Eine junge Frau mit dunklen Locken stand hinter der Theke und schrieb mit einem Bleistift Zahlen in ein Heft. Hinter dem

Verkaufsraum, in einem schmalen Durchgang, hantierte ein Mann mit Schachteln und Dosen.

Guten Tag, sagte Ernst.

Die Frau blickte kurz auf, dann vertiefte sie sich wieder in ihre Zahlenreihen. Ernst wartete, wurde aber nicht begrüßt.

Ich hätte gern Schuhcreme, sagte er nach einer Weile, eine große Dose.

Die Frau reagierte nicht.

Ernst wiederholte sein Anliegen etwas lauter.

Rudi, kannst du mal, rief die Frau, ohne Ernst anzusehen, und als der Mann nach vorn kam, murmelte sie: Hier ist ein Bekloppter, der weiß nicht, was er will.

Der Mann kam und stellte sich neben die Frau an den Ladentisch. Was darf's sein, sagte er.

Ich hätte gern eine große Dose Schuhcreme.

Ernst stotterte und sagte *Huhcreme* statt Schuhcreme, aber es war ein Satz ohne F und eigentlich ganz gut zu verstehen.

Der Mann schüttelte den Kopf, beugte sich sehr weit vor, als interessiere er sich brennend für Ernsts Wünsche, als hätte Ernst nur zu leise gesprochen. Was bitte?, fragte er laut.

Ernst schnaufte. Er war aufgeregt.

Sch-sch-schuhcreme, sagte er, so deutlich er konnte.

Der Mann wandte sich ab und zuckte die Achseln. Den versteht ja kein Mensch, sagte er zu seiner Frau und verschwand wieder im Durchgang.

Die Frau nickte und fuhr mit ihren Eintragungen fort.

Ernst blieb stehen, aber niemand nahm mehr Notiz von ihm. Mit einem Mal begriff er, dass das Verkaufsgespräch beendet war. Es war, als würde er mit Erde zugeschüttet. Er drehte sich um und verließ den Laden.

Aufgebracht erzählte er zu Hause der Mutter, er habe keine Schuhcreme bekommen, die Ladenbesitzer hätten ihn nicht verstanden.

Wie?, fragte die Mutter ungläubig. Was hast du denn gesagt?

Ernst berichtete wahrheitsgemäß, was er verlangt, und – soweit verstanden – was er zur Antwort bekommen hatte.

Aha, sagte sie, die *wollten* dich nicht verstehen! Na, wenn ich das dem Vater erzähle! Bei denen kaufen wir nichts mehr! Die können sich ihre Schuhcreme selbst aufs Brot schmieren!

Darüber musste Ernst lachen. Aller Zorn fiel von ihm ab. Fröhlich ging er die Hühner füttern, denen er den Witz gleich mehrfach weitererzählte, um immer wieder von neuem lachen zu können.

Später erzählte Martha Hilmar von dem Vorfall. Er brauste nicht auf. Er ging nicht, wie sie erwartet hatte, sofort erbost ins Dorf hinunter, um die Ladenbesitzer zur Rede zu stellen. Stattdessen wurde er blass, setzte sich und schwieg. Dann redete er, plötzlich sehr leise. Er sagte, die Frechheit dieser Leute habe ihre Ursachen, diese Ursachen seien das eigentliche Übel, das man zu fürchten habe, und wenn es mit dem braunen Spuk nicht bald aus und vorbei sei, müsse man auf der Hut sein und dürfe Ernst nicht aus den Augen lassen.

Martha wollte widersprechen.

Zu Hause einsperren könne man ihn nicht, sagte Hilmar, das sehe er wohl ein. Vielmehr sei es wichtig, dass man sich mit ihm gemeinsam im Dorf regelmäßig und auf die selbstverständlichste Art und Weise zeige. Man müsse Ernst auch seine Aufgaben lassen, das Milchholen, das Reisigsammeln, vor allem das Trompetespielen in der Blaskapelle, denn die Musik sei doch für ihn die größte Freude. Nehme man ihm all das, sagte Hilmar mit Bitterkeit, bringe man ihn selbst um, ehe es andere täten.

Na, na, sagte Martha beschwichtigend.

Hilmar beharrte darauf, man dürfe Ernst nie aufs Geratewohl in Gesellschaft lassen, nichts riskieren. Martha versuchte Einwände. Sie zweifelte, ob er die Gefahren nicht bei weitem überschätzte, die er beschwor, und erinnerte ihn an den Respekt, den die meisten Dorfbewohner Hilmar und ihr gegenüber an den Tag legten. Stürzlinger zum Beispiel, sagte sie.

Ja, sagte Hilmar, er schüttelt Ernst die Hand nach dem Gottesdienst und spricht mit ihm, wenn alle es sehen können, das ist nicht schlecht. Aber ansonsten ist er leider für die Hitlerei.

Und die Bücher, die er dem Jungen gegeben hat?, sagte Martha.

Es stimmte, Stürzlinger hatte Ernst zwei Bücher geliehen, eins über berühmte deutsche Orgelbauer und ein anderes über Schubert. Abends las Ernst eifrig darin, obwohl er vieles nicht verstand. Hilmar ließ sich davon nicht beeindrucken. Von einem Traktat erzählte er Martha, den er schon vor Jahren gelesen habe und der, wie er behauptete, seither immer weitere Kreise ziehe und das Denken vieler Menschen vergifte, ja sie zu Schandtaten anstifte.

Martha scheute sich, all das zu glauben. Immer schon war Hilmar ein Eiferer gewesen, ein Weltverbesserer. Nur eines machte sie stutzig: Seinem Ton fehlte der übliche Sarkasmus. Er schien sie überzeugen zu wollen, anstatt, wie sonst in wichtigen Belangen, ihr Urteil gering zu schätzen und selbstherrlich zu entscheiden. Verschiedenes führte er an, was sie nicht gewusst hatte und was ihr zu denken gab. Schließlich schaute er sie durchdringend an und fragte: Auf wen hier im Dorf kannst du dich hundertprozentig verlassen?

Sie wollte gleich einige aufzählen, aber er hatte *hundertprozentig* gesagt, deshalb zögerte sie und überlegte.

Ein Name blieb übrig.

Herbert, sagte sie.

So, meinst du, sagte Hilmar. Na. Hoffentlich hast du recht.

## 23

Ernst stand in der Küche und rasierte sich. Seit im Dorf eine Wasserleitung gelegt worden war, gab es neben dem Herd ein Becken mit fließendem Wasser. An der Wand hingen übereinander zwei kleine Spiegel, einer für Hilmar, einer für Ernst. Martha und Helene mussten sich entweder bükken, um in Ernsts, oder auf die Zehenspitzen stellen, um in Hilmars Spiegel zu schauen. Ernst, im Unterhemd mit über die Hose herab hängenden Hosenträgern, seifte sich ein. Eine regelmäßige Rasur war notwendig, seit er 18 Jahre alt war. Da es dem Vater an Geduld fehlte, hatte die Mutter ihm das Rasieren beigebracht. Immer wieder hatte Ernst sich geschnitten und geblutet, seine Hand war nicht ruhig genug, das scharfe Messer zu führen. Aber mit dem Bartwuchs war sein Ehrgeiz erwacht, ein Mann zu sein, und monatelange Übung fruchtete schließlich auch hier. Obwohl er während der Prozedur ächzte und stöhnte, ging es inzwischen meist glimpflich ab.

Als die Küchentür aufflog und Helene hereinstürmte, in kurzen Hosen, mit hochgekrempelten Ärmeln und einem Ball unter dem Arm, zuckte er zusammen und ritzte sich doch ein wenig. Er drückte das Handtuch auf die Stelle und murmelte etwas von anklopfen. Helene langte an ihm vorbei zum Wasserhahn, ließ Wasser in ein Glas laufen und leerte es in einem Zug. Sie war erhitzt vom Laufen. In den Sommerferien gab es für sie nichts Schöneres als mit den Jungen aus dem Dorf Fußball zu spielen.

Ach, sagte sie, wenn ich angeklopft hätte, wärst du genauso erschrocken. Du hörst doch das Klopfen gar nicht.

Missmutig sah er sie an.

Was meinst du, Ernst, sagte sie, trat hinter ihn, ging ein wenig in die Knie und betrachtete ihr rotes Gesicht und ihre halblangen, vom Schwitzen feuchten Haare über seine Schulter hinweg im Spiegel, soll ich mir auch mal einen Bart wachsen lassen? Sie lächelte ihn neckisch im Spiegel an.

Ernst ließ die Arme sinken und drehte sich entrüstet zu ihr um. Er schüttelte den Kopf. Aber – das passt doch nicht ...!?

Die Schwester lachte laut und lange, füllte ihr Glas von neuem mit Wasser und trank es leer. Sie streifte ihn mit ihrem heißen Arm. Bis nachher!, rief sie, griff nach dem Ball und lief wieder hinaus.

Die Frauen, die Mädchen. Etwas Helles war an ihnen, etwas Schillerndes, Unbegreifliches, das ihn anzog und das er fürchtete. Es engte ihm das Herz ein. Er schaute in den Spiegel und hob das

Kinn. Das Rasiermesser schabte über seine Wange, er hielt es unter den Wasserstrahl, wischte sich den Schaum aus dem Gesicht. Marion Bunzel sah er vor sich, wie sie sich nach dem Biertrinken den Schaum von der Lippe leckte und sich nach etwas bückte, das ihr unter den Tisch gefallen war, wie sie dabei lachte, wie einer mitlachte und ihr auf den Hintern klopfte, ein Sitzendorfer, der Ernst grob zur Seite geschoben hatte, als er sich neben Marion hatte setzen wollen, ein Tuba-Spieler, nach der Probe des Bläserchors, im „Deutschen Haus“ vor ein paar Tagen. Marions Quieken hatte den Tuba-Spieler unter den Tisch gelockt, und dort unten hatte es ein Kuddelmuddel aus Lachen und erstickten Schreien gegeben, das Ernst in Aufregung versetzt hatte. Was wohl die Mutter dazu sagen würde!? Er wusch den Rest Schaum weg, trocknete sich ab, legte Pinsel, Messer und Rasierseife wieder an ihren Platz auf das hölzerne Bord über dem Herd und hängte das Handtuch über die Messingstange. Dann zog er sich die Hosenträger über die Schultern und machte sich daran, Brot und Gemüsereste für die Hühner und Enten zu zerkleinern. Mit dem Blechnapf voll Futter ging er die paar Schritte auf den Hof hinaus. Den Enten warf er etwas über den Maschendraht. Die Hühner brauchte er nicht zu locken, sie kamen von allein und drängten sich um die Brotwürfel und das Grünzeug. Leise murmelte er Worte des Einverständnisses und sah zu, wie sie einander die größeren Brocken streitig machten, die sie mit ihren Schnäbeln erst zerhacken mussten, wie sie die Hälse reckten beim Trinken.

Die Frauen waren ein Dickicht. Er kam nicht an sie heran. Seit seiner Reise nach Volkstedt, die nun schon sieben Jahre zurücklag, hatte er das Dorf nicht verlassen, noch nicht einmal einen Himmelfahrts-Ausflug auf die Fasanerie hinauf hatte er mitmachen dürfen. Der Vater war mit Helene allein gegangen, Ernst musste mit der Mutter im Schulhaus ausharren. Immer wachten Vater und Mutter über ihn. Es war ihm unbegreiflich warum. Wenn er fragte, bekam er nichts weiter zur Antwort als *Darum!* oder *Es ist eben so!*

Sein Wunsch, noch einmal nach Volkstedt zu fahren, blieb unerfüllt. Dieser Wunsch war im vergangenen Jahr aufgekommen, nach einem Besuch der Cousine im Spätsommer. Regine war allein ins Dorf gekommen. Sie blieb zwei Tage lang, und bei ihrer Ankunft schien es ihm, als müsste sich sein Leben mit einem Mal weiten und lichten, eine Aufregung war über ihn gekommen wie ein Rausch. Aber sofort geschah etwas, das ihm diese zwei Tage vergällte. Überwältigt von der Wiedersehensfreude und mächtig angezogen von Regine, die ein leichtes, rot und weiß getupftes Kleid trug und mit ihrem Handkoffer auf der Schwelle des Schulhauses stand wie ein Glücksversprechen, war er auf sie zugelaufen und hatte sie mit beiden Armen fest umklammert. Da er viel kleiner war als Regine, war es ihr Busen, an den er seinen Kopf presste, und Regine, die über so viel Wiedersehensfreude lächeln musste, hatte versucht, errötend, ihn abzuwehren, sich aus der Umklammerung seiner Arme zu befreien, als die Mutter dazukam, die ihn mit einem entsetzten Ausruf von der Cousine wegzog und ihn scharf anfuhr. Weißt du denn gar nicht, was sich gehört? Kann man dich keine Sekunde aus den Augen lassen? Du bist doch kein Kind mehr!, hatte sie mit dunkelrotem Zorngesicht ausgerufen, und Regines Beschwichtigungsversuche hatten ihm nichts genützt, er wurde sofort nach dem Eintreffen des Besuchs nach oben in seine Kammer geschickt, wo er bis zum Mittagessen ausharren und sich schämen musste. Dabei war er sich keiner Schuld bewusst. Allein die Schmach, vor Regine von der Mutter zurechtgewiesen worden zu sein, drückte ihn nieder. Bei den Mahlzeiten, zu denen er wiederum ohne den strengen Befehl der Mutter gar nicht erschienen wäre, saß er Regine gegenüber, vor Scham verkrümmt, so dass sie nur seinen Scheitel sehen konnte. Die zwei Tage waren die Hölle für ihn gewesen. Er hatte kaum mehr gewagt, Regine anzusehen, geschweige denn mit ihr zu sprechen. Stumm, mit gesenktem Kopf, saß er zur Essenszeit dabei, stumm verrichtete er seine gewöhnliche Arbeit, das Geschirrabwaschen, das Kesselputzen, das Ausgussscheuern, und es schnürte ihm die Brust zusammen, wenn er hörte, wie munter Regine mit Helene sprach, wie die beiden Mädchen zusammen lachten, wie sie singend das Haus verließen, um spazieren zu gehen. Einmal redete Regine ihn in Gegenwart der Mutter zaghaft an und ein mitfühlender Blick traf ihn mitten hinein in die, wie es ihm vorkam, offene Wunde seines Herzens. Da erstarrte er und konnte nicht antworten, aus Angst, sich aufzulösen in Selbstmitleid und Liebesbedürfnis. Als Regine sich verabschiedete, kämpfte er mit Tränen, gab ihr die Hand und drehte sich weg. Nicht ein einziges Mal hatte er ihr auf dem Klavier, auf der Trompete vorspielen, nicht ein einziges Mal unbefangen mit ihr sprechen dürfen.

Wie anders war doch sein Leben damals in Volkstedt gewesen, um wie viel erwachsener hatte er sich dort gefühlt, obwohl er damals jünger gewesen war, wie hatte er aufgeatmet angesichts der Güte und der Behutsamkeit seines Onkels. Jetzt schien ihm sein Schicksal ein schwarzer, unauflöslicher Knoten aus Vater und Mutter. Manchmal in der Nacht, wenn er wach lag, stellte er sich vor, die Mutter zu erschlagen, weil sie ihn von Regine abgeschnitten hatte, sie ein für alle Mal niederzustrecken mit einem schweren Gerät, er wusste nicht welchem, um dann, großartig und einfach, hinauszugehen wie ein Mann und die Tür des Elternhauses ein für alle Mal zuzuschlagen. Dann wieder schämte er sich solcher Gedanken, wälzte sich im Bett herum, schlug sich selbst ins Gesicht und weinte. Wenn die Mutter ihn in den Wald geschickt hatte, um Tannenzapfen zu sammeln, die zum Anheizen gebraucht wurden, und wenn er dann zwischen eng stehenden schwarzen Tannen allein war mit den Rufen der Käuze und dem hohlen Getacker der Spechtschnäbel, kam es vor, dass er sich bäuchlings auf den Boden warf, sich an der Erde rieb und die Hände durch die Nadeldecke hindurch in die feuchteren Schichten hineinwühlte, so tief es ging. Dann stöhnte und schrie er seine Wut und seine Sehnsucht in die Erde hinein, bis er erschöpft war. Anschließend musste er Hosen, Hemd und Jacke säubern, sich den Korb mit den Kusteln auf den Rücken schnallen und ins Schulhaus zurückkehren, als ob nichts gewesen wäre. Oder er stieg mit seiner Trompete auf den Heiligen Berg, nur halb hinauf, gerade so weit, dass er das Dorf im Ganzen sehen konnte, setzte sich ins Gras und blies Choräle. Mit der Luft, die aus seinen Lungen durch den Messingtrichter strömte, schien sich sein Innerstes nach außen zu kehren und sich ins Tal zu ergießen. Es wurde ihm vorübergehend etwas leichter davon. Meist dachte er dabei gar nicht an Regine. Es war etwas Unbestimmtes, das ihm fehlte, etwas, das er sich nicht vorstellen konnte und für das er kein Wort wusste, dessen Fehlen aber schmerzte.

Der Rechen hatte sich mit anderen Geräten verhakt, die unterhalb des Abtritts in einem kleinen

Verschlag lehnten. Ernst zerrte daran und fuhrwerkte herum, bis er sich gelöst hatte, kratzte dann damit den Hühnerkot auf dem Hof zusammen und schaufelte ihn in einen Eimer, damit er zum Düngen weiterverwendet werden konnte. Seine Bewegungen waren schleppend und ruckartig. Er schnaufte bei der Arbeit. Als die Mutter vom Feld kam und grüßte, nickte er und folgte ihr ins Haus hinein.

## 24

Anfang September, der Erdrauch war schon abgepflückt, getrocknet und in Blechdosen gefüllt, wurde im Dorf eine Kirmes vorbereitet. Der Tag war warm und schön. Unter der Last von Äpfeln, Birnen und Pflaumen senkten sich in den Obstwiesen die Äste, leise platzten an den Wegrändern die Kapseln des Springkrauts, Lerchen ließen sich lustvoll in die blaue Höhe fallen. Das Dorf brodelte und schwitzte, aus den offenen Türen drang die Hitze der Backöfen, der Duft von Hefezopf und Streuselkuchen. Auf dem Kirchturm leuchtete die Hakenkreuzfahne.

Hilmar kam mit Ernst, der seine Trompete unter dem Arm trug, von der Probe des Bläserchors zurück, der abends im „Deutschen Haus" aufspielen sollte. Auf dem Küchentisch stand ein fertiger Napfkuchen. Helene, mit trotziger Miene, hielt auf dem Schoß einen Mörser, in dem sie Mohn zerstampfte, Martha rieb ein schwarzes Blech mit Butter ein. Unter einem Tuch, in einer großen irdenen Schüssel, ging ein Hefeteig.

Ferschs Anneli darf mit, und Spindlers Gerti, und Oberwassers Rosi sowieso, sagte Helene, obwohl die zwei Jahre jünger ist als ich.

Und wenn das ganze Dorf mitdürfte, für dich hieße das noch gar nichts! Die Mutter griff mit beiden Händen in die Schüssel, knetete den Hefeteig kurz durch und legte ihn auf das Blech, eine glänzende, weiche Kugel, die langsam ein wenig in die Breite ging.

Helene stellte den Mörser auf den Tisch, nahm den Stößel in beide Hände und stampfte damit heftig auf dem Mohn herum. Ernst ging zum Waschbecken. Er hatte sich angewöhnt, die Schultern ein wenig nach vorn und das Kinn auf die Brust hängen zu lassen.

Junge, halt dich gerade!, rief die Mutter.

Ernst stöhnte, richtete sich auf und wusch sich die Hände.

Das reicht, sagte die Mutter zu Helene und nahm ihr den Mörser ab. Frag deinen Vater. Den kriegst du ja meistens 'rum. Wenn der es erlaubt, bitteschön.

Was gibt's denn, Lenchen?, fragte der Vater müde. Holst du mir ein Glas Milch?

Helene öffnete die Kellerluke, nahm ein Glas und ging hinunter, um Milch zu holen. Dann setzte sie sich zum Vater auf die Küchenbank. Ich möchte mit an die Ostsee fahren, in den Herbstferien, mit meiner Mädelschar.

Der Vater trank die Milch in kleinen Schlucken. Er drückte mit den Fingerspitzen auf eine Stelle an seinem Bauch oberhalb der Leistengegend und verzog das Gesicht, als habe er Schmerzen. Du weißt, was ich von der Hitlerei halte, sagte er.

Helene nickte. Aber du hast selbst gesagt, wie wichtig es ist, dass man die Welt kennenlernt. Andere dürfen doch auch. Zum Beispiel die Ruth aus meiner Klasse, du weißt schon, Ruth Heller, bei der ich manchmal übernachte und die so gut Klavier spielen kann. Und Sybille Arnold. Die fahren alle in den Ferien mit ihrer Mädelschar weg. Und Pfarrer Stürzlinger hat im Konfirmandenunterricht auch immer –

Ich weiß, ich weiß, sagte der Vater seufzend, er ist ein sehr moderner Pfarrer.

Was hast du denn dagegen? Er denkt wirklich modern! Er hat wenigstens Verständnis dafür, dass wir auch mal raus wollen aus dem Dorf und mit jungen Leuten was unternehmen. Helene sah herausfordernd die Mutter an.

Da muss ich wirklich lachen, sagte Martha, wo du so oft die ganze Woche über in Rudolstadt bist. Wir bekommen dich ja kaum noch zu Gesicht!

Wie lang soll diese Reise denn dauern?, fragte der Vater.

Zehn Tage ... zwei Wochen, glaube ich, sagte Helene.

Und was soll das kosten?

Martha blickte Hilmar kurz aus den Augenwinkeln an. Sie hatte den Teig ausgerollt, zog ihn mit den Fingerspitzen an den Rändern des Kuchenblechs hoch und drückte kleine Dellen hinein, so dass ein hübscher, gewellter Abschluss entstand.

Ach, nicht viel, sagte Helene. Ich weiß nicht genau. Bitte, Vater. Ich würde so gern das Meer sehen.

Hilmar seufzte. Erkundige dich mal, was das kosten soll, sagte er.

Helene sprang auf. Danke, Vater!, rief sie überschwänglich.

Martha stach mit einer Gabel Löcher in den Teig. Dann verrührte sie den Mohn mit zerlassener Butter, Zucker und Eiern, strich die dunkle Masse auf den Hefeteig, warf Streusel darauf und schob das Blech in den Ofen.

Nach dem Mittagessen schickte sie die Kinder mit den fertigen Kuchen ins „Deutsche Haus". Eine Reihe von Tischen war dort vor dem Eingang aufgebaut, auf denen schon Bleche mit Obstkuchen standen. Meta Wengler, die Frau des Gastwirts, hatte zur Feier des Tages Waffeln gebacken, die sich auf einer Platte türmten. Die beiden obersten schenkte sie Helene und Ernst.

Frisch sind sie am besten, sagte sie. Dann suchte sie einen Platz für die Kuchen, unterhielt sich mit dem Bierfahrer, der die bestellten Fässer von seinem Wagen lud, und verscheuchte die Wespen. Plötzlich hörte man Motorenlärm. Ein Automobil kam von der Schwarzburger Höhe herunter, flankiert von einer Gruppe junger Leute auf Fahrrädern und einem Motorrad.

Los, komm, sagte Helene schnell, griff nach Ernsts Hand und zog ihn auf die Straße, die zum Dorfplatz zurückführte. Sie versuchte ihn anzutreiben, aber er bockte, störrisch wie immer, wenn jemand an ihm zog. Erstens konnte er nicht schneller. Zu leicht verlor er die Balance, stolperte über seine eigenen Füße und fiel hin. Aber er hatte auch keine Lust, sich antreiben zu lassen. Deshalb hängte er sich mit seinem ganzen Gewicht an die Schwester, machte absichtlich kleine Schritte und ließ sich mit schräg nach vorn gekipptem Oberkörper von ihr ziehen. Sollte sie doch sehen, was sie davon hatte. Am Dorfplatz bog sie nach links in den Weg zum Schulhaus ein. Nun ging es bergauf, und er machte sich doppelt schwer. Da ließ sie los und er blieb zurück, seine Waffel fest in der Hand.

Hinter ihnen pfiff jemand. Lenchen!, hörte Ernst rufen, Lenchen! Wart mal!

Helene tat, als höre sie nichts. Wo doch sogar er es gehört hatte! Er blieb stehen und drehte sich um. Zwei große Jungen auf Fahrrädern überholten Ernst und bremsten scharf, als sie Helene erreicht hatten, die ihm schon zehn Schritte voraus war. Jetzt blieb die Schwester stehen.

Tag, Lenchen, sagte der eine. Wie geht's dir? Lang nicht gesehen!

Was ist 'n das für 'n Waldschrat?, fragte der andere, als Ernst näher kam.

Sie glichen einander vollständig. Er sah es im Näherkommen. Die Nase, die Augen, die Haarfarbe. Sie waren auch ganz und gar gleich angezogen. Ernst betrachtete sie neugierig. Das müssen Zwillinge sein, dachte er. Sein Mund stand offen, als er sie musterte.

Helene antwortete nicht auf die Frage. Tag, sagte sie leise.

Sonst immer so forsch, die Lene, jetzt schüchtern, dachte Ernst.

Kommst du nachher zum Tanzen?, fragten die Brüder wie aus einem Mund, sahen einander an und lachten. Oder bist du schon vergeben?, fragte der eine und machte eine Kopfbewegung in Ernsts Richtung. Der andere lachte über den Witz. Ich komme um sechs, sagte Helene. Sie lachte nicht. Bis nachher, sagte sie und lief weiter die Schotterstraße zum Schulhaus hinauf. Die Radfahrer machten kehrt, Ernst trottete langsam hinter der Schwester her. Sie schaute sich nicht um.

Wer war denn das?, fragte Ernst, als er zu Hause angekommen war.

Fritz und Klaus Kratzner. Aus Rottenbach, sagte Helene. Hastig trank sie ein Glas Wasser.

Sind das Z-w-illinge? Ein schwieriges Wort. Er brauchte eine Weile, bis er es heraus hatte.

Ja.

Sie verschwand nach oben.

Am Abend, beim sogenannten *Tanzvergnügen,* nachdem man sich draußen mit Kuchen und Brause verpflegt hatte, ergab sich die bei solchen Festen übliche Anordnung. Die Männer aus dem Dorf, soweit nicht an der Blasmusik beteiligt, nutzten die Gelegenheit, in der trüb beleuchteten Schankstube zu rauchen und zu trinken, wo Heinz Wengler Bier zapfte und Klaren eingoss. Hinten im Saal blies die Tanzkapelle, anfangs noch von Hilmar dirigiert und von einem Tabakhändler aus Ilmenau, einem Freund Herbert Bogenschnitzers, am Klavier unterstützt, weil Heinz Wengler, dem am Geschäft mehr lag als an der Musik, mit Zapfen und Ausschenken beschäftigt war. Dicht an den Wänden des Saales aufgereiht saßen die Mütter und Großmütter aus dem Dorf, teils mit Kleinkindern auf dem Schoß, um ihren größeren Kindern zuzuschauen, die in der Saalmitte zur Blasmusik tanzten. Die Dorfjugend traf hier auf Gleichaltrige aus Aschau, Schwarzburg, Milbitz oder Bechstedt, die mit Rädern oder zu Fuß herübergekommen waren, vereinzelt gab es auch Sitzendorfer, Quittelsdorfer und Rottenbacher wie die Kratzner-Zwillinge, die sich zum ersten Mal hierher auf den Weg gemacht hatten. Das Vergnügen war ungleich verteilt: Die auswärtigen jungen Leute, einmal der Kontrolle ihrer Eltern entkommen, benahmen sich ausgelassen und ungestüm, die einheimischen mussten unter der Aufsicht ihrer Mütter Sittsamkeit an den Tag legen.

Ernst hatte nur die beiden ersten, langsamen Stücke mitblasen dürfen. In den schnelleren Stükken kam er zu leicht aus dem Takt, bei einer Tanzmusik störte das. Er setzte sich mit seinem Trompetenkasten zu Hilde Bogenschnitzer an den Rand, die von ihren mittlerweile drei Kindern belagert war. Das jüngste, ein dickes Krabbelkind mit großer Ausdauer im Brüllen, streckte nach Ernst die Arme aus und lachte, als er es auf den Schoß nahm und es auf den Armen schaukelte.

Helene war erst 15 Jahre alt. Die in der Stadt übliche Tanzstunde hatte sie noch nicht besucht. Bisher hatte sie eher auf Fußballplätzen, mit Sprintstärke und Schusskraft, die Anerkennung der Jungen gewonnen. Sie tanzte unbeholfen, teils weil sie nicht wusste, wie man es macht, teils weil sie ständig die Blicke ihrer Mutter im Rücken fühlte. Fritz und Klaus schienen mit einer klaren Absicht hergekommen zu sein, sie forderten immer abwechselnd ein- und dasselbe Mädchen zum Tanzen auf. Helene war vor Stolz wie benommen, weil gleich zwei junge Männer sich um sie bemühten, noch dazu diese Zwillinge, die im Zug nach Rudolstadt ihre Aufmerksamkeit erregt hatten, die immer frisch und lachlustig aussahen und, wie sie bald erfahren hatte, weithin als *Sportskanonen* bekannt waren. Es schmeichelte ihr, dass sie ihretwegen den weiten Weg von Rottenbach gemacht hatten. Aber wegen der Mutter traute sie sich nicht, ihre Freude zu zeigen. Hinzu kam eine Unsicherheit, eine Angst, die sie seit einiger Zeit quälte und die neue Nahrung bekommen hatte, als das Wort *Waldschrat* gefallen war. Schon oft hatte sie sich mit einem Schaudern vorgestellt, wie es wäre, wenn ihre Freundinnen aus dem Rudolstadter Schiller-Gymnasium sie zusammen mit ihrem Bruder sähen, und war froh gewesen, dass die Stadt und das Dorf sozusagen getrennte Welten waren. Auch die Kratzner-Zwillinge durften auf keinen Fall erfahren, dass der *Waldschrat* ihr Bruder war. Die Gefahr war groß, denn Ernst saß nun einmal dabei, so sehr sie sich ihn auch wegwünschte. Immerhin saß er nicht bei der Mutter, der sie gleich zu Beginn die Zwillinge hatte vorstellen müssen, sondern bei Hilde Bogenschnitzer. Sie schaute nicht hin. Die Musik spielte so laut, dass man nicht viel reden konnte, trotzdem blieb die Angst, die Zwillinge könnten sie nach dem *Waldschrat* fragen. Und hinten in einer Ecke hatte sie zum Überfluss Bernd Cannbach bemerkt, der sie mit traurigen Blicken verfolgte, einen Sohn der Gutsbesitzerfamilie. Sie war mit ihm zusammen konfirmiert worden und hatte heimlich für sein feines Gesicht geschwärmt, bis er sich in den Osterferien irgendwo mit Kinderlähmung angesteckt hatte. Seit der Krankheit waren seine Beine verkrümmt und teilweise gelähmt. Er konnte nur mit Mühe laufen. Obwohl Helene ihre Zuneigung nie deutlich gezeigt hatte und sich also rein äußerlich fast nichts veränderte, als sie sie Bernd wieder entzog, plagte sie seitdem ein schlechtes Gewissen. Er konnte ja nichts dafür. Aber was hätten ihre Freundinnen in Rudolstadt gesagt, wenn sie sich mit einem Jungen abgegeben hätte, der an Krücken ging?

Als Dorfkind in der Schillerschule anerkannt zu werden war schwer genug gewesen. Die anderen Mädchen in ihrer Klasse wohnten alle in der Stadt, ihre Eltern waren größtenteils wohlhabend. Wegen ihres Dialekts hatte Helene anfangs Hohngelächter eingesteckt, wegen ihrer bäurischen Kleidung war sie bespöttelt worden. Inzwischen hatte sie sich den Dialekt nahezu abgewöhnt und im Hinblick auf die Kleider Ansprüche entwickelt. Der Vater war ihr gegenüber großzügiger als die Mutter, die zwar vehement befürwortet hatte, dass Helene die höhere Schule besuchte, gleichzeitig aber fürchtete, sie könne dadurch ihrem Elternhaus entfremdet werden. Inzwischen waren Ruth Heller und Sybille Arnold ihre Freundinnen. Ruth hatte ihr angeboten, während der Wintermonate die Woche über bei ihrer Familie zu übernachten, damit sie nicht täglich den weiten Weg durch Schnee und Eis machen musste. Drei Jahre hatte sie gebraucht, um es dahin zu bringen.

Ein Duft nach Rostbratwurst stieg den Tanzenden in die Nase, die Kapelle pausierte. Es gab Gedränge, drinnen beim Bierausschank, draußen vor dem Eingang bei der Wurst. Als Hilmar ins Freie trat, fiel ihm auf, dass ein weiteres Automobil auf dem Dorfplatz stand. Beim Anstehen um eine Wurst bemerkte er zwei helle Hüte, zwei Damen in hellen, eleganten Kleidern, einen Augenaufschlag, ein Lachen, das er nur hören konnte, weil alle, die vor ihm auf eine Wurst warteten, plötzlich leiser geworden waren, alle hatten ihre Blicke auf diese zwei Paare gerichtet, die offenbar von auswärts kamen, nicht von Rottenbach, sondern von weiter her, die Damen mit seltsam angewinkelten Unterarmen, an denen kleine Handtaschen hingen, so etwas kam im Dorf ja nicht vor, auch nicht in Rottenbach. Die Hände der einen steckten in weißen Handschuhen, sie hatte sich bei ihrem Begleiter lässig untergehakt, der eine schwarze Uniform trug, dekorativ und unbeweglich lag die weiße Handschuhhand auf dem schwarzen Ärmel wie aus Gips. Als der andere Mann, im Straßenanzug und größer als alle, die hier im Gedränge standen, sich einmal umwandte, war Hilmar unangenehm berührt. Seine Züge kamen ihm bekannt vor, das blonde Haar, das flächige, rosige Gesicht ... Er wusste aber nicht woher. Die vier unterhielten sich miteinander und lächelten, sicher waren sie zufällig hier vorbeigefahren, hatten die Blasmusik gehört und Appetit auf eine Bratwurst bekommen. Nun genossen sie es, unter dem dörflichen Volk Aufsehen und Bewunderung zu erregen. Obwohl er nicht im Geringsten wusste warum, hatte Hilmar den starken Impuls, einen Kontakt unbedingt zu vermeiden, und er erschrak, als ein Blick des Unbekannten ihn traf, der seinerseits hängen blieb, als kenne auch er Hilmar, wisse aber ebenfalls nicht, wer er sei. In diesem Augenblick hörte er die junge Frau Fabig, die vor ihm um eine Wurst anstand, den fremden Mann begrüßen und ihn mit „Herr Doktor" anreden.

Qualm stieg auf, als Meta Wengler mit eisernem Gerät in der Holzkohle herumstocherte. Hilmar kniff die Augen zusammen. Natürlich. Der war's. Er machte kehrt und bahnte sich einen Weg zurück ins Lokal, begleitet von munteren Bemerkungen der Umstehenden, die nicht verstanden, wie man so kurz vor dem Ziel aufgeben und auf die Bratwurst verzichten konnte. Er ging zu Martha und sagte ihr etwas ins Ohr, dann auf die andere Seite zu Ernst, der mit Bogenschnitzers Jüngster *Backe, backe Kuchen* sang und über den barschen Befehl des Vaters, das dicke Kind der Mutter zu übergeben und ihn unverzüglich nach Hause zu begleiten, verdrossen war. Dennoch stand er auf. Einem Befehl des Vaters, sei er noch so unbegreiflich, musste gehorcht werden. Ernst kniff die Kleine ein letztes Mal ins Ohr, gab ihrer Mutter mit einem tiefen Diener die Hand, klemmte den Trompetenkoffer unter den Arm, murrte und folgte zähneknirschend dem Vater, der ihm voran durch den Flur, an der Küche vorbei zum Hinterausgang eilte. An der Treppe zum Hof waren leere Bierfässer und Kisten mit Abfällen aufeinander getürmt. Von hier aus kam man zu Fabigs Gehöft hinüber, und der Vater nahm nicht, wie sonst, die Schotterstraße zum Schulhaus hinauf, sondern den Hohlweg, der hinter dem Pfarrhaus endete, lief mit Ernst um das Haus herum durch den Pfarrgarten und stieß jetzt erst, die große Linde links liegen lassend, auf die Schotterstraße. Dort nahm er Ernst an die Hand und spähte ins Dorf hinunter, ob nicht etwa ein Automobil heraufkäme. Dann überquerte er rasch die Straße und verschwand mit seinem Sohn im Schulhaus.

Er fand keine Worte, um Ernst seine Entscheidung begreiflich zu machen. Als bemerke er die wütenden Blicke nicht, die Ernst ihm zuwarf, schickte er ihn nach oben und wünschte ihm in strengem Ton eine gute Nacht. Anstelle einer Antwort warf Ernst oben seine Kammertür zu.

Lange war noch von fern die Musik zu hören. Als es dunkel geworden war, begann der Umzug, und Hilmar trat vor die Tür. Er war hellwach. Die Blasmusik, die nun langsam durchs Dorf zog, übte dadurch, dass sie sich in Bewegung setzte, einen starken Reiz aus, es war, als habe man selbst keinen festen Standort mehr, ein Gefühl, dachte er, ähnlich dem, wenn man von einem Eisenbahnzug aus, der auf dem Gleis still stand, einen Nachbarzug anfahren sah und einen Augenblick lang der Täuschung unterlag, es sei der eigene Zug, der sich bewege. Eine Polonaise brach sich an den Mauern der Häuser; sie riss plötzlich ab oder wurde gedämpft, je nach dem, wohin, um welche Ecke der Zug sich entfernte; manchmal war die Basstuba allein zu hören, dann wurden durch eine Wendung des Zugs mit einem Mal die höheren Stimmen darüber geschoben, dann durch die nächste Wendung wieder abgeschnitten. Viel seltsamer und aufregender war es, das aus der Ferne zu hören, als den Zug zu begleiten, wie er es bisher immer getan hatte.

In der Luft hing der süße Duft des Geißblatts, das am Zaun rankte, eine Fledermaus flatterte zum Nachbarn hinüber und wieder zurück. Es war vollkommen windstill. Wie schön könnte so ein Abend sein!, dachte er. Das Lächeln des Arztes hatte ihm einen Schauer über den Rücken gejagt. Diese Ruhe, diese Selbstgewissheit! Sein Begleiter in der schwarzen Uniform war vielleicht auch ein Arzt? Ärzte waren ja bei der SS keine Seltenheit mehr. Der Chirurg Erich Lexer, über den er gelesen hatte, dass in seiner Münchener Klinik regelmäßig sogenannte Erbkranke unters Messer kamen, damit sie keine Nachkommen zeugen konnten, war kürzlich zum SS-Obersturmbannführer ernannt worden. Auch Hitlers Leibarzt, ein Chirurg namens Brandt, war natürlich ein SS-Mann, einer mit noch kühneren Ideen hinsichtlich der Abtrennung kranker Glieder vom deutschen Volkskörper, was heutzutage offenbar viele Chirurgen als ihre chirurgische Hauptaufgabe betrachteten ...

Angestrengt blickte er zu den Sternen hinauf. Es war ein glücklicher Zufall, dass der Nachfolger des alten Dr. Agemar, der sich seit einiger Zeit um Ernsts Gesundheit kümmerte, ein freundlicher und besonnener Mensch war, der nicht den Eindruck machte, als sei er ein Anhänger der Nazi-Partei. Er behandelte Ernst mit Tabletten, die einen Wirkstoff aus getrockneten Schafsschilddrüsen enthielten. Sie kamen aus England und sie vertrieben Ernsts Tagesmüdigkeit. Dieser Dr. Enders hatte Ernst einmal Klavier spielen hören, als er einen Hausbesuch machte, und hatte ihn gelobt. Er selbst habe als Kind auch Klavier gespielt, hatte er zu Ernst gesagt, sei aber immer zu faul zum Üben gewesen und habe es deshalb nicht so weit gebracht. Nein, von Dr. Enders drohte wohl keine Gefahr. Aber wie schnell konnte so ein Arzt von einem anderen abgelöst werden ...! Wie leicht konnte es geschehen, dass irgendein Auswärtiger, ein Sanitäter, eine Krankenschwester, auf Ernst aufmerksam wurde und ihn als *Ballastexistenz* dem Gesundheitsamt meldete. Und dann? Die unheilbar Blödsinnigen hätten keine Meinung zur Euthanasie, also könne es auch nicht gegen ihren Willen verstoßen, wenn man sie töte, so hatte es schon bei *Hoche* und *Binding* gestanden. Nein, Ernst hatte keine Meinung zur Euthanasie. Hilmar seufzte.

Über der Schwarzburger Höhe hing der Mond, fast voll, mit seinem ewig gleichen, schiefen Lächeln. Auch so ein unheilbar Blödsinniger, flüsterte Hilmar.

Der Zug bewegte sich auf den Kalkberg zu. Hilmar hörte die Unzulänglichkeiten der Bläser in Rhythmus und Intonation. Heinrich Schöps kam mit seinem Posaunen-Einsatz zu früh, obwohl Hilmar in allen Proben versucht hatte, ihm das auszutreiben, Zempels Udo schleppte, aus Gewohnheit oder weil er ein Bier zu viel getrunken hatte. Es tat gut, ein paar Minuten lang nur den Bewegungen der Klänge zu folgen. Es war beinahe ein Trost.

Lange hielt er Wache vor dem Schulhaus, auf die Rückkehr seiner Frau und seiner Tochter wartend. Tief atmete er die Nachtluft ein. Er fühlte einen stumpfen Schmerz im Unterbauch, eine Angst und ein einsames, haltloses Glück.

# 25

Als die deutsche Wehrmacht die eingekesselte Stadt Warschau beschoss und eine deutsche Luftflotte die Stadt bombardierte, stand Ernst mit der Mutter in der Küche des Schulhauses. Er wusch Kartoffeln, die Mutter hatte einen Topf mit Kochwäsche aufgesetzt. Für Ende September war es ungewöhnlich kalt, Regen trommelte auf das Dach des Hühnerstalls. Die Mutter hantierte mit Töpfen und hörte das Klopfen an der Tür nicht, bis schließlich die Postbotin, Frau Oberwasser, den Kopf zur Tür hereinsteckte. Sie brachte einen Brief aus Volkstedt, schimpfte auf das widrige Wetter und holte dann den Hitlergruß nach. Wie immer warf sie einen argwöhnischen Seitenblick auf Ernst, anstatt ihn zu begrüßen. Ihre Gummistiefel waren schlammbespritzt. Über der Uniform trug sie eine Art Plane, aus der ihr kapuzenbedeckter Kopf herausragte, so dass sie aussah wie ein wandelndes Zelt. Martha bot ihr eine Tasse Pfefferminztee an. Den Brief öffnete sie mit einem Küchenmesser und reichte ihn Ernst hinüber, der seine Kartoffel-Hände an der Schürze abwischte und dann vorsichtig das mit Tinte beschriebene Blatt Papier auseinanderfaltete. Die Handschrift des Onkels war fein und regelmäßig.

Während die Frauen miteinander sprachen, las Ernst den Brief. Dabei bewegte er die Lippen und die Zunge, man hörte ihn leise flüstern, zischen und brummen. Langsam mit dem Zeigefinger die Zeilen entlang fahrend stieß er auf das Wort *Eheschließung*. Der Onkel gab die Eheschließung bekannt zwischen seiner Tochter Regine und einem gewissen Eberhard Krumm. *Regine ist jetzt eine Krumm, geborene Kroll*, las Ernst. Vom Namen her sei das keine große Verbesserung, so der Onkel, aber der Bräutigam, Gerhard, habe das Herz auf dem rechten Fleck und sei ein tüchtiger junger Mann, aus Wernigerode gebürtig und von daher mit dem Bergbau vertraut, eigentlich ein angehender Ingenieur, nun aber Frontsoldat im Polenfeldzug, weswegen die Ehe ohne Hochzeit in aller Eile, am Abend vor dem Einrücken des Bräutigams, welches in der Frühe um halb vier habe stattfinden müssen, geschlossen worden sei. Regine sei nun in entsprechender Verfassung, aber tapfer. Auch als Ehefrau versehe sie nach wie vor ihre Arbeit auf dem Gemeindeamt und wohne bei den Eltern, so dass vorerst alles beim Alten geblieben sei. Eigentlich habe die Verlobungszeit noch ein halbes Jahr dauern sollen, aber im Krieg wisse man nie, und der Bräutigam habe gefunden, für alle Fälle sei es besser so. Dann folgten noch Grüße von Tante Minchen, die Martha riet, die Kartoffelmehlmarken nicht verfallen zu lassen, weil Puddingpulver knapp werde und weil man das Kartoffelmehl als Puddingpulverersatz verwenden könne. Beim Schreiben des Briefs hatte der Onkel noch nicht gewusst, dass der Vater im Rudolstadter Krankenhaus lag.

Ernst sah einen Tropfen vom Saum des Postbotinnenzelts auf den Küchenboden fallen, wo sich schon eine Lache gebildet hatte. Frau Oberwasser schlürfte ihren Tee und fragte nach dem Herrn Kantor. Die Mutter rührte mit ihrem Holzlöffel die Wäsche um und sagte, sie wisse nichts. Man müsse Geduld haben. Sie hoffe, in ein paar Tagen etwas in Erfahrung zu bringen, denn die große Operation werde inzwischen stattgefunden haben.

Mit heißen Augen las Ernst den Brief noch einmal, wie um sich durch die Wiederholung selbst davon zu überzeugen, dass er richtig gelesen habe, mehr noch, dass das Geschriebene wahr sei. Er wiederholte das Wort *Krumm,* das Wort *Frontsoldat,* das Wort *Polenfeldzug,* die Wörter *Ehe ohne Hochzeit* (ihm ganz und gar unverständlich), das Wort *geschlossen.*

Was aus den Schulkindern werden solle, fragte Frau Oberwasser, die selbst zwei Schulkinder hatte. Der Pfarrer nicht da, sagte sie (denn Pfarrer Stürzlinger war bei den ersten gewesen, die sich freiwillig zum Dienst an der Front gemeldet hatten), der Pfarrer nicht da, der Lehrer nicht da ...! Sie wiegte bedenklich den Kopf und sah unter gesenkten Lidern zu Ernst hinüber, der flüsternd und spuckend über dem Brief hing.

Er las, Regine sei *in entsprechender Verfassung,* flüsterte diese Worte vor sich hin, gab sich besondere Mühe mit dem zweifachen F-Laut, als wäre die beunruhigende Chiffre durch eine sorgfältige

Aussprache zu enträtseln, und wiederholte am Ende, als verberge sich darin der Schlüssel zu allen Geheimnissen, mehrfach das Wort *Kartoffelmehl.*

Gut, dass es die Hitlerjugend gibt, hörte er Waltraud Oberwasser sagen, da sind die Kinder wenigstens abends beschäftigt und am Sonntag.

Die Schulkinder würden, sagte die Mutter unwillig, sicher rasch einen Ersatzlehrer bekommen, falls die Krankheit ihres Mannes sich länger hinziehe. Sie gehe aber davon aus, dass er bald aus der Krankenanstalt entlassen werde.

Na, sagte Waltraut Oberwasser und schlürfte ihren Tee. Dann fragte sie, ob Martha schon gehört habe, dass Marion Bunzel, das ehemalige Schreikind, nun selbst schwanger sei, ohne aber einen Vater zum Kind zu haben. Angeblich einer aus Sitzendorf, sagte sie, aber wer, das wisse keiner. Und Cannbachs Bernd habe sich verlobt mit einer gewissen Lisa Surkopf, die aus dem Mecklenburgischen herauf nach Bechstedt gekommen und angeblich eine tüchtige junge Frau sei, sogar eine hübsche, erstaunlicherweise.

Na, warum denn nicht, hörte Ernst die Mutter sagen, als er mit dem Finger die Wörter *alles beim Alten* abfuhr, die widersinnig und empörend waren. Nichts, nichts war doch beim Alten! Regine: verheiratet. Der Vater: im Krankenhaus. Viele Männer aus dem Dorf: im Krieg. Nur er, er allein, saß immer noch hier, auf diesem Stuhl an diesem

Tisch in dieser Küche. Die Mutter, er wusste selbst nicht, warum, erfüllte ihn mit Missmut und Groll, sobald er sie nur sah. Er hatte Kopfschmerzen. Die ganze Welt hatte eine schmutziggraue Farbe angenommen und verschwamm vor seinen Augen. Wenn wenigstens Helene da wäre ... Aber sie war seit August verlobt und seit September als Medizinstudentin in Heidelberg.

Waltraud Oberwasser hatte ausgetrunken, schnallte sich die Tasche um und ging wieder in den Regen hinaus.

Na, was schreibt der Walter?, fragte die Mutter. Wortlos gab Ernst ihr den Brief.

## 26

Als Ernst erfuhr, dass Helene und Anton in Frankfurt am Main heiraten wollten, wo Anton geboren war und wo seine Mutter lebte, ging er ins Schulzimmer, um sich Frankfurt auf der Landkarte anzusehen und sich ein Bild von der Stadt zu machen. Er stellte sich vor: Frankfurt war eine graue Waffel, im Umriss rund, mit Kerben und Dellen, aber quer geteilt durch eine silbern glitzernde Schlange – den Main. Auf dem Foto, das Helene später schickte, aufgenommen von Antons Bruder, fehlte der Main, aber sonst war alles genau so grau, wie er es sich gedacht hatte.

Die Mutter nahm den silberfarbenen Metallhalter vom Buffet, in dem früher ihr eigenes Hochzeitsbild gesteckt hatte, steckte Lenchens Hochzeitsbild hinein und stellte es aufs Klavier. Ernst nahm es jedes Mal in die Hand, bevor er sich ans Klavier setzte. Die grauen Mauern des Römers waren darauf zu sehen. Der Römer war, wie man ihm erklärt hatte, kein Mensch aus Rom, sondern ein altes Gebäude in Frankfurt, und innen im Römer war das Standesamt, wo man heiratete. Vor den Mauern war das Brautpaar zu sehen. Ernst hatte gestaunt, als die Mutter ihm sagte, Anton sei schon 30 Jahre alt, zehn Jahre älter als Helene. Wenn er das Hochzeitsbild betrachtete und die Schwester lächeln sah, wie sie, bei Anton eingehakt, vor dem Römer stand in ihrem hellgrauen Kostüm, das er kannte, mit weißer Bluse und weißem Einstecktuch, einen Veilchenstrauß in der Hand, während Anton, schmal und lang, das blonde Haar schnurgerade gescheitelt und den Kopf ein wenig zu Helene hin geneigt, vollkommen ernst durch seine Brillengläser blickte, erfasste ihn ein feierliches Gefühl. Beim Üben der Choräle schnaufte und keuchte er mit zusammengebissenen Zähnen, denn er stellte sich vor, er spiele in der Kirche zu ihrer Hochzeit und dürfe keinen Fehler machen.

Antons jüngerer Bruder Helmut und dessen Verlobte waren Zeugen der kurzen Zeremonie auf dem Standesamt im Frankfurter Römer gewesen. Der Bruder war Physikstudent, ein Wort, das für Ernst unaussprechlich war. Nach der Trauung wurde bei Antons Mutter in der Bürgerstraße Kaffee getrunken. Da wäre er schon gern dabei gewesen. Herbst hieß die Schwester jetzt, Helene Herbst, geborene Kroll. Eine kirchliche Trauung gab es nicht, denn Helene wollte von keinem anderen als Pfarrer Stürzlinger getraut werden. Nach dem Krieg wollten sie sich von ihm in der Dorfkirche trauen lassen und die Hochzeit noch einmal „richtig" feiern.

Der Vater, sowieso meist übellaunig, seit er nach der großen Operation aus der Krankenanstalt entlassen worden war, hatte von Helenes Heirat erst nichts wissen wollen. Gegen Anton konnte er nichts sagen, aber er war dagegen, dass Helene ihr Studium abbrach. Unter den Studienanfängern der Medizin in Heidelberg war sie das einzige Mädchen gewesen. Gleich zu Beginn hatte sie eine Fotografie geschickt, die während ihres ersten Trimesters im Anatomie-Hörsaal aufgenommen worden war. Sie zeigte Helene unter lauter jungen Männern in dem Saal mit den ansteigenden Sitzreihen, als dritte von links in der siebten Reihe. Diese Fotografie war sein ganzer Stolz und seine größte Freude gewesen, nachdem er als geheilt nach Hause entlassen worden war und seinen Dienst in der Schule wieder angetreten hatte. Als das Trimester dann um war und Helene plötzlich heiraten wollte, hatte der Vater mit der

Mutter einen heftigen Streit angefangen. Die Katze, die bei Ernst auf dem Schoß geschlafen hatte, war sofort von seinen Knien abgesprungen und hatte sich in den Schuppen davongemacht. Der Vater beharrte darauf, dass alle Mühe und alle Kosten für Helenes Ausbildung, die jahrelange Fahrerei nach Rudolstadt und nicht zuletzt auch die Reisen, die er vor dem Ausbruch seiner Krankheit mit ihr unternommen hatte und die ihren Horizont hatten erweitern sollen, Reisen nach Würzburg, Leipzig und Berlin, *für die Katz* gewesen seien, wie er sich ausdrückte, wenn sie nun heiratete und nur noch im Suppentopf rührte. Die Mutter war über diese Reden des Vaters sehr erbost gewesen. Sie hatte Helene in Schutz genommen. Es sei schließlich Krieg. Anton sei ein guter Schwiegersohn. Er sei, sagte die Mutter, ohne den Vater anzusehen, nicht nur gebildet, sondern auch feinfühlig, rücksichtsvoll. Diese Wörter, *feinfühlig* und *rücksichtsvoll,* feuerte die Mutter gezielt auf den Vater ab, so schien es Ernst, dessen Augen unter zusammengezogenen Brauen zwischen Vater und Mutter hin und her wanderten und dem von der Streiterei ganz elend wurde. Außerdem habe Anton als Jurist einen guten Beruf. Er sei sogar ein Doktor.

Die Mundwinkel des Vaters hatten verächtlich gezuckt. Lenchen hätte ja selbst eine Frau Doktor werden können, hatte er gesagt und sich mit der rechten Hand an den Unterbauch gegriffen.

Obwohl man ihm ein großes Geschwür aus dem Darm herausoperiert hatte, hielt er sich oft den Unterbauch. Dann war Helene ein paar Tage da gewesen und er hatte zu allem Ja und Amen gesagt. Missmutig hatte er vor zehn Tagen das Hochzeitsfoto betrachtet.

Ernst hatte Anton gern. Er roch gut. Außerdem spielte er Geige, viel schöner als der Vater, und man konnte mit ihm über Musik sprechen. Schon bei seinem allerersten Besuch im Dorf hatte Anton sich lange mit Ernst unterhalten. Helene war damals im Haus herumgeflattert wie ein aufgescheuchtes Huhn, aber Anton hatte ganz ruhig mit Ernst in der Stube gesessen und über Schubert gesprochen. Ernst las gerade zum zweiten Mal das Buch über Schubert, das Pfarrer Stürzlinger ihm geliehen hatte. Und Anton, der ein anderes Buch über Schubert gelesen hatte, fragte ihn, ob er wisse, dass Schubert klein gewesen sei. Aus überlieferten Aussagen einiger Leute, die Schubert gekannt hatten, wisse man, er sei 157 Zentimeter groß gewesen, also kaum größer als Ernst, der 142 Zentimeter groß war. Er selbst, hatte Anton lächelnd gesagt, sei 182 Zentimeter groß, aber Schubert sei mit seinen 157 Zentimetern doch viel größer gewesen als er. Am Abend hatte er dann seine Geige ausgepackt und mit Helene zusammen die Sonatine von Schubert gespielt.

Als Ernst jetzt mit den Eltern beim Mittagessen saß, brachte Frau Oberwasser doppelte Post, einen Brief aus Volkstedt und eine Ansichtskarte von Helenes fünftägiger Hochzeitsreise nach Heidelberg. Als erstes betrachtete der Vater die Fotografie auf der Postkarte. Sie zeigte das Heidelberger Schloss. Dann drehte er sie herum, las den Text und gab die Karte wortlos der Mutter weiter. Die Mutter lächelte beim Lesen, betrachtete dann das Bild und legte Ernst die Karte hin. Unterdessen öffnete der Vater den Brief aus Volkstedt, las ihn, legte ihn der Mutter hin, stand auf, seufzte und ging, sich den Unterbauch haltend, in die Stube. Die Mutter überflog den Brief, ließ ihn auf dem Tisch liegen, wandte sich ab und begann mit dem Abwasch. Ernst aß seinen Teller leer. Dann las er, was Helene aus Heidelberg geschrieben hatte:

*Wir wohnen im Hotel Goldener Hecht. Das Zimmer ist winzig! Zum Frühstück gibt es Rübenkraut und Muckefuck. Einen Hecht haben wir noch nicht gesichtet, geschweige denn einen goldenen. Aber sie haben eine Katze, grau getigert wie unsere.*

Die Schrift von Onkel Walter war fein und regelmäßig wie immer, der Text diesmal sehr kurz. Er teilte mit, dass Gerhard Krumm, sein Schwiegersohn, am 16. Februar in Norwegen gefallen sei. Regine sei *in entsprechender Verfassung.*

Als die Mutter sah, wie es ihn schüttelte, legte sie ihm eine Hand auf die Schulter. Na, Ernst, sagte sie. So ist der Krieg.

Er fragte etwas, aber sie verstand ihn nicht, weil er schluchzte. Was willst du?, fragte sie leise und beugte sich zu ihm hinunter.

Die Regine besuchen, sagte er.

Die Mutter schüttelte den Kopf. Das geht nicht, sagte sie.

Er ballte die Hände und schlug mit beiden Fäusten auf den Tisch. Warum denn nicht?, fragte er heftig.

Darum nicht, sagte die Mutter.

Er ließ den Kopf auf den Tisch fallen, legte beide Hände in den Nacken und schluchzte hemmungslos, bis der Vater aus der Stube kam und ihn anbrüllte, er solle sich nicht benehmen wie ein Weib. Da riss er sich zusammen.

Er ging dann mit der Mutter aufs Feld, Rüben säen. Gebückt schritt er hinter ihr die schnurgeraden Furchen ab und rechte über den Samen, die die Mutter in regelmäßigen Abständen in die Erde drückte, eine dünne Schicht Erde zusammen. Der Schmerz wühlte in ihm, er sprach kein Wort. Abends, als es dämmerte, nahm er seine Trompete und stieg ein Stück auf den Heiligen Berg hinauf bis zu einem Baumstumpf, auf dem man sitzen konnte. Eine Amsel zwitscherte in der Nähe, gerade so, als wäre nichts. Er heulte noch ein wenig. Dann blies er *O Haupt voll Blut und Wunden,* so laut er konnte, und stellte sich vor, Regine könnte es hören, obwohl er wusste, dass es unmöglich war.

Als er nach Hause kam, zeigte die Mutter ihm einen Brief an Regine, den sie gerade fertig geschrieben hatte. Er endete:

*Wir denken an Dich voll Mitgefühl und grüßen Dich herzlich,*

*Deine Tante und Onkel*

Ernst griff nach dem Federhalter und setzte in großen und steilen Buchstaben dazu:

*und der Ernst.*

## 27

Auch nach einem ganzen Jahr hatte der Vater sich von der großen Operation nicht erholt. Im Gegenteil. Die Schmerzen im Unterbauch wurden heftiger, er war meist kraftlos, oft geradezu hinfällig, so dass er seinen Dienst im Schulzimmer nur mit Mühe schaffen konnte. Im Sommer musste er sich in der Rudolstadter Krankenanstalt einer zweiten Operation unterziehen. Da sich herausgestellt hatte, dass es Krebs war, woran der Vater litt, mussten bei der Operation wichtige Teile des väterlichen Darms weggeschnitten und es musste ein neuer, künstlicher Darmausgang gelegt werden, der seitlich am Unterbauch lag.

Ernst wusste nicht, was Krebs war, aber man hatte ihm gesagt, eine schlimmere Krankheit gebe es nicht. Einmal hatte er in Meyers Konversationslexikon, Band 10, *Königshofen bis Luzon,* nachgeschlagen, das im Bücherschrank des Vaters stand. Gleich hatte eine Tafel mit Abbildungen von Krebstieren seine Aufmerksamkeit erregt, alle mit spitzigen Beinen, Fühlern und furchterregenden Kauwerkzeugen. Lange hatte er sie betrachtet und sich nicht entscheiden können, welcher Krebs der entsetzlichste von allen war, jeder war auf seine Art beängstigend: der Flohkrebs, der Kiefenfuß, der Molukkenkrebs, der Heuschreckenkrebs ... Es musste sehr schmerzhaft sein, so etwas im Darm zu haben. Er schüttelte sich und schlug das Buch wieder zu.

Als der Vater aus dem Krankenhaus nach Hause gebracht wurde – in einem Automobil, denn zum Zugfahren war er zu schwach – fand Ernst ihn sehr verändert. Die Beine des Vaters, die er auf Geheiß der Mutter von der Trage auf das Sofa in der Stube hinüber hob, nachdem sie selbst dem Kranken unter die Achseln gegriffen und ihm geholfen hatte, sich mit dem Oberkörper auf das Sofa hinüber zu hieven, waren mager und weiß, die Haut knittrig wie Seidenpapier. Einzelne blaue Adern zeichneten sich auf den Unterschenkeln ab, auch violett-rote, die wie fein verästelte Wurzeln aussahen. Diese Beine, die aus graugelblichen Unterhosen herausragten, waren das erste, was er vom Vater deutlich sah, als er gebracht worden war, und sie erschreckten ihn. Er konnte sich nicht erinnern, diese Beine je gesehen zu haben. Auch jetzt wurden sie gleich wieder verhüllt. Erst später wagte Ernst ins Gesicht des Vaters zu sehen, sah bleiche, eingefallene Wangen, zwischen denen der Schnurrbart stärker hervorstand als sonst, blickte in graue Augen, die kurz an ihm hingen und dann von ihm abglitten, als wäre es zu mühsam, etwas Erblicktes festzuhalten, sei es auch der eigene Sohn. Kaum war der Vater in der Stube zu Bett gebracht worden, schlief er ein.

Am Nachmittag kam Helene aus Chemnitz, wo Anton eine Stelle am Finanzministerium hatte. Sie kam, um der Mutter bei der Pflege des Vaters zu helfen. Eigentlich hätte man ihn noch mindestens drei Wochen lang im Krankenhaus pflegen müssen, bei seinem Zustand, sagte sie. Sie musste das ja wissen. Aber die Krankenhäuser waren überfüllt, weil sie die vielen Verwundeten aufnehmen mussten. Der Pflegeaufwand, sagte der Vater zu Helene, habe im Fall des Patienten Kroll in einem krassen Missverhältnis zu dessen auch zukünftiger Kriegsuntauglichkeit gestanden. Dabei lachte er kurz und böse. Außerdem, sagte er, sei er froh, wieder zu Hause zu sein. Das Elend in der Krankenanstalt hätte er nicht viel länger mit ansehen können. Vierzehn Männer hätten außer ihm in dem Krankensaal gelegen, die meisten davon verwundete Soldaten. Der ihm zunächst liegende sei aufgrund einer Kopfverletzung verwirrt gewesen und habe Tag und Nacht, beinahe ohne Unterbrechung und meist sehr laut, wie unter

Aufbietung seiner allerletzten Kräfte, nach der Schwester gerufen. Dieses Rufen habe nur aufgehört, wenn eine Schwester unmittelbar neben seinem Bett gestanden und sich mit ihm beschäftigt habe, was aber bei der allgemeinen fürchterlichen Überfüllung, die in der Krankenanstalt geherrscht habe, nicht oft vorgekommen sei. Beinahe unmöglich sei es ihm gewesen, neben diesem Mann, der unablässig *Schwester! Schwester!* gerufen und laut gestöhnt habe, so dass es bei offen stehender Tür im ganzen Stockwerk widerhallte, auch nur eine oder zwei Stunden am Stück zu schlafen. Ein anderer, dem man das linke Bein hatte abnehmen müssen, habe sich ein- oder zweimal täglich den Verband von seinem Stumpf gerissen, als wäre allein der Verband an seinen offenbar unaushaltbaren Schmerzen schuld und als wüsste nicht jedes Kind, dass eine Wunde in Ruhe gelassen werden müsse, um zu heilen. Wenn er sich den Verband wieder einmal abgerissen und den blutigen Stumpf, zum Entsetzen seiner Bettnachbarn, entblößt hatte, habe es oft Stunden gedauert, bis wieder eine Schwester habe kommen können, um den Verband zu erneuern.

Von seinen eigenen Schmerzen sprach der veränderte Vater nicht. Er sagte, er gehe davon aus, dass er nach den Sommerferien, die in drei Wochen zu Ende gehen würden, wieder imstande sein werde, seinen Dienst anzutreten. Ob er aber selbst daran glaubte, konnte man nicht wissen.

Der Schwester las er aus einem Buch vor, das ein Rudolstadter Kollege ihm geschickt hatte, *Mathematik im Dienste der nationalsozialistischen Erziehung mit Anwendungsbeispielen aus Volkswissenschaft, Geländekunde und Naturwissenschaft.* Dieses Buch regte den Vater über alle Maßen auf. Ernst, der ihm wie jeden Abend sein Helles in die Stube brachte, hörte die Rechenaufgaben mit an, die er der Schwester vorlas. Es ging um Prozentsätze und durchschnittliche Kosten, die der Staat für geisteskranke, gebrechliche, taube und stumme Anstaltsinsassen aufwendete. Diese Kosten sollten den Ausgaben für Gesunde gegenübergestellt und beide Summen als Münzentürme in einer Zeichnung veranschaulicht werden. Oder man sollte ausrechnen, wie viele Ehestandsdarlehen zu 1000 Reichsmark aus der Gesamtsumme der Kosten für die Anstaltsinsassen vergeben werden könnten. Ernst wusste nicht, was ein Ehestandsdarlehen war, er konnte sich nicht erklären, warum der Vater sich über so etwas aufregte.

Eine andere Sache, die den Zorn des Vaters hervorrief, war der Umbau des Schwarzburger Schlosses. Ernst hatte schon davon gehört, als der Vater noch im Krankenhaus gewesen war. Es fuhren plötzlich Lastkraftwagen durchs Dorf, die Bauschutt geladen hatten. Die Mutter hatte ihm erzählt, dass das Schwarzburger Schloss zum Führergästehaus umgebaut werden sollte. Die Fürstin war aus dem Schloss vertrieben worden.

Dann waren sämtliche Innenwände des Hauses zertrümmert, alle Spuren des fürstlichen Lebens abgeschlagen und restlos entfernt worden. Nur die äußeren Mauern blieben stehen. Einige Nebengebäude wurden ganz und gar niedergerissen. Der Bauschutt wurde auf Lastwagen geladen und woandershin transportiert, wo er zum Bau einer Autobahn verwendet werden sollte. Das alles war schon erstaunlich genug. Noch beeindruckender aber fand Ernst den Plan für den Viadukt. In früheren Zeiten, als er das Dorf noch verlassen durfte, war er auch ein paarmal mit den Eltern in Schwarzburg gewesen. Daher wusste er, wovon die Mutter sprach, als sie ihm sagte, Hitler wolle einen riesigen Viadukt bauen lassen, der vom Schwarzburger Bahnhof auf der Höhe über die ganze Schlucht hinweg direkt zum Schloss hinführen sollte. Dieser Viadukt sollte dann ausschließlich von den Gästen des Führers und vom Führer selbst benutzt werden dürfen, die somit auf dem allerkürzesten und zugleich imposantesten Weg vom Bahnhof ins Führergästehaus gelangen sollten. Über dieses Projekt ereiferte der Vater sich stundenlang. Er sprach davon, dass durch die *Hitlerei* nun auch noch die Landschaft verhunzt und zuschanden werde. Helene versuchte ihn zu besänftigen, aber sie hatte keinen Erfolg.

Zwei Wochen vergingen. Noch immer war der Vater bettlägerig, konnte ohne Hilfe nicht aufstehen, nicht herumlaufen. In dieser langen Zeit brachte er es nicht ein Mal über sich, um etwas zu bitten. Aber seine gebückte Haltung, die Art, wie er sich mit der Hand den Unterbauch hielt, seine hilflosen, manchmal flehenden Blicke zeigten deutlich genug, dass er das Herrschen aufgegeben hatte. Schließlich musste er selbst einsehen, dass ans Unterrichten so schnell nicht zu denken war. Nach langem Hin und Her erlaubte er, dass Helene ins „Deutsche Haus“ ging und telefonierte, erstens mit dem Schulamt, um zu melden, dass Lehrer Kroll bis auf weiteres dienstunfähig sei und nach Möglichkeit ein Ersatzlehrer beschafft werden müsse, zweitens mit Dr. Enders in Königsee, der kommen sollte, um für den Vater ein Attest auszustellen.

Auch zum Briefkasten musste sie gehen, denn sie hatte Anton geschrieben, sie müsse noch eine weitere Woche im Dorf bleiben, die Mutter brauche ihre Hilfe. Ernst machte das Hühnerfutter zurecht, während sie einen gebrauchten Briefumschlag seitlich aufschnitt und die leere Innenseite des Umschlags glattstrich, um darauf zu schreiben, denn Papier war knapp geworden. Er sah, wie sie die Stirn runzelte, sich auf die Lippen biss und lang überlegte. Als er die Hühner gefüttert hatte, war sie endlich fertig mit Schreiben. Die paar Zeilen! Was sie nur hatte! Anton war ja gesund – er konnte doch ganz gut einmal drei Wochen ohne die Lene auskommen!

Dann kam sie vom Telefonieren zurück, und wieder fiel Ernst auf, was ihm gleich bei ihrem Eintreffen aus Chemnitz merkwürdig vorgekommen war, nämlich dass sie einen runden Bauch hatte, als wäre ein Ballon darin. Immer war sie sehr schlank gewesen. Dieser Ballon war etwas ganz Neues. Später wunderte er sich, als die Mutter Helene verbot, den Oberkörper des Vaters anzuheben, wenn das Kissen aufgeschüttelt werden musste, und wie sie darauf bestand, es selbst zu tun, obwohl doch, dachte Ernst, der Oberkörper des Vaters auch für die Mutter viel zu schwer war. Aber die Mutter hatte immer schon viel Rücksicht auf Helene genommen.

Der Vater nahm sein Mittagessen im Bett sitzend in der Stube ein, weil dort das Radio stand und weil Hitler gerade vor ein paar Tagen den Angriff auf die Sowjetunion befohlen hatte. Er wollte keine Nachrichtensendung verpassen, obwohl er hinterher über die Nachrichten nur schimpfte. Entweder er schimpfte oder er schwieg und war schlechter Laune. Ernst aß mit Mutter und Schwester in der Küche. Marschmusik tönte aus der Stube herüber. Nach der Mahlzeit schob die Mutter der Schwester eine Extraschüssel Quark mit Honig hin. Helene wollte den Quark nicht nehmen und schob die Schüssel der Mutter zurück. Er dachte im Stillen, sie sei auch wirklich schon dick genug, aber als er dann die Mutter sagen hörte: Nicht für dich, Lenchen, für das Kleine!, dämmerte ihm, dass sie ein Kind bekam.

Das Kind der Marion Bunzel stand ihm da wieder vor Augen, das er vor einem Jahr einmal gesehen hatte, dieses Kind, zu dem erst kein Vater da gewesen war, bis sich dann kurz vor seiner Geburt doch noch ein Quittelsdorfer fand, der die Marion heiratete, die jetzt also Täschner, geb. Bunzel, hieß. Die Mutter hatte ihn Ende Juni, sogar am Abend war es noch warm gewesen, so dass er im kurzärmeligen Hemd ging, zur alten Frau Bunzel geschickt, der er einen Zettel geben sollte. Ziffern und Buchstaben hatten auf dem Zettel gestanden, wahrscheinlich Angaben für eine Strickarbeit. Ilse Bunzel hatte sich für den Zettel bedankt und ihm gesagt, er solle doch hereinkommen und sich ihr Enkelkind ansehen.

Bei der Bunzel roch es anders als im Schulhaus. Die Luft war dick und schwer, als rühre in einer Ecke jemand in einem Kübel mit warmem Blut. Er trat in die Küche, wo Marion beim schwachen Schein einer Hängelampe am Tisch saß und ein Kreuzworträtsel löste. Im Volksempfänger lief eine Operette. Benutztes Geschirr stand auf dem Tisch, ein Korb mit Eiern, an denen Hühnerflaum klebte, Stroh und Mist. Nebendran lag das Kind in einem Bettchen und schlief. Es war ein Mädchen. Die Haut des Kindes war weiß, der Mund stand offen, hellblond und seidig ringelten sich Locken um das Gesicht. Die Händchen, fein und zart und trotz des Schlafs hin und wieder in fast unmerklicher Bewegung, lagen mit den Innenflächen nach oben auf dem Kissen, ein Anblick vollkommenen Friedens und vollkommener Wehrlosigkeit.

Ein Engel!, hatte Ernst gedacht.

Das Kind hieß Marita.

Schön, sagte Ernst.

Marion nickte. Na, sagte sie, ohne aufzusehen. Offene Feuerstelle mit vier Buchstaben, fragte sie dann und kaute eine Weile am Bleistift, Kamin hat doch fünfe ...? Einen feinen dunklen Flaum gab es auf Marions Oberlippe. Auf ihrem Kittel, über ihren Brüsten, waren feuchte Flekken.

Esse, sagte ihre Mutter, die die Teller vom Küchentisch an den Spülstein räumte und anfing sie abzuwaschen.

Ernst wartete, auf was, wusste er selbst nicht, er betrachtete das Kind und die Flecken auf Marions Kittel, atmete die schwere Luft ein. Marion kritzelte Buchstaben in ihr Kreuzworträtsel. Die Operette ging pompös zu Ende. Es kamen die Nachrichten vom Sieg im Blitzkrieg gegen Frankreich. Hitler hatte einen Eisenbahnwaggon in einen französischen Wald schaffen lassen, um dort die deutsche Geschichte rückgängig zu machen, hieß es. Glocken erklangen im Radio. Eine Orgel brauste. Ein Chor sang. Ilse Bunzel wusch das Geschirr.

Irgendwann blickte Marion ihn an und fragte: Was glotzt 'n du so?

Er zuckte zusammen. Ilse Bunzel drehte sich nach ihm um. Du bist ja noch da, Ernst, hatte sie gesagt. Deine Mutter wartet sicher schon auf dich. Da war er rot geworden und, nach einem tiefen Diener, gegangen.

Nun also spielte sich auch im Bauch seiner Schwester etwas Geheimnisvolles ab. Es war ihm nicht geheuer. Gleichzeitig rührte es ihn. Er ahnte nicht, wie das Kind in die Lene hinein gekommen sein konnte, geschweige denn wagte er, danach zu fragen. Plötzlich erschien ihm die Schwester, die ihm früh über den Kopf gewachsen und ihm in jeder Hinsicht haushoch überlegen war, wie jemand, der seinen Schutz und seine Fürsorge brauchte. Während sie diesen zusätzlichen Quark mit dem zusätzlichen Honig löffelte, hätte er, von der Neuigkeit aufgewühlt, beinahe Helenes linke Hand gestreichelt, die auf dem Wachstuch lag. Aber seit dem Vorfall mit Regine hatte ihm die Mutter dergleichen vollständig abgewöhnt.

## 28

An einem milden Tag Ende Februar, Martha war gerade mit den Lebensmittelkarten im Dorf unterwegs, hörte Ernst, der auf der Rückseite des Hauses Holz holen ging, aus der Höhe einen Laut wie von einem verwundeten Tier. Er hob den

Kopf und horchte. In weiter Ferne meinte er Jagdbomber zu hören, keine Seltenheit in diesen Tagen. Er glaubte daher, sich getäuscht zu haben, und packte weiter Holzscheite in seine Kiepe, da hörte er den eigentümlichen Laut zum zweiten Mal, ein schwaches Stöhnen, und es schien ihm, als komme es aus dem hölzernen Anbau, in dem sich der Abtritt befand. Er schnallte sich die Kiepe auf den Rücken, trug sie in die Küche und setzte sie neben dem Herd ab. Dann stieg er die Treppe hinauf und ging zum Abtritt. Tatsächlich fand er dort den Vater, auf dem Bretterboden liegend, mit blutverschmierter Stirn, half ihm auf, stützte ihn und wollte ihn zur Treppe führen, um ihn hinunter in die Stube zu seinem Lager zu bringen, aber der Vater, der die Füße sonderbar ruckartig über den Boden schob, weil er offenbar die Beine nicht anheben konnte, drückte ihn zum Schlafzimmer der Eltern hinüber. Er sprach undeutlich, es war mehr ein Lallen als ein Sprechen, Ernst verstand ihn nicht. Nebenan sangen die Schulkinder: *Vorwärts! Vorwärts! Schmettern die hellen Fanfaren,/ Vorwärts! Vorwärts! Jugend kennt keine Gefahren./ Deutschland, du wirst leuchtend stehn,/ mögen wir auch untergehn.* Mit Ernsts Hilfe schaffte der Vater es Schritt für Schritt bis in die Schlafkammer und in das Bett hinein, dessen eine Hälfte seit langem unbenutzt geblieben war.

Kaum lag er in den Kissen, riss der Vater den Mund auf und zeigte mit dem Zeigefinger in den

Rachen. Hunger?, fragte Ernst. Der Vater schüttelte langsam den Kopf. Durst?, fragte Ernst, und der Vater nickte. Ernst ging hinunter, um einen Becher voll Wasser zu holen. Er beeilte sich, stolperte auf der Treppe und verschüttete die Hälfte des Wassers. Ohne Hilfe konnte der Vater nicht trinken. Ernst setzte sich auf den Bettrand, der Vater griff nach seinem Arm und versuchte sich daran ein Stück hochzuziehen. Den Becher konnte er nicht halten. Ernst führte ihn dem Vater an die Lippen und kippte ihn. Das meiste floss ins Bett, aber es gelang, dem Vater ein oder zwei Schluck Wasser einzuflößen. Die Lippen des Vaters waren aufgesprungen und bläulich. Erschöpft sank der Kranke zurück in die Kissen und schloss die Augen.

Den Gesang der Schulkinder hörte man hier besonders laut. Seit der Ersatzlehrer unterrichtete, wurden keine christlichen Lieder mehr gesungen. Andere Lieder erklangen, die Ernst nicht kannte, an deren Melodien er sich aber schnell gewöhnte.

Die Hand des Vaters war kalt. Ernst hob die Bettdecke an, schob den Arm, einen schweren und willenlosen Arm, dicht an den Oberkörper des Vaters heran und deckte ihn zu. Jetzt erst überkam ihn Angst, und er fühlte sein eigenes Herz mit ungewohnter Härte klopfen.

Kurze Zeit später kam die Mutter zurück. Sie rief unten nach Ernst, und er antwortete *Hier! Hier!*, bis sie ihn am Bett des Vaters fand. Als erstes holte sie einen Eimer mit Wasser und ein sauberes Handtuch, um das Blut wegzuwaschen und die Wunde am Kopf zu untersuchen. Die Wunde war nicht schlimm, aber Hilmar lag so still. Sie fühlte seinen Puls. Er lebte. Sie redete ihn an, aber er regte sich nicht. Bleib du bei ihm, Ernst, sagte sie dann. Ich gehe und telefoniere mit dem Arzt.

Waltraud Oberwasser war in der Küche des Gasthauses beschäftigt, als Martha außer Atem in der „Traube" ankam. Schnell, Frau Oberwasser, rief sie, ich muss telefonieren, mein Mann hatte einen Unfall!

Heil Hitler!, sagte Waltraud Oberwasser und trocknete sich in aller Ruhe die Hände ab. Dann stieg sie vor Martha eine Treppe hinauf ins Postbüro, wo der Fernsprech-Apparat stand, und blieb dicht neben ihr stehen, als sie die Nummer von Dr. Enders wählte. Martha wandte sich ab, um nicht ihrem forschenden Blick zu begegnen. Endlich hörte sie die Stimme von Frau Enders. Sie sagte, ihr Mann könne nicht kommen, er sei vor zwei Tagen an die Front eingerückt. Martha fragte, wer ihn vertrete. Es gebe keinen Vertreter, antwortete ihm die Frau des Arztes, Martha könne ihren Mann aber ins Rudolstadter Krankenhaus bringen.

Danke, sagte Martha und legte auf. Dann erklärte sie, sie wolle ein Telegramm an ihre Tochter in Chemnitz aufgeben. Waltraud Oberwasser, die im

Telegraphieren nicht viel Übung hatte, verlangte, Martha solle ihr den Text für das Telegramm aufschreiben. Sie werde es dann schon auf den Weg bringen.

Aber Sie müssen schnell machen!, drängte Martha, es ist sehr eilig.

Waltraud Oberwasser nickte. Selbstverständlich, sagte sie. Von einem bereitliegenden Stapel nahm sie ein bräunliches Blatt der *Thüringer Gauzeitung*, schob es Martha hin, zeigte auf den freien Rand und gab ihr einen Bleistift.

Martha schrieb:

*Vater heute sehr schlecht. Bitte komm!*

Frau Oberwasser zählte die Wörter. Das macht dann eine Mark achtzig, sagte sie. Martha holte ihren Geldbeutel aus der Schürzentasche und bezahlte.

Heil Hitler, sagte Frau Oberwasser und ließ die Münzen in die Kasse fallen.

Martha eilte zurück ins Schulhaus.

Im Hausflur stürzten ihr lärmend die Kinder entgegen, deren Unterricht eben zu Ende war. Als sie die Schlafkammer betrat, war Hilmar zu sich gekommen. Er wollte Ernst irgendetwas sagen, aber seine Zunge gehorchte nicht. Was willst du?, fragte Ernst sehr laut, und wie immer, wenn er besonders laut und deutlich sprach, versprühte er etwas Spucke. Hilmar drehte das Gesicht weg und versuchte wieder etwas zu sagen. Ernst schüttelte den Kopf. Du musst deutlicher sprechen, lauter und deutlicher, rief er dem Vater zu, wiederum spuckend. Aber so sehr Hilmar sich auch anstrengte, etwas anderes als *He* oder *Ha* brachte er nicht heraus. Verzweifelt ließ er den Kopf in das Kissen zurückfallen. Tränen liefen ihm aus den Augenwinkeln.

Das war zu viel für Ernst. Er schluchzte, stand auf, ging ans Fußende des Betts und drehte dem Vater den Rücken zu, um nicht seinen Zorn zu erregen. Immer hatte der Vater es verabscheut, wenn sein Sohn weinte.

Martha setzte sich ans Bett und versuchte Hilmar zu beruhigen. Du warst nicht bei dir, sagte sie, du hast am Kopf geblutet. Bist du hingefallen?

Hilmar zuckte mit den Schultern. Offenbar wusste er nichts von einem Sturz.

Aber jetzt geht es wieder besser, sagte sie.

Er nickte.

Ist dir auch warm?

Er nickte.

Sollen wir dich nach Rudolstadt bringen, ins Krankenhaus?

Seine Augen weiteten sich, er öffnete den Mund, schüttelte den Kopf.

Da er nicken und den Kopf schütteln konnte, schlug sie ihm vor, sie werde alles nennen, was ihm vielleicht fehlen könnte. Er solle nur nicken oder den Kopf schütteln.

Er nickte.

Sie ging nun alles Mögliche durch. Als erstes fragte sie ihn, ob er Schmerzen habe?

Er nickte.

Kopfschmerzen?

Er schüttelte den Kopf.

Bauchweh?

Er nickte.

Ob sein Beutel geleert werden müsse?

Er schüttelte den Kopf.

Ob ihm zu kalt sei? Zu warm?

Er schüttelte den Kopf.

Demnach liege er gut?

Er nickte.

Ob er etwas essen wolle?

Er schüttelte den Kopf.

Etwas trinken?

Er nickte.

Wasser?

Er schüttelte den Kopf.

Milch?

Er schüttelte den Kopf.

Tee?

Er schüttelte den Kopf.

Bier?

Da flackerte etwas in seinen Augen. Er nickte.

Und sonst?

Er schüttelte den Kopf.

Ernst, sagte Martha, geh runter und hol eine Flasche Helles für den Vater.

Hilmar schüttelte heftig den Kopf.

Kein Helles?, fragte Martha. Immer hatte er Helles getrunken, so lange sie sich erinnern konnte. Du willst ein Dunkles?

Hilmar nickte.

Ernst wischte sich mit dem Ärmel seine Augen ab und drehte sich mit gesenktem Kopf herum. Er schämte sich.

Also geh ins Dorf und hol ihm ein Dunkles, hörst du?, sagte Martha. Mach! Mein Geldbeutel liegt auf dem Küchentisch.

Er rannte, so schnell er konnte, die Schotterstraße hinunter, schlug neben Lüdenstedts Scheune der Länge nach hin, bezahlte das Bier im „Deutschen Haus" mit aufgeschürften Händen und hetzte damit wieder bergauf, stolperte im Schulhaus auf der Treppe nochmals, fing sich aber, die Flasche mit gestrecktem Arm hoch haltend, und brachte sie der Mutter.

Der Vater lag mit geschlossenen Augen. Martha flößte ihm das Dunkle ein. Sie sagte nichts mehr. Er trank in kleinen Schlucken.

Ernst ging hinunter, um sich die Hände zu waschen. Dann lief er im Hausflur auf und ab. Er hatte Angst, noch einmal nach oben zu gehen, und wusste nicht, was er tun sollte. Schließlich setzte er sich ans Klavier, legte das rote Buch auf und spielte den Choral *In meines Herzens Grunde* aus Bachs Johannes-Passion. Seine Handballen brannten, häufig griff er fehl, und wie üblich stockte oder eilte der Fluss der Töne, je nachdem, wie gut er die einzelnen Takte beherrschte. An jeder Fermate ließ er den Akkord lange verhallen, wie um Kraft zu schöpfen für die folgende Zeile.

Als er zu Ende gespielt hatte, war der Vater tot.

Die Mutter kam herunter, käseweiß im Gesicht, da wusste er es. Er nickte. Dann zog er seine Jacke über, die an den Ellbogen schon mehrfach geflickt war, und ging in den Hof hinaus. Er setzte sich auf den Hackklotz, wartete, bis die Hühner zu ihm kamen, und zählte sie. Drei hatte im Lauf des Jahres der Fuchs geholt, eins der Habicht, nun waren es noch neun. Als sie sich vollzählig um ihn versammelt hatten, nahm er eine Henne, eine Italiener, auf den Schoß, griff ihr mit beiden Daumen unter die Flügel und wartete, bis sie aufhörte zu gackern. Dann sagte er es laut zu allen: Der Vater ist tot.

Die Hühner waren die ersten, denen das zu Ohren kam. Starr blickten ihre Augen, und als sie merkten, dass Ernst kein Futter gebracht hatte, gingen sie ihrer Wege. Die Italiener flatterte von seinen Knien auf und ließ sich abseits nieder. Da fiel ihm die blinde alte Stute ein, die er als Kind bei Fabigs oft besucht hatte. Er schloss die Augen und stellte sich vor, wie es wäre, das Gesicht in die warmen Borsten an ihrem Hals zu drücken.

Als er wieder hineinging, fand er die Mutter in der Küche sitzend. Sie sprach nicht, sie bewegte sich nicht. Gegen Abend schickte sie ihn ins Dorf.

Es war schon fast dunkel, als er sich auf den Weg zum Totengräber machte, der in einem der letzten Häuser an der Straße nach Köditz wohnte. Der Totengräber Jungvogel, ein kräftiger alter Mann, der gerade in seinem Schuppen damit beschäftigt war, die brüchigen Lederriemen an seiner Tragbahre zu erneuern, stand auf, als Ernst zu ihm kam. Er hörte sich an, was er zu sagen hatte, beugte sich dann zu ihm hinunter und schüttelte ihm die Hand. Mein Beileid, Herr Kroll, sagte er. Da sind Sie jetzt der einzige Mann im Haus.

Ernst nickte. Es kam selten vor, dass ihn jemand mit *Herr Kroll* anredete.

Um wie viel Uhr ist der Herr Kantor gestorben?, fragte Egon Jungvogel.

Um halb drei am Nachmittag, sagte Ernst.

Gut, sagte der Totengräber. Er versprach, einen Arzt ausfindig zu machen, der den Totenschein ausstellen könne, und selbst am Nachmittag des folgenden Tages ins Schulhaus zu kommen, um zu tun, was in einem solchen Fall getan werden musste.

## 29

Die Schwester kam mit dem Frühzug. Sie hatte ein Bündel Mensch dabei, das immer in Bewegung war und von Zeit zu Zeit schrie, wenn es nicht gerade schlief. Es hieß Christina. Ernst hatte das Kind schon einmal gesehen, drei Wochen nach seiner Geburt, als Anton und Helene ins Dorf gekommen waren, um es den Großeltern zu zeigen. Das war ein glücklicher Tag gewesen.

Heute kam Helene schon mit roten Augen an. Sie kam, als die Schulkinder oben Pause hatten und Lärm machten. Noch wusste niemand, dass ein Toter im Haus war. Der Ersatzlehrer aus Ilmenau, der seit vielen Monaten im Schulhaus aus und ein ging, wohnte im „Deutschen Haus" und kümmerte sich wenig um die Familie Kroll. Auch er wusste noch nichts. Aber Helene, als sie die Mutter sah, wusste sofort Bescheid. Sie wartete bis zum Ende der Schulpause, dann gab sie ihr das Kind, ging zum toten Vater hinauf und blieb lange oben. Unterdessen putzte Ernst den Herd in der Küche. Als sie wieder herunter kam, nahm sie ihm das Scheuertuch aus der Hand, legte es weg und umarmte ihn. Sie drückte ihn so fest, dass er kaum Luft bekam, strich mit der Hand über seinen Hinterkopf und weinte. Dann fing das Kind an zu schreien und musste gestillt werden. Die Frauen gingen hinüber in die Stube. Ernst durfte nicht mit. Er blieb in der Küche und hörte aus der Stube lange nichts.

Später machte die Mutter etwas zu essen. Sie sprach nicht, ihr Gesicht war wie zugeklappt.

Als die Schule aus war, kam Egon Jungvogel mit seiner Tragbahre. Nach Beileidsbekundungen für Tochter und Witwe wollte er sich um den Leichnam kümmern. Da die Tochter einen Säugling zu versorgen hatte und die Witwe einen erschöpften, apathischen Eindruck machte, bat er die Frauen nur um einen Eimer mit Wasser, zwei Leintücher, ein Handtuch und ein frisches Nachtgewand für den Toten, dann fragte er Ernst, ob er ihm zur Hand gehen könne. Ernst nickte und folgte dem alten Mann ins Obergeschoss.

Egon Jungvogel entkleidete den Toten und breitete eins der Leintücher über die Bahre. Sie stellten die Bahre dicht neben das Bett. Nun sollte Ernst helfen, den Toten auf die Bahre herüber zu ziehen. Das war ein schweres Stück Arbeit, obwohl der Vater während der letzten drei Jahre viel Gewicht verloren hatte. Es gelang nicht auf Anhieb. Nach einigen Versuchen hing der Leichnam halb hier, halb da, und die Bahre hatte sich schräg gestellt, so dass ein Zwischenraum klaffte, in den die Beine des Vaters zu rutschen drohten. Jungvogel verschnaufte einen Moment. Dann wies er Ernst an, nur die Bahre ans Bett zu drükken, sammelte seine Kräfte und schaffte es endlich, den Körper des Toten ganz auf die Bahre zu ziehen. Anschließend wusch er den Leichnam von vorn, übernahm auf diese Weise alle Komplikationen wegen des künstlichen Darmausgangs, drehte ihn dann mit Ernsts Hilfe auf die Seite und bat Ernst, die Rückseite des Toten zu waschen, während er ihn hielt. Ernst, gewohnt, alle ihm aufgetragenen Reinigungsarbeiten gründlich zu erledigen, verrichtete auch diese Arbeit mit Sorgfalt, dabei ohne Scheu und ohne Schamgefühl, obwohl er den nackten Körper des lebenden Vaters nie gesehen hatte. Vor ihm lag ein Körper, der einmal dem Vater gehört hatte, der von seinem Willen durchdrungen gewesen war, ein Körper, der Furcht einjagen und, zum Ende hin, Mitleid erregen konnte, der aber jetzt nur noch aus einzelnen zu reinigenden Flächen bestand, aus mehr oder weniger gewölbten und mehr oder weniger behaarten Abschnitten.

Um die Bahre mit Jungvogel in Ernsts Kammer hinüberzutragen, musste nun aber ein ausgewachsener Mann her. Ernst lief zu den Nachbarn und bat Herbert Bogenschnitzer um Hilfe, der wegen seiner Verletzung aus dem vorigen Krieg noch nicht eingezogen worden war. Mit ihm zusammen schaffte der Totengräber den Leichnam in die Kammer. Als die Männer herunterkamen, hatte Herbert Bogenschnitzer Tränen in den Augen. Martha sah ihn erstaunt an. Sie weinte nicht, aber diese Tränen schienen sie zu bewegen. Schnell ging der Nachbar wieder nach oben, um Maß zu nehmen, denn er würde den Sarg bauen müssen. Egon Jungvogel händigte Martha den Ehering des Vaters aus und besprach mit ihr einige Einzelheiten bezüglich der Todesanzeigen und der Trauerfeier. Da Pfarrer Stürzlinger im Krieg war, musste ein Pfarrer aus Ilmenau oder Rudolstadt besorgt werden. Auch ein Organist stand nicht zur Verfügung - Heinz Wengler war ebenfalls Soldat.

Die Lene könnte doch die Orgel übernehmen, schlug Ernst vor, der nach der Totenwaschung ein Gefühl für seine neue Rolle als *einziger Mann im Haus* zu entwickeln begann.

Helene sah ihn an. Ausgeschlossen, sagte sie, unmöglich. Wenn der Vater – , das könnte ich nicht.

Aber wir können den Vater doch nicht ohne Musik beerdigen, sagte Ernst.

Die Mutter schwieg. Ihr schien diese Frage nicht wichtig zu sein.

Helene schüttelte den Kopf.

Dann muss eben ich die Orgel bedienen, sagte Ernst.

Die Mutter wollte widersprechen. Sie fürchtete, Ernst werde sich lächerlich machen. Aber das Wort *bedienen,* mit überraschender Entschlossenheit ausgesprochen, nahm ihr die Kraft dazu – obwohl er wahrscheinlich nur deshalb nicht *spielen* gesagt hatte, weil er gewohnheitsmäßig Wörter vermied, deren Anlaute ihm Schwierigkeiten machten.

Sofort holte er das rote Buch vom Klavier und ging ins Pfarrhaus, um den Schlüssel zur Kirche zu holen. Frau Stürzlinger war in Aufregung. Hastig sprach sie ihm ihr Beileid aus und erzählte ihm, gerade sei eine Anweisung ans

Pfarramt gekommen, die Glocken bereitzustellen. Metallmobilmachung. Sie hielt das Schreiben in der einen Hand, mit der anderen schlug sie darauf. Die Glocken sollten dieser Tage abgeholt, nach Rudolstadt gebracht und von dort nach Hamburg transportiert werden, sagte sie, und sie habe nicht die geringste Ahnung, wie sie es schaffen solle, die schweren Glocken *bereitzustellen*. Ernst bot an, beim Tragen zu helfen. Da lachte sie laut auf und sagte, sie wolle Herbert Bogenschnitzer um Rat fragen.

Kopfschüttelnd ging Ernst in die Kirche hinüber. Er verstand das alles nicht. Erst baute man für viel Geld ein elektrisches Läutwerk ein, dann wurden die Glocken fortgenommen ... Immerhin, es gab inzwischen auch ein elektrisches Gebläse, so dass er keinen Kalkanten mehr nötig hatte. Er drehte das Licht an, stieg auf die Orgelempore und übte den ganzen Abend.

Als er nach Hause ging, waren Jagdbomber zu hören. Die beiden Frauen saßen am Tisch, über einen Brief gebeugt, den Helene mitgebracht hatte. Er war an Anton gerichtet und kam vom Wehrbezirkskommando Chemnitz I, Lange Str. 54. Ernst las: *In Anbetracht der äußerst angespannten Ersatzlage wird Ihre Uk-Stellung hiermit für den 4.3.1942 aufgekündigt. Sie stehen ab 5.3.42 der Wehrmacht zur Verfügung. I.A. Öhenbach, Hauptmann.* Der Umschlag war schon mehrfach benutzt und mit neuen Adress- und Absender-Zetteln überklebt worden. Vorn neben der Adresse der Stempel des Reichswehrkommandos mit Adler, Hakenkreuz und Eichenlaubkranz. Eine Briefmarke fehlte. Diese Art Post wurde kostenlos zugestellt.

## 30

Die Zellwolle in Schwarza war kriegswichtig. Erstens, weil Hitler beschlossen hatte, Deutschland solle nicht länger von ausländischer Baumwolle abhängig sein. Zweitens, weil dort Fallschirmseide und andere kriegswichtige Textilien hergestellt wurden, außerdem Schwefelkohlenstoff, der für Phosphorbomben gebraucht wurde. Einige Frauen aus dem Dorf arbeiteten in der Zellwolle. Täglich fuhren sie mit dem Zug über Katzhütte dorthin. Sie verdienten dort besser als in der Landwirtschaft. Auch Marion Täschner hatte eine Zeitlang in der Zellwolle gearbeitet, aber sie hatte von den schwefelwasserstoffhaltigen Fasern, die in der Luft herumflogen, das Spinnerauge bekommen, eine chronische Hornhautentzündung. Marions Mann, der Quittelsdorfer, war im tschechosklowakischen Protektorat, von ihm hörte man nicht viel. Auf das Kind Marita hatte Ilse Bunzel aufgepasst, solange Marion in der Zellwolle war.

Jeden Tag wurde auch ein kleiner Trupp Kriegsgefangener von einem Wachmann zum Arbeiten in die Zellwolle gebracht, Russen und Franzosen. Sie verdienten natürlich nichts. Nachts lagen die Kriegsgefangenen im Saal des „Deutschen Hauses“, dessen Fenster vergittert worden waren, dicht an dicht. Fast alle waren zur Arbeit in der Landwirtschaft abkommandiert, nur wenige zur Zellwolle, denn die Arbeit dort wurde vor allem von polnischen und russischen Deportierten gemacht, die in Lagern direkt neben der Fabrik hausten.

Zustände! herrschten bei denen, Zustände!, erzählte Ilse Bunzel, die in Marthas Küche saß und Muckefuck trank, das Kind Marita auf dem Schoß. Ständig beschwerten sich die Anwohner über den Krach und den Dreck, den die Ostarbeiter machten, sagte Ilse Bunzel. Besonders belästigt fühlten die Anwohner sich von den Schreien der mit Hundepeitschen und Gummiknüppeln gezüchtigten Ostarbeiter, die zu jeder Tages- und Nachtzeit die Ruhe störten. Wundern müsse man sich aber über die Züchtigungen nicht, sagte Frau Bunzel, denn die Ostarbeiter seien verbrecherisch durch und durch. Fast jeden Tag habe die Marion ihr von Vorfällen erzählt, die aufs Neue das durch und durch Verbrecherische der Ostarbeiter bezeugten. Entweder sie entfernten sich unerlaubt aus ihren Baracken oder sie luchsten deutschen Kollegen Brote ab, die sie teuer bezahlten, und zwar mit hundertprozentig gestohlenem Geld – denn woher sollten sie schon Geld haben, sie verdienten ja nichts! – , sie mausten Säcke mit Zuckerschnitzeln, die den Bauern, nachdem sie die Zuckerschnitzel teuer bezahlt hatten, dann bei der Schweinemast abgingen.

Marion und die anderen Frauen hätten Abstand gehalten von den Kriegsgefangenen und den Ostarbeitern. Die Würde eines jeden Deutschen erfordere, sagte Frau Bunzel mit erhobenem Zeigefinger, dass er jeglichen Kontakt mit Ostarbeitern und Kriegsgefangenen enthält. Martha verstand nicht. Durch Nachfragen erfuhr sie, es habe in der Zellwolle einen Aushang dieses Wortlauts gegeben, von dem Marion ihrer Mutter berichtet hatte. Es hatte aber wohl geheißen, so dachte Martha, Deutsche hätten *sich jeglichen Kontakts mit Ostarbeitern und Kriegsgefangenen zu enthalten*. Überhaupt lieferte Ilse Bunzel in ihren Erzählungen eine Menge beschädigter Sätze und Wörter, die Martha neu zusammensetzen und ergänzen musste, um sie zu verstehen. Besonders die deutschen Frauen hätten sich, so Ilse Bunzel, den Ostarbeitern und Kriegsgefangenen gegenüber stets rassebewusst zu verhalten, habe es in dem Anschlag geheißen.

Martha fand es befremdlich, das Wort *rassebewusst* aus Ilse Bunzels Mund zu hören, ein Wort, das allenthalben im Radio zu hören war, das aber von den Dorfbewohnern selten verwendet wurde.

Sie mochte Ilse Bunzel nicht, besonders wenn sie solche Reden führte, aber sie tat ihr auch leid, weil ihre Tochter sie immer recht lieblos behandelt hatte und weil es eigentlich, soweit Martha wusste, überhaupt niemanden gab, der sie gern hatte, abgesehen vielleicht von der inzwischen bald dreijährigen Marita, für die Ilse nun schon längere Zeit allein sorgen musste. Alle paar Wochen kam Ilse Bunzel, nach wie vor beleibt und immer leicht schwitzend, gegen Abend im Pfarrhaus vorbei und klagte eine Weile über dies und das. Martha hoffte dann, sie werde bald wieder gehen, trotzdem bot sie ihr eine Tasse Tee oder Muckefuck an.

Vieles, was Ilse Bunzel jetzt sagte, forderte Martha zum Widerspruch heraus, aber sie hielt sich zurück, schon Ernsts wegen, der längst hätte heimkommen müssen, wie ihr plötzlich in den Sinn kam, seit über einer Stunde war er schon fort, im Wald draußen, um Tannenzapfen und Reisig zu sammeln.

Die Marion, erzählte Ilse Bunzel, in ihrem verwaschenen Kittel in der Küche sitzend, während das Kind Marita auf ihrem Schoß herumrutschte, hatte in der Zellwolle beobachtet, wie eine Arbeiterin aus Sitzendorf einem Russen zuzwinkerte, und zwar mehrmals, wie Marion betont hatte. Gesagt habe die Marion nichts, obwohl es eigentlich ihre Pflicht gewesen sei und obwohl es sie gejuckt habe etwas zu sagen, weil sie über diese Sitzendorferin schon so manches gehört habe und weil das so eine sei (bei *so manches* und *so eine* hob Ilse Bunzel eine Hand und wackelte damit in der Luft herum), aber auch ohne dass sie den Mund aufmachte habe der Vorarbeiter es spitz gekriegt und der Sitzendorferin gleich mit der Gestapo gedroht (Frau Bunzel sagte *Geschtapo),* falls sie sich noch einmal durch ihr schändliches Verhalten versündige. Frau Bunzel griff nach ihrer Tasse und versuchte einen Schluck zu trinken, verschüttete aber die Hälfte, weil Marita quengelte und herumhampelte. Endlich schaffte sich das Kind vom Schoß der Großmutter herunter.

Na, komm mal her, sagte Martha, die gerade dabei war, eine alte wollene Strickjacke aufzutrennen. Magst du mir das mal halten?, fragte sie Marita und hielt ihr das Rückenteil der blauen Jacke hin. Aus der aufgeribbelten Wolle sollte ein Winterjäckchen für Christina werden. Marita bekam das Jackenteil mit beiden Händen zu fassen. Es machte ihr Vergnügen, die weiche Wolle festzuhalten, während Martha am Faden zog und ihn aufwickelte.

Ob denn Lenchens Mann immer noch daheim sei, fragte Ilse Bunzel.

Diese Frage hatte einen Unterton, den Martha schon kannte und der sie von Mal zu Mal unangenehmer berührte. Nein, sagte sie knapp, seit vier Wochen eingerückt, jetzt in Estland.

So, in Estland, sagte Ilse Bunzel, legte den Kopf mit ihren schon grauen Haaren in den weichen

Nacken und blinzelte Martha zu, als erwarte sie, noch mehr zu erfahren. Von Martha war jedoch nichts zu erfahren. Sie hörte den Leuten zu, äußerte aber ihre Meinung nur, wenn jemand ausdrücklich danach fragte. Von sich und den Ihren erzählte sie freiwillig niemandem, außer Herbert Bogenschnitzer. Beim Aufwickeln der Wolle sah sie Helene vor sich, die kürzlich mit blassem Gesicht ins Dorf gekommen war, in einer Hand einen Koffer, an der anderen Christina, auf dem Rücken Antons Geige. Sie hatte sich entschlossen, die Wohnung in Chemnitz aufzugeben. Täglich war dort mit Luftangriffen zu rechnen, denn es gab Industrie. Alles zerriss der Krieg, dachte Martha, die junge Familie mit ihrer liebevoll eingerichteten Stadtwohnung, die noch nach frischer Farbe roch, die gerade entstandene Freundschaft mit den Nachbarn. Da es im Schulhaus zu eng war, um Hausrat unterzustellen, hatte Helene die Unterweißbacher Verwandten gefragt. Im Keller des Gasthauses „Zur Linde" war noch Platz für ein paar Möbel, Geschirr und die wichtigsten Bücher. Nach dem Krieg würde man sich erkenntlich zeigen. Dieses *nach dem Krieg* war überhaupt zum geflügelten Wort geworden, dachte Martha, ständig hörte man es, dabei war ein Ende des Krieges nicht abzusehen.

Wo Ernst nur blieb?

Marita wedelte jetzt mit der Wolljacke herum, weil ihr das Halten zu langweilig wurde. Hui, rief sie und pfefferte das Jackenteil auf den Boden. Martha hob es auf, gab ihr das Knäuel und zeigte ihr, wie man den Wollfaden aufwickelte. Das war schwieriger, aber die Kleine stellte sich geschickt an.

Mit den Chemnitzer Nachbarn, einem kinderlosen Ehepaar namens Abicht, hatten Anton und Helene Glück gehabt. Es war interessant gewesen, sich mit ihnen zu unterhalten, sie hatten viel gelesen und liebten Musik. Herr Abicht spielte Klavier und hatte einmal sogar mit Anton musiziert – Marita schnürte mit dem aufgewickelten Faden das Knäuel ein. Martha nahm ihre Hand und zeigte ihr, wie sie den Faden lockerer um die Wollkugel wickeln konnte. Da wickelte das Kind die eigene Hand mit ein und lachte.

Diese Abichts waren kurz nach Antons Einrükken plötzlich verschwunden, ins Ausland geflüchtet oder abgeholt, wer konnte das wissen? Tags zuvor hatte Helene ihnen noch ein geliehenes Buch zurückgebracht. Von einer bevorstehenden Reise hatten sie nichts gesagt und auch sonst war ihnen nichts Ungewöhnliches anzumerken gewesen. Helene hatte schon früher einmal mit Anton überlegt, ob Frau Abicht möglicherweise Jüdin oder Halbjüdin war ... Wenige Tage nach ihrem Verschwinden hatte sie dann beobachtet, wie Uniformierte die Wohnung der Abichts leerräumten, die Möbel, die Bilder, das Klavier auf einen Lastwagen luden. Am Abend war ein

Halbmond am Himmel zu sehen gewesen. Christina hatte mit ihrem kurzen Zeigefinger auf den halben Mond gezeigt und gesagt: Mond kaputt. Da hatte Helene beschlossen, Chemnitz zu verlassen.

Ilse Bunzel redete immer noch über Marion. Als Marions Spinnerauge, das sie in der Zellwolle bekommen hatte, schlimmer geworden war, hatte sie sich bei ihrem Cousin in Ilmenau erkundigt, einem SA-Mann, ob er ihr nicht zu einer anderen Arbeit verhelfen könne. Es habe nur ein paar Tage gedauert, bis ein Brief vom Cousin eintraf, in dem es hieß, er habe etwas für sie, eine schöne, saubere Arbeit, wo sie sogar mehr verdienen würde. Die Stelle sei weiter weg, in Bernburg, sie könne ihr Kind nicht mitnehmen, werde aber zusätzlich zu ihrem Lohn noch Trennungsentschädigung bekommen. Die Marion habe sich die Entscheidung nicht leicht gemacht, wegen Marita, betonte Ilse, und wenn sie, Ilse, ihr nicht zugeredet hätte, hätte sie sich vielleicht nicht dazu durchgerungen nach Bernburg zu gehen. Aber nach Ilses Meinung habe sie keine andere Wahl gehabt, in die Zellwolle habe sie ja nicht weiter gehen können.

Marita riss plötzlich ihre Hand aus dem Knäuel und warf es fort. Es wickelte sich ab und rollte unter den Küchenschrank. Ilse Bunzel schimpfte mit ihr. Geh's holen!, verlangte sie, aber sofort! Marita schüttelte herausfordernd den Kopf und wartete, was nun passieren würde. Ihre Großmutter stemmte die Hände in die Hüften und herrschte das Kind an. Hol's, sag' ich, oder du gehst heut ohne Abendessen ins Bett!

Marita machte einen Schmollmund, lief zum Schrank und ging auf die Knie, um das Wollknäuel hervorzuholen.

Und was ist das für eine Arbeit, die die Marion in Bernburg macht?, fragte Martha.

Marita zog am Faden, aber das Knäuel kam nicht zum Vorschein. Das will nicht, das Dumme, sagte sie, stand wieder auf und fing an, in der Küche herumzutanzen. Sie drehte sich und sang dazu.

Trostbriefe schreibt die Marion, sagte Ilse.

Wie, fragte Martha, an wen denn?

La - la - la, säuselte Marita und drehte sich.

Na, an die Angehörigen. (Sie sagte *Angehörchen.*) Es ist eine Heilanstalt, wo die Marion arbeitet, eine Irrenanstalt. Und wenn von den Irren jemand stirbt, bekommen die Angehörigen einen Brief, wo die Todesursache drinsteht und das Sterbedatum, und sie bekommen eine Urne mit der Asche zugeschickt.

Wo Ernst nur so lange bleibt?, dachte Martha. Sie fragte sich, warum die Toten verbrannt wurden, aber sie schwieg.

Das ist nämlich wegen der *Ichene,* sagte Ilse Bunzel, als hätte sie Marthas Frage geahnt, mit wichtiger Miene. Die Marion sagt, sie sitzt mit zwei Kolleginnen in einem schönen Büro. Die Arbeit ist leicht, die Verpflegung ist gut, die Marion sagt, in der Kantine wird auch manchmal gefeiert, da geht es hoch her. Letzte Woche hat die ganze Mannschaft einen Betriebsausflug gemacht, mit dem Bus –

Da geschah etwas Sonderbares. Das tanzende Kind stürzte zu Boden, lag rücklings dort und streckte einen Arm von sich weg, die Hand war krampfhaft verbogen. Gleichzeitig zuckten Arme und Beine, als wäre ein Stromschlag in den Körper gefahren.

Die beiden Frauen sprangen auf und beugten sich über Marita. Was machst 'n du da?, fragte Ilse Bunzel voll Angst. Die Augen des Kindes waren blicklos nach oben verdreht und halb geschlossen, nur das Weiße war zu sehen, der Mund stand offen, die Zähne gruben sich in die Zunge hinein.

Marita, Marita, sagte Martha in sanftem Ton, indem sie die Hände des Kindes festhielt, die immer noch krampften und zuckten, Marita, ist ja gut, ist ja gut. Nach ein oder zwei Minuten hörte das Zucken auf und die Augen drehten sich wieder in ihre normale Position. Das Kind kam zu sich und fing an zu weinen.

Na, was machst 'n du für Sachen!?, sagte Ilse Bunzel zu ihrer Enkelin. Hab ich dir nicht gesagt, du sollst nicht so wild tanzen! Ein Vorwurf schwang in Ilses Stimme mit. Marita weinte kläglich. Ihre Zunge blutete. Na, nun komm, sagte

Ilse, hob sie auf, setzte sie sich auf den Schoß und hielt sie fest. Marita vergrub ihr Gesicht zwischen den Brüsten ihrer Großmutter und wimmerte.

Was soll ich nur mit dem Kind machen, Frau Kantor, sagte Ilse dann, sie will einfach nicht hören. Und immer so wild. Sie drückte Küsse in Maritas Locken.

Ich würde mit ihr zum Arzt gehen, sagte Martha, wusste aber sofort, dass sie da etwas Dummes gesagt hatte. Hat sie so was schon mal gehabt?

Wasser lief Ilse aus den Augenwinkeln. Sie schüttelte den Kopf. Nein, noch nie, sagte sie, o Gottogott ... Und leiser zu Marita: Was aber auch du für Sachen machst ...! Was wird bloß deine Mama dazu sagen ...!

Dann schlürfte sie den Rest Muckefuck aus ihrer Tasse, bedankte sich und ging, Marita auf dem Arm, nach Hause.

Martha trat mit hinaus vor die Tür, um nach Ernst Ausschau zu halten, voll Angst, ihm könnte etwas zugestoßen sein. Sie machte sich Vorwürfe, dass sie ihn allein hatte in den Wald gehen lassen. Wenn er nun gestürzt war und irgendwo lag? Man durfte doch keinen Arzt brauchen, unter keinen Umständen, und um Gottes Willen kein Krankenhaus ...

Bei Bogenschnitzers drüben zeigte sich niemand, so sehr sie sich Herbert auch herbeiwünschte. Es drängte sie, einfach hinüberzulaufen, aber sie drehte sich um und blickte in die Aschauer Richtung, dann auf die Kirche gegenüber. Aus den Ritzen der Kirchenmauer wuchs Zimbelkraut. Schwalben bevölkerten das schwarze Loch, in dem sonst die Glocken hingen. Es dämmerte schon.

Seit Hilmars Tod lebte sie im ständigen Bewusstsein der Gefahren, die von allen Seiten drohten. Solange Hilmar lebte, hatte sie ihm gegenüber oft Widerwillen, Wut, manchmal sogar Verachtung empfunden. Erst als er starb, hatte sie entdeckt, wie sehr sie sich von ihm auch beschützt gefühlt hatte. Im Augenblick seines Todes wurde in ihrem Innern eine kalte Seite umgeblättert. Sie fühlte sich ausgesetzt, preisgegeben, und sie wünschte sich den früheren Zustand zurück, obwohl sie wusste, dass ihr Gefühl der Sicherheit vollkommen trügerisch gewesen war, denn was hätte Hilmar, noch dazu als kranker Mann, schon ausrichten können gegen die Bedrohung, die täglich größer zu werden schien und deren man an jeder Ecke gewärtig sein musste ... Helene hatte ihr erzählt, einer dieser grauen Busse sei dicht an ihr vorübergefahren, in Unterweißbach neulich, ein Bus mit grau gestrichenen Fensterscheiben, so dass man nicht hineinsehen konnte. Schon öfter hatte sie in Chemnitz solche grauen Busse mit undurchsichtigen Scheiben gesehen, und jemand hatte ihr gesagt, es seien Gekrat-Busse und Gekrat bedeute „Gemeinnütziger Kranken-Transport". Über die grauen Busse war so manches gemunkelt worden in Chemnitz. Was waren das für Zeiten, in denen fest angestellte Trostbriefschreiberinnen benötigt wurden? Zwei Kolleginnen hatte die Marion auf ihrer Schreibstube. Zwei.

Martha fror und ging hinein. Sie brühte Erdrauch-Tee auf und wartete. Ihre Beine schmerzten, trotzdem setzte sie sich nicht. Mitten in der Küche stand sie, die Tasse in der Hand, und wartete.

Eine halbe Stunde später hörte sie Ernsts schleppenden Schritt im Hausflur. Tränen traten ihr in die Augen. Mit dem Tuch, das über der Messingstange am Herd hing, trocknete sie ihr Gesicht ab. Sie hörte ihn ächzen, die Kiepe abstellen und sich die Schuhe abputzen. Er stieß die Tür auf, trat ein und nickte ihr zu, das Gesicht von Missmut zerknüllt. Vornübergebeugt schlurfte er zur Küchenbank.

Sollst dich gerade halten!, sagte Martha mit einer Heftigkeit, die sie selbst überraschte.

Er knurrte etwas Unverständliches, ließ sich auf die Bank fallen und zog sich die Schuhe aus.

Dann aßen sie zu Abend. Die Eichen haben dies Jahr alle Mehltau, sagte er. Er sprach mit vollem Mund. Etwas Hafergrütze lief ihm dabei übers Kinn.

## 31

Das Wort *Umzug* hatte in Ernsts Ohren immer einen guten Klang gehabt, nach Blasmusik, nach Sommerwärme, Hefezopf und Mohnkuchen. Jetzt war es ein anderer Umzug, der im Gange war, einer, der sich wie ein Pflug durchs Leben fräste und alles, was verlässlich gewesen war, in großen Brocken fortschleuderte. Wenn der Vater noch lebte, dachte Ernst, das hätte er niemals zugelassen!

Aber der Vater lebte nicht mehr. Der Ersatzlehrer war von einem neuen ständigen Lehrer abgelöst worden, der nun mit Frau und vier Kindern die Wohnung im Schulhaus beanspruchte. Sie hatten fürs erste die drei oberen Kammern bezogen, während Martha und Ernst sich mit den unteren Räumen begnügen mussten. Ernst schlief im Herrenzimmer, die Mutter in der Stube, Helene mit Christina in der Küche. Der neue Lehrer hatte mit Herbert Bogenschnitzer zusammen Ernsts und Helenes Bett hinuntergetragen. In der Küche konnte man sich nun kaum noch bewegen. Andere Möbel aus den Zimmern des ersten Stocks türmten sich im Hausflur. Oben und auf der Treppe gab es jetzt ständig Getrappel, Gezänk und Geschrei. Hinzu kam, dass die Zahl der Schulkinder, die täglich das Haus bevölkerten, auf beinahe achtzig angewachsen war, weil die Köditzer und Sitzendorfer Kinder wegen des Krieges keinen eigenen Lehrer mehr hatten.

Wie ein Glück erschien es Martha unter diesen Umständen, dass die Frau des Pfarrers Stürzlinger ihr anbot, die unteren Räume des Pfarrhauses zu beziehen. Offenbar hatte Pfarrer Stürzlinger, inzwischen Oberstleutnant, wie man hörte, sogar selbst per Feldpost diesen Vorschlag gemacht, als seine Frau ihm von den beengten Verhältnissen *bei Kantors* geschrieben hatte. Für Martha und Ernst wurden nun also im Pfarrhaus eine Küche, eine Stube und drei Kammern geräumt. Außerdem gab es hinter der Küche einen Schuppen, der angrenzende Hof war größer als der vor dem Schulhaus, und Martha sollte die Hälfte des Pfarrgartens bewirtschaften dürfen.

Für diese Verbesserungen war Ernst blind. Er lehnte sich auf gegen die Zumutung, woanders als im Schulhaus zu leben, ganz gleich wo. Er hatte immer dort gelebt. Das war ihm Grund genug, jede Veränderung für ein empörendes Unrecht zu halten. Der Tag des Umzugs war für ihn ein entsetzlicher Tag, an dem er nichts anderes denken konnte als *Wenn das der Vater wüsste!*

Die Mutter und die Schwester leerten Schränke aus und räumten, er stand dabei und musste mit ansehen, wie seine Welt zerrupft wurde. Alles hatte darin seinen festen Platz gehabt. Die Ordnung der Dinge hatte ihn beruhigt. Nun wurden Kochlöffel, Rasierzeug, Topflappen, Streichhölzer vom Küchenbord gefegt und mit anderem Kleinzeug zusammen wahllos wie Kartoffeln in Körbe geworfen, Geschirr klapperte, Schränke und Betten schwankten um ihn her, dass ihm schwindelig wurde. Er selbst war überall im Weg, man scheuchte ihn von einer Ecke in die andere. Herbert Bogenschnitzer und sein jüngerer Sohn schleppten Möbel, Lampen und Gerät über die Straße ins Pfarrhaus hinüber, Christina spukte mit kindischen Einfällen und Ansprüchen dazwischen und brüllte, wenn sie hinfiel, so laut, dass es sogar Ernst in den Ohren wehtat.

Das alles machte ihn wild. Mit rollenden Augen ging er im Haus umher, verkroch sich schließlich im Herrenzimmer und weinte. Wie konnte es nur sein, dass niemand mehr da war, um ein Machtwort zu sprechen? Als Helene hereinkam und anfing, die Bücher aus dem Bücherschrank des Vaters in einen Wäschekorb zu legen, sprang er auf. Das darfst du nicht, rief er, das sind Vaters Bücher! Du bringst alles durcheinander! Helene wollte ihn auslachen und in ihrer Arbeit fortfahren, aber er packte sie mit eisernem Griff am Arm. Ich verbiete es dir!, schrie er, ich verbiete es dir!

Bist du jetzt vollkommen übergeschnappt?, sagte sie und sah ihn entgeistert an. Nun lass mich schon los, das tut ja weh! Sie rieb sich den Arm. Wir können doch die Bücher nicht hier lassen! Auch der Schrank muss rüber. Wenn Du mich nicht lässt, kannst Du sie ja selbst verpacken und drüben genau so wieder einräumen, genau wie sie jetzt stehen, nach Vaters heiliger Ordnung ... Sie verdrehte die Augen und ging.

Er schmetterte hinter ihr die Türe zu, schnaufte tief und lief eine Zeitlang auf und ab. Dann nahm er die Aufgabe in Angriff. Als erstes holte er einen flachen Karton aus dem Bücherschrank heraus, der oben quer lag und die Kondolenzbriefe enthielt, über 100, die nach dem Tod des Vaters gekommen waren, darunter Briefe von Verwandten, aus Wien, aus Berlin, von Freunden, Kollegen und Schülern des Vaters.

Ein Schauer überlief ihn, als er erkannte, was er da in den Händen hielt, und leise murmelte er: Vater, ich bin da. Ich gebe acht. Du kannst Dich auf mich verlassen. Sorgfältig verschloss er den Karton und begann, eins nach dem anderen, die Bücher auszuräumen.

Nebenan in der Stube hörte er Herbert Bogenschnitzer kommandieren. Weitere Helfer aus dem Dorf waren gekommen, um das Klavier auf ein Brett mit Rollen zu heben. Es rumpelte und krachte. Ernst lief in die Stube hinüber, er fürchtete, das Klavier werde mittenentzweibrechen. Die Männer hatten es jedoch tatsächlich geschafft, das schwere Möbel anzuheben, und schoben es nun auf dem rollenden Untersatz langsam aus der Stube hinaus in den Flur.

Das ging, aber die Treppen zur Straße hinunter?! Ernst rang die Hände, seine Kiefer mahlten.

Lieber nicht zuschauen, Ernst, sagte Herbert Bogenschnitzer im Vorbeigehen. Aber hab keine Angst, wir machen das schon!

Da schlug er die Hände vors Gesicht, stöhnte und ging wieder zu den Büchern. Er las jeden einzelnen Titel und staunte, was es da alles gab. Von den vielen naturwissenschaftlichen, vor allem botanischen Werken abgesehen fand sich ein Buch über Dampfmaschinen, eins über Automobile, eins über Flugzeugtechnik, pädagogische Schriften von Verfassern mit schwierigen Namen, Fröbel und Pestalozzi, August Bebels „Die Frau und der Sozialismus“ – was konnte das sein, Sozialismus? – , eine Novelle über Johann Sebastian Bachs Pilgerfahrt nach Lübeck, die Ernst am liebsten sofort gelesen hätte – wieso hatte eigentlich der Vater ihm dieses Buch nie gegeben? – dann stieß er, in der zweiten Reihe äußerst rechts, so dass man es durch die Glasscheibe in der Schranktür nicht hatte sehen können, auf ein Buch, das in eine grüne Hülle aus Leder eingeschlagen war. Er zog es aus der Hülle und erschrak. Auf dem Buchdeckel: die Zeichnung einer nackten Frau! Daneben der Titel: „Die flammende Venus“.

In diesem Augenblick fing die Sirene an zu heulen. Fliegeralarm. Bisher waren auf das Dorf noch keine Bomben gefallen, aber vor ein paar Tagen war Rudolstadt bombardiert worden und zwei oder drei Mal hatte es auch im Dorf schon Fliegeralarm gegeben. Da ein regelrechter Luftschutzkeller fehlte, eilten die Dorfbewohner in ihre Keller, um notdürftig geschützt zu sein. Die Umzugshelfer ließen das Klavier am Eingang des Schulhauses auf dem Treppenabsatz stehen und liefen zurück in die Küche, wo Martha die Kellerluke geöffnet hatte. Helene war mit Christina schon unten. Der neue Lehrer schickte noch fünf Schulkinder hinunter. Mehr passten beim besten Willen nicht hinein. Die übrigen dirigierte er ins Pfarrhaus hinüber, wo noch Platz im Keller war, und schimpfte über das Klavier, das den Fluchtweg aus dem Schulhaus verengte. Martha suchte Ernst und fand ihn im Herrenzimmer. Was machst denn du noch da, hörst du nicht die Sirene?!, rief sie ihm zu. Er fuhr zusammen, wurde dunkelrot, ließ das Buch in die Kiste fallen und folgte der Mutter in den Keller.

Während die Flieger, einer nach dem anderen, in kürzesten Abständen über das Dorf donnerten und im Keller alle dicht aneinandergedrängt hockten, während die Schulkinder sich krümmten und Helene ihr weinendes Kind an sich drückte, während die Jungen aus dem Dorf dumme Witze machten, um ihre Angst zu übertönen, waren Ernsts Gedanken von der Furcht beherrscht, die Mutter könnte das Buch finden und ihn überführen, darin geblättert zu haben, jenes Buch, an dem er sich die Finger verbrannt hatte und das ihm vorschwebte wie ein rotglühendes Brikett, dieses

Buch aus der grünen Hülle, Offenbarung des Ungeheuren, verbotenste aller süßen Früchte, Verheißung zugleich und höchste Gefahr.

Er nahm sich vor, bei den ersten zu sein, die den Keller verließen, schnurstracks ins Herrenzimmer zu gehen, das Buch in die Hülle zu stecken und zuunterst in den Korb zu legen. Und es gelang. Als die Entwarnung kam, hatten alle es eilig, den Keller zu verlassen, nur die Mutter nicht, die mit Herbert Bogenschnitzer noch eine Weile unten blieb, warum auch immer.

Am Abend waren alle Winkel seines lieben alten Gehäuses leergeräumt, ausgekratzt und saubergefegt. Die Umzugshelfer bekamen zum Dank die letzten Gläser voll Kompott und Marmelade.

Ernst war sehr müde. Trotzdem konnte er nicht einschlafen. Es roch anders als im Schulhaus. Der Mond warf ein gespenstisches Licht in sein Zimmer. Alles war fremd. Zwar lag er in seinem eigenen Bett, und an der Wand stand der Eichenschrank, der auch in seiner Kammer im Schulhaus gestanden hatte. Aber der Schrank war leer, aus dunklem Rachen gähnte er ihn an, denn er ließ sich nicht schließen, weil der Fußboden schief war, und aus den Kisten und Körben, die sich in den Ecken türmten, ragten Kleiderbügel, Pfannenstiele und Schöpfkellen sinnlos heraus.

Gegen Morgen fiel er in einen unruhigen Schlaf. In seinen wirren Träumen stolperte er über Gerät, das im Weg lag, glitt auf irgendeiner Ölschmiere aus, wollte sich an gestapelten Kisten halten, die dann über ihm zusammenstürzten. Alles zerbrach, alles verdarb. Von einem Traum erwachte er: Er schleppte einen schweren Korb mit Geschirr über die Schotterstraße. Als er strauchelte, rutschte der Korb ihm aus den Händen und fiel zu Boden. Es klirrte und schepperte. Scherben überall. Das hätte ich mir ja denken können!, tönte hinter ihm der Vater verächtlich, schwang sich auf einen schwarz glänzenden Rappen, der zu Ernsts großer Verwunderung bereit stand, und galoppierte davon. Mit seiner Rechten hielt er die Zügel. Der linke Arm umschlang eine Frau, die vor ihm auf dem Pferd saß. Sie war nackt, das konnte Ernst genau erkennen, und sie brannte lichterloh.

## 32

Seit er zur Beerdigung des Vaters die Orgel gespielt hatte, wurde Ernst jetzt häufig gebeten, bei Trauerfeiern zu spielen. Meist wurden gleich mehrere Gefallene in einer Feier geehrt. Man bündelte, weil der Ersatzpfarrer aus Ilmenau nicht für jeden Toten einzeln herüberkommen konnte.

Ernst spielte die Orgel auf seine schleppende, stockende Weise. Seine Finger, nicht recht tastentauglich von Anfang an, jetzt noch dazu von der

Feldarbeit verdickt und verhärtet, setzten hin und wieder aus, hingen fest, drückten falsche Tasten. Die Dorfbewohner nahmen daran keinen Anstoß. Viele von ihnen hatten unter Hilmars Leitung gesungen oder im Bläserchor mitgewirkt. Sie wussten aus eigener Erfahrung, wie schwer es war, fehlerfrei zu spielen, sie waren froh, dass es überhaupt Musik gab. Und sonderbarerweise konnten die Fehler der Substanz dieser Musik nichts anhaben. Beinahe war es umgekehrt: Die beschädigten Klänge, die hörbar machten, wie sehr der Spieler sich anstrengte, zeugten von einem so inständigen Bemühen, dass die Musik selbst als etwas Kostbares und Erhabenes erschien. Unerschütterlich, das Kinn erhoben, saß Ernst auf der Orgelbank und spielte die Choräle, die er geübt hatte, vor allem aus Bachs Matthäus- und Johannes-Passion. Er trug bei diesen Gelegenheiten seinen Konfirmationsanzug, der ihm noch immer passte, obwohl er inzwischen 30 Jahre alt war. Seine Beine waren nach wie vor zu kurz, um die Pedale zu erreichen, aber auch der Gastwirt Heinz Wengler, der bis in die ersten Kriegsjahre hinein den Kantorendienst versehen hatte und dessen Beine lang genug waren, hatte die Pedale nie benutzt. Ob Ernst ermessen konnte, was es für die Trauernden hieß, ihren Vater, ihren Sohn zu verlieren, konnte niemand wissen. Aber er hatte den Leichnam seines Vaters abgewaschen. Und schon fünf Mal hatte man einen von denen zu Grabe getragen, die mit ihm in einer Linie gestanden hatten, damals bei der Einschulung, zuletzt Bernhard Hetzel. Allen Trauernden begegnete er mit Ehrerbietung. Wenn er nach dem Ende der Zeremonie von der Orgel herunterkam, warteten die Angehörigen der Toten auf ihn. Sie bückten sich und schüttelten ihm die Hand.

Einmal hatte er Herbert Bogenschnitzer gefragt, ob er nicht bei den Trauerfeiern zur Orgel die Posaune blasen wolle, wie er es früher oft mit dem Vater gemacht hatte. Aber Herbert hatte geseufzt und abgelehnt. Nach dem Krieg hole ich die Posaune wieder heraus, hatte er gesagt.

Beinahe täglich trafen jetzt neue Todesnachrichten ein. Als Frau Oberwasser die Nachricht vom Tod der Kratzner-Zwillinge brachte, schrubbte Ernst gerade den Küchenboden. Helene, die beim Bügeln war, stellte das Eisen weg und öffnete den Brief mit dem Trauerrand. Dann wandte sie sich ab und ging in den Schuppen hinüber, statt den Hitler-Gruß der Frau Oberwasser zu erwidern. Unhöflich, die Lene, dachte Ernst. Ihm kam der Hitler-Gruß glatt von den Lippen, er freute sich über jede Gelegenheit, ihn herauszukollern, und immer nickte er höflich dazu, auch der Postbotin gegenüber, die ihn unter ihrer wuchtigen Schirmmütze hervor scheel ansah.

Als sie wieder weg war, kam Helene in die Küche zurück. Sie gab Ernst die Todesanzeige und betrachtete das Foto, das aus dem Brief herausgefallen war. Es zeigte Fritz Kratzner, gewissermaßen auch seinen Zwillingsbruder Heinz repräsentierend, breitbeinig, lächelnd, in Uniform. Wer ist der Mann?, fragte Christina.

Er war eine Sportskanone, sagte Helene.

Was heißt Potzkanone?, fragte Christina.

Das ist jemand, der stark ist. Einer, der turnen und sehr schnell rennen kann. Jetzt ist er tot.

Warum ist er tot?, fragte Christina.

Er war im Krieg, sagte Helene. Sein Flugzeug wurde abgeschossen und ist vom Himmel gefallen.

Vati ist auch im Krieg, sagte Christina. Ist Vati auch eine Potzkanone?

Helene schüttelte den Kopf, legte sich ein Wäschestück zurecht und bügelte weiter.

Sie bekam viel mehr Post als Martha. Die meisten Briefe kamen von Anton, der inzwischen in Kurland war und beinahe täglich schrieb. Blieb die Feldpost aus, verdüsterte sich Helenes Stimmung. Manchmal kam eine ganze Woche lang keine Feldpost. Auch Ernst war dann bedrückt und vermied es, seine Schwester anzureden. Manchmal kamen fünf Feldpostbriefe an einem Tag, und Helene steckte ihn mit ihrer guten Laune an. Einmal jedoch kam er über ihre Fröhlichkeit ins Grübeln, denn er hatte mitbekommen, dass die Feldpostbriefe aus Russland meist zwei Wochen lang unterwegs waren. Also, rechnete er sich aus, konnte man gar nicht sicher sein, dass Anton, wenn ein Brief von ihm im Dorf eintraf, noch am Leben war. Es war dann doch so viel Zeit schon vergangen, und alles konnte vollkommen umgestülpt worden sein ...! Über diesen Gedanken war Ernst selbst erstaunt. Er prüfte ihn mehrmals, bevor er ihn Helene mitteilte. Erst hörte sie gar nicht zu. Es kam selten vor, dass er etwas zu sagen hatte, was sie wichtig fand. Dann verstand sie nicht, was er sagen wollte, weil er es sehr undeutlich und mit vielem Spucken erklärte. Als sie endlich begriffen hatte und sah, wie stolz er auf seinen Gedanken war, stand sie auf.

Was soll ich denn machen? Ich hab doch sonst nichts!, rief sie, schlug mit der flachen Hand auf den Tisch, dass die Tassen klirrten, und rannte hinaus.

Zusammen mit der Nachricht vom Tod der Kratzner-Zwillinge war ein Brief von Wilfried eingetroffen, einem Studienfreund aus ihrer, wie es ihr jetzt vorkam, unbeschwerten Zeit in Heidelberg. Mit Wilfried hatte sie die Anatomie-Vorlesung besucht, Leichenteile präpariert und lustige Abende verbracht. Helene war ein wenig in den Klang seines Lachens vernarrt gewesen, in die Art, wie er dabei die Lider senkte, aber sie war schon entschlossen Anton zu heiraten und hatte sich schnell zurückgezogen. Als Anton sie einmal in Heidelberg besuchte, hatten sie einen Abend zu dritt verbracht. Wilfried hatte Haltung gezeigt und sich anschließend mit ein paar ironischen

Bemerkungen über Anton, den „Schreibtischtäter“ und „Schöngeist“ über seine Enttäuschung hinweggerettet. Kurz darauf hatte er sich mit einer Hamburgerin verlobt. Dem Absender seines Briefes entnahm Helene, dass er jetzt in Bad Blankenburg im Lazarett lag. In diesem Brief, der erst nach Chemnitz gegangen und ihr dann ins Dorf nachgeschickt worden war, erwähnte er ein schweres Fieber unklarer Ursache, das ihn ins Lazarett gebracht habe. Aus der Quarantäne sei er inzwischen heraus, aber wegen einer noch immer anhaltenden Schwäche verzögere sich sein Ausrücken an die Ostfront um einige Wochen.

Helene beschloss, ihn im Lazarett zu besuchen, mit dem Zug war es nach Bad Blankenburg nicht weit. Einen Viertellaib Brot packte sie für ihn ein, ein kleines Glas Griebenschmalz und ein paar Erdbeeren aus dem Pfarrgarten. Als sie in den Zug stieg, hoffte sie, mit ihm von den Heidelberger Zeiten sprechen und den leidigen Krieg eine Weile vergessen zu können.

Es war ein heißer Tag im Juli, von der Luft im Krankensaal wurde ihr übel. Wilfried schien auf dem Weg der Besserung. Aber sie fand ihn verändert. Vielleicht hatte das Fieber Spuren hinterlassen?

Kurz vor seiner Erkrankung war er auf Fronturlaub in Hamburg gewesen. Er hatte sein Elternhaus zerbombt vorgefunden. Du kannst dir nicht vorstellen, wie Hamburg jetzt aussieht, sagte er.

Kilometerlang Trümmer und Staub, kein Leben, nur Schuttmassen, zwischen denen Fahrwege gebahnt sind ...

Von Hamburg war er nach Frankfurt gefahren, um Verwandte zu besuchen. Wohl wissend, dass Anton aus Frankfurt stammte, erklärte er die Frankfurter allesamt für *lasch,* in ihrer Art zu sprechen (sprechen heiße bekanntlich auf Frankfurterisch *babbeln,* das allein sage schon alles!) ebenso wie in ihrer Lebenseinstellung. Er habe es dort unmöglich länger als drei Tage aushalten können. Am Ende seines Fronturlaubs sei er zu einem Lehrgang nach Bad Blankenburg geschickt worden. Anschließend habe er an die Ostfront ausrücken sollen, war jedoch von dem Fieber befallen worden und seit über einem Monat bettlägerig. Unvermittelt hielt er ihr einen Vortrag über Spenglers „Untergang des Abendlandes“, das er gerade lese und das ihm *zu pessimistisch* erscheine, sprach über den *neuen deutschen Menschen,* der *das Raumproblem schöpferisch lösen* werde: Wir müssen die Großstädte auseinanderreißen und die Industrien in die Ostgebiete verpflanzen, sagte er, kleine Bauernwirtschaften müssen zu Großbetrieben zusammengefasst, überflüssige Bauernfamilien in den Osten geschickt werden! Er war so schwach, dass schon das Sprechen ihn anstrengte. Als Helene etwas erwidern wollte, hob er abwehrend die Hand. Seine Augen glänzten. Ich weiß, was du sagen willst, Lenchen, sagte er. Aber unsere Generation muss in manche Unbequemlichkeit gezwungen werden, damit den kommenden Generationen genug Lebensraum zur Verfügung gestellt werden kann. Es ist nur die Frage, ob wir genügend Menschen haben, die sich für diese Unbequemlichkeit nicht zu schade sind. Als er vergeblich versuchte sich im Bett aufzusetzen, sah sie, wie dünn seine Arme geworden waren. Viele sind schon gefallen und noch viele wird der Krieg verschlingen, sagte er. Das ist leider wahr. Dabei ist sogar jeder tote Russe ein Verlust an Arbeitskraft, die wir gebrauchen könnten, allerdings ein unvermeidlicher.

Er hustete. Um das Thema zu wechseln, erkundigte Helene sich nach seiner Verlobten. Er erzählte, er habe sich schon nach zwei Monaten wieder entlobt. Knapp resümierte er: Als es darauf angekommen sei, habe sie sich als *schwach* erwiesen, und er habe nun einen viel *niedrigeren Eindruck* von ihr als früher. Wie geht es Anton?, fragte er dann, genießt er noch immer die Annehmlichkeit des Zivillebens?

Helene sah zur Seite. Nein, sagte sie, schon lange nicht mehr. Er ist in Kurland.

Bei den Funkern?, fragte Wilfried.

Nein, Kanonier, sagte Helene.

Wilfried drückte eine Hand auf seine Brust und verschluckte ein Lachen, das wahrscheinlich Schmerzen ausgelöst hätte. Nimm's mir nicht übel, sagte er, aber ich kann mir Anton einfach nicht als Kanonier vorstellen.

Ich auch nicht, sagte Helene, ohne ihn anzusehen.

Andererseits, sagte Wilfried, hat er als reifer und gesetzter Mann es wahrscheinlich leichter, sich beim Kommiss einzuordnen, als wir Jungen. Er hustete wieder und griff sich an die Brust. Zumal er Jurist ist! Er schluckte. Ach was, sagte er dann, warum soll er eigentlich keinen guten Kanonier abgeben? Geistig ist er den Kameraden doch sicher haushoch überlegen, das Übrige findet sich.

Als sie aufstand und gehen wollte, griff er mit unerwarteter Kraft nach ihrer Hand, hielt sie fest und erkundigte sich nach ihrer Mutter, nach Christina ... Hastig gab sie Auskunft.

Und dein Bruder? Ist er auch an der Front?

Mein Zug geht!, sagte sie, und er ließ ihre Hand los.

Sie eilte im Laufschritt zum Bahnhof, obwohl noch genug Zeit war bis zur Abfahrt des Zuges. Ein Glück, dass ich ihm früher nichts weiter von Ernst erzählt habe!, dachte sie. Da er schon von Anton so abfällig spricht, was hätte er wohl über Ernst gesagt, wenn er die Wahrheit wüsste? Das Gerede über *Lasche* und *Schwache,* über *Raumprobleme* und *überflüssige Bauernfamilien* – anmaßend und aus dem Mund eines Schwerkranken im Grunde lächerlich – hatte ihr einen frostigen

Schauer über den Rücken gejagt. Auf der Bahnhofstoilette wusch sie sich Hände und Arme. Das fehlte noch, dachte sie, dass er mich mit diesem Fieber ansteckt!

Zurück im Pfarrhaus fand sie Ernst mit Christina am Klavier. Ernst spielte *Hänschen klein*, Christina probierte dazu am oberen Ende der Tastatur mit ihren Zeigefingern beliebige Töne aus, die sie mit voller Wucht anschlug. Falsch, falsch, falsch!, rief das Kind lachend, und Ernst lachte mit. Helene gab beiden einen Kuss.

Spät abends, es war noch immer heiß, saß sie bei verdunkelten Fenstern unter einer kleinen Lampe am Küchentisch und schrieb an Kanonier Herbst. *Wie gern wollte ich täglich zwölf Stunden auf dem Feld arbeiten und abends noch kochen, waschen und Hemden bügeln, wenn Du nur bei uns wärst. Hat Dich das Soldatenleben sehr verändert? Welche Spuren haben die vergangen Monate hinterlassen? Egal, wie Du Dich veränderst, ich behalte Dich immer lieb. Christina muss alle paar Minuten Dein Bild haben, um es zu streicheln. Heute hat sie mit Ernst Klavier gespielt. Das hättest du hören sollen: Er spielt richtig, sie produziert Kakophonien, schimpft ihn dafür aus und lacht sich kaputt.*

Von ihrem Besuch im Lazarett schrieb sie Anton nichts.

## 33

Der Krieg ist ein Ungeheuer, dachte Ernst im fünften Kriegsjahr. Da waren die Umgekommenen aus dem Dorf, die er alle gekannt hatte. Die Jagdbombergeschwader, die den Himmel aufrissen. Die Trupps ausgemergelter Russen und Franzosen, die morgens über die Schotterstraße zur Arbeit abgeführt wurden. Es schnitt ihm ins Herz, das zu sehen. Warum dieser Krieg tobte, verstand er nicht. Erst bauten die Menschen mit vieler Mühe Häuser, zogen Kinder auf, plagten sich auf den Äckern und in den Fabriken ab, dann warfen sie Bomben darauf und brachten sich gegenseitig um. Das ging ihm immer wieder durch den Kopf, wenn er auf der Küchenbank saß und döste. Er war tagsüber wieder sehr müde und schläfrig, fror leicht und litt an Verstopfung. Auch daran war der Krieg schuld, denn wegen des Krieges bekam er seine Tabletten nicht. Früher waren sie aus England gekommen, inzwischen belieferten die Engländer den deutschen Feind jedoch längst nicht mehr. Auch über diese Feindschaft konnte Ernst nur den Kopf schütteln, begreifen konnte er sie nicht.

Gelegentlich erfuhr er aus Radio-Meldungen etwas über den Krieg oder aus Briefen, die Helene ihm gab. In einem Brief von Antons Mutter las er: *Frankfurt ist kaum noch zu erkennen. Sechstausend*

*Häuser zerstört, fünfzigtausend Obdachlose. Die zerbombten Stadtteile rauchen und rußen, Qualm beißt einem in die Augen, ab und zu hört man Mauern einstürzen oder Sprengungen. Die Toten sind längst nicht alle geborgen.* Und in einem Telegramm, das sie kurz darauf geschickt hatte, hieß es: *TOTAL FLIEGERBOMBENGESCHÄDIGT SELBST UNVERLETZT BIN IN NIEDERSELTERS MAMA.* Ernst las es zigfach und durchlebte das Wechselbad im Stakkato der Wörter jedes Mal von neuem. Leise murmelte er dann das Wort *Mama,* in dem die katastrophale Nachricht so lieblich ausklang, dieses Wort, das er zu seiner Mutter nie gesagt hatte, wohl auch nicht hätte sagen dürfen, das ihm aber auch, wenn er es insgeheim ausprobierte, nicht zu passen schien.

Als Anton zu Weihnachten zehn Tage auf Fronturlaub bei ihnen gewesen war, hatte er nicht über den Krieg sprechen wollen. Nur über die Verpflegung hatte er sich einmal geäußert, die *bisher immer tadellos* gewesen sei. Sein Urlaub sei so kurz, hatte er gesagt, da wolle er nicht an den Krieg denken. Lieber hatte er mit Christina im Pfarrhaus Verstecken gespielt, sie auf seinen Schultern durch den Schnee getragen, mit ihr gesungen und mit Helene musiziert. Auch in seinen Briefen war nie vom Krieg die Rede. Antons Briefe zeigte die Schwester nicht her, aber ab und zu las sie Teile daraus vor. Meist ging es darin um Christina, die zum Beispiel Schuhe brauchte, oder um Musik. Auch Gedichte waren nicht selten. Neuerdings fragte Anton in jedem Brief nach dem zweiten Kind, das in Helenes Bauch heranwuchs. Es sollte im September geboren werden, am Bauch der Schwester konnte man schon sehen, dass sie schwanger war.

Die Briefe von Antons jüngerem Bruder Helmut durfte Ernst ganz lesen. Helmut hatte während eines Fronturlaubs sein zerbombtes Elternhaus in der Frankfurter Bürgerstraße aufgesucht und an Helene geschrieben: *Erspare mir bitte Einzelheiten ... Alle Einrichtungsgegenstände sind zertrümmert. Lediglich etwas Wäsche, einige Kleider und ein paar Bücher konnten halbwegs heil geborgen werden. Das Klavier: von Mauertrümmern verschüttet, nicht mehr zu retten. Auch mit den übrigen Möbeln ist nichts mehr anzufangen. Näheres mündlich ... Auf den Straßen sind Gefangene mit Bergungsarbeiten beschäftigt. Im Kinderkrankenhaus konnten von hundertfünfzig Kindern nur sechsundzwanzig aus den Trümmern gerettet werden.* Solche Nachrichten empörten Ernst. Die Vorstellung unter Mauertrümmern verschütteter Kinder und Klaviere regte ihn auf, er dachte dabei an das Feurich-Klavier und an Christina. Was sind das für Menschen, die so etwas tun!, sagte er jedes Mal, wenn er diesen Brief las, und schlug mit der Faust auf den Tisch, wie es früher der Vater gemacht hatte.

Andererseits liebte er Helmuts Feldpostbriefe. Oft reizten sie ihn zum Lachen. Aus Russland schrieb Helmut etwa: *Wir führen das Leben von Vagabunden, wohnen und arbeiten meist in Zelten, immer bereit zu rollen. Man wirft viel mit Eisen hierher und ich habe entsprechend viel zu tun. Für heute deshalb nur diese paar Zeilen.* Das klang munter und gutgelaunt, fand Ernst. Als Helmut einige Wochen später mit Gelbsucht und Diphterie in einem ukrainischen Lazarett lag, berichtete er: *Nach der Entlausung in Lemberg habe ich hier neue Freunde gefunden, ebenfalls sechsbeinig, aber etwas größer und rotbraun. Sie beehren mich Tag und Nacht. Rührende Anhänglichkeit.* Helene hatte Ernst erklärt, dass mit den „neuen Freunden" Wanzen und Flöhe gemeint seien. Seitdem lachte er über die „rührende Anhänglichkeit", die er wochenlang wieder und wieder zitierte, wobei er sich vor Lachen krümmte, bis die Mutter ihm verbot, davon zu sprechen. Von da an hielt er sich, wenn das Lachen über die „rotbraunen Freunde" ihn schüttelte, mit beiden Händen den Mund zu. Die Mutter hatte zurzeit wenig Sinn für Witze.

## 34

Vor allem im Winter litt Martha viel unter den Wunden an ihren Beinen. Kälte und Schnee machten ihr mehr und mehr zu schaffen. Hinzu kam neuerdings, dass man sie zwingen wollte, in der

NS-Frauenschaft mitzuarbeiten. Mehrfach war sie aufgefordert worden, zu den Frauenschafts-Abenden nach Königsee zu kommen und für das Winterhilfswerk zu sammeln. Sie war aber nicht gegangen und hatte nicht gesammelt. Ich denke nicht daran!, hatte sie entschlossen zu Helene gesagt. Die Tochter hatte ihr zu einem Kompromiss geraten. Geh wenigstens ein Mal hin, hatte sie gesagt, und zeig deinen guten Willen. Dann kannst du wieder ein paar Monate wegbleiben. Auch Anton, der sich vor dem Krieg strikt geweigert hatte, der Partei beizutreten, obwohl man ihn im Finanzministerium unter Druck setzte, hatte Helene damals geraten, ein kleines Zugeständnis zu machen, um in Ruhe gelassen zu werden. Sie hatten lange darüber gesprochen. Schließlich hatte Anton nachgegeben und war Mitglied im NS-Kraftfahrkorps geworden. Er, der sich nicht im mindesten für Automobile interessierte, war seitdem in der Kartei dieser Organisation registriert. Und Helene behielt Recht, man hörte auf, ihn zu bearbeiten.

Ein solcher Weg war nichts für Martha. Zu ihrer allgemeinen Abneigung gegen die *Hitlerei*, die sie mit Hilmar geteilt hatte, kam in der Frauenschaftsangelegenheit ein spezieller Widerwille gegen Ella Beck, geb. Schnappauf, die Kreisfrauenschaftsführerin. Sie kannte Ella Schnappauf seit ihrer frühen Jugendzeit. Marthas Vater, der Gastwirt, hatte Ella für ein halbes Jahr als Kellnerin in der Unterweißbacher „Linde“ angestellt. Schon damals, Martha war zwölf Jahre alt und musste selbst in der „Linde“ mitarbeiten, war es ihr zuwider gewesen, wie Ella ihrer Mutter nach dem Mund redete und unterwürfig tat, solange die Wirtin zugegen war, hinter deren Rücken aber ihre Anweisungen nach Lust und Laune unterlief. Martha war zwei Jahre jünger als Ella und spürte Tag für Tag genau, dass nur ihre Stellung als Wirtstochter sie davor bewahrte, von Ella herumkommandiert und schikaniert zu werden. Seit langem wohnte Ella nun schon in Königsee, und jedes Mal, wenn sie einander über den Weg liefen, erneuerte sich die gegenseitige Abneigung. Inzwischen war Ella verheiratet und hieß mit Nachnamen Beck. Wahrscheinlich um die Tücke ihres Charakters zu verbergen, dachte Martha, die sie weiterhin *die Schnappauf* nannte.

Kurz vor Weihnachten war von dieser Ella Beck, geb. Schnappauf, ein Brief gekommen, in dem sie Martha aufforderte, sich an den Frauenschaftsabenden und den Sammlungen für das Winterhilfswerk zu beteiligen und sich für ihr bisheriges Nichterscheinen zu rechtfertigen. Martha hatte darauf nicht geantwortet. Nun aber war ein Einschreiben der NSDAP, Kreisschlichtungsstelle Rudolstadt, eingetroffen, das Frau Oberwasser ihr mit einem lauernden Blick überreicht hatte. In diesem Schreiben wurde Martha zur Last gelegt, *grundlos die Mitarbeit in der NS-*

*Frauenschaft zu verweigern*. Man forderte sie auf, bis zum Soundsovielten Stellung zu nehmen und ggf. Zeugen zu benennen, andernfalls werde sie zu einer mündlichen Verhandlung vorgeladen. Das Schreiben war unterzeichnet mit *A. Hübner, Kreisschlichterin*. Für Martha war jedoch klar, wer die Eröffnung dieses Verfahrens gegen sie veranlasst hatte, zumal sie tags darauf schon wieder einen Brief von Ella Beck bekam.

Helene saß auf dem Sofa in der Küche und stillte ihr zweites Kind, einen winzigen Jungen namens Albrecht, als Martha den unerwünschten Brief las. Auf das Umständlichste und Weitschweifigste erkundigte sich Ella Beck, warum Martha sich der Winterhilfswerksammlung entzogen habe, führte alle möglichen Gründe auf, die sie sich dafür ausdachte, nur um einen nach dem anderen für nichtig zu erklären und Martha vorzuhalten, sie, Ella Beck, habe es auch schwer und beteilige sich trotzdem. Nach langem Herumreden kam sie am Ende des Briefs auf Ernst zu sprechen, ohne aber dessen Namen zu erwähnen. Man wisse ja, schrieb sie, dass Marthas Sohn eine schwere Last für sie sei, und sie solle doch einmal überlegen, ob sie sich von dieser Last nicht befreien wolle. Sie könne ja ihren Sohn *in eine unserer hervorragenden Anstalten, z.B. nach Quittelsdorf, geben, wo für eine fachgerechte Betreuung* gesorgt sei.

Martha war außer sich. Helene fühlte sich durch den Brief in ihrer Haltung bestärkt und riet ihrer Mutter, um des lieben Friedens willen zum nächsten Frauenschaftsabend zu gehen.

Martha wollte nichts davon hören. Du weißt ja nicht, was du da sagst!, rief sie empört. Einen ganzen Abend soll ich da sitzen und zu dem Gerede von *unseren hervorragenden Anstalten* gute Miene machen? Mir graut's, wenn ich an das Wort *Anstalt* nur denke, und du redest mir auch noch zu! Wenn Vater noch lebte, der würde dir was erzählen!

Der Säugling hörte auf zu trinken und fing an zu schreien. Helene versuchte ihn zu beruhigen und gab es auf, ihre Mutter beeinflussen zu wollen.

Marthas erster Impuls war, das Ganze wiederum auf sich beruhen zu lassen und nicht zu reagieren. Aber es machte ihr angst. In den Nächten wuchs es. Verzweifelt fragte sie sich, was Hilmar an ihrer Stelle wohl getan hätte.

Am vierten Tag nach dem Einschreiben fiel Herbert Bogenschnitzer früh morgens an der Hobelbank um und war tot. Seine Tochter Marianne kam und brachte die Nachricht. Martha stand auf und ging ohne ein Wort in ihre Kammer. Ernst weinte laut. Helene versuchte ihn zu trösten. Als Christina Ernsts vom Kummer zerfurchtes Gesicht sah, fing sie ebenfalls an zu schluchzen. Nicht weinen, Ernstilein, wimmerte sie, nicht weinen!

Von Martha sah man den ganzen Tag nichts mehr. Helene fand die Schlafkammer ihrer Mutter verriegelt. Sie klopfte. Mutter, sagte sie, Mutter, du musst doch was essen! Lass doch mit dir reden! Aber es rührte sich nichts. Draußen fiel Schnee.

Am nächsten Morgen kam Martha aus ihrer Kammer. Sie machte Feuer in der Küche, wusch sich und bürstete, im Morgenrock auf ihrem kleinen Schemel in der Mitte der Küche sitzend, ihre Haare. Sie waren noch immer fast schwarz und reichten bis zur Taille. Die Katze kam, schnurrte und strich um ihre Beine. Langsam flocht Martha einen Zopf. Am unteren Ende, wo der Zopf dünn wurde, band sie ihn mit einem schmalen rosafarbenen Bändchen zu. Sie wickelte den Zopf zu einem Knoten auf, wie sie es seit fast vierzig Jahren gemacht hatte, hielt den Knoten mit der Linken und steckte mit der Rechten Haarnadeln hinein. Dann stellte sie Teller und Tassen für das Frühstück hin. Als Ernst kam, um sich zu waschen, verließ sie die Küche und ging zurück in ihre Schlafkammer. Christina und Helene waren nebenan inzwischen wach geworden. Man hörte Christina Fragen stellen, auf die Helene widerstrebend und leise antwortete, um Albrecht nicht zu wecken. Martha zog ihr schwarzes Kleid an und den Wintermantel. Ihre Schuhe standen in der Küche.

Ich gehe zur Hilde rüber, sagte sie.

Ich komme mit, sagte Ernst, der halb entkleidet am Waschbecken stand.

Nein, ich gehe allein, sagte Martha und ging. Ernst ballte beide Hände zur Faust und stieß einen wilden Laut aus.

Als Helene und Christina in die Küche kamen, stand er noch immer so da, eine Hand drohend gegen die Tür erhoben, die ins Schloss gefallen war, und schleuderte grimmige Blicke.

Der Schnee knarrte unter Marthas Schritten, als sie auf das Nachbarhaus zuging, die Kälte der Luft, die sich an ihre Schläfen legte, war ihr angenehm.

Hilde Bogenschnitzer öffnete Martha die Tür. Sie war im Morgenrock. Es roch nach warmer Milch. Martha streckte ihr beide Hände hin.

Hilde schüttelte langsam den Kopf. Ich weiß nicht, was jetzt werden soll, sagte sie. Es war mehr ein absichtsloses Singen als ein Sprechen, sie sang sozusagen nur mit, was seit Stunden in ihrem Kopf lief.

Wer weiß das schon, sagte Martha. Hilde fuhr sich mit der Hand durch die Haare, die wirr um ihr Gesicht herum standen. Ihr Kopf bewegte sich hin und her. Was soll nur werden, klagte sie auf immer derselben Tonhöhe, ich weiß nicht ...

Ich würde ihn gern noch einmal sehen, sagte Martha.

Ja, geh nur hinein, sagte Hilde. Ich kann das nicht, ich kann nicht, aber geh du nur hinein. Er liegt in der Stube. Ob es so richtig ist ...? Die Kinder haben es so gewollt. Ich weiß nicht, ob es das Richtige für ihn ist ...

Es wird schon richtig sein, sagte Martha.

Wenn nur der Arno hier wäre ..., klagte Hilde. Ihr Ältester war Soldat in Russland.

In der Stube war es kalt und still. Nur die Uhr tickte. Martha sah als erstes die zwei Erhebungen des Leintuchs, wo seine Füße waren. Dann seine Hände und Arme, die auf dem Leintuch lagen. Der Anblick seines Gesichts versetzte ihr einen Stoß. Sie musste sich abwenden, riss die Augen weit auf und zwang sich, das seitlich stehende Buffet zu betrachten, die zwei Porzellantänzerinnen, das Bild über dem Sofa, eine Flusslandschaft mit blauem Himmel und weißen Wölkchen, die gehäkelten Kissenbezüge, den Nähtisch, die Wanduhr. Dann erst sah sie wieder hin. Nie zuvor hatte sie ihn schlafend gesehen, sooft sie sich auch danach gesehnt hatte, einmal bei ihm zu schlafen. Seine Züge waren entspannt und mild, beinahe freundlich, dabei von einem fremdartigen, matten Grau. Martha betrachtete noch einmal alles ganz genau und prägte es sich ein, die abstehenden Ohren, die Lachfältchen an den Augen, die Nase, die locker geschlossenen Lippen, die Wangen, an denen sich Bartstoppeln zeigten, das Kinn mit der kleinen senkrechten Kerbe. Sie zog sich Haarnadeln heraus, bis ihr Zopf herunterfiel, trat einen Schritt nach rechts zum Nähtisch, öffnete die Schublade und entnahm ihr eine kleine Schere. Den Blick fest auf den Toten gerichtet, zog sie eine lange Strähne aus ihrem Zopf heraus, schnitt sie ab und legte die Schere in die Schublade zurück. Dann wickelte sie die Strähne um zwei Finger, öffnete den obersten Knopf des Nachthemds, in das der Tote gekleidet war, und griff mit der Hand unter den Stoff. Bei der Berührung mit den Haaren auf seiner Brust erschrak sie, zog heftig atmend die Hand zurück, schloss die Augen, fasste sich, griff nochmals unter das Hemd und legte ihm die zusammengerollte Strähne auf die Brust, knöpfte das Hemd wieder zu, zog das Leintuch straff, wie sie es vorgefunden hatte, und brachte ihren Zopf in Ordnung. Als die Uhr halb acht schlug, ging sie hinaus, gab den Töchtern Marianne und Cornelia die Hand und verabschiedete sich.

Ernst, der noch beim Frühstück saß, empfing sie mit zornrollenden Augen. Du sollst bei der Beerdigung spielen, sagte Martha. Brauchst aber nicht an die Orgel, in der Kirche ist es zu kalt. Kannst gleich im Gemeindesaal am Harmonium üben.

Er starrte auf seinen Teller und widersprach, spuckend und mit vollem Mund.

Wirst schon sehen, dass ich recht habe, sagte Martha. Hör auf zu schimpfen, geh lieber üben. Nun mach! Und zieh dir die warme Jacke drüber, im Gemeindesaal ist auch nicht geheizt.

Er seufzte, zog die Jacke an und ging.

Ein paar Minuten später kam er wieder und stand auf der Schwelle zur Küchentür, tränenüberströmt.

Na, was ist denn?, fragte Martha.

Er artikulierte schlecht. Nach den ersten Versuchen schüttelte er sich, strengte sich an und brachte es heraus: Nie mehr werde ich den Schall seiner Posaune hören!, sagte er. Das P von *Posaune* kam stotternd, das S klang wie J.

Martha schluckte. Ja, mein Junge, sagte sie dann. Aber wir wissen beide noch, wie es geklungen hat.

An diesem Abend schrieb Martha an die Kreisschlichtungsstelle in Rudolstadt, sie könne wegen ihres chronischen Beinleidens an den Aktivitäten der Frauenschaft nicht teilnehmen. Als Zeugin nannte sie *stellvertretend für viele Dorfbewohner* die Frau des Pfarrers Stürzlinger.

An Ella Beck schrieb sie drei Zeilen: *Mein Sohn ist in der Gemeinde und in der Familie unabkömmlich. Von weiteren Ratschlägen hinsichtlich seiner Unterbringung bitte ich abzusehen.*

## 35

Helene las aus einem Brief von Anton vor, den er am 19. Februar 1945 in Kurland abgeschickt hatte: *Bitte, Lenchen, schick mir doch das Rezept für den*

*Streuselkuchen, den Mutter damals im Sommer zur Kirmes gebacken hat. Du weißt schon, welchen ich meine.*

Martha lächelte.

Ernst runzelte die Stirn. Kann denn ein Soldat im Krieg Kuchen backen?, fragte er.

Natürlich nicht, sagte Helene. Sie las weiter vor.

Ernst hörte nicht mehr zu. Er unterdrückte ein Lachen.

Helene brach ab. Na, was lachst du denn da?, fragte sie.

Ernst gab keine Antwort. Er hielt sich die Hände vors Gesicht und lachte. Dann nahm er die Hände herunter und versuchte ein ernstes Gesicht zu machen, aber das Lachen fing wieder von neuem an.

Jetzt sag schon, warum du lachst!, verlangte Helene.

Ernst schüttelte den Kopf und blieb einen Moment still hinter vorgehaltenen Händen, während man sehen konnte, wie sein Bauch zuckte. Dann prustete er zwischen den Fingern heraus.

Sag's!, forderte Helene.

Schließlich, in einer Atempause zwischen zwei Lachanfällen, brachte er eine Antwort zustande. Wahrscheinlich will er das Rezept aufessen!, sagte er. G-guten Appetit!

Das war Anfang März. Der kleine Albrecht lag in seinem Kinderbett und schnarchte leise. Er war ein wenig erkältet. Noch am selben Tag schickte

Helene das Streuselkuchenrezept ab. Von Anton kam jedoch keine Antwort mehr.

## 36

Vier Wochen später traf die Nachricht ein, dass Antons Bruder Helmut in Österreich von einer Fliegerbombe getötet worden war, und zwar am 9. Februar. Helene war niedergeschmettert. Niemand konnte sie trösten. Sie aß schlecht, dabei hätte sie es nötig gehabt, denn sie stillte noch. Auch Ernst war traurig über die Todesnachricht, er hatte Helmuts Feldpost immer gern gelesen. Außerdem war Helmut noch jung gewesen, 26 Jahre erst, und er hatte Klavier gespielt. Ernst hatte gehofft, das irgendwann einmal hören zu können. Aber die Schwester, das sah er deutlich, war in ganz anderer Weise getroffen. Es wurde ihm manchmal ganz elend vom Anblick ihrer mageren Arme und ihrer hohlen Wangen. Auch Christina spürte, dass ihre Mutter bedrückt war, und hielt sich in diesen Tagen mehr an Ernst, der sich auf ihre Spiele einließ und mit ihr lachte.

Bis die Nachricht vom Tod des Schwagers eintraf, war Helene von einer selbstverständlichen Zuversicht erfüllt gewesen. Die Geburt ihres zweiten Kindes hatte sie in dem Vertrauen bestärkt, dass ihre Familie eine Zukunft haben würde. Zwar hatte Anton seinen Sohn noch nicht sehen können, aber seine Briefe waren so voller Freude und Anteilnahme an allem gewesen, was sie und die Kinder betraf, dass sie sich Tag und Nacht mit ihm verbunden und gegen alle Widrigkeiten mit ihm verbündet gefühlt hatte. Nun war der Faden gerissen, seit vielen Wochen war sie ohne Lebenszeichen von Anton, und wie ein Blitz hatte die Nachricht vom Tod des Schwagers ihr die Haltlosigkeit ihrer Hoffnungen erhellt. Voll Angst erwartete sie jeden Vormittag die Briefträgerin, voll Unruhe saß sie abends am Radio und hörte die Nachrichten. Kurland, Antons letzter bekannter Aufenthaltsort, war landeinwärts von sowjetischen Truppen abgeriegelt. Viele deutsche Soldaten waren in den letzten Monaten in Kurland umgekommen, viele gefangen genommen worden. Ob Anton bei den Umgekommenen oder bei den Gefangenen war, wusste niemand.

Auch im Dorf war man nicht mehr in Sicherheit. Kürzlich hatten amerikanische Flieger den Zug nach Katzhütte unter Beschuss genommen und, weil sie eh schon beim Schießen waren, auch auf die Leute geschossen, die auf den Feldern an der Bahn oben gerade Kartoffeln legten. Anneli Fersch, die früher in der Schule neben Helene gesessen hatte, erzählte von einem Schuss, der direkt an ihrem Ohr vorbeigepfiffen war. Ständig musste man mit Angriffen rechnen.

Abends, wenn die Kinder schliefen, las Helene, um sich Mut zu machen, immer wieder die Briefe, die Anton seit Januar geschrieben hatte. Neuerdings entdeckte sie düstere Vorzeichen darin. Ein Brief enthielt eine Liste aller Versicherungen und Sparverträge, die er abgeschlossen hatte, darunter zwei Lebensversicherungen. In einem anderen lag die Abschrift eines Testaments vom 10. Februar, das ein Vermächtnis zugunsten seines Bruders Helmut enthielt - ein Vermächtnis zugunsten eines Toten von einem, der täglich auf den eigenen Tod gefasst war.

Lenchen, geh schlafen, sagte Martha, wenn sie ihre Tochter spätabends über den Briefen fand, das Grübeln hat doch keinen Sinn. Dann legte Helene die Blätter weg, kroch unter das schwere Federbett und schlief wie ein Stein, bis Albrecht sie weckte, um vier oder fünf Uhr früh.

## 37

Egon Jungvogel, der alte Totengräber, war es, der dem Krieg ein Ende machte! Nichts als ein Bettlaken war dazu nötig, mit einem einfachen Bettlaken brachte er das Ungeheuer zur Strecke und versetzte ihm den Todesstoß. Endlich! Endlich!, dachte Ernst. Warum war nicht schon längst jemand auf diese Idee gekommen? Wenn es doch so einfach war?

Als nämlich eines Morgens wieder ein Fliegeralarm begann, hatte Egon Jungvogel sich kurz mit einigen Nachbarn besprochen. Dann kam er mit einem Bettlaken unter dem Arm die Schotterstraße heraufgelaufen bis zur Kirche, stieg auf den Kirchturm und hisste dort eine weiße Fahne. Kaum flatterte das Bettlaken auf dem Kirchturm, hörte der Alarm auf. Fünf Tage später kam im Radio die Nachricht von der deutschen Kapitulation, und aus war der Krieg! Ernst hätte tanzen mögen vor Freude. Er lief ans andere Ende des Dorfes, um seinem Helden zu gratulieren und ihm die Hand zu schütteln. Jungvogel nahm die Ehrbezeigungen halb betreten, halb amüsiert entgegen.

Kurz darauf kamen die Amerikaner. Ernst waren sie ein wenig unheimlich. Breitbeinig liefen sie durchs Dorf und ließen ihre Waffen sehen. Sie trugen Schiffchen, kauten Kaugummi und lachten viel. Es hieß, manchmal hätten sie sogar „Guten Tag!" gesagt, auf Deutsch. Nach drei Tagen waren sie wieder weg, und es war wieder ruhig im Dorf, fast schien es, als werde nun alles so weitergehen wie vor dem Krieg.

Kaum eine Woche später saß die Mutter im Hof auf dem Hackklotz und rupfte ein Huhn. Ungerührt liefen die anderen Hühner um sie herum, scharrten und pickten, als wäre gar nichts. Die

Sonne schien. Ein leichter Wind wehte Blütenblätter von Bogenschnitzers Apfelbaum herüber, die sich mit bräunlichen Flocken vom Hühnerflaum mischten, sich sacht niederließen, bis der Wind sie wieder anhob und ein paar Schritte weiter trug, wo sie den Hof säumten wie ein später, schmutziger Schnee.

Seit langem hatte es keine Hühnersuppe mehr gegeben. Ernst genoss den Duft, der kurz darauf durch die Küche zog. Vor allem war die Suppe für Helene gedacht, die appetitlos war und zu Kräften kommen sollte.

Als alle am Tisch saßen und aßen, Helene mit Albrecht auf dem Schoß, der eben aufgehört hatte zu schreien, fing das Haus plötzlich an zu zittern und zu dröhnen. Ein Lastwagen, sagte die Mutter. Schwere Schritte waren im Hausflur zu hören, unverständliche Rufe von Männerstimmen. Schon rissen sie die Tür auf, schon standen sie mitten in der Küche. Vier Männer. Sie waren schwer bewaffnet und grinsten. Einer griff gleich nach der Schöpfkelle und kippte sich Hühnersuppe in den Mund, wobei er eine Menge verschüttete. Die übrigen drei waren schon in der Stube verschwunden. Als erste stand Martha auf. Helene drückte mit einem Arm Albrecht an sich, den anderen legte sie um Christina. Ernst hatte sich verschluckt. Er hustete.

Du mein Klein, du mein Sieß, u-tju-tju-tju-tju, sagte der, der die Suppe verschüttet hatte, ein kräftiger Kerl, tätschelte Albrecht und griff – Ernst sah es genau – nach der Brust der Schwester, die aufstand und sich mit einer heftigen Bewegung entzog. Ihr Stuhl fiel um. Da lachte der Soldat. Ernst war empört, stand auf und wollte protestieren, brachte aber nur ein Stammeln heraus, da drehte der Soldat sich um, äffte ihn nach, *D-d-d-d,* lachte, nahm den Kochlöffel, der auf dem Herd lag, *D-d-d-d,* und stieß ihn damit vor die Brust, so dass er das Gleichgewicht verlor und neben seinem Stuhl auf den Boden fiel. Die anderen kamen aus der Stube zurück. Ernst rappelte sich mit Mühe wieder auf. Einer hatte beide Hände voll Silbergabeln und Silbermesser, ein anderer hatte die Löffel. Wo Schmuck? Wo Schnaps?, fragte der Dritte. Die Mutter sagte, Schmuck gebe es nicht, aber sie habe etwas anderes. Zwei der Männer wollten sie nicht in die Stube lassen, es gab ein Wortgetümmel unter den Männern, die alle vier einen schlaglustigen Eindruck machten, dann ließen sie die Mutter durch. Ernst fürchtete, die Mutter, schmal und schmächtig, werde zwischen den Männern zerquetscht werden, werde, da sie jetzt in der Stube verschwand, die drei Männer auf den Fersen, nie mehr lebend aus der Stube herauskommen. Aber da war sie wieder, den Korb in den Armen, in dem die Porzellantänzerinnen aufbewahrt waren. Die Männer wollten ihn ihr wegnehmen. Die Mutter hielt ihn jedoch fest, sagte energisch: Achtung! Zerbrechlich! Sehr wertvoll!, und setzte den Korb mit äußerster Vorsicht auf dem Küchenboden ab. Währenddessen war der Grobian, der Helene an die Brust gegriffen hatte, schon wieder an ihr dran, nahm keine Notiz von Christina, die mit ihren Fäusten wütend seine Beine bearbeitete und *böser Mann, böser Mann* rief, drängte Helene, die den wie am Spieß schreienden Albrecht mit beiden Armen umklammerte, mit dem Rücken gegen den Küchenschrank, wühlte mit den Händen vorn und hinten an ihr herum, riss ihr den Rock hoch und zwängte sein Knie mit solcher Gewalt zwischen ihre Beine, dass Ernst, der zusehen musste, wie die Schwester sich erbittert wehrte und doch ganz und gar hilflos war, jeden Glauben an eine Rettung verloren hätte, wenn nicht die Rufe des Erstaunens und der Begeisterung, die die Kameraden jetzt in der fremden Sprache ausstießen, den Kerl plötzlich abgelenkt hätten, so dass er Helene mit einem Mal aus der Zange ließ, wahrscheinlich, wie Ernst später dachte, damit ihm etwa nichts durch die Lappen ginge, und sich mit den drei anderen über diesen Korb hermachte, der solche fremdartigen, an Zartheit nicht zu überbietenden Kostbarkeiten enthielt. Mit dicken Fingern hielt einer eine Tänzerin gegen das Licht und zeigte den anderen den durchscheinenden Porzellan-Tüll am Saum des Tanzröckchens. Christina umklammerte das Bein ihrer Mutter und heulte. Albrecht schrie. Fahlen Gesichts stand Helene. Die Mutter eilte in den

Schuppen und holte eine Flasche Aufgesetzten. Sonst war kein Alkohol im Haus. Den Likör und das Silber verstauten die Männer in ihren Tornistern, den Korb mit den Porzellanfiguren verschlossen sie und zogen damit ab.

Die Mutter nahm Christina auf den Schoß und setzte sich zu Helene. Hat er dir –? Hat er dich –?, fragte sie.

Helene schüttelte den Kopf und presste die Lippen zusammen, weil ihre Zähne klapperten. Dann drückte sie ihr Gesicht an den Hals der Mutter und hielt sich an ihr fest.

Na, Lenchen, sagte die Mutter und streichelte ihr übers Haar und über den Rücken. Lenchen. Na. Jetzt sind sie erst mal weg.

Was waren das für welche?, fragte Ernst.

Das waren böse Männer, sagte Christina.

Russen, sagte die Mutter.

Ernst fand das Benehmen der Soldaten unerhört. Was er gesehen hatte, wälzte sich mit einer grauenhaften Anschaulichkeit von neuem durch seinen Kopf. Noch als er im Bett lag, fühlte er das Haus vibrieren, hörte das Brummen des Lastwagenmotors, die Schritte im Hausflur, die Stimmen. Es schien ihm, als könne das Haus diese Schritte, diese Stimmen, das Türaufreißen und das rohe Gelächter nie wieder loswerden.

Mitten in der Nacht stand er noch einmal auf, um aufs Klosett zu gehen. In der Küche brannte Licht. Die Schwester saß am Tisch, eine Tasse Erdrauch-Tee vor sich, den die Mutter ihr gekocht hatte, und sah nicht auf, als er kam. Die Mutter war neben ihr auf dem Stuhl eingenickt, aber Helene blickte starr auf ihre Tasse nieder.

Immerhin blieb es dabei: Der Krieg war aus.

## 38

Benno Stürzlinger kam bald darauf ins Dorf zurück, er war zuletzt in britischer Gefangenschaft gewesen. Sofort nahm er seine Tätigkeit als Seelsorger wieder auf, zu tun gab es genug. Alle gingen davon aus, dass er ihr Pfarrer bleiben würde, obwohl er, um seine Pfarrstelle zu behalten, jetzt erst einmal eine Genehmigung von der Sowjetischen Militäradministration brauchte. Solche Genehmigungen zu bekommen war nicht leicht, denn die Besatzungsmacht wollte aus allen Ämtern, Behörden, Schulen, Gerichten, Kirchen usw. die Nazis entfernen, gerade so als könnte man auf diese Weise auch die Nazigedanken ausrotten mit Stumpf und Stiel, wie man ein Unkraut herausrupft. Mit dieser Arbeit nahmen es die Rotarmisten manchmal genau, manchmal nicht. Als Robert Hetzel abgeholt wurde, ein wortkarger, gutmütiger Milchbauer, der, wie seine Schwester versicherte, noch nicht einmal Parteimitglied und schon gar kein Aktivist gewesen war, da er grundsätzlich das

Schweigen dem Reden vorzog und von der Politik ebenso viel hielt wie seine Rindviecher vom Katechismus, wunderte sich das ganze Dorf. Die Oberwassers dagegen blieben ungeschoren, auch die Cousine von Zempels, die den Kramladen gehabt hatte, und ihr Mann, die beide hundertfünzigprozentig gewesen waren, außerdem Marion Täschner, geb. Bunzel, die nach ihrer Rückkehr aus Bernburg wieder in der Zellwolle Geld verdiente, diesmal als Bürokraft, und nach deren Bernburger Tätigkeit nie jemand fragte. Wahrscheinlich gab es auch hier ein Plansoll, das erfüllt werden musste, und die Besatzer, die die Dorfbewohner ja nicht einzeln kennen konnten, griffen mehr oder weniger blind zu, wenn ihre Zahlen nicht stimmten. Bewarb sich aber jemand um einen verantwortungsvollen Posten, wurde in der Regel die Vergangenheit des Bewerbers in allen Einzelheiten untersucht. Umso erstaunlicher war es, dass Stürzlinger seine Pfarrstelle sehr rasch wiederbekam, hochoffiziell.

Als er bei Krolls seinen ersten Besuch machte, erwähnte er die ganze *Hitlerei* mit keinem Wort. Er sprach allen sein Beileid zum Tod des Vaters aus und sagte, man müsse auf Gott vertrauen und immer in die Zukunft sehen. Voll Anerkennung äußerte er sich über Ernsts Verdienste um die Kirchenmusik. Tief beugte er sich zu Ernst hinunter, nach Rasierwasser duftend. Die Kirchenmusik sei den bedrängten Menschen ein Trost und eine

Brücke zu Gott, gerade dann, wenn dieser für die Menschen unsichtbar sei. Er, Ernst, sagte er, indem er Ernst die Hand schüttelte, habe in schwerer Zeit diese Brücke gebaut. Ernst nickte verlegen, schlug die Augen nieder und drückte sein Kinn auf die Brust. Dabei hatte er das deutliche Gefühl zu wachsen.

Sehr eingehend sprach Stürzlinger auch mit Helene über ihre Sorgen. Seit einem halben Jahr war keine Nachricht mehr von Anton gekommen, nur ein einziges mehr als fragwürdiges Lebenszeichen gab es, eine Postkarte von einem gewissen Olbrich, der sich erkundigte, ob Anton, den er als Kriegsgefangener im Ural kennengelernt habe, inzwischen ebenfalls nach Hause gekommen sei. Im ersten Moment war Helene darüber froh gewesen. Dann suchte sie den Ural im Atlas auf und erschrak. Musste ein Mensch wie Anton, wenn man ihn in ein Gebirge am Rande Asiens verschleppt hatte, nicht längst verloren sein? Warum, fragte sie sich, hatte Anton ihr nicht selbst geschrieben? Warum gehörte er nicht, wie Olbrich, zu den Entlassenen? War überhaupt irgendein Verlass auf die Aussage von diesem Olbrich? Sie hatte ihm zurückgeschrieben und Fragen gestellt, aber keine Antwort bekommen. Vielleicht hatte ihr Brief Olbrich nicht erreicht? Alle Briefe konnten jetzt von den Zensurabteilungen der Besatzungsmächte geöffnet werden. Vielleicht hatte jemand Anstoß an ihren Fragen genommen? Über all das sprach sie mit Pfarrer Stürzlinger, der ihr ruhig zuhörte und ihr riet, zuversichtlich zu sein und auf Gott zu vertrauen. Auch mit den Kindern befasste er sich. Christina war von ihm schnell angetan. Sie liebte es, wenn er ihr seine rote Mütze aufsetzte und sie hochhob, damit sie sich im Spiegel betrachten konnte, und auch Albrecht, der gerade erst sprechen lernte, fing immer an zu strahlen, wenn der Pfarrer kam. Nur die Mutter blieb in ihrer Freude über seine Rückkehr verhalten.

Die rote Mütze zeigte sich nun wieder überall im Dorf, wo Stürzlinger die Fäden aufnahm, die er liegen gelassen hatte, als er zu Kriegsbeginn freiwillig eingerückt war. Häufig sah man ihn auch im Gespräch mit den Sowjetsoldaten, die im Dorf waren, um die Bodenreform einzuleiten. „Junkerland in Bauernhand!" hieß es auf den Plakaten, die sie am „Deutschen Haus" anschlagen ließen, und während im Dorf noch Unklarheit herrschte und Gerüchte die Runde machten, gehörte Stürzlinger zu den ersten, die genau wussten, was das hieß.

Auch im Gutshaus ging er ein und aus. Schon vor dem Krieg war er mit Bernd und Lisa Cannbach befreundet gewesen, er war Taufpate eines ihrer Kinder, und vielleicht war er nicht unbeteiligt an der Entscheidung der beiden Cannbach-Brüder, die 105 Hektar, die sie seit vielen Jahren gemeinsam bewirtschafteten, gerade noch rechtzeitig unter sich aufzuteilen. Es waren nämlich 5 Hektar zu viel. Aller Grundbesitz, der größer war als 100 Hektar, sollte enteignet und in kleine Parzellen aufgeteilt, Gutshäuser sollten niedergerissen werden, um Baumaterial für Neubauernhöfe zu gewinnen. Viehzeug, Mobiliar, Kleidung und sonstiges Eigentum sollte den *Großgrundbesitzern* abgenommen, sie selbst sollten wie Kriegsverbrecher und Nazi-Aktivisten in Zwangslager nach Radeberg oder Rügen verfrachtet werden. So wollte man die *Stützen des Militarismus und des Faschismus* beseitigen, die man in den Grundbesitzern sah, sobald sie 101 Hektar besaßen. Dass die Brüder Cannbach etliche Hektar ihres Landbesitzes den jugoslawischen Flüchtlingen überlassen hatten, die neuerdings in großer Zahl ins Dorf gekommen waren, und zwar ohne Pacht zu verlangen, hätte daran nichts geändert. Diese Familien, die ihren Besitz in Jugoslawien verloren hatten, konnten in den Cannbachschen Lassgärten und mit Cannbachschem Saatgut wenigstens etwas Kartoffeln und Gemüse anbauen, um nicht zu verhungern.

Helene, wie viele andere Frauen aus dem Dorf, half auf Cannbachs Feldern täglich sechs Stunden Kartoffeln ausbuddeln, um am Ende der Woche zweieinhalb Zentner Kartoffeln für sich und die Ihren zum Einkellern zu erhalten. Die Arbeit war schwer, aber sie drückte die nagenden Gedanken eine Zeitlang in den Hintergrund, betäubte die Angst. Helene schlief besser, wenn sie erschöpft war, und die Kartoffeln waren zu Hause willkommen.

Lisa Cannbach sorgte dafür, dass alle, die auf den Äckern des Gutshauses arbeiteten, verpflegt wurden, so gut es möglich war, Knechte, Mägde und Tagelöhnerinnen. An den kalten Herbsttagen gab es eine Bohnensuppe mit Wursteinlage, die sie in der Küche des Gutshauses mit einigen Helferinnen zubereitet hatte. Zwar war der Hunger im Dorf nie so bedrohlich wie in den Städten – auch wenn die Vorräte aufgebraucht waren, fanden sich auf den Feldern, im Wald oder im Garten immer noch Rüben, die man ausgraben, Pilze, die man suchen konnte, Beeren, Nüsse, Eier. Aber ein Stück Wurst in der Suppe war auch hier eine Seltenheit.

Als am neunten Tag der Kartoffelernte der Lastwagen, der die Kartoffeln und die Arbeiterinnen nach Hause brachte, in den Hof vor dem Gutshaus einbog, sah Helene die hölzernen Flügeltüren des Kellereingangs weit offen stehen. Vor der Kellertreppe war ein Berg aus Speck und Wurst aufgetürmt, stolz präsentiert von zwei sowjetischen Soldaten, die rechts und links des Wurstbergs, Gewehr bei Fuß, Stellung bezogen hatten. Beide hatten sich eine Wurstkette um den Hals gelegt. Ein dritter Soldat hockte im Abstand von drei Metern davor und fotografierte die Szene.

Die Fotografie war eine Woche später in der Volkszeitung zu sehen. Darunter stand: *Landarbeiter hungern, Gutsbesitzer schwelgen im Überfluss! SMAD beschlagnahmt geheime Vorräte.* Welche Landarbeiter von der Wurst-Beschlagnahme profitierten, blieb unbekannt. Im Dorf wurden sie nicht verteilt, und die Erntehelferinnen mussten nun auf Spuren von Speck oder Wurst in Lisas Gemüsesuppe verzichten.

Während Helene auf dem Feld arbeitete, gab Ernst sich viel mit den Kindern ab. Sie sagten nicht *Onkel* zu ihm, obwohl er ihr Onkel war. Der Titel erschien ihm unpassend, er hatte ihn sich von Anfang an verbeten. Er fühlte sich den Kindern näher als der Mutter oder Helene, schon weil er viel kleiner war als alle Erwachsenen ringsum. Aber das war nicht der einzige Grund. Wie er mussten die Kinder Anweisungen folgen und gehorchen, sie mussten sich beeilen, wenn die Erwachsenen das wollten, durften ihren Willen nicht durchsetzen, wurden nicht für voll genommen. Wie er gehörten sie der Klasse der Unselbständigen an, der Abhängigen, die man nicht Herren ihres Lebens sein ließ. Und die Kinder, umgekehrt, genossen es, dass er sie niemals zu Bett schickte oder zur Eile antrieb, dass er ihnen nicht verbot bei Tisch zu rülpsen, sondern über jeden Rülpser lachte. Sie mochten seine sonderbare Art zu sprechen und sich zu bewegen, turnten auf seinen Knien herum, zupften ihn an den großen Ohren, steckten ihm ihre Finger in den

Mund, wenn er offen stand, befühlten seine Bartstoppeln, gaben ihm Küsse, kitzelten ihn und liebten ihn wegen seiner stacheligen Andersartigkeit.

## 39

Es war an einem Sonntag im Spätsommer, im zweiten Jahr nach dem Ende des Krieges. Bis auf Ernst, der wie üblich noch vor seinem halbvollen Teller saß, waren alle fertig mit essen. Die Mittagshitze brütete, niemand sprach. Nur Ernsts gelegentliches Schnaufen war zu hören und seine Gabel, die an den Tellerrand stieß oder übers Porzellan schabte. Aus dem Augenwinkel sah er, dass Albrecht seinen leer gegessenen Teller ableckte.

Ich durfte das nie, aber der darf natürlich alles!, sagte Christina missbilligend zu Helene.

Martha schwieg, sah aber auch zu Helene hinüber, als fände sie es an der Zeit, den Jungen zurechtzuweisen.

Helene war jedoch mit ihren Gedanken woanders.

Ich hab noch Hunger!, quengelte Albrecht.

Ernst schob ihm seinen Teller hin. N-nimm dir noch, sagte er, und spuckte dabei ein Stückchen Kartoffel auf den Tisch.

Iii, Ernsti, du spuckst schon wieder!, rief Christina.

Albrecht lehnte sich weit über den Tisch und angelte mit seiner Gabel aus Ernsts Portion einen dicken Fetzen Rührei heraus. Ernst nickte und zog den Teller wieder zu sich herüber.

Und dann wird der auch noch belohnt!, sagte Christina.

Plötzlich stand Helene auf und ging zur Tür. Ernst hatte es gar nicht klopfen hören, aber offensichtlich hatte es geklopft. Als er sich umwandte, stand ein Fremder vor der Tür, ein kahlköpfiger, sehr großer und dünner Mann. So dünn war er, dass sogar Helene drall aussah gegen den Fremden. Dann stieß sie einen merkwürdigen Laut aus (wie eine Eule schreit, dachte Ernst) und stürzte auf den Fremden zu. Man sah eine Weile das Gesicht des Fremden nicht, weil es am Hals der Schwester lag und von ihren Haaren verdeckt wurde. Riesige Stiefel hatte der Mann an den Füßen, einen Militärmantel trug er, bei der Hitze. Als Ernst das abgewetzte Leder dieser Stiefel sah und die Löcher darin und die Schnürsenkel mit den vielen Knoten, wusste er plötzlich, obwohl der Fremde vollkommen anders aussah, dass es Anton sein musste. Er stand auf. Die Kinder schwiegen und schauten. Auch Martha war aufgestanden. Draußen gackerte ein Huhn. Als Helene den Mann losließ, ging er zwei Schritte zum Tisch hinüber.

Mutter, sagte er und gab der Mutter die Hand.

Na, sagte sie lächelnd und wollte ihn umarmen, aber er ließ es nicht zu.

Ich stinke, sagte er. Ich muss mich erst waschen.

Dann streckte er Ernst eine Hand hin. Ernst, der das knochige Gesicht des Fremden von unten sah, dachte plötzlich: Unter der Haut hat er einen Totenschädel. Guten Tag, Anton, sagte er und machte einen tiefen Diener. Es stimmte, er stank.

Der Fremde wandte sich an Albrecht. Ernst hatte auch Antons Stimme anders in Erinnerung. Die Stimme des Fremden hatte Löcher, wie Grießkörner. Na, Albrecht, weißt du denn, wer ich bin?

Christina nickte eifrig, presste aber die Lippen zusammen, weil sie nicht gefragt worden war. Albrecht sah auf seinen Teller nieder und nickte ebenfalls.

Wer denn?, fragte der Fremde.

Albrecht sah nicht auf. Du bist der Onkel Vati, sagte er.

## 40

Der Heimkehrer war sehr schwach und musste viel essen und schlafen, um wieder zu Kräften zu kommen. Ernst hatte ihm das sofort angesehen. Mit riesengroßen Händen griff Anton (und es *war* Anton, wie man sich immer wieder vergewisserte) nach seinem Teller, nach dem Löffel. Dass die Hände so groß aussahen, lag an der Magerkeit der Arme. Die Haut schuppte sich überall. Die

Ellbogen waren aufgekratzt. Er hatte dort einen Ausschlag, der juckte, dasselbe wohl auch an den Knien. Im Schlaf kratzte er sich blutig, und die Wunden heilten nicht zu. Helene sammelte Ringelblumenblüten, die Ernst im Mörser zerrieb. Diese gelbe Matsche legte sie auf Antons Wunden, bevor sie sie verband, damit er sie nicht weiter aufkratzte. Den Kopf, auf dem Stoppeln wuchsen, rieb sie mit Leinöl ein, auch den Hals, die Schultern, die Arme und Beine. Wenn er so eingeölt wurde, fielen Anton sofort die Augen zu.

Am meisten staunte Ernst, wenn er seinem Schwager beim Essen zusah. Er aß mit gieriger Inbrunst, nahm aber kleinste Bissen, die er noch viel gründlicher und langsamer kaute als Ernst. Am ersten Abend, nachdem er in der Zinkwanne im Schuppen gebadet und eine Hose und ein Hemd des Vaters angezogen hatte, hatte er den Kindern, die zum Essen meist ein Glas Wasser tranken, einen kleinen Vortrag gehalten. Man solle zum Essen nichts trinken, weil man sonst nicht sorgfältig genug kaue und zu schnell hinunterschlucke. Erstens, sagte er, habe man dann viel zu wenig vom Geschmack der Speisen, die man ja nur schmecken und genießen könne, solange man sie im Mund habe. Zweitens erleichtere man damit dem Magen die Verdauungsarbeit. Hinterher könne man dann trinken, so viel man wolle.

Die Kinder sahen ihn verwundert an.

Später sagte Anton, er dürfe nur fünf Tage im Dorf bleiben. Am sechsten Tag müsse er sich in einem Heimkehrerlager in Bad Hersfeld melden. Von dort wolle er dann zu seiner Mutter nach Niederselters fahren.

Während der fünf Tage war er ständig entweder mit Essen oder mit Schlafen beschäftigt. Er sprach wenig, weil ihn das anstrengte, und wenn, dann sprach er vom Essen. Helene wollte ihm besonders gute Sachen vorsetzen, aber er nahm nichts als Haferbrei, Gerstensuppe und Kartoffelzampe, wollte an der Zampe auch keinen Speck und kein Fett haben. Als die Mutter ihr großes Fladenbrot im Ofen hatte und es in der Küche anfing danach zu duften, liefen ihm Tränen übers Gesicht. Ernst sah auch Helene ein paarmal weinen, wahrscheinlich vor Freude. Niemand sprach viel in diesen fünf Tagen, auch die Kinder waren stiller als sonst.

Nur einmal schimpfte Helene heftig mit Ernst, als Anton vom Klosett kam und eine leise Bemerkung gemacht hatte, die Ernst nicht verstand. Das darf doch nicht wahr sein, rief sie empört, das kapiert er ums Verplatzen nicht!, und fuhr Ernst an: Hundertmal hab ich dir schon gesagt, du sollst das lassen! Aber nein, du machst es immer wieder! Sollen wir noch alle krank werden? Das fehlt gerade noch. Du bist ja sturer als der sturste Bock! Der Krieg ist vorbei, vorbei, hörst du! Und wenn du nicht begreifen willst, warum das riskant ist, könntest du wenigstens gehorchen!

Anton versuchte sie zu besänftigen, aber sie brauste nur umso schlimmer auf. Ernst versuchte nicht hinzuhören. Er verstand nicht, was daran verkehrt sein sollte, Papier zu sparen. Auch wenn der Krieg schon zwei Jahre aus war, Papier war immer noch knapp. Und wenn ein Stück Papier kaum beschmutzt, sondern noch so gut wie sauber war, warum sollte man es dann nicht noch einmal verwenden können? Aber da war sie etepetete, die Lene, und fing immer wieder mit ihrem Gerede von Bakterien an ... Auch Anton fand ihren Wutausbruch übertrieben. Wir haben schon anderes überstanden, sagte er und lächelte Ernst zu.

Am vierten Tag schien er sich etwas kräftiger zu fühlen. Er fragte nach seiner Geige. Als er den Kasten öffnete, sah er, dass drei Saiten gerissen waren. Er war darüber aber weniger traurig als Helene. Ich könnte sowieso nicht spielen, sagte er, die Finger wollen nicht, und es wäre mir viel zu anstrengend. Er klemmte sich die Geige unters Kinn und zupfte an der letzten Saite, die keinen Ton gab, sondern nur gegen das Griffbrett schnarrte.

Dann wollte er wissen, welche Bücher Helene aus seinem Chemnitzer Bücherschrank gerettet hatte. Die Bücher waren aber bei den Unterweißbacher Verwandten, Helene konnte sich nicht mehr genau erinnern, welche sie ausgesucht hatte. Sie meinte, eine Liste gemacht zu haben, fand aber die Liste nicht.

Darüber war Anton untröstlich. Hast du den Stassen-Faust mitgenommen?, fragte er. Die Geschichte der Römer? Die Geschichte der Griechen? Die Ilias? Die Odyssee? Meinen Eichendorff? Meinen Mörike?

Ich glaube, ja, sagte Helene.

Da schüttelte er bekümmert den Kopf.

In Vaters Bücherschrank sind auch viele schöne Bücher, sagte Ernst, um Anton zu trösten, und im selben Augenblick wurde er dunkelrot, denn *Die flammende Venus* fiel ihm plötzlich ein, die er während der letzten Kriegsjahre völlig vergessen hatte. Er bedeckte sein Gesicht mit den Händen und tat, als reibe er sich, wie es manchmal die Mutter machte, wenn sie müde war.

Ja, sagte Anton, du hast recht.

Bevor er abreiste, suchte Helene aus dem Kleiderschrank zwei Hosen, einige Hemden und einen Übergangsmantel des Vaters heraus, die sie an der Nähmaschine so veränderte, dass Anton einigermaßen hineinpasste. Der Vater war kleiner und dicker gewesen als Anton, also nahm sie aus der Weite etwas Stoff heraus, mit dem sie dann die Ärmel und Hosenbeine verlängerte. Das dauerte einen ganzen Tag. Anton war glücklich, aus dem derben, kratzigen Stoff heraus zu sein, den er während der letzten Jahre immer hatte tragen müssen. Zufällig hatte der Vater dieselbe Schuhgröße gehabt, allerdings viel breitere Füße als Anton. Aber auch das war eigentlich ein Glück, denn Anton hatte von der Unterernährung Wasser in den Beinen und seine Füße waren dick geschwollen. So waren ihm Hilmars Schuhe fast bequem.

Am Morgen des sechsten Tages brachte Helene Anton mit den Kindern zusammen an die Bahn. Es war noch frisch, die Sonne schien. Ernst sah ihnen nach. Die Schwester zog den Handwagen, in dem die Kinder neben Antons kleinem Koffer saßen. Für Anton war das Gehen schon anstrengend genug. Ernst zweifelte, ob er den Weg auf die Bechstedter Höhe hinauf zum Bahnhof überhaupt schaffen würde.

Kaum war er wieder fort, fragten die Kinder alle paar Stunden nach Anton und wollten wissen, wann er wiederkäme. Als sie sich zum Mittagessen setzten, sagte Christina: Jetzt fangen wir schon an, und Vati ist noch nicht da. Abends, als er den Mond am Himmel stehen sah, sagte Albrecht: Es wird schon dunkel, und Vati ist immer noch nicht da.

Er kommt bald, sagte Helene. Sehr bald. Sobald er kann.

## 41

Gut war der Spätsommer mit seinem Duft nach Stroh, nach Äpfeln und kochendem Zwetschenmus, nach frisch gewaschener Wäsche, die auf der Leine hing. Für Ernst gab es nichts Besseres, als an einem warmen Septemberabend auf dem Hackklotz bei den Hühnern in der Sonne zu sitzen, ein wenig zu dösen und seine Gedanken laufen zu lassen, wie sie wollten. Gegenüber, in Bogenschnitzers Obstgarten, saß Hilde auf einer Bank und lächelte. In letzter Zeit war sie anders geworden. Wenn man ihr zunickte, nickte sie nicht zurück. Sie sah ins Leere und lächelte. Ernst nickte ihr trotzdem hin und wieder zu. Wahrscheinlich, dachte er, war sie mit offenen Augen eingeschlafen. Irgendwann würde sie schon wieder aufwachen.

Wenn es nach ihm gegangen wäre, hätte alles immer so bleiben können, wie es jetzt war. Die Mutter, seit dem Ende des Krieges wie befreit, schimpfte wenig und ließ ihn seine Arbeit machen. Die Schwester, fröhlicher seit Antons Rückkehr, kümmerte sich um alles, was die Mutter nicht machen konnte. Ihr hatte er zu verdanken, dass er seine Medizin wieder bekam. Einfach war das nicht gewesen, sie hatte Ernst auch erklärt, weshalb, und er hatte mehrfach ja gesagt, aber verstanden hatte er nichts. Der Pfarrer Stürzlinger, der so viele nützliche Verbindungen hatte, seit seiner Gefangenschaft sogar nach England, hatte ihr auf irgendeine komplizierte Weise dabei geholfen. Auch zum Zahnarzt nach Ilmenau war sie mit Ernst gefahren. Die Zeit, in der er aus dem Dorf nicht hinausdurfte, war vorbei.

Vor kurzem hatte Christina Geburtstag gehabt. Der Geburtstag war auf einen Sonntag gefallen und hatte gleich morgens mit Tränen angefangen. Ernst litt, wenn eins der Kinder weinte.

Ihr habt gesagt, Vati kommt so schnell wie möglich, hatte sie gejammert, aber heute ist schon mein Geburtstag, und er ist immer noch nicht da!

Glücklicherweise war Antons Geburtstagsbrief schon drei Tage vorher eingetroffen, so dass Helene sie damit trösten konnte. Nach dem Frühstück hatte sie mit den Kindern und Ernst einen Ausflug auf den Trippstein gemacht. Er musste seine Trompete mitnehmen, Helene hatte darauf bestanden. Sie fädelte einen alten Gürtel durch den Griff des Trompetenetuis und passte die Länge so an, dass er es sich auf den Rücken schnallen konnte. Ernst hatte Mühe mit der Steigung und den bewurzelten Waldwegen gehabt, er schwankte und stolperte, vornübergebeugt wie ein alter Mann, aber Helene hatte ihn nicht geschimpft. Sie ließ ihn so krumm gehen wie er wollte, machte sich auch nichts aus seiner Langsamkeit. Unterdessen zeigte sie den Kindern

Gallwespen, Butterpilze und Dachslöcher. Oben auf dem Trippstein wehte ein kühler Wind. Man konnte von dort das Gerippe des Schwarzburger Schlosses sehen, dessen Fensterhöhlen über die Schlucht hinweg zum Bahnhof hinüberstarrten.

Ernst war erschrocken, als er es sah. Noch jetzt, auf dem Hackklotz in der warmen Sonne sitzend, lief es ihm kalt über den Rücken bei der Erinnerung. Gut, dass Vater das nicht mehr gesehen hat, murmelte er vor sich hin.

Gut, dass der Viadukt nicht mehr gebaut worden ist, hatte Helene gesagt. Der Krieg war so teuer, da ist den Nazis das Geld ausgegangen, und sie haben es nicht mehr geschafft, die ganze Schwarzburger Landschaft zu verschandeln, nur zur Schlossverschandelung hat es noch gereicht.

Dann hatte er seine Trompete ausgepackt und auf Wunsch von Christina „Wie schön leucht' uns der Morgenstern“ geblasen, obwohl es schon drei Uhr nachmittags war. Wie Sterne waren die Töne ins Tal hinunter gefallen, einer nach dem anderen. Die Kinder hatten sogar behauptet, es gebe ein Echo, aber das war für ihn zu leise gewesen. In Schwarzburg unten hatten sie in einem Gartencafé grüne Brause getrunken.

Hilde Bogenschnitzer stieß einen plötzlichen Seufzer aus und schlug die Hände vors Gesicht. Na, sagte Ernst und nickte zu ihr hinüber, aber sie schien ihn nicht zu hören.

Er liebte die Kinder. Sie machten immer viel Durcheinander und stritten sich oft, aber sie vertrugen sich auch schnell wieder. Besonders gern hatte er es, wenn sie zusammen sangen. Sie sahen dann vollkommen einträchtig aus. Insgeheim befürchtete er, dass man ihm die Kinder wegnehmen könnte. Er hatte etwas aufgeschnappt, das Helene zur Mutter gesagt hatte, etwas von *fortziehen*, von *drüben*. Diese Wörter ließen ihn aufhorchen.

Von Anton kam jetzt wieder viel Post, neuerdings aus Marburg. Er schrieb auf die Ränder von Prospekten, von alten Zeitungen, auf die Rückseiten verfallener Eintrittskarten in einer winzigen Schrift, die nur Helene lesen konnte. Ein Transport hatte ihn mit mehreren Unterbrechungen über Rudolstadt und Erfurt nach Bad Hersfeld gebracht. Diese Reise hatte eine ganze Woche gedauert und seine Gesundheit dermaßen angegriffen, dass er nicht gleich zu seiner Mutter fahren konnte. Stattdessen war er mit anderen ehemaligen Gefangenen von amerikanischen Soldaten verhört und dann in ein Kriegsheimkehrerlazarett nach Marburg an der Lahn gebracht worden. Marburg an der Lahn musste, dachte Ernst, eine schöne Stadt sein, eine Stadt, in der alles langsam ging, so langsam, wie ein breiter Fluss fließt.

Der Arzt hatte bei Anton einen Schatten auf der Lunge festgestellt. Ernst wusste ungefähr, wo die Lungen liegen, und fragte sich, da doch dort kein Licht hinkam, wie auf einer Lunge ein Schatten liegen könne. Er hatte jedoch nicht gefragt, denn Helene hatte bekümmert ausgesehen, als sie es erzählte. Außerdem hatte Anton immer noch Wasser in den Beinen vom Hunger, deshalb musste er viel liegen und bekam kein Salz. Das Essen spielte in Antons Briefen immer eine wichtige Rolle. Er schwärmte von fettigen Graupensuppen, von dicken Mehlsuppen und von Fischpaste. Die Rationen waren klein, aber mit dem Fettgehalt war Anton sehr zufrieden.

Die Post brauchte lang. Manchmal dauerte es 14 Tage, bis Helene erfuhr, dass Anton zwei Wochen vorher über einen Grießbrei glücklich gewesen war. Auch sie machte dann ein glückliches Gesicht, und Ernst musste über sie lachen. Als sie den Brief las, war ja der Grießbrei schon zwei Wochen alt! Ernst stellte sich vor, wie er inzwischen aussah und wo er gelandet war. Auch jetzt noch, auf dem Hackklotz sitzend, eine Hand voll Stroh, gluckste er darüber in sich hinein. Dieser Brief war, wie die meisten, geöffnet angekommen. Helene hatte mit der Mutter darüber gesprochen, dass Frau Oberwasser natürlich alle diese geöffneten Briefe lesen konnte. Wer weiß, was die dann über uns rumerzählt, hatte sie gesagt. Aber es kümmerte sie nicht weiter, solange sie alle Briefe bekam. Zur Sicherheit nummerierten Helene und Anton ihre Briefe, damit sie merkten, wenn einer abhanden gekommen war – genau wie im Krieg. Nur hatten sie nach dem Krieg wieder mit Nr. 1 angefangen.

Plötzlich, in der warmen Septembersonne, fiel ihm Regine ein. Lange hatte er nicht an sie gedacht. Während der letzten Jahre war sein Kopf mit dunklen Gedanken angefüllt gewesen. Wie oft hatte er die vielen Toten vor Augen gehabt als einen Berg übereinander liegender Leichen, zuunterst der Vater. Dann war da der Lärm der Motoren am Himmel, der schleppende Schritt der Kriegsgefangenen, die Gesichter hinter den Gitterfenstern des „Deutschen Hauses", die immer und immer bedrückte Schwester, die Erinnerungsfetzen des Russen-Erlebnisses. Da war kein Platz geblieben für Regine. Aber allmählich hatten sich diese Bilder zurückgezogen, nun kam sie wieder zum Vorschein. Er wusste kaum noch, wie sie aussah. Etwas Zartes, Flatterndes, rot und weiß, schwebte ihm vor, dunkles Haar, schöne Zähne, das genügte, um seine alte Sehnsucht wachzurufen. Vielleicht würde die Mutter erlauben, dass er ihr schriebe? *Liebe Regine,* sagte er mehrfach leise vor sich hin, dehnte die beiden langen I und genoss das weiche Anstoßen der Zunge am Gaumen beim L, die sanfte Berührung der Lippen beim B, die sich, wenn er die Augen schloss, beinahe anfühlte wie ein Kuss.

Auch *Die flammende Venus* fiel ihm wieder ein. Nachdem er beim Umzug ins Pfarrhaus das Buch in der grünen Hülle zum ersten Mal in der Hand gehalten hatte, hatte er sich vorgenommen abzuwarten, bis die Mutter einmal nach Königsee fahren würde, um Besorgungen zu machen. Dann wollte er nachsehen, ob es noch immer an seinem Platz war, wollte es aufschlagen und sich daran berauschen. Aber das hatte sich nicht ergeben. Seit Helene und die Kinder mit im Pfarrhaus wohnten, war er keine Minute allein gewesen, schließlich hatte er das Ganze vergessen. Jetzt, beim Sitzen auf dem Hackklotz zwischen den Hühnern, trieb ihm die Erinnerung an die Linien der Nackten auf dem Einband, so flüchtig und vage sie auch war, eine Hitze ins Gesicht.

Er hörte Marianne Bogenschnitzer nach ihrer Mutter rufen und blickte auf. Handtücher und Hemden auf der Wäscheleine schnitten weiße und bunte Löcher in die Wiese. Die Italiener kam vorbei und pickte nach einem Salatblatt. Ihr gelbes rundes Auge starrte ihn an, schlaff hing der rosarote Hühnerkamm seitlich herunter, der Kehllappen zuckte. Na, du ..., sagte er und wollte nach ihr greifen, aber sie wich ihm gackernd aus. Da stand er auf, ging hinein in die Küche, wusch sich Gesicht und Hände und warf einen forschenden Blick in den Spiegel. Er fürchtete, man könne ihm ansehen, dass er an die *Flammende Venus* gedacht hatte.

Warst du schon Milch holen?, fragte die Mutter.

Er erschrak, denn er hatte sich allein geglaubt.

Als er sich umdrehte, sah er sie auf dem Sofa sitzen. Mit einem Holzspatel strich sie Zinksalbe auf die Wunden an ihren Beinen.

Nein, sagte er. Soll ich die Kinder mitnehmen?

Die sind noch oben bei Pfarrers, sagte die Mutter, lass mal.

Er nahm die Milchkanne und machte sich auf den Weg.

## 42

Im November, an einem kalten Donnerstagnachmittag, stand eine fremde Frau vor der Tür, im Wollmantel, mit dicken Strümpfen, derben Schuhen und einer Aktentasche. Irgendetwas kam Ernst bekannt vor, aber erst als Helene und die Mutter die Frau begrüßten, dämmerte ihm, dass es Regine war. Ihr Besuch war ein kleiner Abstecher von einer Dienstreise nach Schwarzburg, wo sie Akten geholt hatte, die auf dem Amt in Rudolstadt gebraucht wurden. Sie war auf dem Rückweg und musste den letzten Zug nach Rudolstadt unbedingt erwischen, hatte es aber, sagte sie, nicht fertiggebracht, so nahe am Dorf vorbeizufahren, ohne ihrer Tante Martha wenigstens guten Tag zu sagen.

Als letztem gab sie Ernst die Hand, nachdem sie die Kinder begrüßt hatte. Sein Herz klopfte wild.

Die Mutter, die am Tag zuvor Brot gebacken hatte, schnitt davon ab und setzte Regine Butter und Zwetschenmus vor. Regine griff zu. Sie war, dachte Ernst, der staunend gegenüber saß, eine ganz andere geworden. Alles Zarte war unter einer kompakten, festen Hülle versteckt. Oder gab es nichts Zartes mehr? Sogar ihre Stimme klang fester und schroffer als er sie in Erinnerung hatte. Sie aß mit Entschiedenheit und Ausdauer, war auf eine resolute Art munter und lachte oft, ein schnelles, kurzes Lachen. Ernst konnte sie sich jetzt viel besser als Amtsperson vorstellen. Ihre Haare waren kurz geschnitten und sie trug ein graugrünkariertes Kostüm mit wadenlangem Rock. Als Helene ihr ein Foto von Anton zeigte, setzte sie eine Brille auf, mit der sie beinahe aussah wie ein Mann.

Na, da sei froh, dass du ihn noch hast!, sagte sie, setzte die Brille wieder ab und nahm sich noch eine Scheibe Brot.

Die Schwester nickte.

Du wirst sicher auch bald wieder jemanden finden, sagte die Mutter zu Regine.

Regine schüttelte den Kopf. Nein, Tante Martha, das ist nichts für mich!, sagte sie.

Aber, sagte die Mutter, willst Du denn bis an dein Lebensende allein bleiben?!

Ich bin ja nicht allein! Ich hab doch Vater und Mutter, die mich brauchen, sagte Regine. Die Mutter wird immer vergesslicher. Der Vater klagt über Gelenkschmerzen. Da ist es nur gut, dass ich mich kümmern kann.

Sie kaute. Niemand wagte zu widersprechen.

Christina und Albrecht schauten sie schweigend an.

Ihr zwei müsst im Sommer mal nach Volkstedt kommen, sagte sie. Euer Onkel Walter wird euch gefallen. Der kann Witze erzählen! Und eure Tante Minchen macht einen Schaumkuchen, na!

Später bat sie Ernst, etwas auf der Trompete zu blasen. Als er fertig war, sagte sie: Wenn das dein Onkel Walter gehört hätte! Das hätte ihm gefallen. Was meinst du, Ernst, wenn du mit deiner Trompete auf die Bechstedter Höhe steigen würdest und würdest von da oben ganz laut blasen, so laut du kannst, vielleicht könnte er's dann hören?! Ernst runzelte die Stirn. Es tat weh, dass Regine etwas Dummes sagte, es war, als hätte er auf etwas Stumpfes, Bitteres gebissen. Langsam schüttelte er den Kopf. So laut kann kein Mensch Trompete blasen, sagte er.

Regine lachte. Kurz darauf verabschiedete sie sich.

Ernst ging sofort in den Schuppen, um allein zu sein, und putzte alle Schuhe, die dort standen. Am Abend wienerte er den Kupferkessel, bis er glänzte und spiegelte. In der Wölbung des Kessels sah er sein eigenes Gesicht, klein, rot und verzerrt. Er seufzte und schob den Kessel weg.

## 43

Seit Mitte Oktober war Anton nun schon bei seiner Mutter. Auch zu Albrechts viertem Geburtstag war er nicht gekommen. Dann hatte Helene auf den November gehofft – vergebens. Weihnachten kommt Papi aber doch ganz bestimmt?, hatte Christina gefragt, und Helene hatte genickt. An ihren hastigen Bewegungen merkte Ernst, dass sie nervös war. Wahrscheinlich die Vorfreude, dachte er. Lange vor Weihnachten fingen die Kinder an Bilder für Anton zu malen. Sie fieberten dem Wiedersehen entgegen. Helene übte Weihnachtslieder mit ihnen und begleitete sie am Klavier. Am ersten Advent hatte sie Antons große, graue Hauspantoffeln auf die Ofenbank gestellt. Anton würde auf der langen Reise sicher frieren, hatte sie Ernst erklärt, und am Schluss musste er noch den eisigen Weg von der Bechstedter Höhe herunter machen. Seine Hausschuhe sollten von Anfang an schön warm sein. Jedes Mal, wenn Ernst die Pantoffeln sah, dachte er an Anton und freute sich auf ihn. Abends, wenn Helene mit den Kindern auf der Ofenbank saß und ihnen eine Geschichte vorlas, hielt sie mit einer Hand das Buch, mit der anderen kroch sie in einen Pantoffel.

Im Dorf gab es kein Hirschhornsalz. Auch nicht in Bechstedt, Aschau, Köditz, noch nicht einmal in Königsee oder Ilmenau. Für die Weihnachtsbäkkerei wurde Hirschhornsalz gebraucht, deshalb hatte Anton versprochen welches mitzubringen, denn in der amerikanischen Zone gab es Hirschhornsalz in Hülle und Fülle. Als er aber auch Mitte Dezember noch nicht da war, wurden nun die Plätzchen ohne Hirschhornsalz, nur mit Pottasche, gebacken, in Blechdosen verpackt und in den Schrank gesperrt.

In der Vorweihnachtszeit brauchten Antons Briefe noch länger. Helene wartete sehnsüchtig darauf. Wenn einer kam, freute sie sich, trotzdem wurde sie unruhiger von Tag zu Tag. Er schrieb von Schwierigkeiten, die damit zusammenhingen, dass Niederselters in der amerikanischen Zone lag und das Dorf in der sowjetischen, aber nicht einmal Helene verstand genau, was das Problem war, geschweige denn Ernst. Es war irgendeine Genehmigung, auf die Anton wartete und ohne die er nicht in die sowjetische Zone fahren durfte; mehrfach hörte Ernst das seltsame Wort *Zuzugsgenehmigung*.

Anstelle von Anton kam am Heiligen Abend ein schon zwei Wochen alter Brief, in dem er schrieb, er hoffe, die Zuzugsgenehmigung noch rechtzeitig vor Weihnachten zu bekommen. Helene ging ohne ein Wort in die Stube.

Später, als Ernst in die Stube kam, war sie beschäftigt, Scherben zusammenzufegen. Sie blickte nicht auf. Beim Tannenbaumschmücken hatte sie eine Glaskugel zerbrochen. Holzwolle quoll aus den Schachteln, in denen der Baumschmuck das Jahr über aufbewahrt wurde. Leise und gleichmäßig ging das Pendel der Wanduhr. Da sah er, dass die Pantoffeln von der Ofenbank verschwunden waren.

Er setzte sich, erdrückt vom Gewicht ihres Kummers.

Helene, die sich beeilte, mit dem Baum fertig zu werden, bemerkte seine Bewegung nicht. Hastig verschloss sie die Schachteln, stapelte sie aufeinander und brachte sie zurück in die Kammer. Dann legte sie einige kleine Päckchen unter den Baum, zündete die Kerzen an und läutete eine Glocke, das Zeichen für die Kinder, dass sie hereinkommen durften.

## 44

Der Abschied kam plötzlich. Nicht für Martha, die wachen Auges verfolgte, wie ihre Tochter nach Unterweißbach fuhr, um den Möbeltransport zu organisieren, wie sie bei Stürzlingers, Cannbachs und Bogenschnitzers Abschiedsbesuche machte, wie sie telegraphierte und wusch und anfing zu packen. Aber für Ernst, der nicht nach seiner Meinung gefragt wurde, der all das nicht wahrhaben wollte und lieber wegsah. Im Februar hatte Anton die Zuzugsgenehmigung erhalten, war ins Dorf gekommen und mit Albrecht eine Woche später wieder abgereist. Helene sollte nun mit Christina und den Möbeln nachkommen. Es war schon März, als Ernst frühmorgens um sechs aus der Stube tretend mit der Küchentür gegen eine Mauer stieß, die ein Koffer war, dahinter die Schwester und Christina, fertig angezogen, eine Reisetasche und zwei Rucksäcke. Die Mutter machte Milch heiß und schnitt Brot.

Kannst dich später waschen, sagte sie zu Ernst, der auf der Schwelle stehen geblieben war. Bringst erst mal Lenchen und die Kleine zum Zug!

Das war gegen die Ordnung. Und schlimmer! Helene saß am Tisch und sah auf ihren Teller, Christina kaute, die Mutter, blass und müde, schmierte ein Brot nach dem anderen.

Mach, sagte sie zu Ernst, geh und zieh dich an!

Er wagte nicht zu widersprechen. Als er zurückkam, in seiner dicken alten Kniehose und wollenen Strümpfen, als er in den Schuppen lief, um sich die Schuhe zu holen, hatte er ein Rauschen in seinen Ohren. Schon umarmte Helene die Mutter, schon stand die Tür offen! Er kämpfte mit den Schnürsenkeln. Miez, Miez, vergiss mich nicht, flötete Christina, die unter dem Tisch kauerte und die Katze streicheln wollte. Aber die Katze duckte sich und verschwand im Hausflur. Er half, den Koffer, die Tasche und die Rucksäcke durch den Flur und die Treppe hinunterzutragen und holte den Handwagen aus der Scheune. Kalt war es draußen, die kahlen Äste der Linde ragten in eine metallgraue Luft. Sie wuchteten das Gepäck auf den Handwagen, vorn zog Helene, er schob von hinten, bis die Räder ins Rollen kamen. Knirschend bogen sie in die Schotterstraße ein. Christina warf eine Kusshand ins Halbdunkel.

Oben auf der Treppe stand die Mutter.

Nach einer Stunde kam Ernst zurück, die Lippen fest zusammengepresst. Er vermied es, die Mutter anzusehen, ging zum Herd und rieb sich die eiskalten Hände. Es war heller geworden, die Küche still und leer.

Na, sagte er nach einer Weile, dann werde ich mich jetzt mal waschen.

Nein, sagte sie, erst frühstücken, ich hab deine Milch warmgehalten. Sie rührte in einem schwarzen Topf und goss ihm den Becher voll.

Ich werde mich doch nicht ungewaschen an den Tisch setzen!, sagte er grimmig.

Sie fuhr herum. Was bist du so stur! Wenn Lenchen dich hören könnte! Jetzt setz dich her!

Er gehorchte. Aber er hatte Lust, ihr die Haare auszureißen. Viel bekam er nicht hinunter, dafür schmatzte und schlürfte er doppelt so laut wie sonst, vor Wut, vor Schmerz. Als er fertig war, ging er vornübergebeugt zum Waschbekken, zog sich mit äußerster Langsamkeit aus und schrubbte sich mit der Wurzelbürste, bis er krebsrot war.

Sie saß währenddessen am Tisch, mit dem Rükken zu ihm, schälte Kartoffeln und versuchte nicht auf die Geräusche zu hören, die er beim Waschen machte, obwohl jedes einzelne sie reizte bis aufs Blut.

So wird es nun bleiben, dachte sie, mein Leben lang.

## 45

Ernst lief die Dorfstraße hinunter. In der Hand trug er einen kleinen Beutel mit einem Glas Honig, das er Marita bringen wollte. Die Mutter sah es nicht gern, wenn er Marita besuchte. Warum, wusste er nicht. Marita liebte Honig. Seit einiger Zeit hatte die Mutter hinten im Pfarrgarten ein Bienenhaus, und die Erträge waren gut. Wenn es doch so leicht war, dem kranken Kind eine Freude zu machen, warum sollte er es dann nicht tun? Mit drei Jahren hatte Marita ihren ersten Anfall gehabt, dann waren die Anfälle gehäuft aufgetreten. Mehrmals hatte sie sich beim Fallen verletzt, zweimal war sie heftig mit dem Kopf aufgeschlagen. Inzwischen war im Dorf bekannt, dass es die Fallsucht war, an der sie litt. Viel wusste Ernst nicht über diese Krankheit, nur dass sie sehr gefährlich war. Ein paar Mal hatte er aus Marions Mund das Wort *Schädelbasisbruch* gehört. Marita durfte niemals allein draußen spielen, weil ihr dieser *Schädelbasisbruch* drohte. Inzwischen bekam sie Tabletten, die sie beruhigten und die Anfälle unterdrückten. Ganz sicher sein konnte man aber nicht. Eine Aufregung, eine schnelle Bewegung, ein Lichtflackern – ein Nichts konnte einen Anfall auslösen, sagte ihre Oma. Schwere Seufzer kamen von Ilse Bunzel und von Marion, sobald von der Krankheit Maritas die Rede war, die sie *Eplepsie* nannten und die in ihren Augen ein furchtbares Schicksal war, ein Fluch, ja sogar eine Schande. Marion kapselte sich deswegen von den Dorfbewohnern ab, sprach nur das Allernotwendigste und presste dann die Lippen aufeinander. Sie schob Maritas Krankheit auf das *schlechte Blut* ihres Mannes, der seit dem Krieg verschollen war. Sie weigerte sich auch, Marita zur Schule zu schicken, obwohl sogar Pfarrer Stürzlinger versucht hatte, sie davon zu überzeugen, dass das für Marita wichtig wäre. Ernst war dabei gewesen, als der Pfarrer einmal mit Martha darüber gesprochen hatte. Ein intelligentes Kind wie Marita dürfe man nicht vom Wissen fernhalten, hatte er gesagt, auch der Umgang mit Gleichaltrigen sei notwendig für ihre Entwicklung. Er habe versucht, das Maritas Mutter klarzumachen, Marion habe aber nur zu Boden geschaut, die Lippen aufeinander gepresst und seine Worte an sich abprallen lassen.

Komm rein, sagte Ilse Bunzel, die sich die Hände an der Schürze abtrocknete, setz dich her!

Die meisten Kinder lieben alles Süße, aber Marita war wählerisch. Sie verschmähte Obst und Beeren und akzeptierte auch süßes Gebäck nur, wenn kein Honig verfügbar war. Honig war ihr eigentliches Element, ein Spielzeug, ein Stoff, aus dem sie kurzlebige Kunstwerke machte. Schläfrig lag sie auf der Küchenbank zwischen Kissen und Decken, als Ernst eintrat, und schielte schon nach dem Glas hin, das er in der Hand hielt.

Hier, sagte er und stellte es auf den Tisch. Marita ließ ein entzücktes, gedehntes *Jaa!* hören und streckte die Hand danach aus. Aber Ilse Bunzel war schneller, sie griff nach dem Glas, stellte es in den Küchenschrank und schloss ab. Groß ist Marita für ihre zwölf Jahre, größer als ich, dachte Ernst, als er sah, wie sie hinter ihrer Oma herlief und sie am Arm zerrte. Bettelnd und quengelnd wühlte sie mit der Hand in Ilses Schürzentasche, fand aber den Schlüssel nicht.

Schluss jetzt, schimpfte Ilse und schubste sie weg, Honig gibt's noch lange nicht! Erst mal gibt's Abendessen, wenn die Mama heimkommt!

Marita zog ein Gesicht.

Setz dich solang her zum Ernst, sagte ihre Großmutter, du bekommst auch eine Brause. Marita blieb stehen. Ilse stellte zwei Gläser auf den Tisch, goss eins für Ernst voll, dann das zweite für Marita. Mit ihren wasserblauen, weit auseinanderstehenden Augen beobachtete Marita, wie sich das Glas füllte. Dann holte sie blitzschnell aus und fegte es mit der flachen Hand vom Tisch. Ihre Großmutter hob die Rechte, wie um Marita eine Backpfeife zu verpassen, und Ernst, der sich vor Schreck mit beiden Händen den Mund zuhielt, fürchtete die Schläge, die nun auf Marita niedergehen mussten. Aber Ilse Bunzel ließ die Hand sinken. Mit einem Blick auf die Scherben befahl sie: Nu mach's weg, du freches Luder! Was wird sonst deine Mama sagen, wenn sie heimkommt!

Da ließ Marita sich am Tisch nieder und lächelte Ernst holdselig an. Nur wenn ich den Honig kriege!, sagte sie, trommelnd mit zehn Fingern auf der Tischplatte.

Ilse Bunzel seufzte. Z'erscht wird aufgewischt, sagte sie, holte das Kehrblech aus der angrenzenden Kammer und hielt es Marita hin. Marita stand auf, nahm aber das Kehrblech nicht. Ernst beobachtete, wie Ilse, beim Bücken ächzend und stöhnend, die Scherben zusammenfegte und wie Marita mit ihren weißen Fingern vorsichtig eine einzelne größere Scherbe aufhob und aufs Kehrblech legte. Den Rest ließ sie ihre Großmutter machen.

Er fand Maritas Benehmen sehr ungezogen. Aber ihre Krankheit erfüllte ihn mit einem grenzenlosen Mitleid. Musste man einem Kind, das mit einer solchen Krankheit geschlagen war, nicht alles verzeihen? Erst recht, wenn es aussah wie ein Engel? So blass und rein die Haut, so dicht die hellen Wimpern. Er war glücklich über jede Gelegenheit, Marita einen Wunsch zu erfüllen. Einmal hatte er sogar seine Trompete mitgebracht und ihr etwas vorgespielt. Sie hatte sich über seine aufgeblähten Backen amüsiert, hatte selbst die Backen aufgeblasen und die Luft durch eine kleine Öffnung ihrer Lippen geräuschvoll wieder ausgepresst, bis sie lachen musste. Er hatte mitgelacht.

Und wie sanft war sie, wenn sie mit dem Honig spielte! Langsam ließ sie den Zauberstoff von ihrem Löffel auf einen Teller träufeln. Spiralen, Girlanden und Zickzacklinien entstanden, Labyrinthe, Türme, Krater aus Schlaufen. Drohte die Honiglandschaft über den Tellerrand zu fließen, steckte sie den Löffel zurück ins Glas, tappte mit fünf Fingern, rücksichtslos die Kunstwerke zerstörend, deren Konturen schon versanken, in die nun wieder goldgelb verschwommene, klebrige Masse hinein, steckte jeden ihrer zarten Finger einzeln in den Mund, schleckte den süßen Honig ab, leckte zum Schluss den Teller sauber und fing wieder von vorn an. Stundenlang hätte er da zusehen mögen.

Mit Essen spielt man nicht, sagte Ilse Bunzel streng. Dann strich sie Marita übers blonde, weiche Haar und sagte: Na, da sagen wir der Frau Kantor recht schönen Dank, was, Marita? Nichts macht ja der Kleinen eine solche Freude wie der Honig. Was hat sie auch sonst schon? Sie hockt ja immer drinnen, das arme Kind.

Schnell hatte Marita herausgehabt, wie laut sie sprechen musste, damit Ernst sie verstand, und sich einen Spaß daraus gemacht, gerade eben unter dieser Schwelle zu bleiben. Mit halblauter Stimme, so dass auch ihre Oma sie nicht verstehen konnte, die jetzt weiter hinten in der Küche herumwirtschaftete, plapperte sie irgendetwas Sinnloses. Dabei schaute sie ihm strikt in die Augen und amüsierte sich über seinen angestrengten und irritierten Blick. Irgendwann gab er auf und tat aus Verlegenheit so, als habe er verstanden.

Hast du Glubschaugen? Bist du ein Kreteng?, fragte sie leise mit einem süßen Lächeln. Ernst nickte, und sie platzte mit ihrem Lachen laut heraus.

Ein wenig verwirrt verabschiedete er sich. Komm nur recht bald wieder, sagte Ilse Bunzel zu ihm. Das arme Kind bekommt ja so wenig Besuch.

## 46

Als Ernst eines Abends im März vom Milchholen kam, brachte er Neuigkeiten mit. Die Gudrun sagt, sie haben Bernd Cannbach *verhaftet*. Sein Unterkiefer wackelte, als er das schwierige Wort aussprach.

Wie bitte? Die Mutter glaubte, er müsse sich verhört haben.

Doch, sagte Ernst, *verhaftet*. Nach Rudolstadt haben sie ihn gebracht, ins Gefängnis.

Aber warum denn? Martha war fassungslos.

Wegen *M-maniplation*, stammelte Ernst. Kartoffeln.

Martha versuchte mehr aus ihm herauszubekommen, aber er wusste nicht mehr dazu zu sagen. Sie lief zu Bogenschnitzers hinüber. Hilde saß am Ofen, ins Leere lächelnd wie immer. Marianne, die tagsüber bei ihrer Mutter geblieben war, wusste auch noch nichts, sagte aber, ihr Bruder werde gleich da sein. Martha wartete auf Arno, der noch ins Dorf hinunter gegangen war, um seine Verlobte zu besuchen, eine Jugoslawin, die wie viele andere Flüchtlinge bei Cannbachs einquartiert war und dort auf dem Hof mitarbeitete. Arno hatte daher, als er zurückkam, die ganze Neuigkeit aus erster Hand. Früh um acht hatten Kriminalpolizisten vor dem Gutshaus gestanden. Eine Hausdurchsuchung müsse stattfinden, hatten sie gesagt, weil beide Cannbach-Brüder ihr Ablieferungssoll nicht erfüllt hätten, zehn Zentner Kartoffeln hätten bei Bernd gefehlt. Als erstes waren die Polizisten in die Stube gegangen und hatten das Radio eingeschaltet. RIAS Berlin! Unverzüglich wurde Bernd verhaftet. Die Hausdurchsuchung erstreckte sich auf alle Wohn- und Vorratsräume. Im Keller fanden die Polizisten unter Stroh versteckt fünf Säcke

Kartoffeln und drei Doppelzentner Weizen – das Saatgut fürs laufende Jahr. Die Anklagepunkte lauteten demgemäß *Abhören von Westsendern, Nichterfüllung des Ablieferungssolls* und *Manipulation* (womit das Zurückhalten und Verstecken des Weizens und der Kartoffeln gemeint war). Zwei der Polizisten führten Bernd Cannbach ab und brachten ihn ins Gefängnis nach Rudolstadt. Die übrigen durchkämmten Haus und Ställe, um das gesamte lebende und tote Inventar zu erfassen. Jedes Stück Vieh und jede Wurst, alle Fahrzeuge und Gerätschaften wurden feinsäuberlich in eine Liste eingetragen, anschließend wurden alle Vorratsräume versiegelt. Sie durften bis auf weiteres nur einmal pro Woche unter Aufsicht der Besatzungsmacht geöffnet werden, um eine Wochenration zu entnehmen. Darüber hinaus, so berichtete Arno, werde Bernds Bankkonto gesperrt werden. Lisa Cannbach sei verstört, die vier Kinder, die mit angesehen hatten, wie ihr Vater abgeführt wurde, verängstigt. Das Jüngste, ein Mädchen von anderthalb Jahren, habe, nachdem das Polizeiauto mit ihrem Vater den Hof verlassen hatte, mit beiden Armen Bernds Mütze umklammert und sie nicht mehr hergegeben.

Kurze Zeit später wurde im Dorf bekannt, dass man Bernd Cannbach in allen drei Anklagepunkten für schuldig befunden und zu sieben Jahren Haft verurteilt hatte. Auch sein Vermögen wurde eingezogen. Und er war nicht der einzige. In

Aschau und Unterköditz waren ebenfalls Großbauern verhaftet worden, weil sie die vorgeschriebenen Mengen nicht vollständig abgeliefert hatten. Ernst hörte es von der Mutter, die sich heftig darüber aufregte.

Die Mutter war sowieso schlecht zu sprechen auf *Ulbricht und die ganze Bande*, besonders seit ihr verboten worden war, Helene zu besuchen, die vor einem halben Jahr ihr drittes Kind bekommen hatte, ein Mädchen mit dem seltsamen Namen Liane. Diesen Namen hatte Ernst vorher noch nie gehört. Zuerst hatte er gelacht und geglaubt, Helene habe ihn sich ausgedacht. Aber die Mutter erklärte ihm, Lianen seien Schlingpflanzen im Urwald, und sie las ihm den Brief vor, den Helene dazu geschrieben hatte. Offenbar gab es zwischen Kind und Mutter bis zur Geburt eine Verbindungsschnur, die Nabelschnur. Ernst dachte sie sich als eine Art Hanfseil, das am Nabel des Kindes befestigt war. Diese Nabelschnur hatte sich bei der Geburt zweimal um den Hals des Kindes herumgewickelt und hatte es stranguliert. Deshalb hatte es den Namen Liane bekommen. Weil das Strangulieren gefährlich war und das Kind trotzdem durchgehalten hatte, bekam es gleich noch einen zweiten lächerlichen Namen: Konstanze. Was für ein Pech von Geburt an!, hatte Ernst damals gedacht und das Kind bemitleidet, das mit zwei solchen Namen geschlagen war. Als wäre das Leben nicht so schon schwer genug!

Nach Lianes Geburt im Oktober hatte die Mutter zu Helene fahren wollen, um ihr zu helfen und ihr drittes Enkelkind kennenzulernen. Ernst hätte währenddessen bei den Volkstedter Verwandten bleiben können. Aber dazu war es war nicht gekommen. Zunächst musste der Reisewunsch ausführlich begründet werden. Dann wurde Martha aufgefordert, ein ärztliches Attest über die Hilfsbedürftigkeit ihrer Tochter vorzulegen. Nachdem Helene das Attest geschickt und Martha es ans Kreisamt weitergeschickt hatte, um nun endlich die Reisegenehmigung zu bekommen, verlangte man eine Aufenthaltserlaubnis, auf den Namen Martha Kroll ausgestellt, vom Bürgermeister der Gemeinde Niederselters. Als diese eingereicht war – jedes Mal vergingen mehrere Wochen, bis die Dokumente beschafft und ins Dorf geschickt waren, und noch einmal Wochen, bis man im Kreisamt geruhte, sie zur Kenntnis zu nehmen – ging es schon auf Weihnachten zu und Martha fand sich damit ab, dass sie erst im Januar würde fahren können. Dann wurde jedoch verlangt, Martha solle ihre Verwandtschaft mit Helene Herbst mittels einer Abschrift von deren Geburts- und Heiratsurkunde nachweisen. Schließlich bemängelte man, dass die Abschriften nicht amtlich beglaubigt waren. Zum Schluss erwies sich, dass alles Begründen und Dokumentebeschaffen, alles Rennen auf die Ämter, alles Abschreiben und Stempeln und Beglaubigen nutzlos gewesen war.

Ende Januar kam eine Absage. Martha war außer sich. Sofort lief sie zu Oberwassers, um mit dem Kreisamt zu telefonieren. Als sie sich zu der zuständigen Sachbearbeiterin, einer Polizistin, durchgefragt hatte und eine Begründung forderte, wurde ihr die Auskunft zuteil, man könne da leider nichts machen, sie habe eine schlechte Zeit erwischt.

*Dieses dumme Schaf!*, schrieb Martha an Helene. *Hat vielleicht „die Zeit" meinen Antrag abgelehnt? Wahrscheinlich hätte ich noch nicht mal zu Deiner Beerdigung gedurft, wenn Du gestorben wärst! Zwei Tage habe ich's jetzt versucht, aber ich werde damit nicht fertig. Seit ich mich, im Oktober, entschlossen hatte zu fahren, lebte ich in dem Gedanken, dass ich bald bei Euch sein würde. Der Koffer stand schon halb gepackt da und manches andere noch. Wie hab ich mich auf Euch alle gefreut, endlich hätte ich auch Liane auf meine Arme nehmen können. Alles hatte ich mir vorgestellt, mir in Gedanken ein Bild von Deiner Wohnung gemacht, die dann doch ganz anders aussah, und wie die Kleine erst nicht zu mir kommen wollte und wie sie sich dann doch an mich gewöhnt hat, und Christina und Albrecht als Schulkinder, alles ... Besonders wollte ich Dich, mein liebes Kind, in den Tagen etwas unterstützen. Ich wollte ja keine Besichtigungen, sondern nichts weiter als bei Euch sein. Nun ist das alles in weite Ferne gerückt. Wenn es überhaupt noch mal was wird! Die ganze Lage ist jetzt recht vertrackt, nach Eurem Alleinvertretungsan-*

*spruch ... So ist es heute: Eine Mutter will ihr Kind besuchen – da muß sie erst fremde Menschen um Erlaubnis fragen, und ganz wie es denen paßt, sagen sie ja oder nein. Hat es so etwas schon jemals gegeben in der Welt? Dass die Zonengrenzen fallen, glaube ich nicht mehr, das hat man schon vor vier Jahren gesagt, als Du fortgingst. Ach Lenchen, ich wollte doch so manches mit Dir besprechen und Dir erzählen. Aber ich will nicht länger jammern. Für jetzt grüßt Euch alle herzlich*

*Eure Mutter u. d. Ernst*

*P.S. Nun wird also auch der Arno seinen weißen Emaillelack nicht bekommen, den ich in Wiesbaden gut hätte besorgen können, und ich nicht die Dachpappenziegel fürs Bienenhaus, die doch hier ums Verplatzen nicht zu kriegen sind.*

## 47

Damals, nach der Ablehnung, war die Mutter unausstehlich gewesen. Nichts konnte Ernst ihr recht machen, bei jeder Gelegenheit schimpfte sie, mit finsteren Blicken blitzte sie ihn an. Das erbitterte ihn. Als wäre sie die einzige, die sich nach Helene und den Kindern sehnte! Noch etliche Tage nach den ersten Wutausbrüchen waren beide umeinander herumgeschlichen, jederzeit bereit, einander anzufallen und Bisse zu versetzen.

Inzwischen waren fast zwei Monate vergangen, sie waren in ihren gewöhnlichen Trott verfallen, hatten sich wieder gegeneinander verhärtet, bewegten sich nebeneinander her und schrammten einander nur noch hier und da.

Manchmal, wenn Ernst auf dem Hackklotz bei den Hühnern saß und sie zum Bienenhaus gehen sah, hatte er einen seltsamen Gedanken. Sie war während der ersten Bienenjahre so oft gestochen worden, dass sie schon beinahe immun gegen das Bienengift war. Trotzdem rauchte sie, wenn sie zum Bienenhaus ging, zur Vorsicht immer noch eine Imkerpfeife und trug eine Imkermaske und einen weiten Umhang aus Popeline. Diese Kleidung verwandelte die Mutter vollkommen, obwohl sie ihren gewöhnlichen blaugemusterten Kittel und die gewöhnlichen Strümpfe mit den Binden darunter trug. Die Maske mit dem kreisrunden Drahtgitter, die das Gesicht verdeckte, gab ihr etwas Fremdartiges, Technisches, der sie umhüllende Rauch hob sie heraus aus Raum und Zeit. Ihm war das ebenso unheimlich wie das Buch, das sie zu Weihnachten von Helene bekommen hatte und in dem sie seit Neuestem mit großem Interesse las: *Ich fliege um die Welt* von Elly Beinhorn. Wenn er sie nun zum Bienenhaus gehen sah, wobei ihr Körper von der Brombeerhecke, die am Rand des Pfarrgartens wuchs, verdeckt wurde, so dass nur die Imkermaske in der Rauchwolke über der Hecke gleichsam vorüberschwebte, bildete er sich ein, sie werde sogleich aufsteigen, in höhere Luftschichten hinaufgeweht werden und für immer davonfliegen. Ein Schauer rieselte ihm dann über den Rücken, den er genoss, obwohl er vom Wetterleuchten einer Angst begleitet war.

Seit der Ablehnung ihres Reise-Antrags hegte die Mutter, skeptisch seit jeher gegen die Politik, einen Groll und ein Misstrauen gegen alles, was von offizieller Seite kam, insbesondere von der SED. Sagte Arno Bogenschnitzer ausnahmsweise etwas Gutes über die Politik der SED, lobte er etwa, dass die Flüchtlinge durch die Landumverteilung und die staatlichen Hilfen eine Startposition als Neubauern bekommen hatten, die es ihnen ermöglichte, wieder Fuß zu fassen, zog sie ihre dunklen Augenbrauen, die etwas vorstanden und die Augen beschatteten, zusammen und schaute ihn von unten derart misstrauisch an, dass er lachen musste. Dieses Lachen, das genauso klang wie Herberts Lachen geklungen hatte, entwaffnete sie ebenso wie der Anblick seiner abstehenden Ohren, die er auch von seinem Vater geerbt hatte. Aber an ihrer Einstellung änderte das nichts.

## 48

Vielleicht war Ernst der einzige, der die Plakate und Transparente Wort für Wort las, die neuerdings im Dorf zu sehen waren. Wo bisher nur Bäume, Straßen, Häuser gewesen waren, kamen ihm nun Blockbuchstaben in die Quere, so dass er stehenbleiben und lesen musste. Am „Deutschen Haus" weiße Lettern auf rotem Grund: *Vom Ich zum Wir – LPG!*. Zwischen der Linde und der Kastanie am Anger: *Mit der LPG „Vereinte Kraft" zum Sozialismus!*

An einem milden Oktobernachmittag war er mit seiner Trompete im Jesmich gewesen. Auf dem Rückweg fand er am Ortseingang ein neues Plakat: *Mit vollgenossenschaftlicher Kraft wird der Sozialismus auch in unsern Dorf geschaft!*

Es ist eine Schande!, sagte er zur Mutter, die gerade fürs Abendessen ein Bier öffnete und es ins Wasserbad stellte, um es warm zu machen. Wer zu uns ins Dorf kommt, sieht als erstes, dass wir nicht richtig schreiben können!

Sie ließ sich die Fehler vorbuchstabieren und lachte, aber Ernst spuckte vor Erregung.

Später kam Arno Bogenschnitzer herüber, um den Handwagen zu reparieren. Er war hilfsbereit und freundlich wie früher sein Vater, nur hatte er weniger Zeit. Nach Herberts Tod hatte er die Tischlerei und auch die kleine Landwirtschaft übernommen. Seine Frau hatte in den vergangenen fünf Jahren zwei Kinder bekommen und war mit dem dritten schwanger. Posaune spielte er nicht. Für Musik war kein Platz in seinem Leben, die Arbeit nahm überhand. Immerhin, als er mit dem Handwagen fertig war, ließ er sich zu einem Glas Bier überreden – Ernst holte ihm ein kaltes aus dem Schuppen – und sprach eine Weile mit der Mutter. Von der *Roten Renate* erzählte er, die seit ein paar Wochen regelmäßig alle kleinen und mittleren Bauern aufsuchte, um sie, wie er sich ausdrückte, in die LPG hineinzuquatschen. Eine flotte Person, ein hübsches Luder aus Köditz, die *Rote Renate,* sagte er, die haben sie schon richtig ausgesucht!

Ernst horchte auf, er hoffte, noch mehr über die *Rote Renate* zu erfahren, aber Arno war schon wieder bei seiner Landwirtschaft. Auch er hatte sich nämlich von der *Roten Renate* überreden lassen, der LPG beizutreten. Es passte ihm zwar nicht, dass er jetzt zur Arbeit eingeteilt wurde wie ein landloser Tagelöhner, der nichts zu bestimmen hatte. Aber was soll ich machen, sagte er. Wenn ich alles selber zahlen und dann auch noch abliefern muss, bleibt für uns ja rein gar nischt mehr übrig!

Was musst du selber zahlen?, fragte Ernst.

Na, sagte Arno, die Maschinen. Und den Diesel dafür. Und Saatgut und Dünger.

Die Erträge der Bogenschnitzerschen Felder waren so niedrig, dass die Schwestern neben der

Landwirtschaft noch in die Fabrik arbeiten gingen, und zwar in die Zellwolle nach Schwarza, die jetzt VEB Chemiefaserkombinat hieß, kurz VEB CFK. Man war neuerdings umzingelt von Abkürzungen. Ernst konnte sie sich schlecht merken und verstand die meisten nicht. SED, ZK, LPG, VEG, VdgB, MTS, MAS – wenn er die Leute reden hörte, wurde ihm von all den Buchstaben, die ihm um die Ohren flogen, wirr im Kopf. Als er Arno fragte, was VEB heiße, lachte der und sagte, es heiße *Vorsicht, Esse bricht!*

Die Mutter erklärte Ernst die wirkliche Bedeutung, aber unter einem *volkseigenen Betrieb* konnte er sich auch nicht viel vorstellen.

So wie der Arno machen's alle, sagte die Mutter, als Arno gegangen war. Wenn die Lautsprecherwagen durchs Dorf fahren, halten sie sich die Ohren zu. Wenn's heißt, wer Frieden will, der muss in die LPG, dann lachen sie. Aber wenn's heißt, wer nicht in die LPG geht, der will Krieg, dann ist ihnen das peinlich. Dabei ist das genauso zum Lachen. Alle miteinander schimpfen sie auf die *Rote Renate* und auf die LPG – und wupp! sind sie drin, einer wie der andere.

Ernst schüttelte verständnislos den Kopf.

Na, wenn du so viel abliefern musst, dass nichts mehr für dich übrigbleibt, dann geht's eben nicht anders, dann ist die LPG das kleinere Übel, sagte die Mutter. Es war ihr egal, dass Ernst sie nicht verstand.

Zempels waren schon Anfang 1953 in den Westen gegangen, ihre 25 Hektar, der Hof, die Geräte und das Vieh wurden Neubauern aus Jugoslawien zugeteilt. Die Bauern, die dablieben, hatten sich, so gut es ging, gegenseitig ausgeholfen, um das jeweilige Soll zu erfüllen. Auch die Mutter war in das Netz der gegenseitigen Hilfe einbezogen gewesen. Wegen der Dachpappenziegel hatte sie sich im Dorf umgehört. Eines Abends stand ein Jugoslawe vor der Tür, der das zufällig mitbekommen hatte. In seinem Schuppen lagerten zwei große Stücke Dachpappe, die er beim Abriss einer verlassenen Scheune gerettet hatte. Er half ihr, das Dach des Bienenhauses damit zu flicken, und bekam Honig dafür. Aber da alle wenig hatten, weil die Abliefermengen heraufgesetzt wurden, während die Ernten mager ausfielen, wurde das gegenseitige Aushelfen immer schwieriger. Nach und nach wurden die meisten mürbe und gaben ihren Widerstand auf.

Lüdenstedts Hugo weigert sich noch, sagte Martha, der hat viel zu verlieren. Aber wirst sehen: den kriegen sie auch! Da setzen sie das Soll noch ein Stückchen rauf ... und noch ein Stückchen ... und täglich rücken sie ihm auf die Pelle und nachts strahlen sie seinen Hof mit Scheinwerfern an, damit alle sehen, der Egoist ist immer noch nicht drin in der LPG.

Hugo, wusste die Mutter, hatte vor kurzem 200 Eier im Staatshandel gekauft, für 70 Pfennig das Stück, nur um sein Soll erfüllen zu können. Bei der Ablieferung zahlte man ihm dann zehn Pfennig das Stück. Seine Kühe standen gut im Futter, aber seine Maschinen und Geräte verkamen, weil ihm das Geld für Reparaturen fehlte. Die Großbauern sollten Reparaturen aus dem Verkauf von freien Spitzen finanzieren, so hieß es, aber wenn man keine freien Spitzen hatte? Nur die Kleinbauern, alte und neue, hatten ab und zu freie Spitzen. Kein Wunder, denn sie mussten pro Hektar nur neun Doppelzentner Getreide abliefern, die Großbauern dagegen 21 Doppelzentner. Und was die staatlichen Stellen dafür zahlten, deckte oft nicht einmal die Kosten.

Anfang November, beim ersten Frost, abends um neun, fand Hugo Lüdenstedt seine Schwester Hilde im Stall. Sie hing an genau derselben Stelle, an der vor Jahren seine Schwester Herta gehangen hatte. Das weiße Licht des Scheinwerfers, der auf Hugos Gehöft gerichtet war, fiel durch die Luken auf die knochigen Hüften der Kühe und auf die stracks hängende Schwester. Hugo Lüdenstedt ging über die Straße, um Horst Fabig zu Hilfe zu holen. Sie schnitten das Seil durch, an dem die Tote hing, und trugen sie im Scheinwerferlicht hinüber ins Haus. Hugo betrank sich und war drei Tage lang unansprechbar. Nach der Beerdigung unterschrieb er und war nun auch Mitglied der LPG „Vereinte Kraft".

# 49

Jeden Sommer kam Helene mit allen drei Kindern ins Dorf. Ernst, der vornübergebeugt durch seine Tage stolperte, wortkarg und verdrossen, nahm die Ankündigung des Besuchs meist ohne größere Bewegung zur Kenntnis. Hm, sagte er und nickte. Martha dagegen lebte auf. Beflügelt von Vorfreude, holte sie das Kinderbett für Liane aus der Scheune, wusch, bügelte, kochte und briet auf Vorrat. Er fand das übertrieben.

Jedes Mal erschrak Helene bei ihrer Ankunft, so verkrümmt und verbiestert war ihr Bruder.

Kannst du dich denn gar nicht mehr gerade halten?, fragte sie.

Solche Fragen verstimmten ihn erst recht. Er hatte es sich angewöhnt, den Oberkörper nach vorn sacken zu lassen und den Blick auf den Boden zu richten. Offenbar, dachte Helene, hatte er keinerlei Ehrgeiz mehr, größer auszusehen, für voll genommen zu werden. Eher schien es, als wolle er in die Erde hinein verschwinden.

Helene brachte immer einiges mit, was es im Dorf gerade nicht gab. Einen Dosenöffner, Tesafilm, Konserven mit Hering und Ölsardinen, Stopfnadeln, Bohnenkaffee und Schokolade, die nach Schokolade schmeckte. Dachpappe gab es in der DDR jetzt wieder. Die Mutter hatte ein Schwein angeschafft, das auf ihrem Hof in einem Verschlag gehalten wurde. Für diesen Verschlag war Dachpappe nötig gewesen, und siehe da: Es hatte wieder welche gegeben. Ernst war es ein Rätsel, warum man bestimmte Dinge, die es immer gegeben hatte, plötzlich nirgendwo mehr bekam, nicht einmal in Rudolstadt. Niemand konnte ihm das begreiflich machen. Stattdessen gab es die Abkürzungen, die Transparente, das ewige Gerede über die LPG. Er hatte das Gefühl, sich mit gar nichts mehr auszukennen. Deshalb kam es ihm so vor, als habe er sich früher mit allem ausgekannt im Dorf. Alles Neue erregte ihm Verdacht. Brachte Helene ihm eine neue Hose, eine neue Jacke mit, lehnte er die Sachen ab, nur weil sie neu waren.

Der Sommertrubel machte ihm anfangs immer zu schaffen. Morgens stand seine Tasse nicht auf dem gewohnten Platz. Die Schuhe im Hausflur bildeten keine akkurate Linie. An der Tür des Klosetts wurde geklopft und gerüttelt, wenn er sich dort niedergelassen hatte und gerade in ein Flüstergespräch mit den Spinnen vertieft war. Das Durcheinander, das die Kinder veranstalteten, war ihm zuwider. Er litt darunter, ständig einbezogen, wichtig genommen, gefragt, belagert, geneckt, gekitzelt und gegen seinen Willen zum Lachen gebracht zu werden. Aber so sehr er sich auch anfangs immer sträubte – allmählich gewöhnte er sich an das sprudelnde Leben und den schnelleren Rhythmus. Seine Miene hellte sich auf, sein Rücken streckte sich. Wenn Liane sich in der Küchentür zwei Finger eingeklemmt hatte und wie am Spieß schrie, wenn Helene und die Mutter erfolglos versucht hatten, sie zu beruhigen, und alles Kühlen und Pusten nicht half, stand er auf und beugte sich zu dem Kind hinunter. Na, sagte er liebevoll und strich ihr über die Wange. Von ihm ließ sie sich ohne Weiteres auf den Schoß nehmen. Er wiegte sie auf den Knien, sang *Heile heile Gänschen* und spuckte dabei vor Anstrengung. Schon lachte sie wieder. In der dritten Woche war es dann meist so weit. Christina sang die neuesten Schlager aus dem Westen und tanzte dazu in ihrem Sommerkleid, Albrecht erzählte Witze, Liane streckte nach ihm die Arme aus und lächelte ihn an. Er bekam Küsse. Er wurde umarmt. Sein Verdruss schmolz dahin. In manchen Augenblicken war er glücklich.

Aber kaum hatte das angefangen, kam auch schon der Tag, an dem sich Koffer auf dem Handwagen türmten, der Tag, an dem Helene bleich war und die Mutter rote Augen hatte. Es kam das Knirschen der Räder auf dem Schotter, der mühselige Anstieg zum Bahnhof, der Pfiff der Lokomotive. Dann ein Winken, bevor der Zug in der Senke von Katzhütte verschwand, lange leere glatte Gleise, die Stille, das Flirren über der Böschung, das Herzweh. Beim Abstieg von der Bechstedter Höhe zurück ins Dorf stürzte er, weil alles vor seinen Augen verschwamm, weil die Sonne ihn blendete und weil er stürzen wollte, hineinstürzen in das dunkle vor ihm liegende Jahr. Mit aufgeschürften Knien und zerrissener Hose kam er im Pfarrhaus an und fügte sich nach kurzem Aufbäumen und langem Bocken dem Bitten der Mutter, nun endlich die neue Hose anzuziehen.

Wenn die Wunden verheilt waren, waren auch die Freuden vergessen. Er suchte Zuflucht bei den Hühnern, dem roten Buch und der Trompete. Die verließen ihn nicht.

## 50

Mitten ins Schlachten hinein kam der Brief. Das Schwein war zerlegt, die Blutwurst gekocht, gewürzt und in Einmachgläser abgefüllt, der Schinken zum Trocknen in der Kammer aufgehängt, das Gehackte stand im Kühlschrank, einem neuen Produkt namens *Kristall,* weiß mit abgerundeten Ecken. In der Luft hing der süßliche Geruch von frischem Fleisch, Schwarten und Innereien, die in einem großen Topf zusammen mit Zwiebeln, Wurzelgemüse, Nelken und Lorbeer köchelten. Ernst stand in seiner Schürze über den Ausguss gebeugt und bürstete das Blut von Messern, Schüsseln und anderem Geschirr. Auf dem Tisch lagen Därme, die er am frühen Morgen von Cannbachs geholt hatte. Laut lachend war er zurückgekommen. Die Mutter hatte nicht aus ihm herausgebracht, worüber er lachte, weil er vor lauter Lachen nicht sprechen konnte. Später zeigte sich, dass ihm unterwegs der Witz wieder eingefallen war, den Albrecht ihm zu Weihnachten geschrieben hatte. Über diesen Witz hatte er seitdem oft gelacht. Wenn er ihn einige Tage vergessen hatte und er ihm dann wieder einfiel, amüsierte er sich darüber wie über einen ganz frischen Witz. Es ging darin um ein Konzert, in dem eine Symphonie von Johannes Brahms gespielt worden war. Eine Dame aus dem Publikum suchte anschließend den Dirigenten auf, um ihm ihre Begeisterung mitzuteilen. Besonders über die tiefen Bläser im Finalsatz habe sie gestaunt. Aber, Maestro, fragte sie, bringen die Herren diese Töne wirklich alle mit dem Munde hervor?, worauf der Dirigent antwortete, das wolle er hoffen.

Jetzt, beim Abwaschen, gluckste Ernst noch immer in sich hinein. Die Mutter drehte das Fleisch für die Cervelatwurst durch den Wolf und würzte es mit fein gehacktem Knoblauch, mit Salz, mit viel zerstoßenem Pfeffer und ein wenig Fenchel, mit Piment, Beifuß, Thymian und Majoran. Mit beiden Händen arbeitete sie die Gewürze unter die Fleischmasse, als Milli Schulze mit dem Brief kam.

Die Post-Milli hatte vor acht Jahren Waltraud Oberwasser abgelöst, die kurz vor der Mauer krank geworden und kurz nach der Mauer gestorben war. Milli hatte es zunächst nicht leicht gehabt im Dorf. Ihre rotblonden Ringellocken waren sensationell, für viele eine Herausforderung. Sie war jung, offen und freundlich, das war man von Waltraud nicht gewohnt, es erregte Misstrauen bei vielen. Durch ihre Heirat mit dem Schmied war sie ins Dorf gekommen. Seit Waltraud Oberwassers Tod war die Schmiede auch Post.

Wir haben es schon hinter uns gebracht, sagte Milli. Sie meinte das Schlachten. Am schlimmsten ist die Putzerei hinterher, sagte sie. Alles voller Fett ... Aber mit deiner guten Laune macht wahrscheinlich sogar das Putzen Spaß, was, Ernst?

Ernst nickte und wurde wieder vom Lachen geschüttelt.

Milli hatte den dicken Umschlag schon in der Hand. Ich glaube, Frau Kroll, hier ist der Brief, auf den Sie schon lange warten, sagte sie.

Martha wurde blass, wusch sich die Hände und trocknete sie ab, setzte sich, ritzte den Umschlag mit einem Küchenmesser auf und überflog das Schreiben.

Und?, fragte Milli? Ja oder nein?

Ernst klapperte mit den Tellern. Er war ahnungslos. Martha legte den Brief beiseite und senkte den Kopf. Es ist genehmigt, sagte sie dann. Ihre Zunge klebte am Gaumen.

Ach, sagte Milli, das ist doch gut so! Freuen Sie sich denn nicht?

Na freilich, sagte Martha leise. Aber es kommt jetzt halt doch plötzlich. Sie schaute zu Ernst hinüber, der schnaufend und kichernd seine Arbeit machte.

Auch Milli sprach so leise, dass Ernst sie nicht verstehen konnte. Leicht ist es sicher nicht, sagte sie, für Sie nicht, für den Ernst nicht, und schon gar nicht für uns ... Aber Lenchen wird sich freuen!

Ja, sagte Martha, Lenchen wird sich freuen.

Wann ist es denn so weit?, fragte Milli.

Im August, sagte Martha.

Ach, da bleibt doch genug Zeit, um alles vorzubereiten! Das kommt schon hin, Sie werden sehen. Wenn Sie Hilfe brauchen, sagen Sie nur Bescheid! Milli verabschiedete sich und ging.

Martha legte den Brief aufs Buffet in der Stube. Ihr war ein wenig schwindelig vor Aufregung. Sie setzte sich ein paar Minuten aufs Sofa und hörte die Wanduhr ticken. Dann ging sie wieder in die Küche und stopfte ihre Würste weiter.

Im August schon, dachte sie. Immerhin, den Erdrauch kann man noch ernten. Wer weiß, ob's drüben welchen gibt?

Am Abend, als Ernst schon zu Bett gegangen war, als sie ihre Beine gewickelt und Tee getrunken hatte, setzte sie sich an Hilmars Schreibtisch und holte ihren Briefblock aus der Schublade.

*Ernst habe ich noch nichts gesagt,* schrieb sie. *Ich weiß nicht wie. Er wird einen Schreck kriegen, den hätte ich ihm gern erspart. Auch ich bin erschrocken, als ich es nun schwarz auf weiß bekam ... Wie soll ich das bloß alles schaffen, Lenchen. Aber wir haben es lange genug hin- und hergewälzt, nun ist es so beschlossen und ist ja auch richtig so und wird gemacht. Ernst wird es nicht verstehen, er wird mir böse sein. Aber was soll er hier anfangen, wenn ich mal nicht mehr bin. Da müsste er sowieso zu Dir nach drüben. Dann ist es allemal besser, er gewöhnt sich vorher ein. Ob Stürzlinger seine Finger drin hatte, dass es nun plötzlich so schnell ging? Als er vor Weihnachten mal hier war, hat er nichts angedeutet, aber natürlich wusste er, dass ich den Antrag gestellt habe. Er soll ja viel Einfluss haben, jetzt, wo er Landesbischof geworden ist. Aber das werden wir wohl nie erfahren. Ich mag auch den neuen Pfarrer nicht fragen.*

*Meinst Du denn, Du findest bis August eine Wohnung für uns? Groß muss sie nicht sein, nur das Klavier muss reinpassen. Aber wenn ein kleines Stück Garten dabei sein könnte, Lenchen, nur für ein paar Bohnen, das wäre schön.*

Das amtliche Schreiben, das der Rentnerin Martha Kroll und ihrem Sohn Ernst die Übersiedelung in die BRD erlaubte, enthielt eine Unmenge klein gedruckter Vorschriften, die genauestens zu beachten waren. Sie hatte sich damit noch nicht befasst. Alles, was sie wusste, war, dass jedes Ding, das mitgenommen werden sollte, in eine Liste einzutragen war, jede Gabel, jede Unterhose, jedes Buch, jeweils mit Angaben über

Material, Art und das Jahr der Anschaffung. Diese Liste musste eingereicht und genehmigt werden, erst dann konnte man ans Packen denken.

Martha war 79 Jahre alt, und sie war müde. Ihre Beine waren schlecht, vom Stehen beim Wurstmachen taten sie weh. Mit offenen Augen lag sie später in der Dunkelheit und fürchtete sich.

Am nächsten Morgen, als Ernst sein Frühstücksbrot aß und seinen Kaffee schlürfte, eröffnete sie ihm, es sei beschlossen und genehmigt, dass sie im Sommer mit ihm in den Westen übersiedeln werde, in die Nähe von Helene.

Er hörte auf zu kauen und starrte sie an.

Helene, sagte Martha, werde eine Wohnung suchen für sie beide, nicht in der Stadt, sondern im Taunus in einem Dorf. Der Taunus sei ein Mittelgebirge, ähnlich wie der Thüringer Wald, es gebe dort auch schöne Dörfer.

Sein Mund stand offen. Er rieb die Hände an der Hose, als müsse er Schmutz abstreifen.

Martha sagte, Helene werde sicher etwas finden mit Garten. Man könne vielleicht sogar ein paar Hühner haben.

Sein Kinn sank auf die Brust.

Sie sagte, sie werde im März achtzig, mit der Arbeit gehe es immer schlechter, irgendwann, bald vielleicht, werde es gar nicht mehr gehen.

Da hielt er sich mit beiden Händen die Ohren zu.

Martha biss sich auf die Lippen und sagte nichts mehr.

Er schob den halbvollen Teller weg und stand auf, ging ohne ein Wort in die Kammer, wo am Nagel seine dicke Jacke hing und wo neben dem Napf für die Katze seine festen Schuhe standen. Durch den Hinterausgang stolperte er ins Freie.

## 51

*Die Sonne ist hier fast wie bei uns,* schrieb Ernst, *auch die Wolken und die Berge. Aber die Berge haben keine Namen.* An einem der ersten Tage hatte er Herrn Roth gefragt, wie die Berge hießen.

Hm, hatte Herr Roth gesagt und sich am Kinn gekratzt.

Vielleicht *Hexenberg, Röderberg, Kalkberg?,* hatte Ernst vorgeschlagen. Herr Roth hatte nur den Kopf geschüttelt. Er wusste es nicht. Dabei lebte er schon seit fünfzehn Jahren hier, über ihnen, im ersten Stock des Hauses *Am Sonnenhang 5.*

*Aber alle Straßen haben Namen, und alle Häuser haben Nummern,* schrieb Ernst, *obwohl Watzelhain nicht größer ist als unser Dorf, wo wir doch nie Straßennamen gebraucht haben. Es nennt sich Dorf, aber zum Dorf fehlt hier alles. Es gibt keine Kirche! Keinen Bauernhof! Ein Reiterhof ist am Ortsrand, aber geritten wird da bloß aus Jux und Dollerei. Keine Scheune weit und breit, kein Stall, kein Federvieh, kein Rindvieh. Dafür Autos, viel mehr als bei uns. Für ihre Au-*

*tos haben die Leute Ställe gebaut. Am Abend fährt man das Auto in den Autostall hinein. Als könnten Autos frieren und sich eine Erkältung holen. Als müßte man sie beschützen vor den Habichten und Bussarden. Es ist zum Lachen.*

Ernst legte den Kugelschreiber weg, nachdem er so viel geschrieben hatte, und rieb sich die Finger. Er dachte daran, wie er an den beiden ersten Tagen morgens früh um sechs hochgeschreckt war, weil die Wände dröhnten und das Bett vibrierte. Sofort hatte er ins Freie flüchten wollen, er glaubte, das Haus werde einstürzen. Aber es war gar nichts! Es war nur der Motor des orangefarbenen Opel Kadett, den Herr Roth in der Garage eine Weile laufen ließ, um dann nach Bad Schwalbach zu fahren, wo er auf der Polizeistation arbeitete. Das machte er jeden Morgen. Alle Autobesitzer fuhren um diese Zeit mit Getöse aus dem Ort hinaus. Danach war es viele Stunden lang still. Ging man um elf durch die Straßen, war niemand zu sehen. Höchstens beim Einkaufen traf man Menschen, selten sah man welche im Garten arbeiten. Am Nachmittag kamen dann alle wieder zurück und fuhren in ihre Garagen hinein.

*An den Samstagen,* schrieb Ernst, *werden die Autos aus den Garagen herausgeholt, gewaschen und gestriegelt, bis sie blitzen.* Er las den Satz und kicherte.

Na, was lachst'n du?, fragte die Mutter, die in ihrem Stuhl neben dem Fernseher eingenickt war. Unter ihren zusammengezogenen Brauen sahen ihre

Augen noch dunkler aus als sonst. Was schreibst'n so viel? Meinst du, die Marita liest das alles?

Ernst antwortete nicht. Er war überzeugt, dass Marita alles lesen würde, was er schrieb. Sie war 32 Jahre alt inzwischen, und er hatte ihr Lachen noch im Ohr, ein helles, schnelles Lachen. In seiner Gegenwart hatte sie immer viel gelacht, und während er ihr schrieb, geisterte dieses Lachen durch seinen Kopf. Er fühlte sich Marita seit jeher verbunden, weil sie die Fallsucht hatte. Immer war er deshalb voll Mitgefühl gewesen. Man merkte ihr die Krankheit nicht an. Aber Marita wurde von klein auf gehätschelt, in Watte gepackt und abgesondert, und genau das war für ihn der Beweis für die Schwere ihrer Krankheit. Indem er Marita bemitleidete, versuchte er gewissermaßen an ihr wiedergutzumachen, was ihm, wie er glaubte, von seinen Eltern vorenthalten worden war, die, wie ihm schien, nie irgendeine Rücksicht auf seine Beschwernisse genommen hatten. Als Marita heranwuchs und eine üppige junge Frau wurde, die ihn bei weitem überragte und in beinahe jeder Hinsicht überlegen war, verwandelte sich das Mitleid in Bewunderung, aber das Verbundenheitsgefühl hielt an.

Er riss das vollgeschriebene Blatt vom Block ab und drehte es um. Das Papier war dünn, er hatte so stark aufgedrückt, dass die Rückseite nicht mehr zu gebrauchen war. Seine Augen waren schlechter geworden, und die durchgedrückte

Schrift störte ihn. Andererseits verstieß es gegen seine Sparsamkeitsprinzipien, eine Seite leer zu lassen. Deshalb musste er sich nun eine Zeitlang ärgern. Dann seufzte er, strich mit der Hand über das neue Blatt und nahm sich vor, weniger aufzudrücken.

*Der Kaufladen heißt Supermarkt,* schrieb er. *Er ist viel größer als unser Konsum, aber man wird nicht bedient.*

Beim ersten Mal hatte Helene ihn und die Mutter in den Supermarkt mitgenommen, um ihnen beizubringen, wie man sich in so einem Laden benahm. Stolz hatte sie ihnen gezeigt, was man alles kaufen konnte und wie schön es verpackt war. Trotzdem hatte die Mutter hinterher auf den Supermarkt geschimpft: Erst darf man sich Wunder was alles einfach nehmen, und weil die Päckchen so schön sind, nimmt man sich natürlich viel zu viel. Aber dann an der Kasse kommt das dicke Ende! Zwanzig Mark sind ratzfatz weg!

Ernst machte anderes zu schaffen, vor allem, wenn er allein einkaufen gehen musste. Er brauchte lang, um zu finden, was er suchte, und konnte die Schrift auf den Packungen oft schlecht lesen. Haferflocken und Zucker standen im Supermarktregal weit oben, er kam nicht dran. Auch wenn er sich reckte, wenn er versuchte, sich auf die Zehenspitzen zu stellen, kam er nicht dran. Einmal hatte er dabei das Gleichgewicht verloren und einen Stapel Kartons umgeworfen. Sofort war die Verkäuferin gekommen und hatte mit einem aufgeplatzten Karton vor seiner Nase herumgefuchtelt. Er hatte den Karton bezahlen müssen und zu Hause mit der Mutter zum ersten Mal in seinem Leben Kellog's Honig Pops gegessen. Außenrum süß, innen nichts als Luft, hatte die Mutter gesagt, dafür ziemlich teuer. Alles nur, weil er zu klein war! Es war zum Verzweifeln! Immer musste er jemanden um Hilfe bitten. Dazu musste er sich überwinden. Das dauerte. Wenn er sich überwunden hatte, verstanden die Leute ihn nicht. Er wusste nicht, war es seine schlechte Aussprache, war es sein thüringischer Akzent oder wollten diese Menschen ihn nicht verstehen? Erst mit siebenundfünfzig Jahren, erst hier in diesem Taunus-Ort, diesem Watzelhain, diesem Attrappendorf, traf es ihn mit voller Wucht, dass er ein Zwerg war, und schlimmer noch: ein Ausgestoßener. Alle Menschen schienen ihm hier riesenhaft. Nicht Herr Roth und Frau Roth natürlich, die er kannte, aber die Fremden, die ihn auf der Straße anstarrten oder schnell wegschauten, die Unbekannten, die an der Supermarktkasse vor ihm in der Schlange standen oder hinter ihm *Mein Gott* sagten, wenn er die Kassiererin nicht verstand und Mühe hatte, mit seinen lahmen Fingern das Kleingeld aus dem Portemonnaie herauszuklauben.

Davon schrieb er Marita lieber nichts. Während die Mutter in der Küche das Abendessen richtete, überlegte er, ob es überhaupt noch etwas gab, das sich zu schreiben lohnte.

Anfangs war er auf Watzelhain und seine Bewohner durchaus neugierig gewesen. Erwartungsvoll hatte er jeden angeblickt, der ihm begegnete, hatte genickt und höflich gegrüßt, wie er es aus dem Dorf gewohnt war. Aber niemand antwortete. Sie wollten von ihm nichts wissen. Freiwillig ging er nicht mehr auf die Straße. War er dazu gezwungen, weil die Mutter ihn schickte, ließ er den Oberkörper so weit vornüber hängen, dass er nur noch das Pflaster des Bürgersteigs sah und andere Passanten nur bemerkte, wenn sie ihn anrempelten.

*Meine Gedanken sind oft bei euch im Dorf,* schrieb er.

Das war vollkommen untertrieben. Unentwegt dachte er an das Dorf, an die Kirche, an die Hühner, an den Duft des Holzstoßes auf dem kleinen Pfarrhof, und er dachte besonders viel an Marita. Beim Schreiben stellte er sich Maritas blasses Gesicht vor, ihre durchscheinende Haut, ihre weichen Hände, in denen sie seinen Brief halten würde. Das Dorf war es, wohin er gehörte, wo er wenigstens ab und zu Maritas weiche Arme und Hände hatte sehen können, ihre Nägel, zartrosa, lang und fein, ganz anders als bei den anderen Frauen, deren Hände von der Arbeit schrundig und hart waren, mit brüchigen, schmutzigen Nägeln.

Er erinnerte sich, wie er nach dem Umzug zum ersten Mal in die neue Wohnung kam und wie verblüfft er war, in dieser sonderbaren Umgebung auf das *Feurich*-Klavier zu stoßen, auf den *Kristall*-Kühlschrank, den Bücherschrank des Vaters und das Nähtischchen der Mutter. Diese Gegenstände waren hier anders angeordnet, anders beleuchtet, so dass er sie nicht sofort wiedererkannt hatte. Genau genommen hatte er sie hier zum ersten Mal wirklich betrachtet. Ganz stark war dabei sein Gefühl gewesen, sie gehörten nicht hierher. In den ersten Tagen hatte er mehrmals das Büffet befühlt, hatte über das Holz gestrichen, mit den Knöcheln gegen die Schranktüren geklopft und gehorcht, weil er den Dingen nicht traute. Vielleicht waren es doch nur Fälschungen? Er schrieb: *Lenchen kommt meist am Samstag oder Sonntag aus Wiesbaden.* (Obwohl er seine Schwester niemals *Lenchen* nannte, schrieb er *Lenchen,* weil alle anderen im Dorf sie so nannten.) *Liane hat jetzt den Führerschein, schrieb er, und fährt ihre Eltern in einem Volkswagenkäfer her. Sie bringt ihre Geige mit und wir spielen zusammen. Manchmal kommt auch Christina. Sie hat einen drolligen kleinen Sohn, eine große Freude. Aber es ist immer nur kurz. Kaum hat man sich einmal am Kopf gekratzt, sind sie alle wieder weg.*

Ihm fehlte die Arbeit. So gründlich er die Wohnung auch fegte, schrubbte und wienerte, es war ja nicht möglich, den ganzen Tag zu putzen. Ans

Klavier setzte er sich selten, und meist nur kurz. Zwar genoss er es, mit Helene oder Liane zu musizieren, wenn sie Sonntags zu Besuch kamen. Aber wenn er allein Klavier spielte, war es anders. Die Musik, besonders die aus dem roten Buch, die ihm die liebste war, schien die Sehnsucht nach dem Dorf nur noch schlimmer zu machen. Es war, als öffneten die Töne eine Schleuse. Er saß dann vor den Tasten und das Kinn sank ihm auf die Brust. Oft weinte er.

Wenn die Mutter es sah, trat sie zu ihm und strich ihm mit der Hand über die Schulter. Na, mein Junge, sagte sie besänftigend. Dann umklammerte er die Mutter mit beiden Armen und presste seinen Kopf an ihre Kittelschürze, laut schluchzend in bodenloser Verzweiflung. Lang dauerte es, bis er sich leer geweint hatte und wieder ruhiger wurde. Wie schwer es auch für sie war, in der fremden Umgebung zu leben, ahnte er nicht.

Sie ließ ihn Hausarbeiten machen, wo es nur möglich war, und bat ihn täglich, die Treppe am Eingang zu fegen. Sie stellte das Radio an, wenn klassische Musik gespielt wurde, und suchte Bücher heraus, die ihn interessieren könnten. Auch Helene brachte Bücher für ihn mit. Er hatte mittlerweile eine ganze Sammlung von Büchern mit Musikerwitzen. Früher war das Lesen, das Stillsitzen, das kostbare Nichts-machen-müssen, eine der schönsten Belohnungen für ihn gewesen.

Auch jetzt kam es vor, dass er in den Witzbüchern las und lachen musste. Aber es war sonderbar: Ohne dass Arme und Beine von der Arbeit schmerzten, wurden ihm die Witze schnell fad, und er verlor das Interesse daran.

Seine größte Freude waren die gelegentlichen Briefe aus dem Dorf, von Milli oder von Arno Bogenschnitzer. Er las sie viele Male und schrieb zurück. Jahrzehntelang hatte er nicht so viel geschrieben wie seit dem Umzug. Trotz der Mühe, die das Schreiben ihm machte, tat er es gern. Seine Briefe waren fehlerlos, manchmal sogar witzig, und meist wurden sie sehr freundlich beantwortet.

War das Wetter gut, versuchte die Mutter ihn aufzumuntern. Immer hockst du hier drin, sagte sie dann und schüttelte den Kopf. Geh doch mal raus in den Wald, in die Wiesen!

Aber welchen Sinn hätte das gehabt? Die Zentralheizung brauchte weder Tannenzapfen noch Feuerholz. Zum Trompeteblasen fehlte ihm, wenn er bedrückt war, die Kraft. Und einfach nur spazieren zu gehen kam für ihn nicht in Frage, das hatte er auch im Dorf niemals gemacht.

Solche Vorschläge schürten seinen Groll gegen die Mutter. Sie war es doch, die ihm das neue Leben eingebrockt hatte! Sie war es, die mit der Schwester gemeinsame Sache gemacht und sein altes Leben zertrümmert hatte. Statt der vielen Wege, die er immer gegangen war, hinaus ins

Jesmich, auf den Heiligen Berg, in den Wald, zum Anger, zum Gutshaus, zum Konsum, statt der vielen Menschen im Dorf, die er täglich gesehen und mit denen er ein paar Worte gewechselt hatte, statt der Hühner, zu denen er jederzeit flüchten konnte, blieb ihm jetzt nur der enge Flur, die winzige Küche, das Wohnzimmer, das Schlafzimmer und die Mutter, immer wieder die Mutter, nichts als die Mutter.

Oft war er schon morgens gereizt, schon beim Frühstück suchte er Streit. Geradezu pedantisch bestand er neuerdings darauf, dass seine Tasse links vom Teller zu stehen habe. Stand sie rechts, machte er Theater. Starren Blicks nahm er sie mit beiden Händen und schob sie geräuschvoll dahin, wo sie seiner Meinung nach hingehörte. Stand Honig da, warf er der Mutter böse Blicke zu und ging in die Küche, um Marmelade zu holen, die er krachend auf den Tisch stellte. Hatte sie Marmelade hingestellt, holte er wütend den Honig. Schimpfte sie mit ihm, brüllte er manchmal so heftig zurück, dass sie ganz still und weiß wurde. Dann fing er an, sich selbst zu hassen. Er fand keine Worte, um sich zu entschuldigen, und war den ganzen Tag unglücklich. Aber immer wieder brachte er es so weit.

Hinter dem Haus befand sich ein Abhang. Wo eigentlich ein Hof hingehört hätte für Hühner, Gänse und ein Schwein, gab es ein ebenes Viereck, mit Waschbetonplatten belegt, dann den Abhang. Es war ein abschüssiges Gelände voller Unkraut und Gestrüpp. Man könnte, dachte Ernst beinahe jeden Tag einmal, aus dem Haus treten, auf dem Waschbetonviereck ein wenig Anlauf nehmen und sich den Abhang hinunter in das stachlige Gestrüpp stürzen ...

Helene, die den Abhang *Garten* nannte, hatte sofort mit der Mutter darüber gesprochen, wie man die Beete anordnen könnte, hinten unten die Bohnen, davor links die Karotten, rechts Erbsen und Salat, vorn die Erdbeeren, am Rand die Kräuter, seitlich rechts am Zaun die Johannisbeersträucher und so weiter. Die Lene hat schon immer viel Phantasie gehabt, dachte Ernst, der nichts als Gestrüpp und Unkraut sah. Aber Kartoffeln hatte sie der Mutter ausgeredet, gleich als erstes. Da die Mutter zu schwach war, um Beete selbst anzulegen und Kartoffeln rein- und rauszumachen, bestand sie auf den Kartoffeln nicht, obwohl Kartoffeln natürlich das A und O in einem Garten waren, wenn man schon keinen Acker hatte. Ernst hatte gesehen, wie die Mutter mit sich gekämpft hatte, ihre dunklen Augen, die Falten auf ihrer Stirn. Seit dem Umzug waren aber ihre Beine noch schlechter, oft klagte sie über Leibschmerzen. Sie trank viel Erdrauch-Tee. Es war klar, dass Helene die Gartenarbeit machen musste. Also keine Kartoffeln.

Den ganzen Umzug hatte ja auch Helene in die Hand genommen, das ganze Umzugselend, wie

Ernst jetzt dachte, während er die Mutter sah, die sich mit einer Hand den Magen hielt, mit der anderen Teller und Tassen und Messer hereintrug für das Abendessen. Mit Grauen erinnerte er sich daran. Erst war Helene mit Liane zusammen zwei Wochen im Dorf gewesen und hatte von morgens bis abends alles Vorhandene gesichtet, geprüft, gewogen und gemessen, hatte mit der Mutter besprochen, was wegkonnte und was mitsollte. Ernst war währenddessen ins Jesmich hinausgelaufen und hatte Erdrauch gepflückt. Dann wurde die Inventarliste ausgefüllt. Erst mit der Hand. Aber schon bald hatte die Post-Milli ihre Schreibmaschine angeschleppt, und Liane hatte die Liste abgetippt, am Küchentisch sitzend, mit sechs Durchschlägen, denn vier verlangte das Amt, einen behielt man selbst und dann noch einen zur Sicherheit. Liane, inzwischen 17jährig, ein großes dünnes Mädchen mit langen Haaren, war stolz darauf, dass sie tippen konnte, ohne auf die Tasten zu schauen. Das hatte sie sich selbst beigebracht. Sie sagte, die Liste abzutippen sei für sie eine gute Übung. Es wurden neunundvierzig eng beschriebene Seiten. Die Schreibmaschine klapperte von morgens bis abends. Auf diese Weise wurde das Umzugsverhängnis, von dem Ernst nichts hatte wissen wollen und das er sich, solang es nur ging, vom Leib gehalten hatte, in seinen Kopf hineingehämmert. Am Schluss war Liane krank vom Tippen. Nacken, Kopf und Hände taten ihr weh. Vergeblich, er hätte es sich ja denken können, hatte sie ihre Geige mitgebracht, auf der sie mit Ernst zusammen hatte musizieren wollen. Tut mir leid, Ernstilein, jetzt geht gar nichts mehr, hatte sie gesagt und war im Gesicht grau gewesen. In der Nacht hatte sie gekotzt, immer wieder, alle zehn Minuten war ihr Gewürge zu hören gewesen, bis zum nächsten Mittag. Als es ihr besser ging, lag sie in der Stube auf dem Sofa wie tot und vertröstete ihn auf die Zeit nach dem Umzug. Immerzu musste er das Wort *Umzug* hören, wie ein Schnitt ging es durch seinen Kopf. Einmal hatte er sich in die Kirche geflüchtet und war auf die Orgelempore hinaufgestiegen. Viele Jahre war er da oben nicht mehr gewesen. Auf die kleine Orgelbank hatte er sich gesetzt und erst mit den Fingern in die Tasten gegriffen, dann beide Unterarme auf die Tasten fallen lassen und die Stirn fest, so fest er konnte, auf die Hände gedrückt. Das elektrische Gebläse war nicht eingeschaltet, die Pfeifen blieben stumm, aber ein dumpfes Ächzen der Mechanik hallte im Kirchenschiff nach, das ihm vorkam, als wäre es sein eigenes.

Einige Wochen später war dann die Genehmigung da gewesen. Helene war noch einmal allein gekommen, um alles zu verpacken und zu beschriften. Ende August, frühmorgens, hatte der Möbelwagen vor der Tür gestanden.

Komm essen, sagte die Mutter, wie oft soll ich denn noch rufen?! Er legte den Stift hin und stand auf. Vom Esstisch aus konnte man durch ein großes Fenster den Waschbeton sehen, den Abhang und die drei Koniferen, die das Nachbargrundstück begrenzten. Es dämmerte. Kochkäse gab's, und Heringe in Tomatensoße. *Hawesta* stand auf der Dose mit dem aufgerollten Deckel.

Na, schmeckt's dir?, fragte die Mutter, die am Abend nie mehr aß als eine halbe Scheibe Brot.

Er kaute und nickte.

## 52

Die Freiheit, ein Sommergewitter! Es klopft, das Herz, wenn eine Last plötzlich fortgenommen wird, es will fliegen!

*Seine Kleider sanken zu Boden wie neidische Schuppen, und aus seinen Hüllen tauchte weiß und fleckenlos der unberührte, gemeißelte Körper des Jünglings. Sein brennendes Blut peitschte erwachende Mannheit, und seine irren Wünsche flatterten rauschend, wie wilde Vögel ...*

Alle anderen hatten geweint, er nicht. Sie hatten in der Kapelle gesessen, eng beieinander, hatten die Kälte des Gemäuers eingeatmet, den narkotisierenden Duft der Blumengestecke, und geweint. Auch Anton, sonst ein Muster der Selbstbeherrschung, hatte mit Tränen gekämpft. Nur Ernst hatte würdevoll, mit erhobenem Kinn, in der Bank gesessen.

Später dann in der Wohnung der leere Mantel der Mutter auf dem Bügel an der Garderobe, ihre Schürze, klein gemustert in Blau und Weiß, herabhängend vom Haken an der Küchentür, die Schwester, auf einen Stuhl fallend, die Hände vor dem Gesicht.

Immer hatte die Mutter den Fernseher ausgestellt, wenn Küsse gezeigt wurden, halb entblößte Brüste, Umarmungen. Sobald er unruhig wurde und anfing auf seinem Sessel herumzurutschen, war sie aufgestanden und hatte kurzerhand die Aus-Taste gedrückt. Nichts hatte sie laufen lassen außer den Nachrichten und vielleicht noch Kulenkampff, Willi Schwabes Rumpelkammer oder Spiel ohne Grenzen. Aber jetzt war er allein, wenn nicht gerade die Schwester da war, und war selbst Herr der Aus-Taste. Seit der Bestatter die Mutter abgeholt hatte, ließ Ernst alles laufen, was im Fernsehen kam. Das meiste langweilte ihn, vieles verstand er nicht, aber manchmal waren plötzlich interessante Dinge dabei, die Sendung *Klimbim* zum Beispiel, und er konnte nun auf dem Sessel herumrutschen, so viel er wollte, und mehr, und brauchte sich keinen Zwang anzutun.

Auch das verbotene Buch hatte er aus dem Schrank geholt, endlich, jenes Buch, das in einer grünen Lederhülle steckte, aus der er es jetzt jederzeit herausnehmen konnte, um auf dem Dekkel die Zeichnung einer nackten Frau zu sehen, ein Buch, aus dem die Überraschungen nur so herausschäumten. Er las darin Haarsträubendes, langsam, flüsternd und mit einem Finger die Zeilen entlangfahrend. Zwischendurch legte er es weg und befriedigte sich selbst, im Kopf die haarsträubenden Bilder, langsam, ausdauernd, mit geschlossenen Augen. Einmal fiel ihm ein, dass der Vater dies alles gelesen haben musste, Wort für Wort, und dass er ihn vielleicht vom Himmel herab beobachtete. Ein Schuldgefühl überwältigte ihn, er schämte sich, fürchtete wie ein Sünder für seine Ausschweifungen grässlich bestraft zu werden, reinigte und schrubbte sich mit der Wurzelbürste, schwor sich, *Die flammende Venus* nicht mehr in die Hand zu nehmen, und stellte sie in ihrer grünen Verkleidung zurück in den Bücherschrank. Aber am nächsten Tag holte er sie doch wieder heraus.

*Andächtig, als hauche sie ein Gebet, küßte die Frau seine schlanken Hände, küßte die jungen, kraftvollen Schenkel, preßte ihr fließendes Haar voll Inbrunst an seine zuckenden, flammenden Lenden – und seine Augen wuchsen ... und wuchsen.*

Sie hatten exotische Namen, die Heldinnen und Helden dieser Geschichten, hießen *Abigail* und *Gaston, Yvette und Lucian,* waren Prinzessinnen und Grafen. In ihren immer schwülen Augustnächten lagen Wollust und Entsetzen dicht beieinander. Eine *Herrin* kam vor, die ihre zahlreichen Liebhaber während des Liebesakts mit einem Beil köpfte, die abgeschlagenen Köpfe auf der Mauer ihres Anwesens aufreihte und die Kopflosen in ihren Wäldern als Holzfäller beschäftigte. Ernst war fassungslos. Die Bilder wühlten ihn auf und verfolgten ihn bis in seine Träume hinein.

Bist du denn gar nicht traurig?, fragte die Schwester, und weil er nicht antwortete, noch einmal lauter: Nicht traurig? Über den Tod der Mutter, gar nicht?

Er hatte Pantoffeln angezogen, seine Schürze umgebunden und begonnen, ein paar Teller und Tassen abzuwaschen, die am Ausguss stehen geblieben waren. Na, sagte er, nahm die Hände aus dem Spülwasser und drehte sich zu ihr um, einmal hat es ja zu Ende sein müssen.

Sie sah ihn verständnislos an und zerknüllte ihr Taschentuch.

Ernst wandte sich wieder dem Spülstein zu. Was wollte sie denn nur? Man musste ja Pantoffeln anziehen, musste essen, musste das Geschirr abwaschen. Er wünschte sich Helene weg, die ihn immer wieder an das Sterben der Mutter erinnerte, das er ein für alle Mal hinter sich haben wollte. Wie sein Leben nun weitergehen sollte, wusste er nicht, aber von Kummer, Schmerzen und Elend hatte er genug gesehen.

*Sie löste seinen Kragen, knöpfte die Weste auf, und was sich entblößte, bedeckte sie alsbald mit ihren brennenden Küssen ... Ihr Mädchenleib füllte sich unter seiner Liebe. Ihre kleinen Brüste schwollen, ihr Mund wurde üppig, ihre Glieder rundeten sich, jede Pore verlangte nach Lust ...*

Er war dabei gewesen, als die Mutter starb. Schon seit über einem Jahr hatten sich ihre Leibschmerzen verschlimmert. Die Mutter schob es darauf, dass sie keinen Erdrauchtee mehr hatte, Helene dagegen vermutete, die Mutter habe vielleicht Zeit ihres Lebens zu viel Erdrauchtee getrunken. Trotzdem hatte sie sich, auf Drängen der Mutter, umgehört und schließlich aus einer Wiesbadener Apotheke Erdrauch-Tee besorgt. Aber die Mutter behauptete, er helfe längst nicht so gut wie der selbstgepflückte aus dem Dorf, und wollte ihn nicht trinken. Dann stellten die Ärzte Magenkrebs fest und rieten zu einer Operation. Die Mutter lehnte es jedoch ab, ins Krankenhaus zu gehen. Während der letzten Wochen hatte sie nichts Festes mehr essen können, nur Brühe konnte Helene ihr löffelweise einflößen. Obwohl sie vollkommen abgemagert und geschwächt war, hatte sie sich gegen den Tod gestemmt, hatte auch in den letzten Tagen immer aufrecht im Bett sitzen wollen, kaum geschlafen und noch unmittelbar vor ihrem Tod von der Tochter verlangt, sie solle sie aufrecht halten. Lenchen, halt mich! – das waren ihre letzten Worte gewesen, und so, im Bett sitzend, erschrocken, weil sie plötzlich begriff, dass ihr Wille machtlos war gegen den Tod, war sie gestorben. Helene hatte sie noch einen Moment festgehalten. Dann hatte sie den schmächtigen Oberkörper der Mutter auf das Kissen sinken lassen, hatte ihr die Augen geschlossen, den Kopf noch einmal angehoben, um den noch immer dicken und dunklen Zopf nach vorn zu holen, der an seinem dünnen Ende mit einem Bändchen zugebunden war.

Seitdem hatte er Herzklopfen und das deutliche Gefühl, es müsse jetzt alles vollkommen anders werden. Widerwillig fügte er sich in die Abläufe. Zunächst musste die Bestattung vorbereitet, mussten die Todesanzeigen verschickt werden. All das nahm die Schwester in die Hand. Er half, Adressen zu schreiben. Ein schwarzer Wagen kam, die Mutter wurde abgeholt. Zu seinem neuen Lebensgefühl passte es nicht, dass Helene bei ihm blieb. Als sie endlich zu Anton nach Wiesbaden fuhr und Ernst ein paar Tage allein ließ, hatte er aufgeatmet und die neue Freiheit genossen. Dann war sie wiedergekommen, hatte ihn in seinen dunklen Anzug gezwungen und zur Beerdigung abgeholt.

Der Abwasch war fertig. Er ging in die Stube hinüber, wo die Schwester irgendwelche Papiere durchsehen wollte. Er fand sie aber auf dem Teppich kniend vor seinem Fernsehsessel, mit einem nassen Handtuch wischte sie auf dem Teppich herum. Tränen liefen ihr übers Gesicht und tropften auf den Teppich. Muss denn das sein, Ernst?, fragte sie, muss das auch noch sein?

Er hatte keine Ahnung, was sie meinte.

Da!, sagte sie heftig, da, und da!, und zeigte mit dem Finger auf einige weißliche Flecken, die er mit seinen nachlassenden Augen im Dämmerlicht des Zimmers nicht bemerkt hatte. Dunkle Röte schoss ihm ins Gesicht, er schüttelte den Kopf und murmelte etwas Unverständliches, ging in sein Schlafzimmer hinüber und setzte sich aufs Bett. Sein Herz hämmerte, er wusste nicht wohin mit sich. Als er sich vorbeugte und hinunterspähte, entdeckte er auf dem Läufer vor dem Bett ähnliche Flecken. Eine Wut stieg in ihm hoch auf die Schwester. Konnte sie ihn nicht in Ruhe lassen? Überall, überall musste sie ihre Nase hineinstekken!

Nach einer Viertelstunde klopfte Helene an seine Tür, schon im Mantel, das Gesicht verriegelt. Sie verabschiedete sich und sagte ihm, sie werde in drei Tagen wiederkommen.

Also am Freitag, sagte er.

Ja, am Freitag. Dein Essen steht im Kühlschrank, musst es nur warm machen. Sie hatte für ihn eingekauft und Verschiedenes vorgekocht.

Die Flecken erwähnte sie nicht mehr.

Als sie fort war, reinigte er den Läufer.

## 53

In den folgenden Tagen verließ er das Haus nicht. Ein Schleier hing vor der Welt, wenn er zum Fenster hinaus in den abschüssigen Garten sah, ein trüber Juni-Schleier aus Wärme und Nieselregen. Hoffentlich schimmeln die Erdbeeren nicht, dachte er, wo sie doch dieses Jahr zum ersten Mal ordentlich tragen.

Viel Post kam in diesen Tagen. Bogenschnitzers, Milli, Anneli Fersch, Marion Bunzel, Spindlers, Fabigs, Lüdenstedts, Wenglers, Cannbachs - alle aus dem Dorf, die eine Todesanzeige erhalten hatten, schickten Beileidsbriefe. Eine kurze Kondolenzkarte kam vom Thüringer Landesbischof Stürzlinger. *Ihr wacher Geist, ihre Güte, ihre Liebenswürdigkeit werden allen in Erinnerung bleiben, die sie kannten,* schrieb er. Außerdem schrieben die Verwandten aus Unterweißbach, Tante Maja aus Wien, Regine aus Volkstedt. Ernst las alle Briefe mehrmals. Erstaunt entnahm er ihnen, wie sehr die Mutter geschätzt und geliebt worden war, wie gern man ihr Sorgen anvertraut und sich bei ihr Rat geholt hatte. Das hatte er nicht gewusst. Vor allem aber versetzten die Erinnerungen der Briefschreiber ihn mit einem Stoß zurück ins Dorf, in die Kirche, ins Pfarrhaus. Er hörte die Glocken läuten, sah sich mit der Milchkanne den Hohlweg zu Fabigs hinuntergehen, mit der Trompete unterm Arm auf den Heiligen Berg steigen, sah

Arno Bogenschnitzer herankommen, der ihm die Hand schüttelte. Vier Jahre war er nun schon im Westen, in der Fremde ... Das Heimweh verschmolz mit einem Bild, das seine Tagträume beherrschte und das immer wiederkam: Er war auf dem Weg ins Dorf von der Bechstedter Höhe hinunter, während Marita von fern winkte und ihm entgegenlief, in einem hellen Kleid, das im Wind flatterte zur Feier seiner Heimkehr, freudig lächelnd und dann nah und weich, eine Wolke, in der er versinken durfte ...

Marita hatte keinen Beileidsbrief geschrieben, nur Marion, ihre Mutter, die ja im Schreiben von Beileidsbriefen erfahren war, schrieb etwas formelhaft in Schönschrift, vermutlich auf die Bitte der alten Frau Bunzel hin, die die Gicht in den Fingern hatte und zu schlechte Augen, um noch selbst schreiben zu können.

Ernst hatte im Lauf der vier Jahre im Westen viele Briefe an Marita geschrieben und sich beim Schreiben mehr und mehr in sein Heimweh hineingesteigert, besonders in der letzten Zeit, seit die Mutter sich wegen ihrer Krankheit um seine Post nicht mehr kümmerte. Von Marita kamen dann Postkarten als Antwort. Hatte er etwa unter vielem Seufzen am Schluss seines Briefs geschrieben: *Könnte ich doch jetzt in Eurer Stube sitzen und mit Dir ein Honigbrot essen!*, bekam er ein paar Wochen später eine Postkarte mit einer Abbildung der Fasanerie und mit folgendem Text: *Bei uns sind alle gesund, nur die Oma hat einen Husten seit Ostern. Letzte Woche ist unser neuer Schuppen fertig geworden, an der Seite zu Wenglers hin, Holz mit Wellblechdach. Viele Grüße von der Oma, Marita.* Seine Freude über solche Karten war groß, und er las jede zigmal, um nichts zu verpassen, was in den wenigen Wörtern verborgen sein konnte. Von Milli dagegen kamen lange Briefe, in denen sie Neuigkeiten aus dem Dorf berichtete. Einmal erwähnte sie, Marita sei dick geworden (*stramm*, schrieb Milli), aber das sei kein Wunder, denn sie sitze ja den ganzen Tag zu Hause und tue weiter nichts als ihre Mutter zu tyrannisieren. Er las so etwas mit gesteigerter Aufmerksamkeit, aber die Marita solcher Briefstellen schien auf einem anderen Stern zu leben. Jene wolkenhafte Marita, die ihm in seinen wehmütigen Träumereien vorschwebte, blieb davon unberührt.

Als Helene, wie versprochen, drei Tage später in Begleitung von Anton wiederkam, fand sie ihren Bruder am Küchentisch sitzend, eine Scheibe trockenen Brots in der Hand.

Was soll denn das?, fragte sie, hast du keine Butter und keinen Käse mehr?

Sie schaute in den Kühlschrank und fand Käse und Schinken unangetastet, ebenso das Vorgekochte. Mit Mühe bekam sie aus ihm heraus, dass er sich die Vorräte hatte aufsparen wollen. Solange er mit dem trockenen Brot auskomme, habe er es ja nicht nötig gehabt, etwas anderes anzubrechen.

Das ist doch nicht zu glauben!, sagte Helene und räumte geräuschvoll im Kühlschrank herum. In Ernsts Weigerung, ihre Fürsorge anzunehmen, in seinen langsamen Kaubewegungen und dem trokkenen Brot in seiner Hand witterte sie eine Widersetzlichkeit, über die sie sich ärgerte. Um nicht aus der Haut zu fahren, ging sie schnell in den Garten hinaus und pflückte Erdbeeren. Anton dagegen, dem vor allem die guten Lebensmittel leidtaten, setzte sich zu Ernst an den Tisch und erklärte ihm geduldig, wie ungesund es sei, sich so einseitig zu ernähren, dass es beim Essen auf die Zufuhr von Mineralien und Vitaminen ankomme, die in Gemüse enthalten seien, das aber wegen der Kurzlebigkeit der Vitamine nicht zu alt werden dürfe usw. Ernst nickte höflich, kaute aber weiter sein trockenes Brot.

Später saßen sie zu dritt auf dem Waschbetonviereck und aßen Erdbeeren mit Schlagsahne. Es war heiß. Helene bat Anton um sein Taschentuch, das sie am Wasserhahn nass machte, um sich Stirn und Nacken damit abzutupfen. Nachdem sie eine Weile über das Wetter, die Bohnen und die eingegangene Post geredet hatten, sagte Helene, sie werde sich operieren lassen müssen, da ein Verdacht auf Krebs bestehe.

Ernst nickte.

Helene warf Anton einen verzweifelten Blick zu. Anton wollte ihre Hand streicheln, aber sie zog sie weg. Dann räusperte sie sich und sagte zu

Ernst, sie könne sich deshalb eine Zeitlang nicht um ihn kümmern. Wie lange, sei unbestimmt, weil es darauf ankomme, ob der Verdacht sich bestätige oder nicht.

Ernst nickte.

Aber Christina, sagte Helene weiter, werde mit ihrem Jüngsten, der noch nicht in die Schule gehe, zwei Wochen zu ihm kommen und für ihn sorgen. Falls sie, Helene, dann noch nicht wieder gesund genug sei, um regelmäßig zu ihm hinauszufahren, werde Frau Roth, die dazu schon ihr Einverständnis erklärt habe, ab und zu nach ihm sehen.

Das ist nicht nötig, sagte Ernst, ich komme doch allein zurecht. Er kratzte die Reste der Schlagsahne von seinem Teller.

Da sind wir anderer Meinung, sagte Helene. Sie griff nach einer *Hör Zu*, die auf dem Fensterbrett lag, und fächelte sich damit Luft ins Gesicht. Dass du drei Tage lang nur trockenes Brot gegessen hast, sagt ja schon alles. Aber auch sonst ist es nicht gut für dich, so viel allein zu sein. Was soll sein, wenn du mal krank bist? Was soll denn werden, wenn ich für längere Zeit ausfalle? Anton hat keinen Führerschein ...

Ernst vergaß seinen Trotz. Er ahnte Unheil.

Wir haben uns, sagte Helene, nach einem Heim für dich umgesehen. Wir haben etwas gefunden, wo du dich wohl fühlen wirst und wo man sich um dich kümmern wird.

Er legte den Löffel hin, schaute nach unten und verhakte seine Finger ineinander.

Wirklich, Ernst, du wirst sehen. Es ist ein evangelisches Heim für behinderte und alte Menschen, in Hofgeismar. Das ist nicht weit von Kassel, wo Christina wohnt.

Er sah die Schwester an, seine Züge verkrampften sich, die Augen wurden rot und traten noch mehr hervor als gewöhnlich.

Glaub mir, sagte Helene, mir wäre es auch viel lieber, Du könntest hier bleiben. Wenn Mutter noch lebte – ! Wenn ich gesund wäre, ja dann – ! Aber so ... Es geht nun mal nicht anders.

Als sie seinen Brustkorb zucken sah, legte sie einen Arm um seine Schultern. Wie schmal diese Schultern waren!

Ernst, Lieber! Sie schluckte. Du kannst ein paar eigene Möbel mitbringen und sogar auch das Klavier! Wir haben das alles schon geregelt. Im September kannst du dort einziehen.

Wann?, fragte er.

Im September. Im September!, sagte sie noch einmal lauter.

So bald schon, sagte er.

## 54

Von weitem hatte die Anstalt durchaus Ähnlichkeit mit einem Dorf. Eine Kapelle, etwas erhöht auf einem Hügel erbaut, auf der anderen Straßenseite verstreut liegende alte Backsteingebäude, zwei- und dreigeschossig, dazwischen hohe Eichen, Birken, Buchen, auch Fliederbüsche, Rosen, Jasmin. Dann aber verräterisch große Rasenflächen, geharkte Sandwege, Schilder, angeschraubt an den Gebäuden, weiß mit schwarzer Schrift, außerdem an den vielen Kreuzungen der Sandwege hölzerne Wegweiser: „Ambulante Therapie", „Gymnastik", „Wäscherei", „Hauptverwaltung". Man war umzingelt von diesen Wegweisern, die alle Blicke einfingen, als sei die Gefahr des Verirrens auf dem Anstaltsgelände die allergrößte, als müsse verhindert werden, dass man in die Luft hinaus entwich. Zum Niedersitzen und Ausruhen standen allzu viele schwere gelbe Bänke mit plumpen Metallfüßen an den Wegrändern, Bänke, wie sie sonst nur vereinzelt an Bushaltestellen mit vergilbten Fahrplänen zu finden sind, an den Ausfallstraßen von Ortschaften, aus denen man sich besonders heftig fortwünscht.

Im *Männerhaus 2* herrschte ein rauer Umgangston. Die Bewohner, großenteils Männer älterer Jahrgänge, hockten meist um einen Tisch herum und vertrieben sich die Zeit mit Karten- oder

Würfelspielen. Einen Aufenthaltsraum gab es nicht, nur diesen Tisch und ein paar Stühle unter der Schräge beim Treppenaufgang ins Obergeschoss. Die Wände waren mit Holzpanelen verkleidet. Ein Hirschgeweih war dort angenagelt, auf einem kleinen, verstaubten Bord standen zwei silberfarbene Handball-Pokale und eine Bibel, außerdem gab es ein Plakat, das einen übervollen Aschenbecher in Großaufnahme zeigte. Der Aschenbecher hatte die Form eines menschlichen Herzens, das quer aufgeschnitten war, so dass die beiden Herzkammern rosafarbene Mulden bildeten, in denen Zigaretten ausgedrückt worden waren. Der Text, der darunter stand, war schon verblasst und schlecht zu lesen, zumal unter der Schräge immer eine Wolke aus Zigarettenqualm hing. Es wurde auch viel getrunken. Die Anstaltsleitung sah das nicht gern, weil unter den Bewohnern Alkoholiker waren, hatte aber den Versuch aufgegeben, es zu unterbinden.

Ernst ging bei trockenem Wetter nachmittags oft auf den Kirchhügel, Trompete blasen. Alles, was er auf der Trompete blies, konnte er auswendig. Auch hatte er schon viele Komplimente für sein Trompetenspiel bekommen, das spornte ihn an.

Als er eines Spätnachmittags zurückkam, war im *Männerhaus 2* ein Tumult entstanden. Einer der Männer, ein Dicker, der über Hemd und Hose einen grau-braun gestreiften, vorn geöffneten Bademantel trug, versperrte einem anderen den Zugang zu dessen Zimmertür.

Nee, Tonne, also das geht nun wirklich zu weit! Nur über meine Leiche kriegst du das Ding da rein!, rief der Dicke, während die anderen, die ihr Kartenspiel unterbrochen hatten, die Arme verschränkten und aus vollem Hals lachten. Der mit „Tonne" Angesprochene, der offenbar auch gerade eben erst ins Haus gekommen war, stand still und starrte den Dicken ratlos an. Unter seinem linken Arm hielt er eine hölzerne Klosettbrille, unter dem rechten den dazugehörigen Deckel.

Morgen schleppst du dann die Schüssel an!, rief einer der Kartenspieler.

Und übermorgen die Scheiße dazu!, ergänzte ein zweiter.

Eine neue Lachsalve folgte. Der „Tonne" Genannte, ein schmächtiger Mann, unternahm einen schüchternen Versuch, an dem Dicken vorbeizukommen.

Der schüttelte den Kopf und ließ ihn nicht durch. Wenn du 'ne Flasche Hardenberger für mich mitgebracht hättest, würd' ich ja vielleicht mit mir reden lassen.

Die Gesichtsmuskeln des Angesprochenen zuckten, sei es wegen der Unverschämtheit, sei es aufgrund einer Abneigung gegen Schnaps. Vom Tisch her ertönte Gelächter.

Ja, das hab' ich irgendwie geahnt, sagte der Dicke, dass du wieder nix dabei hast. Er holte aus seiner Hosentasche eine fast leere Packung Chesterfield, klopfte eine Zigarette heraus, griff mit den Lippen zu und kramte in der anderen Hosentasche, bis er sein Feuerzeug gefunden hatte. In aller Ruhe zündete er sich die Zigarette an.

Was denkst du dir bloß dabei, Tonne, sagte er dann bekümmert und machte die Lippen rund, um den Rauch auszublasen. Das stinkt doch wie Harry! Was glaubst du, was Roland dazu sagen wird, wenn er nachher rüberkommt, hm?

Klarer Fall!, lachte einer der anderen, er wird sagen: Steht dir gut, deine neue Brille!

Alle außer „Tonne“ lachten.

Nee, nee, Tonne, sagte ein anderer, wenn er dieses Ding in deinem Zimmer sieht, dann kommst du endgültig auf die Geschlossene. Du warst doch neulich beim Ofenrohr schon kurz davor.

Schon beim Kaninchengehege!, rief einer der Kartenspieler.

Ede hat recht, sagte der Dicke, beim Kaninchengehege stand es schon Spitz auf Knopf. Aber bei dem hier bist du fällig, verlass dich drauf.

Schon allein wegen der Hygiene!, rief einer der anderen.

Alle lachten schallend.

Ich werde mich über Sie beschweren!, sagte der Mann mit der Klosettbrille leise, aber mit Nachdruck. Dann drehte er sich um und ging zum Ausgang.

Ernst war an der Tür stehen geblieben, die Trompete unter dem Arm. Guten Abend, Herr Lohmann, sagte er mit einer tiefen Verbeugung.

Am Tisch wurde darüber verhalten gekichert. Die Männer spotteten über Ernst nur hinter seinem Rücken. Sie scheuten sich, es offen zu tun. Seine altmodische Förmlichkeit mochte sie davon abhalten oder die Entschiedenheit, mit der er tat, was ihm wichtig war, Trompete blasen, Klavier spielen.

Der Mann mit der Klosettbrille grüßte ebenfalls und verließ das Haus. Ernst nickte höflich zu der Tischgesellschaft hinüber, stieg die Treppe hinauf, ging den Gang entlang bis zu der Tür mit dem Schild *Herr Kroll,* scharrte mit den Schuhen auf der Fußmatte, um Schmutz abzustreifen, und schloss auf. Der Lärm von unten störte ihn nicht. Er hörte zu schlecht.

Sein Zimmer war nicht klein. Das Feurich-Klavier stand darin, ein Bett, ein Tisch mit einem Stuhl, eine Kommode und ein Sessel, an der Wand hing das Bild mit den Granatäpfeln – all das erinnerte ihn ans Pfarrhaus. Helene hatte außerdem eine Fotografie der Kirche und des Schulhauses vergrößern und rahmen lassen. Sie hing über dem Tisch, an dem er seine Mahlzeiten einnahm.

Es war sein Wunsch gewesen, auf dem Zimmer zu essen. Der Weg in den Speisesaal, der quer über das Anstaltsgelände führte, wäre ihm nicht lästig gewesen, aber das Klappern und Scheppern der Teller beim Essen war schwer auszuhalten. Dazu das wirre Gerede der vielen fremden Leute – er verstand sie nicht, sie verstanden ihn nicht. Da hatte er lieber Ruhe in seinem Zimmer und nahm in Kauf, dass das Essen meist schon kalt war, wenn es bei ihm ankam. Anfangs war Roland selbst gekommen, der als Pfleger für das *Männerhaus 2* zuständig war, später dann ein Zivildienstleistender namens Patrick, an manchen Tagen kam auch eine Schwesternhelferin, die Annika hieß und hübsche dunkle Augen hatte. Diese Annika verstand etwas von ihrer Arbeit. Anders als Roland oder Patrick wusste sie genau, wohin sie den großen Teller zu stellen hatte, wo der kleine Salatteller stehen sollte, wo der Nachtisch, auf welcher Seite das Trinkglas seinen Platz hatte und wo Messer und Gabel hinzulegen waren. Ernst wollte nun einmal unbedingt das Trinkglas links haben und die Gabel rechts, und wenn Roland oder Patrick, denen er das schon mehrfach erklärt hatte, diese Dinge nicht nur falsch hinlegten, sondern seine gereizten Korrekturen auch noch mit einem nachsichtigen Lächeln beantworteten, machte ihn das zornig. Was für ein kluges Mädchen war dagegen diese Annika! Ein einziges Mal nur hatte er ihr die Tellerordnung erklären müssen, schon hatte sie sie vollständig aufgefasst und akkurat umzusetzen gewusst, in Nullkommanichts stand sein kleines Regiment aus

Teller, Becher und Besteck auf Linie, dazu schaute sie ihn auch noch freundlich an und fragte: Ist es so recht, Herr Kroll? Aber man konnte nie sicher sein, ob Annika kommen würde ... Nahte die Essenszeit, saß er am Tisch, rasiert und gescheitelt, die Serviette umgebunden, und wartete, angestrengt schnaufend, da er das Schlimmste befürchtete, den Blick unverwandt auf die Tür gerichtet, die schräg hinter ihm lag, so dass er sich den Hals verrenken musste, um zu sehen, wer kommen würde, denn davon hing alles ab ... Wenn dann Annika die Tür öffnete und das Warmhaltegeschirr hereintrug, atmete er auf. Er lächelte, wenn er ihre flinken Hände sah, die die Gabel rechts und das Wasserglas links postierten, als wäre es das Selbstverständlichste von der Welt, und strampelte manchmal sogar ein wenig mit den Füßen. Was für ein Vergnügen: eine Mahlzeit ohne Hindernisse, eine reibungslos ablaufende Mahlzeit!

Als Ernst in die Anstalt einzog, die sich *Gesundbrunnen* nannte, hatte er nahezu alles verloren, was sein früheres Leben ausgemacht hatte. Nun schuf er sich eine neue Ordnung und hielt sich an das, was ihm geblieben war. Jeden Morgen ging er in die Morgenandacht. Lange bevor er sich auf den Weg in die Kapelle machen musste, stand er auf. Am Waschbecken seifte er sich von Kopf bis Fuß ein, wusch und schrubbte sich mit einer noch aus dem Dorf stammenden Wurzelbürste, bis ihm alles wehtat. Der Schmerz betäubte die Schwermut, die stets von ihm Besitz ergreifen wollte. Er zog ein frisches Hemd an, das sich auf der geschundenen Haut kühl anfühlte, und machte sich auf den Weg. Die Kapelle war ihm angenehm, die Stille vor der Andacht, die Bänke, die drei Rundbogenfenster hinter dem Altar, die grüne Holzdekke, deren Farbe ihn an das Blätterdach der alten Linde im Frühling erinnerte. Er mochte den Händedruck und die Stimme des Pfarrers, auch wenn er nicht alles verstand, was er sprach, und er liebte die Klänge der kleinen Orgel. Die tägliche Morgenandacht gab dem Anstaltsleben die Regelmäßigkeit, die er wollte. Anschließend frühstückte er, dann setzte er sich ans Klavier und übte. Wenn das Mittagessen kam, hatte er schon einen halben Tag überstanden.

Die anderen Bewohner im *Männerhaus 2* waren Fremde, ihr Leben verlief in anderen Bahnen. Sie gingen niemals in die Andacht, legten wenig Wert auf Sauberkeit, auf Stille. Sie waren ihm nicht sympathisch. Am wenigsten missfiel ihm Herr Lohmann. Zwar fand Ernst es seltsam, dass Herr Lohmann Tag für Tag Schrott sammelte und ins Männerhaus schleppte, aber er hatte gute Manieren, er trank nicht, rauchte nicht und grölte nicht herum wie andere im Haus.

Ernst prägte sich die Nachnamen seiner Mitbewohner ein, und wenn er einem von ihnen begegnete, grüßte er höflich, indem er ihn mit Namen anredete und sich tief verneigte. Viele antworteten darauf nur mit einem Kopfnicken, das Ernst jedoch nicht sah, weil er sich zu diesem Zeitpunkt noch nicht wieder aufgerichtet hatte. Zudem kamen seine Konsonanten im Anlaut oft so schleppend oder stotternd heraus, dass der Gegrüßte, wenn sein Name endlich ganz ausgesprochen war, bereits einige Meter entfernt mit jemand drittem sprach oder aus anderen Gründen von Ernst keine Notiz mehr nahm. Einer war unter ihnen, der von den anderen „Rudi" genannt, von Ernst jedoch mit seinem Nachnamen als „Herr Pfeffer" angesprochen wurde. Schier unüberwindlich waren die geballten Konsonantenschwierigkeiten in diesem Namen! Und es gab eine noch größere Schwierigkeit. Herr Pfeffer, ein übrigens völlig harmloser und gutartiger Mensch, wusch sich selten. Ernst, der einen feinen Geruchssinn hatte, roch Herrn Pfeffer manchmal schon, bevor er ihn sah, und bereitete sich dann, da eine Begegnung unvermeidlich schien, auf die Begrüßung vor, indem er das Pf mit den Lippen übte. Während aber Ernst jede Begegnung mit Herrn Pfeffer in Alarmbereitschaft versetzte, war das bei Herrn Pfeffer umgekehrt ganz und gar nicht der Fall. Ein müder Blick streifte Ernst, wenn sie einander im *Männerhaus 2* oder auf dem Anstaltsgelände trafen, mehr nicht. Pfeffer sprach überhaupt wenig und war auch im Kreis der Saufkumpane unter der Schräge der Stillste. Er trank, aber der Schnaps bekam ihm nicht. Oft saß er bei den anderen, wenn sie die Karten auf den Tisch droschen, und starrte vor sich hin, manchmal liefen ihm Tränen übers Gesicht. Wenn dann einer der anderen ihm ein Papiertaschentuch gab, nahm er es und hielt es fest, wischte sich aber die Tränen nicht ab.

Und es gab Ede Schorf. Ede, der, auch wenn er mit den anderen unter der Schräge saß, in Turnschuhen und Trainingsanzug, immer eine speckige Illustrierte mit nackten Brüsten vorn drauf in den Fingern hatte. Er liebte es, damit zu provozieren, die Schwesternschülerinnen, den Anstaltspfarrer. Seine Zimmertür ließ er gern weit offen stehen. Kam man von draußen ins *Männerhaus 2*, musste man zwangsläufig an dieser offen stehenden Tür vorbei. Jeder war sozusagen eingeladen, einen Blick hineinzuwerfen. Die Wände waren dicht an dicht mit den Titelbildern solcher Hefte beklebt, zwischen denen Ede gewitzt einen kleinen Spiegel angebracht hatte. Stand die Tür offen, hockte Ede in einem Winkel des Zimmers und blätterte wie üblich in einem der Hefte. Blieb jemand stehen, der ins Zimmer spähte, konnte Ede ihn im Spiegel aus dem Winkel beobachten. Der Späher entdeckte natürlich zwischen den vielen starken Motiven den Spiegel nicht und erschrak, wenn Ede aus der Tiefe des Zimmers hervorschnellte, um einen kleinen Profit aus der Lüsternheit zu schlagen. Der Neugierige wurde hereingebeten und bekam einiges gezeigt. Ede bot dann an, gegen eine Flasche Hardenberger einen Stapel Hefte zu verleihen. Zum Geschäftsabschluss kam es jedoch selten. Die Mitbewohner des *Männerhauses 2* hatten, soweit überhaupt interessiert, die meisten Hefte bereits durch, der Pfarrer zeigte sich von Edes Wandschmuck unbeeindruckt, die Pfleger lachten nur darüber und Besuch kam so gut wie nie.

Ein Neuzugang wie Ernst war daher eine Chance für Ede. Es war am zweiten oder dritten Tag nach seiner Ankunft im *Gesundbrunnen,* als Ernst im Vorübergehen erstmals einen Blick in Edes offen stehendes Zimmer warf. Eine ganze Wand übersät mit nackten Brüsten! Ernst stand wie angenagelt und schaute, ungläubig und mit hungrigen Augen. Das leise Kichern aus der Tiefe des Zimmers konnte er nicht hören. Als Ede plötzlich seinen Kopf aus der Tür streckte, blieb ihm die Luft weg.

Nicht übel, was?, sagte Ede, die Hände in den Trainingshosentaschen. Mal nähertreten und die Damen genauer ansehen? Kann doch nicht schaden! Er traute sich nicht, Ernst zu duzen, amüsierte sich aber über dessen erschrockene Miene.

Guten Tag, Herr Sch-schorf, stammelte Ernst, der Ede ungefähr bis zum unteren Rippenbogen reichte, und als Ede ihn wiederholt ermunterte einzutreten, dankte er und schüttelte heftig den Kopf. Er hatte noch niemals in seinem Leben eine Ausrede benutzt und fand auch jetzt keine, wo er sie unbedingt nötig hatte. Also bedankte er sich nochmals, verbeugte sich höflich und ging auf die Treppe zu. Da erst fiel ihm ein Satz ein, den er einmal gesagt hatte und der ihm im Gedächtnis geblieben war, weil die Mutter ihn manchmal zitiert hatte, um jemanden zum Lachen zu bringen. Der Satz war wahr gewesen, hatte aber durch die Erzählungen der Mutter die Farbe einer Ausrede angenommen, deshalb kam er ihm jetzt in den Sinn. Auf der Treppe drehte er sich noch einmal um und sagte: Meine Zeit gestattet es mir nicht!

Da war Ede längst in seinem Zimmer verschwunden.

## 55

Zweimal wöchentlich musste Ernst in die „ambulante Therapie“, einmal wöchentlich zum „kreativen Gestalten“. Dr. Hochsprung, wortkarg und graugesichtig, hatte das angeordnet. Die Fremdwörter flößten Ernst Angst ein. In der Nacht vor der ersten „ambulanten Therapie“ schlief er schlecht. Roland, der Hauspfleger, holte ihn gleich nach dem Frühstück ab und brachte ihn hin. Erleichtert stellte er fest: Die „ambulante Therapie“ war eine Werkstatt! Es roch dort nach Holz, nach Leim, nach Lack, genau wie in der Bogenschnitzerschen Tischlerei. Er solle Stühle flechten, erklärte ihm Frau Klemp, die Therapeutin. Solche Stühle hatte es auch im Pfarrhaus gegeben, Stühle mit kunstvoll geflochtenen Sitzflächen. Er freute sich auf diese Arbeit. Als erstes durfte er sich auf einen Hocker setzen. Frau Klemp drehte einen Stuhl um und machte ihm den Anfang, indem sie eine Binse auf der Rückseite des Holzrahmens annagelte. Dann zeigte sie Ernst, wie er die lange Binse führen und fädeln müsse, um die Grundebene des Geflechts herzustellen. Er schnaufte viel und gab sich Mühe. War der Binsenstrang zu Ende und musste auf der Rückseite verknotet werden, kam Frau Klemp und half. Leicht fiel ihm diese Arbeit nicht. Er saß gekrümmt, musste mit dem Kopf sehr nah an die Hände heran, um das nächste Loch zu finden, in das die Binse eingefädelt werden musste, brauchte viel Kraft, um den Faden strammzuziehen und den strammgezogenen Faden festzuhalten, damit er nicht wegschnurrte. Dies war die Schwierigkeit zu Beginn. Später, als er die zweite und die dritte Ebene in Angriff nahm, gab es neue Schwierigkeiten. Frau Klemp half und war geduldig. Sie riet ihm, ab und zu eine kleine Pause zu machen. Aber das kam für Ernst nicht in Frage. Angestrengt und verbissen arbeitete er, tief schnitten die Binsen in seine Finger ein, wenn er sie strammzog. Waren die anderthalb Stunden um, taten die Hände weh und der Nacken schmerzte. Dann ging er, noch krummer als sonst, aus der

Werkstatt hinaus mit einem Gefühl, das ihm die Welt aufhellte und das umso stärker war, je heftiger der Schmerz im Nacken wütete: dem Gefühl, etwas Nützliches geleistet zu haben.

Er brauchte das, um nicht durchzudrehen. Die Mitbewohner im *Männerhaus 2* lachten insgeheim über ihn und tippten sich an die Stirn, wenn er jeden Samstag Stühle, Nachttisch und alles übrige bewegliche Mobiliar aus seinem Zimmer auf den Flur räumte, eine Gummischürze umband und Gummistiefel anzog, die Ärmel hochkrempelte, auf die Knie ging und den Fußboden seines Zimmers scheuerte, bis alles blitzsauber war. Wenn seine Hände hinterher aufgesprungen waren und ihm die Knie endlich einmal wehtaten wie früher im Dorf, war er zufrieden.

Beim „kreativen Gestalten" stellte sich dieses Gefühl nicht ein. Es gab dort einen langen Tisch aus rohem Holz, an dem man mit Wachsstiften, mit Kreide, mit Finger- oder Wasserfarbe auf Papier malen konnte, aber wenn er die dünnen Kreiden, die feinen Pinsel nur ansah, fürchtete er schon, sie zu zerbrechen. Ein paarmal versuchte er es dennoch mit den Wachsstiften, weil ihm die Idee gekommen war, ein schönes Bild für Marita zu malen, einen Blumenstrauß vielleicht oder einen Vogelschwarm, der am Himmel vorüberzog. Aber was er nach einigem Bemühen dann auf dem Papier sah, schien ihm so verkorkst und verschmiert, dass er Kopf und Hände sinken ließ und aufgab. Er erinnerte sich, dass er als Schuljunge Pflanzen hatte zeichnen müssen und dass der Vater seine Zeichnungen stets mit „mangelhaft" bewertet hatte, immer wieder mit „mangelhaft". Die Therapeutin ließ ihn einiges ausprobieren, legte ihm nahe, weniger aufzudrücken, aber das half nichts. Als sie einsah, dass das Malen nichts für ihn war, gab sie ihm Knetmasse. Der Klumpen lag leblos in der Hand, und da er nicht wusste, was er damit anfangen sollte, drückte er seinen Handballen hinein und legte ihn von einer Hand in die andere. Nach einiger Zeit wurde die Masse wärmer und weicher, und er fand Gefallen an der Berührung, die ihn, wenn er die Augen schloss, ein wenig an weiche Kinderhände erinnerte. Zuletzt waren es die Hände des kleinen Andreas gewesen, des Jüngsten von Christina, die er in den Händen gehalten hatte. Der kleine hellblonde Andreas war mit in Watzelhain gewesen, als Helene im Krankenhaus gelegen hatte. Ernst hatte ihn auf den Knien gehabt und *Hoppe hoppe Reiter* mit ihm gespielt. Währenddessen hatte man Helene im Krankenhaus eine Brust abgeschnitten. Das war nun schon wieder ein paar Monate her. Christina, die in Kassel wohnte, besuchte ihn ab und zu in der Anstalt. Auch Helene war mehrmals gekommen. Es ging ihr jedoch nicht gut. Sie schrieb von Operationen, von Bestrahlungen und Krankenhausaufenthalten.

Aus der Knetmasse formte er ein Ei, einen Apfel, eine Birne. Die Therapeutin lobte ihn. Nächste Woche machen wir einen Versuch mit Ton, sagte sie.

Ernst schüttelte den Kopf. Wozu soll das gut sein? Zu gar nischt!, brummte er.

Auf dem Heimweg war es schon fast dunkel. Ein Windstoß fuhr in einen Haufen aus Buchenblättern, der sich vor der Hauptverwaltung angesammelt hatte, und hob sie in die Luft. Ernst trottete den Weg entlang, der von Laternen beleuchtet und von gelben Bänken und Hinweisschildern flankiert war. Als er sich dem *Männerhaus 2* näherte, winkte ihm jemand und kam auf ihn zu, mit kurzen, festen Schritten. Es war eine Frau im Regenmantel. Sie hatte graue Haare und trug eine Brille.

Ernst!, rief sie, als er stehen blieb, Ernst! Na, du erkennst mich wohl gar nicht mehr?

Da sah er, dass es Regine war.

Na freilich, sagte er und wurde rot.

Regine ging mit Ernst ins Haus, an den Männern unter der Schräge vorbei, die ihr Kartenspiel unterbrachen und das seltsame Paar musterten, in sein Zimmer hinauf, um ihm beim Abendessen Gesellschaft zu leisten. Schon auf der Treppe bewarf sie ihn mit Gelächter und schnellen Sätzen, die er nur zur Hälfte verstand, dann begutachtete sie sein Zimmer, kommentierte alles und schüttete in wenigen Minuten mehr Wörter über ihm aus, als er in den vergangenen vier Wochen gehört hatte. Nach und nach dämmerte ihm, dass Regine sich allen Ernstes entschlossen hatte, ihr künftiges Leben in der Anstalt zu verbringen. Ihre Eltern lebten nicht mehr, das wusste er. Als sie Rentnerin geworden war, hatte sie sich umgehört, ob sie irgendein Ehrenamt in der Gemeinde übernehmen könnte, da hatte ihr Helene geschrieben, Ernst sei jetzt im *Gesundbrunnen* untergebracht. Sie habe sich über die Anstalt informiert und erfahren, dass auf dem Gelände auch Wohnungen an alte Menschen vermietet wurden. So eine Wohnung habe sie sich nun ausgesucht. Noch vor Weihnachten werde sie einziehen.

Ernst war sprachlos.

Es gibt einen Speisesaal, da kann ich zum Essen hin, und wenn ich alt und klapprig bin, werde ich sogar gepflegt, sagte sie und lachte.

Er blickte sie erstaunt an. Zwar hatte sie graue Haare, aber ihre dunklen Augen glänzten, beim Reden wirbelten ihre Finger durch die Luft, auch ihr Gesicht war ständig in Bewegung. Es war ihr anzusehen, dass sie voller Tatkraft war und sich auf die Zukunft freute.

Ich hätte auch zu meinem Bruder nach Bamberg gekonnt, sagte sie, aber ich mag niemandem zur Last fallen. Und hier habe ich endlich wieder eine Aufgabe! Sie strahlte.

Was denn?, fragte Ernst.

Es klopfte. Annika kam und setzte das Tablett mit dem Abendessen auf dem Tisch ab. Sie stellte alles an den richtigen Platz, so exakt, dass es ein reines Vergnügen war, wünschte guten Appetit und ging wieder.

Iss nur, iss!, sagte Regine, als er zögerte.

Er war hungrig, griff nach dem Messer, strich Butter auf eine trockene Graubrotscheibe und hob sie langsam zum Mund. Was denn für eine Aufgabe?, fragte er nochmals und biss ein großes Stück vom Brot ab.

Na, ich kann mich um dich kümmern! Sie lachte.

Er hörte auf zu kauen. Verblüfft sah er sie an.

Aber sie war sich ihrer Sache ganz sicher. Dann bist du hier nicht so allein, sagte sie.

## 56

Als Helene gestorben war, mit 69 Jahren, fuhr Regine mit ihm nach Wiesbaden zur Beerdigung. Ernst fuhr mit, obwohl er sich sträubte zu begreifen, dass seine Schwester tot war. Immer hatte sie alles energisch angepackt, in allem war sie schnell und wach und klug gewesen, noch vor ein paar Tagen hatte er einen Brief von ihr bekommen. Er fragte Regine, wie es sein könne, dass Helene, die doch sechs Jahre jünger war als er, vor ihm gestorben sei, das sei die falsche Reihenfolge.

Na, Krebs, sagte Regine, dagegen ist kein Kraut gewachsen.

Das half ihm wenig. Man hatte ihr den Krebs doch nicht angesehen. Regine erklärte ihm, der Krebs habe im Innern von Helene gesessen und habe ihre Knochen zerfressen, von außen habe man ihn nicht sehen können.

Er schüttelte den Kopf.

Anton, lang, bleich und dünn, wartete am Eingang des Friedhofs, die Kinder, Christina, Albrecht, Liane, standen dabei, auch die Enkel. Nur Helene fehlte. Nun erst fing er an es zu glauben. Die Sonne blendete, er wurde umarmt, roch Parfum und schmeckte Tränen, die Musik während der Feier kam vom Tonband und war so leise, dass er sich anstrengen musste, um wenigstens ein paar Töne aufzuschnappen, der Pfarrer nuschelte, alles war schnell vorüber, hinterher Tellerklappern in einem Lokal an der Talstation der Nerobergbahn, Stimmengewirr, Verwandte von Anton, die er noch nie gesehen hatte, alles wie hinter Glas, Abschied, Küsse, dann Regine, resolut wie immer, die mit ihm die Nerobergbahn bestieg (wo wir nun schon hier sind!) und einmal den Berg hinauf- (nun sieh mal, die Aussicht auf die Stadt, die rote Kirche da, der Rhein, ist das nicht herrlich!) und wieder herunterfuhr, dann schnellstens zum Hauptbahnhof, denn sie mussten den Fünf-Uhr-Zug nehmen, um in Kassel den Anschluss zu erwischen, der sie am Abend wieder in die Anstalt bringen sollte.

Im Zug blieb Ernst stumm. Von Zeit zu Zeit schüttelte er den Kopf. Alles war viel zu schnell gegangen. Gegen neun Uhr betraten sie das *Männerhaus 2*. Unter der Schräge war das Kartenspiel in vollem Gang. Es wurde geraucht. Der Hardenberger kreiste. Aus Edes offen stehendem Zimmer drang Gestöhne. Vor einigen Monaten hatte sich Ede Schorf, mittlerweile auch schon, wie Ernst, weit über 70, einen Videorecorder angeschafft. Inzwischen besaß er eine stattliche Sammlung von Pornofilmen, die er den ganzen Tag laufen ließ, wie andere Leute Musik dudeln lassen. Ernst hörte das Gestöhne nicht, Regine tat so, als höre sie es nicht. Sie grüßten zur Schräge hinüber, dann half Regine Ernst die Treppe hinauf und verabschiedete sich. Sie war zwar die Ältere, aber beweglicher und gut zu Fuß, festen Schritts durchquerte sie das Männernest und wanderte durch die Dunkelheit zu ihrer Altenwohnanlage hinüber.

Auf seinem Bett sitzend, endlich allein, den vertrauten Anstaltsgeruch in der Nase, nahm Ernst das kleine weiße Blatt zur Hand, das er beim Eintritt in die Friedhofskapelle bekommen hatte. Er brauchte die Lupe, die Helene ihm besorgt hatte, um die winzige Schrift zu entziffern. Jetzt erst, als er den Namen seiner Schwester gedruckt las, *Helene Herbst, geb. Kroll,* befiel ihn eine große

Traurigkeit. Es kam ihm vor, als habe Helene schon seit langem gewusst, dass sie bald sterben würde, und ihm die Lupe eigens geschenkt, damit er ihren Namen auf dem Beerdigungsblatt würde lesen können. Bis nach Mitternacht saß er dort auf dem Bettrand, das Blatt auf dem Schoß, die Lupe in der Hand, unfähig sich die Zähne zu putzen, sich auszuziehen. Als er es schließlich geschafft hatte, ins Bett zu kriechen, las er noch einmal, welche Musik das Tonbandgerät in der Kapelle gespielt hatte. Ein Adagio aus Mozarts Streichquartett in B-Dur, KV 458, war es gewesen. Er wusste, KV bedeutete Köchelverzeichnis, aber das Stück kannte er nicht. Helene hatte es wohl besonders gern gehabt. Nicht mal das habe ich recht hören können, dachte er bekümmert.

Am nächsten Mittag erklärte ihm Regine, dass nach Helenes Tod nun Christina seine „Gebrechlichkeitspflegerin“ werden würde. Ernst war erstaunt. Er wollte nicht glauben, dass er so etwas wie eine Pflegerin überhaupt nötig habe. Ich brauche doch niemand, ich komme doch zurecht!, sagte er.

Na, sagte Regine, wer hat dir denn immer neue Wäsche besorgt? Die neue Hose, die Mütze und die Winterstiefel? Wer war mit dir beim Zahnarzt und beim Augenarzt und hat dafür gesorgt, dass du eine neue Brille bekommst? Was meinst denn du, wer immer den ganzen Schreibkram erledigt hat?, sagte Regine. Die Anträge an die Krankenversicherung, ans Versorgungsamt, den Kreisausschuss, die Gemeinde, die vielen Briefe an die Anstaltsleitung und so weiter? Das hat alles Lenchen gemacht!

Davon hatte er nichts gewusst.

Kaum vier Monate später mussten sie noch einmal nach Wiesbaden. Anton war gestorben. Aus Kummer, sagte Regine. Wieder weinten die Kinder, nuschelte der Pfarrer, kam Musik vom Tonband. Diesmal fragte Ernst nach der Musik. Ein russisches Orchesterstück, sagte Albrecht, *Morgendämmerung über der Newa* von Modest Mussorgkski, eins von Antons Lieblingsstücken. Er versprach Ernst, ihm eine Tonbandkassette mit beiden Beerdigungsmusiken zu schicken.

## 57

Die Sonne wärmte sein Gesicht. Er saß bei den Hühnern auf dem Hackklotz, eine Blechschüssel mit Brotwürfeln und Salatblattfetzen auf dem Schoß, ein verbeultes Litermaß voll Weizen in der Linken. Nebendran der Hühnerstall, Geruch von Stroh und Mist. Er kippte den Inhalt der Schüssel für die Hühner aus, die sich sofort gackernd um seine Füße drängten, und sah ihnen beim Picken zu. Rasch war alles weggefressen, plötzlich verlangsamt trollten sich die Hühner, Flaumfedern schwebten in der Luft. Die Italiener, auf einem

Bein stehend, das andere langsam anwinkelnd, ruckte mit dem Kopf, starr blickte ihr Auge. Ernst vergrub die Finger in den Weizenkörnern, die sich kühl und trocken anfühlten. Mit einem Schwung warf er eine Handvoll zwischen die Hühner, die herbeiwetzten, über die hellen Körner herfielen, sie einander aus dem Gefieder pickten, sich balgten um das, was am Boden lag. Er liebte das Auf und Ab von Hektik und Ruhe, Drängeln und Auseinanderlaufen, das plötzliche Einsetzen, Anschwellen und Verstummen des Gackerns. Immer wenn sie alles aufgepickt hatten und anfingen sich träge zu entfernen, warf er ihnen wieder etwas hin und lachte über ihr Gezeter. So nah waren ihm die Hühner, so fern die Zimmertür, dass er das Klopfen nicht hörte. Regine fand ihn im Sessel sitzend, die Brille auf dem Schoß. Auf dem Boden lag ein beschriebenes Blatt Papier, das ihm aus der Hand geglitten war. Die Stehlampe leuchtete ihm ins Gesicht.

Na, du willst heut wohl schon vorm Abendessen einschlafen!, sagte sie laut.

Er zuckte zusammen. Ich schlafe doch nicht, sagte er verdrießlich.

Regine lachte. Wie immer war sie gut aufgelegt. Heute gehen wir in die Stadt zum Essen, sagte sie, und hinterher gibt's ein Orgelkonzert in der Altstädter Kirche. Buxtehude, Bach und Reger!

Er schaute verwirrt und bückte sich nach dem heruntergefallenen Blatt. Es war ein Brief von Milli.

Na, sagte Regine, musst dir aber die gute Hose anziehen und deinen neuen Mantel.

Er setzte sich die Brille auf. Vielleicht würde Annika heute das Abendessen bringen. Dann wäre alles in bester Ordnung, er hätte seine Ruhe und brauchte sich nicht umzuziehen. Ich esse lieber hier, sagte er.

Regine widersprach. Das dauert viel zu lang. Bis du immer fertig bist ...! Und dann noch der weite Weg! Da kämen wir zu spät ins Konzert. Nein, wir essen eine Pizza in der Stadt, das ist doch mal was anderes!

Es passte ihm nicht. Regine platzte hier herein, riss ihn von den Hühnern fort, von Annika. Immer musste sie einen solchen Wirbel machen. Aber das wird teuer, sagte er.

Ach was, sagte sie, ich lade dich ein! An irgendwas müssen wir doch merken, dass wir im Westen sind. Na komm, steh auf! Seufzend erhob er sich und ging zum Schrank. Er wollte die Schranktür öffnen, zögerte aber und warf ihr aus den Augenwinkeln einen Blick zu.

Ja, ja, ich warte draußen, bis du die andere Hose anhast, sagte sie. Aber beeil dich!

Die Männer unter der Schräge, wie üblich bei Skat, Hardenberger und Zigaretten, blickten kurz auf und musterten *Krumm und Kroll,* wie sie die beiden nannten, seit sie Regines Nachnamen in

Erfahrung gebracht hatten. Eine Zeitlang hatten die absonderlichsten Spekulationen über die Art der Verbindung zwischen den beiden kursiert. Besonders die Frage, ob und wie der gekrümmte Zwerg es mit der verknitterten, aber stattlichen Frau treibe, hatte die Fantasie der Männer angeregt, die immer neue Ideen dazu entwickelten, bis Ede Schorf mit dem ihm eigenen Pragmatismus allen Spekulationen ein Ende machte. *Das passt schon!,* hatte er gesagt, während er Rauch durch die Nasenlöcher blies und seine Zigarette ausdrückte. Seit die Neugier sich gelegt hatte, wurde, wenn *Krumm und Kroll* vorübergingen, nur noch leise gekichert.

Unterwegs hakte Ernst sich bei Regine ein, die aufrecht ging und das Kinn immer ein wenig trotzig erhoben hielt, als denke sie etwa *Das wollen wir doch erst mal sehen!,* während er ihr den bemantelten Rücken zeigte, denn er ließ den Oberkörper vornüberhängen. Es war Anfang März, der Himmel grau, ein leichter Nieselregen fiel auf Reste von Schneematsch. So gingen sie eine große Strecke zu Fuß, am Arbeitsamt und bei Elektro Ewers vorbei bis ans andere Ende der Stadt, wo sich in der Nähe der Kirche die Pizzeria „Da Toni" befand. Rotweißkarierte Tischdecken, Korbflaschen, Knoblauchzöpfe. Am Spätnachmittag war das Lokal schwach besetzt. Helene war es immer peinlich gewesen, mit Ernst ins Restaurant zu gehen, weil er beim Essen sabberte und spuckte, Regine machte das nichts aus. Sie half ihm, schnitt ihm Pizza und Salat in kleine Stücke, die er bequem mit der Gabel aufspießen konnte, und wischte mit der Papierserviette das Gröbste weg, wenn er gekleckert hatte.

Na, schmeckt's dir?, fragte sie ihn, und er nickte und bemühte sich, den Mund beim Kauen geschlossen zu halten. Auch sie aß mit Appetit.

Sie hielt es für gut, ihn ab und zu aus seinem Zimmer herauszuholen und auf Trab zu bringen. Zwei Busreisen hatten sie schon gemacht. Einmal waren sie an die Ostsee gefahren, weil Regine fand, er solle das Meer sehen. An der Ostsee war alles feucht und grau gewesen, der Himmel, das Meer, der Sand, er hatte die Feuchtigkeit nicht gemocht und sich unbehaglich gefühlt, konnte aber hinterher Marita schreiben, er habe das Meer gesehen. Ein anderes Mal fuhren sie nach Lübeck und besuchten die Marienkirche, in der Buxtehude Kantor gewesen war. Sogar Bach hatte sich einige Monate in Lübeck aufgehalten, um von Buxtehude zu lernen, auch er hatte die Orgel der Marienkirche gespielt. Ein Schauer war Ernst über den Rücken gelaufen, als er mit der Hand über die rostige Eisenklinke des Hauptportals strich, die auch *er* einmal berührt haben musste, mit weichen Knien war er zur Orgelempore hinaufgestiegen. Vor jeder Unternehmung sträubte er sich wie ein störrischer Esel. Waren sie dann aber erst einmal unterwegs, wurde er doch neugierig und bemühte sich, möglichst viel aufzunehmen. Er stellte sogar Fragen und war hinterher lange beschäftigt mit allem, was er gesehen hatte. Nun hatte Regine neue Pläne. Seit Ungarn die Grenzen geöffnet hatte und DDR-Bürger nach Österreich durchreisen konnten, hatten die Ereignisse sich überstürzt, Wahlen hatten stattgefunden, die West-Mark sollte auch in Ostdeutschland eingeführt werden, mit der DDR war es aus und vorbei. Einiges davon hatte sie mit Ernst zusammen im Fernsehen verfolgt. Regine hatte ihn mit offenem Mund vor der Mattscheibe sitzen sehen, als die Menschen aus Ost- und Westdeutschland einander in die Arme fielen. Es war ihr klar, was er sich wünschte, ihr Entschluss stand fest. Sie hatte sich die Überraschung für einen besonderen Moment aufgespart.

Weißt du was, sagte sie, als sie mit ihrer Pizza fertig war, wenn der Frühling kommt, müssen wir zwei mal wieder verreisen! Dazu lächelte sie verschmitzt und verheißungsvoll, als legte sie die Hände auf den Rücken, um ein Kind raten zu lassen, in welcher Hand das Bonbon steckt. Was meinst du, fragte sie und ließ ihre Augen funkeln, als komme ihr die Idee ganz zufällig gerade jetzt, sollen wir im Mai nach Thüringen fahren, ins Dorf?

Er legte die Gabel hin, wollte *Na!* sagen, verschluckte sich aber, lief dunkelrot an, würgte, bekam keine Luft, obwohl er den Mund aufriss. Regine schnellte hoch, klopfte ihm auf den Rücken.

Er wollte husten, aber irgendetwas lag quer, schnürte ihm den Atem ab, kein Röcheln kam, nur ein gespenstisches dünnes Pfeifen, Tränen liefen ihm über die jetzt bläulich verfärbten Wangen, seine Finger krallten sich in die Tischdecke. Machen Sie doch was!, schrie Regine zum Wirt hinüber, der hinter dem Tresen in aller Ruhe Gläser abtrocknete, rufen Sie einen Arzt! Schnell, schnell!, die Leute an den besetzten Tischen starrten den Erstickenden an, die alte Frau, die dem sonderbaren Zwerg frenetisch auf den Rücken klopfte, und erst als der Wirt den Hörer am Ohr hatte und dem Notarzt die Adresse durchgab, kam endlich ein Husten, dann ein Sauggeräusch wie von einem Blasebalg, der sich rasch füllt, dann wieder Husten und das Sauggeräusch, jetzt in schnellem Wechsel wie eine überdrehte pneumatische Maschine, dann minutenlanges Husten. Schließlich beruhigte er sich. Regine gab ihm ein frisches Taschentuch, damit er sich das Gesicht abwischen konnte.

Erschöpft ließ sie sich auf ihren Stuhl fallen. Du meine Güte, sagte sie, was war denn das? Hast dich wohl erschreckt?

Er nickte.

Warum bloß?, fragte sie.

V-vor F-f-freude, sagte er.

# 58

Kurz nach seinem 78. Geburtstag fuhren sie ins Dorf. Arno Bogenschnitzer hatte angeboten, Ernst und Regine zu beherbergen. *Wir haben genau an dem Wochenende eine 50jährige Jubelkonfirmation,* hatte er geschrieben, *da gibt's Musik im Gottesdienst. Das passt doch!* Regine kaufte kleine Geschenke für Bogenschnitzers und einige andere Leute aus dem Dorf, packte Ernsts Koffer und dachte sogar an seine Thyroxin-Tabletten.

Schon im Zug war er aufgeregt und glücklich. Es war Maiwetter, die Sonne schien, als sie in Arno Bogenschnitzers Trabant von der Bechstedter Höhe hinunterfuhren. Das Dorf zeigte sich im frischen Grün von seiner besten Seite. Die lieben Berge, die lieben Häuser!, dachte Ernst. Er atmete tief ein, als er aus dem Auto stieg. Das war eine Luft! Es drängte ihn zur Kirche und zum Pfarrhaus, aber zuerst gab es bei Bogenschnitzers Kaffee und Windbeutel mit Schlagsahnefüllung, die Arnos Frau gebacken hatte. Die Windbeutel waren schwierig zu essen, beim Hineinbeißen quoll überall Schlagsahne heraus. Regine gab Ernst eine Papierserviette, damit er sich das Gesicht abwischen konnte. Es wurde viel gelacht und erzählt. Fast war es wie Heimkommen ...

Gegen Abend endlich ging Arno mit Ernst zum Pfarrhaus hinauf. Die Schotterstraße war asphaltiert worden. Schön, fand Ernst. Sie gingen hintereinander, dicht an den Mauern von Lüdenstedts und Fabigs Höfen entlang, denn über den glatten Asphalt fuhren die Autos schnell. Schon von weitem kam Ernst der Ausblick auf die Kirche, die Schule und das Pfarrhaus seltsam verändert vor, beinahe abstoßend, ohne dass er hätte sagen können, warum. Dieser liebste Teil des Dorfes schien ihm kahl, leer, die drei Gebäude, die für ihn immer eine Einheit gebildet hatten, standen jedes für sich, als hätte man sie auseinander gerückt. Im Näherkommen sah Ernst, dass die Kirche in keinem guten Zustand war, der Putz blätterte in großen Stücken ab, aber das war es nicht. Erst als er den Pfarrhof betrat, durchzuckte es ihn, dass die große alte Linde fehlte, deren Krone den ganzen Hof beschattet hatte. Er blieb stehen. Wo der Baum gewurzelt hatte, lagen Schieferplatten.

Erschlagen, dachte er, umgemacht!

Die Linde war morsch, sagte Arno, als er Ernsts Gesicht sah. Unser neuer Pfarrer ist froh, dass sie weg ist. Jedes Jahr im Herbst das viele Laub ...

Ernst sagte dazu nichts. Er betrachtete die Innenflächen seiner Hände, die wussten, wie sich die Rinde des Lindenstamms angefühlt hatte. Auf dem Friedhof die große Kastanie stand noch. Von weitem sah dort alles aus wie gewohnt, nur neue Grabsteine waren dazugekommen. Arno zeigte ihm das Grab von Lisa Cannbach. Vor zehn Jahren war's, da hat sie sich erhängt, sagte er.

Ernst wollte wissen, warum.

Wer weiß das schon so genau, sagte Arno. Er erinnerte daran, dass Bernd Cannbach damals einen Schlaganfall gehabt und seitdem im Rollstuhl gesessen habe. Lisa sei mit der vielen Arbeit allein gewesen. Immer der Ärger mit der LPG, sagte Arno, Schikanen noch und nöcher, vorn und hinten hat's ja an Arbeitskräften gefehlt, die Kinder alle weg zum Studieren, der Mann so krank – da hätt' sie sich totarbeiten können und hätt' doch nicht alles geschafft. Und dann die bösen Zungen im Dorf...

Ernst schüttelte ungläubig den Kopf.

Doch, sagte Arno, die Leute sind manchmal sehr ungerecht. Keiner gönnt dem andern was. Na, inzwischen gibt's keinen Grund mehr neidisch zu sein – das Gutshaus steht leer, schon lang, und verfällt vor sich hin, die Fenster sind kaputt und es regnet rein.

Aber das kann doch nicht sein, sagte Ernst, in dessen Erinnerung das Gutshaus immer das stattlichste und lebendigste Haus des Dorfes gewesen war.

Arno zuckte die Achseln. Wenn doch niemand Geld hat, es zu erhalten? Die Cannbach-Kinder mussten's verkaufen, und der, dem's jetzt gehört, sitzt im Gefängnis. Da tut sich nichts.

Das Grab des Vaters war nicht mehr da. Auch das von Herbert Bogenschnitzer war verschwunden.

Ernst seufzte. Trotzdem will ich hier begraben werden, sagte er.

Aber, fragte Arno, Lenchen und deine Mutter, die liegen doch drüben, in Wiesbaden?

Ja, sagte Ernst. Aber da gehöre ich noch weniger hin.

Sie machten sich auf den Rückweg. Vor dem Schulhaus parkte ein Auto, Marke Opel, dessen Heckscheibe mit einem Spruchband in gelber, altdeutscher Schrift auf schwarzem Grund geschmückt war. *Todesstrafe für Kinderschänder!*, las Ernst und schüttelte verständnislos den Kopf. Zwei Hunde bellten hinter der Tür.

Da wohnen jetzt Leute, die sind ein bisschen komisch, sagte Arno.

Spielst du noch Trompete?, fragte er dann.

Ernst nickte und erkundigte sich, ob Arno die Posaune seines Vaters noch habe.

Freilich, sagte Arno, mein Jüngster bläst Posaune im Bläserchor. Der hat's raus. Wirst schon sehen, morgen bei der Konfirmationsfeier.

Am Abend lag Ernst in einer Dachkammer des Bogenschnitzerschen Hauses im Bett und konnte lange nicht einschlafen. Er sah Äxte auf Stämme einhacken, umstürzende Bäume Dächer zertrümmern. Das Gutshaus war ein hohles Gemäuer mit schlagenden Fensterläden. Lisa Cannbach, die er gemocht hatte, weil sie wenig Worte machte und immer gütig lächelte, hing drinnen vom Gebälk herab und drehte sich langsam um die eigene Achse. Die Mutter seufzte in einer Ecke und wickelte ihre Beine. Aus einem vorüberratternden Zug winkte ihm totenbleich Helene, aber ohne ihn anzusehen, und streute mit der anderen Hand kleine Kugeln oder Kirschkerne aus dem Fenster, die sich beim Aufprall auf den Boden in Regines Gelächter verwandelten. Gegen Morgen erwachte er schwitzend, er hatte geträumt, er müsse bei der Feier in der Kirche Trompete blasen, und zwar den *Dessauer Marsch,* der mit seinen scharfen Punktierungen und den schnell zu repetierenden Tönen für ihn grundsätzlich unspielbar war und den er auch nicht im geringsten geübt hatte, überdies fand er die Trompete nicht, die er, wie ihm jetzt einfiel, in der Anstalt vergessen hatte, und stand nun mit leeren Händen vor all den Menschen, die sich in der Kirche versammelt hatten und ihn anstarrten ... Er setzte sich im Bett auf und wischte sich den Schweiß aus dem Gesicht. Auf einem Stuhl stand sein Koffer, geöffnet, darin ein frisches Hemd und die gute Hose. Durch das Dachfenster sah er im Morgenlicht den Schornstein des Schulhauses. Wie gut, er würde ja gar nicht spielen müssen! Im Gegenteil, der Bläserchor würde für ihn, für die Gemeinde und für die Jubel-Konfirmanden spielen.

Er fragte sich, ob Marita zum Festgottesdienst kommen würde? Ob sie sich über das Wiedersehen freuen würde wie er? Ein Geschenk hatte er für sie mitgebracht, ein Schwein aus Ton, das er beim „kreativen Gestalten" geformt hatte, zum Entzücken der Therapeutin. Es fehlten dem

Schwein die Beine, dafür waren Schnauze, Ohren und Ringelschwanz um so besser gelungen, so dass es trotz des Mangels durch und durch *schweinisch* aussah. Man meint, es müsst' gleich losgrunzen, hatte die Therapeutin gesagt, als sie es nach dem ersten Brennen aus dem Ofen holte. Ausnahmsweise gefiel das Tier auch Ernst, wie es in seiner ganzen rosaroten *Schweinshaftigkeit* auf dem Tisch lag. Das ist so schön geworden, das kriegt eine Glasur!, sagte die Therapeutin. Als er das nächste Mal zum „kreativen Gestalten" kam, glänzte das Schwein dunkelbraun wie ein Schokoladenkuchen. Ihm hatte es vorher besser gefallen, aber nun war nichts mehr zu machen. Er hatte es mit auf sein Zimmer genommen und auf den Nachttisch gestellt, auch Regine hatte es bewundert, und als die Reise ins Dorf vorbereitet wurde, stand für ihn fest, dass er es Marita schenken würde. Regine hatte es erst in Zeitungspapier, dann in weißes Seidenpapier gewickelt und ein hellblaues Band mit Schleife darumgebunden.

Vergeblich hielt er dann Ausschau nach Marita. Viele fremde Gesichter sah er in der Kirche, die zur Feier des Tages gut besucht war, manche, die ihn sahen, wandten sich schnell ab, einige wenige gab es, die ihn respektvoll grüßten und die er dann erst wiedererkannte, die Sonne schien durch die Fenster, der Bläserchor spielte „Geh' aus, mein Herz" und die Orgel brauste, dass es eine Freude war. Regine war beeindruckt. Im „Deutschen

Haus“ gab es hinterher Thüringer Klöße mit Soße und Rostbratwurst. Ernst saß zwischen Regine und der Post-Milli, die wissen wollte, wie die Mutter und Helene gestorben waren und wie es ihm in der Anstalt gefiel. Er erzählte davon, so gut er konnte, das Stimmengewirr machte ihm zu schaffen. Regine füllte die Lücken.

Deine Mutter fehlt mir, sagte Milli zu Ernst. Mit niemandem hier im Dorf kann ich reden wie mit ihr damals. Traurig sah sie ihn an. Wie hätte sie sich über die Wende gefreut! Schade, dass sie das nicht mehr erlebt hat. Eine Weile sprach Milli über seinen Kopf hinweg mit Regine über die Mutter. Er verstand nur die Hälfte. Schließlich lachte sie und wandte sich wieder an ihn. Denk mal, Ernst, sagte sie, alle haben Krebs gehabt, dein Vater, deine Mutter und Lenchen. Alle sind gestorben, und jetzt auch noch Lenchens Mann. Aber du, du bist noch dicke da und kommst uns besuchen! Du bist der Zäheste von allen! Das ist doch mal was, das muss gefeiert werden! Sie prostete in die Runde, alle hoben ihre Gläser und tranken auf sein Wohl.

Später erzählte sie, die Post im Dorf werde demnächst dichtgemacht. Weihnachten bin ich schon arbeitslos ... Aber was soll's. Dann kommt was Neues – irgendwie wird's schon weitergehen! Meinen Kindern geht's gut, das ist die Hauptsache, und solang ich gesund bin und anpacken kann, will ich mich nicht beschweren. Was, Ernst?

Er nickte. Ja, dachte er traurig, es geht immer irgendwie weiter.

Am Nachmittag wollte er Besuche machen, bei Fabigs und bei Marita. Von Milli hatte er gehört, die alte Frau Bunzel, ohnehin verwirrt, liege im Saalfelder Krankenhaus, aber Marion sei da, Marita sowieso, sie gehe so gut wie nie aus dem Haus. Also machte er seine Runde im Dorf, fest eingehakt bei Regine, die ihn über die holprigen Wege führte. Er fürchtete sich vor dem Anblick des Gutshauses, sie machten einen Bogen darum. Es blühte in den Gärten, hier und da duftete es nach Flieder, junge Gänse lagerten im Schatten beieinander.

Je näher sie dem Haus kamen, in dem Marion wohnte, desto ängstlicher ging Ernst, als könne er sich nicht darauf verlassen, dass der Boden ihn trage. Regine, die schon in der Anstalt bemerkt hatte, dass er den Namen *Marita* mit einer besonderen Betonung aussprach, drückte seinen Unterarm, sah auf seinen Rücken und den Hinterkopf hinunter, wo die dunklen Haare spärlicher wuchsen, und schmunzelte über seine Unsicherheit.

Hinter Wenglers Haus kam jetzt das Bunzelsche Haus zum Vorschein, schon von weitem sah Ernst den Schuppen, von dem Marita geschrieben hatte. Im Vorgarten fanden sie Marion, die zwischen Löwenzahn und Butterblumen hockte und junge Erbsen am Maschendraht festband. Sie hatte ein Tuch um den Kopf gebunden, aus dem seitlich ein paar graue Haare herausquollen. Als Regine sie beim Namen rief, richtete sie sich auf und kam langsam näher. Einen Schritt vor dem Gartenzaun blieb sie stehen, ihr Rock verschwand hinter dem Gestrüpp und dem hohen Gras, das dort wucherte.

Na, Ernst, wieder mal im Lande?, fragte sie. Beim Lächeln zog sie die Mundwinkel nach unten und zeigte die Zähne nicht. Mager war sie geworden.

Ja, sagte Ernst, wir waren bei der Jubelk-konffirmation. Er brachte das Wort nur mit Mühe heraus.

Regine stellte sich vor, Marion nickte. Sie streckte aber keine Hand über den Gartenzaun, sondern schaute verlegen zur Seite. Die Feier sei schön gewesen, sagte Regine lebhaft, und sie seien froh, wieder einmal im Dorf zu sein, besonders Ernst habe sich schon lange darauf gefreut. Bei Bogenschnitzers seien sie untergekommen.

Na, sagte Marion.

Ernst trug einen Stoffbeutel in der Hand, darin war das Schwein, dick eingewickelt mit blauer Schleife. Sein Herz klopfte.

Wie geht's 'n der M-marita?, fragte er.

Der geht's gut, sagte Marion. Die hockt drinne vorm Fernseher. Soll ich se holen?

Ernst nickte.

Marion ging durch das leicht ansteigende Gartenstück zum Haus zurück, öffnete die Tür einen Spalt und rief hinein:

Marita, komm mal her, Kantersch Ernst ist da!

Ernst umklammerte das dick eingewickelte Schwein und spähte nach dem Fenster hin. Marion schien von drinnen etwas zu hören.

Ja, Kantersch Ernst!, rief sie dann lauter durch den Spalt. Sie horchte noch einen Moment, dann rief sie ungeduldig: Komm halt mal! Aber es tat sich nichts. Sie schüttelte den Kopf und kam wieder herunter zum Gartenzaun. Se guckt ihre Lieblingssendung, sagte sie mit einem halben Lächeln, da kriecht mer se nich vom Fernseher weg.

Ernst schwieg. Marion nestelte an ihrem Kopftuch.

Na, dann g-grüß recht schön, sagte er.

Na, sagte Marion, und euch noch 'n schönen Aufenthalt. Wann geht's wieder nach Hause?

Morgen früh, sagte Regine. Auf Wiedersehen.

Ernst überlegte, ob er das dicke Päckchen über den Zaun reichen sollte. Aber Marion hatte sich schon umgedreht und war wieder mit ihren Erbsen beschäftigt.

Als er nach der Reise das Schwein auswickelte, war ein Stück vom Ringelschwanz abgebrochen. Er warf es weg und stellte das Schwein auf den Nachttisch.

## 59

Ernst Krolls letzte Reise, ein Jahr später, ging nach Eisenach. Weißt du eigentlich, fragte Regine ihn, als sie im Zug saßen, dass euer Pfarrer Stürzlinger aus Eisenach stammt?

Ernst schüttelte den Kopf.

Regine erzählte ihm, kürzlich sei verbreitet worden, dass Stürzlinger seit vielen Jahren, lange schon bevor er Landesbischof geworden sei, für die Stasi gearbeitet habe. Ein Spitzel soll er gewesen sein, sagte sie, sogar im *Spiegel* habe es gestanden.

Ernst kannte den *Spiegel* nicht und wusste nicht viel über die Stasi. Er fragte Regine, ob Stürzlinger seine rote Mütze noch habe.

Woher soll denn ich das wissen, sagte Regine, so was steht nicht in der Zeitung.

Sie besuchten die Wartburg und das Bach-Museum. Ein junger Mann führte historische Tasteninstrumente der Bach-Zeit vor. Aufmerksam hörte Ernst zu. *Das war sehr interessant,* schrieb er später an Bogenschnitzers, *aber von den Führungen habe ich leider nicht viel behalten. Die Museumsführer sprechen immer viel zu schnell. Nicht jeder Mensch kann so schnell denken.*

Dies war der letzte Brief, den er schrieb, fehlerlos wie immer und in einer großen, klaren lateinischen Schrift, der man die ungeheure Mühe des Schreibens nicht ansah.

Kurz darauf wurde er in einen Neubau verlegt. Sein Zimmer dort war kleiner, das Klavier passte nicht hinein. Man trug es auf den Flur, in eine sogenannte Aufenthaltszone. Er spielte ohnehin nicht mehr, da sein Augenlicht stark nachgelassen hatte. Eine Zeitlang hatte Regine ihm in einem Geschäft in der Stadt Noten vergrößern lassen, aber nun half auch das nicht mehr.

Als er nicht mehr selbst laufen konnte und fast blind war, schob Regine ihn sonntags noch einige Jahre im Rollstuhl zur Morgenandacht und manchmal, an den warmen Sommerabenden, mit der Trompete ins Freie hinaus, später nur noch auf seinen Balkon, bis auch das ihre Kräfte überstieg – sie war mittlerweile hochbetagt. Hin und wieder kam eine Postkarte von Albrecht oder Liane, die mit ihren Familien weit entfernt wohnten. Zu Besuch kam nur noch Christina.

Am Schluss war er bettlägerig und musste gepflegt werden. Über die Krankenschwestern, die morgens kamen, um ihn zu waschen, ärgerte er sich täglich. Sie behaupteten, seiner angegriffenen Haut wegen habe Dr. Hochsprung die Verwendung von Seife verboten, wuschen ihn nur mit Wasser und weigerten sich, ihn mit der Wurzelbürste zu schrubben. In der Tat war seine Haut ausgelaugt, rissig und stellenweise wund. Er aber hielt die Vorsicht der Krankenschwestern für mangelnde Gründlichkeit und kämpfte jeden Morgen aufs Neue erbittert darum, geschrubbt zu werden – vergeblich. Er sehnte sich nach den Schmerzen, aber sie blieben ihm versagt. Zum Überfluss rieben die Schwestern ihn nach dem Waschen mit einer Salbe ein, deren Geruch ihn abstieß. Nun war er sich selbst zuwider. Von morgens bis abends litt er unter der Einbildung, übelriechend und unsauber zu sein. So konnte er auch die Andacht, die er nun über den Lautsprecher vom Bett aus hörte, nicht mehr genießen, und Regines tägliche Besuche wurden ihm zur Last.

Da gab er den Widerstand auf. Er sprach nicht mehr. Er aß nicht mehr. Man steckte ihm eine Sonde in den Magen, um ihn künstlich zu ernähren, aber das weckte seine Lebensgeister nicht. Apathisch lag er da.

Als Christina ihn zum letzten Mal besuchte und ihn so daliegen sah, schossen ihr Tränen in die Augen. Sie redete ihn an, nannte ihn *Ernstilein* wie früher, als sie ein Kind gewesen war, tupfte seine Stirn ab und streichelte seine Hand, aber es kam keine Reaktion. Ich erreiche ihn nicht, sagte sie.

Regine, die neben ihr saß, hob die Schultern. Vielleicht singst du was? Etwas, das er gut kennt? Ein Kirchenlied?

Christina zögerte. Dann räusperte sie sich und sang *Wie schön leucht' uns der Morgenstern.*

Ernst öffnete kurz die Augen. Im roten Buch, sagte er und hob eine Hand.

Das rote Buch stand neben dem grauen im Wandregal. Sehen konnte er es nicht mehr, aber er wusste, es war da.

## 60

Am frühen Morgen kam die Nachtschwester und knipste das Licht an. Kühl war's im Zimmer. Sie schloss das Fenster und legte eine Spritze auf den Nachttisch. Als sie den leeren Nahrungsbehälter gegen einen vollen ausgetauscht hatte und die Fließgeschwindigkeit einstellen wollte, bemerkte sie, dass er tot war.

Alles in seinem Gesicht war geschlossen, die Augen, der Mund. Die Nasenspitze berührte das Kinn. An der linken Schläfe war eine Narbe zu sehen. Er lag da, ein kleiner Mann, in einem Bett, das viel zu lang für ihn war, befreit von aller Mühsal, bewacht von einem leicht beschädigten Schwein aus Ton.

Foto: Mathias Richter

Sabine Huttel, 1951 in Wiesbaden geboren, studierte zunächst einige Semester Medizin, dann Germanistik und Politologie. Rund 30 Jahre lang unterrichtete sie Deutsch und Sozialwissenschaften in Hamburg und Nordrhein-Westfalen. Heute lebt sie in Berlin.

2009 erschien ihr Roman „Mein Onkel Hubert", 2011 der Band „Slalom" mit Erzählungen. Neben der Literatur ist Musik ein Lebensschwerpunkt: Sie spielt Violine in einem Orchester und in Kammermusik-Ensembles.